DIE HEXEN DER BOURBON STREET

JADE CALHOUN SERIE, BUCH 2

DEANNA CHASE

Übersetzt von
ANNA DRAGO

BAYOU MOON PRESS, LLC

ÜBER DIESES BUCH

Jade Calhoun mochte ihre empathischen Fähigkeiten noch nie. Doch nun hat sie entdeckt, dass sie ein weiteres „Geschenk" hat, das sie lieber nicht auspacken möchte – Magie. Doch als ihre Mentorin Bea schwer krank wird und darauf besteht, dass Jade die Einzige ist, die helfen kann, ist sie gezwungen, ihre Hexenseite zu akzeptieren.

Zu schade, dass sie ein Jahrzehnt damit verbracht hat, die magische Gemeinschaft zu meiden und nie gelernt hat, ihre Kräfte zu nutzen. Denn die Zeit ist knapp. Ein gefangener Geist hat einen Hinweis auf Jades lange verschollene Mutter preisgegeben. Der ortsansässige Engel ist noch dazu abtrünnig geworden und mit Jades Freund Kane verschwunden. Und als ob das nicht genug wäre, scheint ihr Ex besessen zu sein.

Um ihre Freunde zu retten, muss Jade einen Weg finden, ihre innere weiße Hexe zu kontrollieren – ohne der schwarzen Magie zu erliegen. Sonst wird sie alles verlieren … einschließlich ihrer Seele.

KAPITEL EINS

*I*ch saß im Schneidersitz in Beas fröhlichem, gelbem Wohnzimmer und versuchte, nicht finster dreinzublicken. Weiße Hexe, dass ich nicht lache. Nachdem ich zwei Stunden lang versucht hatte, meine sogenannte Macht zu manipulieren, war ich bereit, Bea und ihrem Neffen Ian genau zu sagen, was sie mit ihrem Magieunterricht anfangen konnten.

Nur ich konnte es nicht.

Als sie vor drei Monaten gegen einen bösen Geist gekämpft hatte, war Beas Energie kompromittiert worden, und sie hatte sich nie erholt. Aus irgendeinem Grund war sie davon überzeugt, dass ich eine Hexe war und den einzig möglichen Weg zu ihrer Heilung darstellte.

Ich betrachtete die dunklen Ringe unter ihren Augen und ihre blasse, wachsige Haut. Die quirlige Südstaaten-Lady, die mir ans Herz gewachsen war und die ich bewunderte, war durch eine müde Hülle einer älteren Frau ersetzt worden, die gut in ein Seniorendorf passen würde.

All mein Ärger war verschwunden. Ich musste etwas tun. Irgendetwas.

Entschlossen, es diesmal richtig zu machen, streckte ich eine Hand zu Bea und die andere Ian entgegen. Schweiß rann über meine Nase. Er sammelte sich an der Spitze, bevor er lautlos auf den Patchwork-Teppich tropfte. Zum hundertsten Mal an diesem Tag öffnete ich meine Sinne und versuchte, Ians Energie zu nutzen und sie lange genug in meinem Bewusstsein zu halten, um sie auf Bea zu übertragen. Ians nervöse Erwartung drückte auf meine Haut und ließ mich zusammenzucken.

„Konzentriere dich, Jade", sagte Bea. „Erinnere dich daran, was ich über das Abschotten gesagt habe."

Hör auf, dich auf das zu konzentrieren, was Ian fühlt, und konzentrier dich auf seine Essenz.

Als ich ihr einen leeren Blick zuwarf, hatte sie mir erklärt: *Die Essenz eines Menschen besteht sowohl aus seiner Seele als auch aus seinem Geist. Der Geist ist im Grunde Lebensenergie, während die Seele einer Person die Fähigkeit verleiht, Mitgefühl, Liebe und all die Dinge zu empfinden, die einen Menschen ausmachen.*

Okay. Essenz. Das konnte ich. Ich hatte es schon früher getan, nur hatte ich es als emotionale Energie betrachtet. Irgendwo in meinem Kopf schloss ich die Tür zu meiner Empathiegabe. Wir drei saßen da und hielten unsere verschwitzten Hände, während ich versuchte, mich mental mit Ian zu verbinden. Doch wie zuvor geschah nichts. Okay. Zeit für eine neue Taktik. Anstatt zu versuchen, in seinen Kopf einzudringen, konzentrierte ich mich auf sein Herz. Langsam begannen die Fäden von Ians innerem Licht meine Sinne zu kitzeln. Ich stellte mir einen Trichter vor, der an einem Glasbehälter befestigt war, und konzentrierte mich darauf, die Essenz einzufangen, die Bea brauchte, um wieder stark zu werden. Wallender Nebel begann meinen Behälter zu füllen.

Erfolg! Nach wochenlangem Unterricht hatte ich endlich die Technik verstanden, die zu beherrschen ich laut Beas Beharren die Fähigkeit hatte. Meine Begeisterung veranlasste mich, meine Anstrengungen zu verdoppeln.

Mit einem vollen Nebelbehälter richtete ich meine Aufmerksamkeit auf Bea, um die starke Energie ihres Neffen in ihr Sein zu senden. Sofort explodierte mein imaginärer Behälter. Ians hart erkämpfte heilende Essenz verdampfte in nichts.

„Verdammt", knurrte ich.

„Negativität hilft sicher nicht, Liebes." Bea ließ sich in ihr Sonnenblumendruck-Sofa zurücksinken.

Argh!, schrie ich in meinem Kopf und sah Ian hilflos an.

Er wischte sich mit einem Stofftaschentuch das Gesicht ab und stand auf. „Ich hole noch ein bisschen Tee. Sonst noch jemand?"

„Bitte." Ich zog mein Shirt von meinem Körper weg und beugte mich zu dem oszillierenden Ventilator zu meiner Linken vor.

Ian musterte seine Tante. „Bea? Tee oder Wasser?"

„Nein danke. Für mich nichts." Sie erhob sich anmutig und setzte sich dann unter einen Sonnenstrahl auf das Zweisitzersofa. Sie neigte ihr Gesicht und wärmte es im Licht. Mit jedem Tag, der verstrich, fror sie mehr, und trotz der drückenden Hitze trug sie eine schwarze Hose und eine langärmelige Bluse mit einem Cardigan darüber.

Allein ihr Anblick ließ meine innere Temperatur um zehn Grad steigen. Ich stand auf. „Ich gehe kurz raus. Ich brauche eine Pause."

„Ich komme gleich nach", sagte Ian aus der Küche.

Mit Mühe schaffte ich es, nicht die Fenstertür hinter mir zuzuschlagen, als ich auf die überdachte Terrasse floh. Die Deckenventilatoren drehten sich mit voller Kraft und hüllten mich in einen stetigen Strom dringend benötigter Luft. Ich setzte mich direkt darunter und starrte auf den perfekt manikürten Rasen, der von einem farbenfrohen Rand aus Hibiskuspflanzen gesäumt war. Was würde man sonst noch von einem ehemaligen Kutschenhaus im Garden District von New Orleans erwarten?

Auch wenn es schön war, vermisste ich die bunte Vielfalt der einjährigen Blütenpflanzen, die in der Sommerhitze längst aufgegeben hatten. Ich hatte Bea angeboten, beim Herbstgarten zu helfen, doch sie hatte abgewinkt und gesagt, ich hätte Besseres mit meiner Zeit zu tun.

Wie zum Beispiel herauszufinden, wie man Energie weitergibt. Nachdem sie Roy verbannt hatte – einen bösen Geist, der im Club unter meiner Wohnung gespukt hatte – hatte Bea sich nie wieder ganz erholt und fühlte sich dauernd kalt und schwach. Als ihr Arzt keine organische Ursache finden konnte, hatte er eine Vitaminkur verschrieben. Sie half nicht, und natürlich hatte Bea die ganze Zeit gesagt, sie wisse, dass es nicht helfen würde. Ihre Essenz war aufgezehrt worden, und es gab nur zwei Möglichkeiten, sie wiederherzustellen: Zeit oder die Hilfe einer anderen Hexe. Doch nicht irgendeiner Hexe. Offenbar war dazu eine weiße Hexe nötig. Sowohl Bea als auch Lailah – ihre Ladengehilfin – bestand darauf, dass ich eine war. Ich war anderer Meinung. Ich bin eine Empathin, jemand, der die Emotionen anderer lesen kann, keine Hexe. Oder zumindest keine mächtige, gemessen an meiner mangelnden Fähigkeit, Ians Energie auf Bea zu übertragen.

Die Tür quietschte, und Ians Frust erreichte mich vor ihm. „Es funktioniert nicht." Er reichte mir ein großes Glas Eistee, setzte sich mir gegenüber und streckte seine langen, schlaksigen Beine aus.

„Ich habe dir gesagt, du sollst dir keine falschen

Hoffnungen machen." Ich trank einen großen Schluck und stellte keinen Blickkontakt her.

„Wenn du eine bessere Einstellung hättest, würde das sicher helfen."

Mein Kopf schnellte hoch. Ich öffnete meinen Mund, bereit, ihm genau zu sagen, was ich von seiner Meinung hielt, schloss ihn dann jedoch wieder. Die Müdigkeit in seinen hellblauen Augen verlieh ihm ein ausgemergeltes, fast gespenstisches Aussehen. Wenn er sich nicht so viele Sorgen um seine Tante machen würde, wäre das angesichts seiner Besessenheit von der Geisterjagd lustig gewesen.

Ich atmete tief durch und versuchte, etwas von meiner angestauten Frustration loszulassen. „Ich versuche es."

„Scheiße. Tut mir leid. Ich habe es nicht so gemeint. Ich meinte nur, dass positive Energie freier fließt und der ganze Mist." Er strich sein schweißnasses, sandblondes Haar zurück.

Ich lachte. „Der ganze Mist?"

Er zuckte die Achseln und schenkte mir das erste echte Lächeln, das ich seit Tagen bei ihm gesehen hatte. Ich suchte nach einer Ähnlichkeit mit dem Mann, den ich drei Monate zuvor nach der Begegnung mit einem Geist in meiner Wohnung kennengelernt hatte. An diesem Tag hatte er gelächelt, war unbekümmert ganz in Schwarz gekleidet gewesen und hatte sehr aus wie ein Profi-Skateboarder ausgesehen. Heute trug er Khaki-Shorts und ein gestreiftes Kurzarmbaumwollhemd. Nur die Converse-Sneakers waren von seiner vorherigen Aufmachung geblieben.

„Was ist mit den Klamotten? Ich dachte, T-Shirts und Jeans wären alles, was du besitzt", neckte ich ihn.

Er warf einen gequälten Blick auf sein Hemd. „Ich bin mit dem Waschen hintendran. Außerdem ist das bei der Hitze ein bisschen kühler."

Ernüchtert beugte ich mich vor. „Es geht ihr immer

schlechter, nicht wahr?" Es schien, als ob Bea jedes Mal, wenn ich sie sah, ein wenig blasser und ein wenig dünner wurde. Wenn ich die Energieübertragung nicht bald meistern und ihr gesunde Energie übertragen konnte ... ich wollte den Gedanken nicht zu Ende denken.

Ian nickte. „Ich habe ihren Verfall in den letzten Wochen bemerkt. Doch ich verstehe es nicht. Es ist genug Zeit vergangen, dass es ihr besser gehen sollte."

Ich biss mir auf die Lippe. „Vielleicht liegt es an ihrem Alter. Ältere Leute erholen sich nicht so schnell."

„Sie ist nicht *so* alt. Um die sechzig, glaube ich. Sie legt großen Wert darauf, dass keiner von uns weiß, in welchem Jahr sie wirklich geboren wurde."

Ich lächelte darüber. Bea besaß einen New-Age-Laden im French Quarter. Von außen hatte er alles, was man von einem typischen Touristenladen erwartet. Doch wenn jemand mit Kenntnissen des Handwerks eintrat, spürte man, dass sie eine mächtige Hexe war. Mit ihrer Macht könnte Bea achtzig sein, und niemand würde es wissen. Tatsächlich hatte ich angenommen, dass sie um die fünfzig war. „So oder so, angesichts ihrer Macht ergibt das keinen Sinn."

Ian rieb sich die Schläfen. Als er seine Hände sinken ließ, sah er mir in die Augen. „Bereit, es nochmal zu versuchen?"

Nein. Mein Shirt war durchnässt. Ich hatte vor, meinen Freund Kane in ein paar Stunden zu treffen, und hatte versprochen, meine Tante Gwen anzurufen, bevor ich ausging. Ich schob meinen Stuhl zurück und griff nach meinem leeren Glas. „Auf geht's."

Ian hielt mir die Tür auf. Ich straffte die Schultern und ging bereitwillig zurück in die Sauna, die Beas Wohnzimmer war. Nach einem Zwischenstopp in der Gästetoilette, um mein Gesicht mit kaltem Wasser abzuwaschen, nahm ich meinen Platz auf dem Teppich wieder ein.

Bea rutschte auf die Kante ihres Sitzes und ließ sich mit zitternden Armen vorsichtig auf den Boden sinken. Selbst die kleinste Anstrengung raubte ihr den Atem.

Ich nahm ihre Hand und sah ihr in die Augen. „Sag mir noch einmal, warum ich nicht einfach etwas von meiner eigenen Energie übertragen kann?" In der Vergangenheit war es mir gelungen, sowohl meine eigene als auch die Kraft anderer aufzufüllen, indem ich das anzapfte, was ich früher als emotionale Energie bezeichnet hatte. Ich dachte, es wäre nur ein Teil meiner Gabe. Doch als Bea mir die Energieübertragung erklärt hatte, die sie mir beibringen wollte, hatte sie gesagt, dass ich keine Emotionen übertrug. Ich nahm und empfing Stücke der inneren Essenz, die wir alle besaßen.

„Erinnerst du dich, wie schwach du das letzte Mal warst, als du jemandem deine Kraft geliehen hast? Hast du mir nicht erzählt, dass du dich so ausgelaugt gefühlt hast, dass du kaum mehr aufstehen konntest?"

„Nein." Ihre Stimme war überzeugt. „Du hast noch keine Kontrolle und deshalb verausgabst du dich. Verwende Ian. Du wirst etwas lernen und ihr beide werdet euch schnell erholen." Sie streckte ihrem Neffen die Hand entgegen und warf ihm einen eindringlichen Blick zu.

Als er sich unserem Kreis anschloss, warf er mir einen Blick zu, der sagte, dass ich mich besser an die Arbeit machen sollte.

Mit ihren Händen in meinen konzentrierte ich mich wieder auf Ian. Dieses Mal floss seine vertraute Essenz leichter, und bevor ich einen neuen Weg finden konnte, sie einzufangen, legte sich ihr Gewicht in meine Knochen. Ich setzte mich aufrecht, während meine Nervenenden kribbelten und vor Bewegungsdrang überschäumten. Es war zu viel. Die Energieübertragung hatte funktioniert, nur hatte ich sie versehentlich absorbiert, anstatt sie auf Bea zu übertragen.

„Jetzt lass sie los!", befahl Bea.

Mein Kopf schnellte in ihre Richtung. Steif und bereit, aus der Haut zu fahren, starrte ich sie an. Sie begegnete meinem Blick, und plötzlich wölbte sich mein Rücken, als Ians Essenz aus mir gesaugt wurde.

Ians Hand wurde in meinem Todesgriff schlaff, doch ich konnte meine Finger nicht bewegen, um ihn loszulassen. Ich saß erstarrt da, gefangen in Beas Blick, bis das letzte Prickeln schwand und meine Hände und Füße taub wurden. Mein Körper sackte nach vorn. Ich saß da, halb auf dem Boden liegend, bis Ians starke Arme mich wieder in eine sitzende Position hoben.

„Bist du okay?", fragte er.

Ich hob schwach den Kopf und nickte ihm zu.

Er legte meinen Kopf an seine Schulter und flüsterte: „Schau."

Bea stand über uns. Sie hatte die Strickjacke von sich geworfen, und fächelte sich mit einem Buch zu. „Wann ist es hier so warm geworden?"

Ich lächelte. „Wurde aber auch Zeit, dass du es bemerkst."

Ein leises Lachen vibrierte in Ians Kehle.

„Kannst du jetzt die Temperatur runterdrehen? Manche von uns mögen es nicht, langsam gegart zu werden", neckte ich. Obwohl ich ausnahmsweise nicht schwitzte. Meine Hände und Füße waren immer noch taub, und der Rest meines Körpers hatte angefangen zu zittern.

Ian legte seinen Arm fester um mich. „Mach dir keine Sorge. Bea hat diese angereicherten Vitamine, die dich sofort wieder fit machen werden."

„Hm?"

„Es gibt deiner inneren Stärke einen Kick."

Natürlich. Ich hatte noch nie von dieser sogenannten Wunderpille gehört. „Sind die irgendwie verändert?"

Er lachte. „Verzaubert, wenn du das meinst. Bea hält sie für Notfälle bereit."

Ich löste mich aus seiner Umarmung. „Nein danke. Ich werde mich von selbst erholen."

Ian lehnte sich zurück und verschränkte die Arme. „Das schon wieder? Du hast gerade gezaubert. Wie viele Tage – nein, Wochen, jetzt – hast du versucht, den Zauber zu meistern? Und trotzdem willst du keine kleine Pille nehmen, mit der du dich im Handumdrehen wieder normal fühlst, weil eine Hexe sie ein bisschen verbessert hat? Ich sage dir das ungern, Jade, aber du bist auch eine Hexe. Eine weiße Hexe. Eine sehr mächtige, und um ehrlich zu sein, kannst du es dir nicht leisten, ausgelaugt zu sein."

„Wa–"

„Bevormunde das Mädchen nicht. Sie hat gerade deine Tante geheilt." Bea reichte mir ein großes Glas Eistee und zeigte mit dem Fächer auf Ian.

„Danke!" Ich trank drei Viertel des Glases aus, bevor ich Luft holte.

Beas Lächeln wurde zu einem Grinsen. „Es hat keinen Sinn, ihr eine Pille in den Rachen zu zwingen, wenn Tee genauso gut funktioniert."

Ich neigte verwirrt den Kopf und runzelte dann die Stirn, als meine Nervenenden wieder zum Leben erwachten und meine Extremitäten mit ihnen. Mein Körper fing an zu summen, ähnlich wie nach einem guten Training im Fitnessstudio. „Bea! Sag mir, dass du mich nicht ohne mein Wissen unter Drogen gesetzt hast."

„Himmel, nein! Das würde ich nie tun. Ich habe jedoch die *angereicherten* Vitamine in den Tee gegeben. Du brauchst das nach dieser beeindruckenden Energiearbeit."

9

Als ich ihr zufriedenes Lächeln sah, wollte ich schreien. Doch als ich ihre rosigen Wangen und das Funkeln, das in ihren Augen gefehlt hatte, bemerkte, wurde ich weich und schüttelte den Kopf. „Du weißt, ich mag es nicht, manipuliert zu werden."

„Wer mag das schon?", sagte Bea, als sie zur Hintertür ging. „Ich musste etwas tun, nachdem du den Essenztransfer verpfuscht hast."

„Verpfuscht? Was meinst du? Für mich sieht es so aus, als hätte es funktioniert. Du stehst aufrecht und siehst besser aus als seit dem Exorzismus."

„Ja, verpfuscht." Sie öffnete die Hintertür. „Ich sage nicht, dass es nicht funktioniert hat. Tatsächlich würde ich sagen, dass es besser funktioniert hat, als alle erwartet hatten. Doch ich habe dir auch gesagt, dass du nichts von deiner Essenz übertragen sollst. Schade, dass du Anweisungen nicht gut befolgen kannst. Keine Sorge – daran können wir arbeiten." Die Fenstertür schloss sich mit einem leisen Klicken.

Ich warf Ian einen Blick zu. „Das hatte ich nicht bezweckt. Es ist einfach passiert."

Er tätschelte meine Hand, als wäre ich eine Fünfjährige, dann stand er auf und ging in die Küche.

„Ich habe es nicht mit Absicht getan", rief ich ihm hinterher.

Ian steckte seinen Kopf zurück ins Wohnzimmer. „Ich weiß. Deshalb musst du üben."

Ich kniff den Mund zusammen und starrte ihn an.

„Ich dachte mir, dass du das sagen würdest." Er verschwand wieder und ließ mich mit zusammengebissenen Zähnen und vor meiner Brust verschränkten Armen allein.

„Ein Dankeschön wäre nett gewesen", sagte ich ins Nichts.

KAPITEL ZWEI

Frustriert nahm ich meine Handtasche und ging. Vom Garten aus winkte ich Bea kurz zu, bevor ich zur Trolleyhaltestelle auf der Saint Charles ging. Ian hätte mich nach Hause gefahren, wenn ich ihn darum gebeten hätte, doch dazu hätte ich mit ihm reden müssen.

Meine Bauchreaktion, jegliche Magie abzulehnen, hatten meinen gesunden Menschenverstand überstimmt. Wieder einmal. Ich konnte nicht anders. Die Erinnerung an die Anführerin des Zirkels, die in jener Spätsommernacht vor zwölf Jahren vor meiner Tür gestanden hatte, trieb mir immer noch Tränen in die Augen.

Ihr blutleeres, von Verzweiflung gezeichnetes Gesicht hatte mich mehr erschreckt als die herzzerreißende Angst und Trauer, die sie nicht vor mir hatte verbergen können. Sie hatte es versucht. Ihre Abwehr war da gewesen, doch sie war zu schwach gewesen, um sie aufrecht zu halten. Soweit ich erfahren hatte, hatte die Anführerin in dieser Nacht so viel Magie ausgeübt, dass sie fast ausgebrannt war.

War mir egal gewesen. Meine Mutter war verschwunden. Nichts anderes hatte für mich gezählt.

Meine Forderung, in den Kreis zurückzukehren und zu suchen, bis sie meine Mutter fand, war auf taube Ohren gestoßen. Die Anführerin hatte mich mit großen, leeren Augen angestarrt und mir erlaubt, sie zu beschimpfen, bis ich heiser war. Als ich endlich vor meiner Haustür zusammengebrochen war, hatte sie meine Stirn berührt und einen Zauberspruch geflüstert. Durch mein Schluchzen hatte ich einen Großteil verpasst und nur den vertrauten Satz verstanden, den ich meine Mutter zahllose Male hatte sagen hören: „Gesegnet seist du, Kind."

Ich war in einen tiefen Schlaf gefallen und zwei Tage später in der Psychiatrie aufgewacht. Der Arzt hatte gesagt, ich hätte durch traumatische Trauer einen Nervenzusammenbruch erlitten. Doch es war gelogen. Ich war verzaubert worden, um mich vor den unmittelbaren Schmerzen zu bewahren.

Eine Woche später war ich zu einer Pflegefamilie gezogen und habe seither nie wieder mit einem der Mitglieder des Zirkels meiner Mutter gesprochen. Trotz einer Reihe von Versuchen von einigen von ihnen, habe ich mich immer geweigert. Sie waren der Grund, warum meine Mutter vermisst wurde. Der Zirkel und die Magie, die sie so sehr liebte. Beides war danach in meinem Leben nicht mehr willkommen gewesen. Sie waren es immer noch nicht. Doch für Bea würde ich tun, was nötig war.

Ich wusste, dass die *Vitamine*, mit denen sie meinen Tee angereichert hatte, größtenteils harmlos waren, und es hatte geholfen. Ich hatte einfach keine Toleranz für Magie jeglicher Art, besonders, wenn sie ohne mein Wissen bei mir angewendet wurden. Doch Bea wusste das nicht. Niemand wusste es. Über das Verschwinden meiner Mutter sprach ich nicht. Es war zu schmerzhaft.

Als ich geduscht und mich für mein Date fertiggemacht hatte, war meine Verärgerung verschwunden. Bea hatte nur das getan, was sie für das Beste gehalten hatte. Es war nicht ihre Schuld, dass ich Ballast mit mir herumschleppte. Trotzdem verdiente ein Mädchen nach einem Tag wie meinem ein bisschen Schokolade und Wein. Auf meinem Weg zu Kane machte ich auf einem Markt halt und kaufte ein.

Zwanzig Minuten später benutzte ich meinen Schlüssel und rief nach ihm, als ich Kanes Haus betrat.

„Ich bin hier", antwortete er aus der Küche.

Ich fand ihn am Tisch mit einem Stapel Unterlagen, einem Taschenrechner und seinem Laptop.

„Wie geht es meiner wunderschönen Hexe heute Abend?" Er griff nach meiner Hand, nachdem ich meine Einkäufe auf der Kücheninsel abgestellt hatte.

Ich rollte mit den Augen, ließ mich von ihm auf seinen Schoß ziehen und ignorierte den Spitznamen. „Besser, jetzt, wo ich hier bin."

„Irgendwelche Fortschritte gemacht?" Ein Fünf-Uhr-Schatten überzog seinen gemeißelten Kiefer, und sein dunkles, welliges Haar stand in widerspenstigen Büscheln ab. Ich konnte nicht widerstehen, es zu glätten.

Ein echtes Lächeln umspielte meine Lippen. „Es hat endlich funktioniert. Als ich gegangen bin, war Bea draußen und hat in ihrem Blumengarten gearbeitet."

„Dann geht es ihr besser?"

„Ja. Und ich bin frei von Hexentraining, Zaubersprüchen und allem Übernatürlichen."

„Gut." Er beugte sich vor und strich mit seinen Lippen über meine Wange, bis er meinen Mund fand und in einen tiefen, sinnlichen Kuss versank. Seine geübte Zunge strich sündig über meine, erforschte und liebkoste, bis ich atemlos war. Als er sich schließlich zurückzog, knabberte er auf meiner

Unterlippe, was meiner Kehle ein leises Stöhnen entlockte. Seine Worte kamen leise und heiser heraus, als sich seine mokkabraunen Augen in meine bohrten. „Abendessen ist fertig."

„Wenn das das Abendessen ist, brauche ich Nachschlag."

Er lachte und hob mich hoch, als er aufstand. „Nein, das ist Dessert. Abendessen zuerst." Er drückte mir einen sanften Kuss auf die Stirn und ging hinüber zum Herd.

„Böse. Das pure Böse." Ich räumte die Erdbeeren und die Schokolade weg und öffnete den Wein. Während ich den Tisch deckte, holte Kane das Abendessen aus dem Ofen. Sofort verbreitete sich das mild-würzige Aroma von geröstetem Knoblauch und Fleisch in der Küche. „Oh wow. Was ist das?"

„Short Ribs auf Cajun-Nudeln mit Knoblauch-Kartoffelpüree und gerösteten Tomaten als Vorspeise." Er stellte das Essen auf die Theke neben einen Teller mit Baguettescheiben und goss dann den Wein ein. Er betrachtete das Etikett des Cabernet. „Perfekt."

Ich lächelte und nahm mir ein großzügiges Stück Ziegenkäse für das Brot. „Wo hast du kochen gelernt? Pioneer Woman?"

Er hielt mit dem Essen auf dem Weg zum Mund inne. „Wer?"

„Vergiss es." Ich kicherte, dann steckte ich mir eine Tomate in den Mund und seufzte erfreut über den Duft von Kräutern und reichhaltigem Käse.

„Als Kind habe ich meiner Großmutter immer sonntags geholfen. Es war unsere Tradition. Ich habe es als Teenager weitergemacht, weil ich mich dazu verpflichtet gefühlt habe, doch als ich nach dem College zurückgezogen bin, ist mir bewusst geworden, dass es mir wirklich Spaß macht. Bis wir sie vor ein paar Jahren verloren haben, haben wir also jeden

Sonntagnachmittag mit Mamaw hier in ihrer Küche verbracht."

Ein sanftes Leuchten warmer Zuneigung erhellte seine Haut und wärmte meine Hand dort, wo ich ihn berührte. Mein Herz schwoll an, und ich musste die Tränen der Emotionen zurückblinzeln, die in meiner Brust aufwallten. Ich hatte gewusst, dass ihm seine Großmutter wichtig war, doch ich hatte nicht gewusst, wie sehr. „Ich wünschte, ich hätte sie kennenlernen können."

Er drehte sich um und legte seine Hand an meine Wange. „Sie hätte dich geliebt."

„Das bezweifle ich. Wenn man bedenkt, wie viel Zeit du sonntags mit mir verbringst, könnte ich mir vorstellen, dass sie mir das übelgenommen hätte." Da Kane die meisten Samstagabende in seinem Club *Wicked* verbrachte, hatte ich es mir angewöhnt, diese Zeit zu nutzen, um mich auf mein Glasperlengeschäft zu konzentrieren. Manchmal arbeitete ich in meiner Wohnung, doch meistens war ich in meinem Atelier. Es war oft kurz vor Sonnenaufgang, wenn Kane mich abholte. Das bedeutete, dass wir lange schliefen und noch länger im Bett blieben und oft erst zum Abendessen aufstanden.

Seine Mokka-Augen strahlten, als ein wehmütiges Lächeln seine Lippen umspielte. „Zweifellos wäre unser derzeitiger Tagesablauf ein Konflikt gewesen. Wir hätten sicher eine Lösung gefunden." Er beugte sich vor und küsste mich, schmeckte nach Wein und Knoblauch.

„Das Abendessen ist köstlich", sagte ich.

„Kompliment an Mamaw."

„Danke, Mamaw!", wiederholte ich und wandte meine Aufmerksamkeit dem Papierstapel auf dem Tisch zu. „Sieht so aus, als hättest du viel zu tun. Ist das für den Club?"

Er schüttelte den Kopf. „Nein. Ich habe einen neuen Kunden. Sein Vermögen und sein Portfolio sind ein einziges

Chaos. Ich habe ihm gesagt, dass ich morgen früh einen Vorschlag für ihn habe." Seine Miene verfinsterte sich, als sein Bedauern mich überflutete.

„Das ist schade. Als Nachtisch hatte ich geschmolzene Schokolade und Erdbeeren geplant."

Er stöhnte, und seine lodernden Augen trafen meine. Ein Blitz seines Verlangens schoss durch mein Innerstes und ließ mich nach Atem ringen. Sein beschleunigter Puls bestätigte, dass meine Reaktion nicht unbemerkt geblieben war. Ohne etwas zu sagen, zog er mich vom Hocker in Richtung seines Schlafzimmers.

„Hey, ich war noch nicht fertig."

„Im Kühlschrank ist noch mehr."

Seine Lippen schlossen sich über meinen und dämpften meine Proteste. Trotz seiner Andeutung, arbeiten zu müssen, ließen wir uns Zeit, uns ein Kleidungsstück nach dem anderen auszuziehen und mit unseren Lippen jeden Zentimeter freigelegter Haut zu erkunden. Die Leidenschaft, die wir genossen, wurde heiß und heftig, als wir auf sein Bett fielen und alles außer einander vergaßen.

Es dauerte lange, bis wir in einem Gewirr von Gliedmaßen aneinander geschmiegt lagen, erschöpft und träge. Kane fuhr mit seinen Fingern durch mein Haar und küsste meinen Scheitel. „Ich liebe dich, schöne Hexe."

Ich war zu befriedigt, um ihn dafür zu schelten, dass er den unerwünschten Spitznamen benutzt hatte. Stattdessen strich ich mit meinen Fingern über seinen Handrücken und lächelte an seiner Brust. „Ich liebe dich auch, mein Pioneer Man."

Er zog mich an sich und legte seinen Arm um meine Mitte. Seine gute Laune kitzelte meine Sinne, kurz bevor er einschlief. Ich lag wach und lauschte seinem gleichmäßigen Atem.

Nach einiger Zeit fiel ich schließlich in einen unruhigen

Traumzustand. Ein schwacher Anflug von Amüsement erregte meine Aufmerksamkeit, und mein verschwommener Geist versuchte, sich auf die vertraute Energie zu konzentrieren. Langsam tauchte ein Bild auf, das zunächst formlos war und dann zur Silhouette einer Frau wurde. Ich blinzelte, versuchte sie zu erkennen und lächelte, als meine Mutter in unserer alten Küche in Idaho auftauchte.

Sie löffelte Erdbeeren in eine Schüssel und sah mich an. „Schlagsahne oder Schokolade, Shortcake?"

„Mama", stöhnte mein vierzehnjähriges Ich. „Du musst aufhören, mich so zu nennen. Ich bin fünf Zentimeter größer als du."

Ihre Augen funkelten, als sie mit der Hand durch meine erdbeerblonden Haare strich. „Mit einer wunderschönen Farbe wie dieser wirst du immer mein Shortcake sein."

Lachend und verlegen über die Aufmerksamkeit zog ich mich zurück.

Sie ging zu unserem altmodischen, taubeneiblauen Kühlschrank, der zur Porzellanspüle passte. „Also was möchtest du?" Sie hielt eine Tüte dunkler Schokoladenstückchen und eine Dose Sahne hoch.

„Beides." Ich holte die Bain-Marie heraus, um die Schokolade zu schmelzen.

„Das ist mein Mädchen."

Der Traum verblasste und nahm den warmen, glücklichen Glanz der geliebten Erinnerung mit sich. Ich wachte auf und fühlte mich leer und allein, so wie immer, nachdem ich von meiner Mutter geträumt hatte.

Unter der Schlafzimmertür fiel Licht hindurch. Ich stand auf und folgte ihm in die Küche. Kane saß mit zerzausten Haaren vor seinem Laptop und griff nach einer großen Tasse dampfenden Kaffees.

Das satte Aroma ließ meinen Magen knurren. „Wie spät ist es?"

„Ungefähr zwei." Er gähnte. „Habe ich dich aufgeweckt?"

„Nein. Nur ein Traum." Ich schlurfte zum Kühlschrank und holte die Erdbeeren heraus. Ich suchte die Regale nach Sahne ab und runzelte die Stirn, als ich keine fand. „Wie lange bist du schon auf?"

„Ein paar Stunden. Der Vorschlag schreibt sich nicht von selbst." Er tippte auf ein paar Tasten, dann hielt er inne, als ich den Schongarer aus seinem Schrank holte. „Was hast du vor?"

„Nachtisch." Ich schenkte ihm ein Lächeln und warf die Schokolade in den Topf. „Jemand hat mein Abendessen unterbrochen, und ich brauche einen Zwei-Uhr-morgens-Snack."

„Brauchst du Hilfe?"

„Nein danke."

Ich stellte den Schongarer auf niedrige Stufe, wusch die Erdbeeren und ließ mir Zeit, sie zu schneiden. Wie oft hatte ich das mit meiner Mutter getan? Ich konnte es nicht sagen. Es war unser Lieblingsdessert. Sie hatte immer gesagt: „So schlimm kann es nicht sein. Schau dir all das Obst auf dem Teller an."

Dann las ich ihr den Fettgehalt auf dem Sahnebehälter vor. Als Reaktion darauf stopfte sie sich einen riesigen Löffel frisch geschlagene Sahne in den Mund. Das brachte mich immer zum Kichern.

„Was ist so lustig?" Kane kam zu mir.

„Nur etwas, das meine Mutter immer gemacht hat, als ich ein Kind war." Ich nahm mir eine Erdbeere und tauchte sie in die geschmolzene Schokolade. „Hier."

Er biss hinein und sah nachdenklich aus. Einen Moment später öffnete er den Kühlschrank, kramte ungefähr eine Minute lang und holte eine Dose Sprühsahne heraus. „Hast du mir nicht mal erzählt, dass das als Kind dein Lieblingsdessert war?"

Ich lächelte. Sprühsahne war nicht frisch geschlagen, doch es würde reichen.

∼

DAS EINZIG SCHLECHTE an der Arbeit im *The Grind* war die Arbeitszeit. Fünf Uhr morgens sollte verboten werden. Um halb neun sehnte ich mich ernsthaft nach einem Nickerchen. Ein Gähnen unterdrückend putzte ich geistesabwesend die Espressomaschine, als der Rest des Morgenansturms das Café verließ.

In dem Moment, als sich die Tür schloss, band Pyper ihr königsblau gesträhntes dunkles Haar zu einem Knoten zusammen und sagte: „Ich brauche einen Gefallen."

„Sicher." Ich fing an, die Theke abzuwischen, doch als sie nicht näher darauf einging, hielt ich inne und sah auf. Sie stand an der Theke und tat so, als würde sie die Auslage mit den schokoladenüberzogenen Espressobohnen glattstreichen. Die, die ich gerade frisch aufgefüllt hatte.

Sie hörte auf, als sie bemerkte, dass ich sie beobachtete. „Tut mir leid. Ich war in Gedanken."

„Das sehe ich." Ich musterte sie. War sie nervös? Ich hatte Pyper noch nie anders als mit einer Menge Selbstvertrauen gesehen.

„Seid ihr morgen Abend beschäftigt? Du und Kane, meine ich?"

Ich zuckte mit den Schultern. „Ich glaube nicht. Es sei denn, er arbeitet im *Wicked*." Technisch gesehen war Kane von Beruf Finanzberater. Doch ihm gehörte auch der Stripclub nebenan. Er hatte einen Manager, der ihn leitete, doch er war nicht gerade der Typ, der gern die Kontrolle abgab. Zumindest, wenn es ums Geld ging.

Sie winkte ab. „Charlie arbeitet. Er muss nicht rein."

Ich lachte. „Charlie führt den Laden so wunderbar, dass er nie dort sein muss, doch das hält ihn nicht davon ab. Oder dich, wenn wir schon dabei sind." Pyper war die Managerin gewesen, bevor Charlie die Stelle übernommen hatte, und obwohl Pyper nicht ihr halbes Leben dort verbringen musste, tat sie es trotzdem. „Ihr solltet euch beide bei Workaholics Anonymous anmelden."

„Ja, ja, blabla. Wie auch immer … morgen." Ihre Lippen verzogen sich zu einem schüchternen Lächeln, und ihre Wangen wurden rosa. Nein, rot. „Seid ihr zum Abendessen frei? Da ist jemand, den ich euch gerne vorstellen würde."

„Wie jetzt, Pyper, hast du einen Mann kennengelernt, den du der Familie vorstellen willst? Oder eine Frau?", neckte ich sie, als ich mich daran erinnerte, dass sie sich in dieser Hinsicht nicht festlegte, wenn es um die Liebe ging.

Ihre Röte verschwand, und ihre Augen leuchteten. „Sowas in der Art. Sieben, okay?"

„Hört sich gut an." Mein Handy summte, und ich zog es aus meiner Tasche.

Eine SMS von meiner besten Freundin Kat: *News Alert, ich habe ein Date!*

Ich schrieb zurück: *Fantastisch. Mit wem?*

Fast sofort antwortete sie: *Jemand, den ich schon seit einiger Zeit im Auge habe. Ich rufe dich später an.*

Lächelnd warf ich einen Blick auf Pyper. „Du bist nicht die Einzige mit einem neuen Angebeteten – warte, ist das …?" Ich zeigte an ihr vorbei auf einen großen, dunkelhaarigen Mann und eine sehr vertraute in Bohème-Chic gekleidete Frau, die vor dem Café standen.

Pyper spähte über die Theke, als die Frau den Mann in ihre

Arme zog und ihm einen Kuss auf die Wange gab. „Sieht aus, als hätte Lailah einen Freund gefunden. Es ist Zeit. Ich dachte, sie würde nie über Kane hinwegkommen. Es ist ewig her, dass sie gedatet haben."

Ich verschluckte mich beim Einatmen. Nach einem Schluck Wasser keuchte ich: „Was zum Henker macht sie mit Dan?"

Pypers Augen weiteten sich. „Deinem Ex?"

Gebannt von der Szene draußen hörte ich sie kaum.

„Jade?"

„Hm?"

„Bist du okay?"

„Ich …" Der anfängliche Schock begann nachzulassen, doch ich konnte nicht anders, als genervt zu reagieren. Was in aller Welt? Musste jede, die ich kenne, mit ihm ausgehen? Wir waren während des gesamten Studiums zusammen gewesen und hatten uns fast verlobt, bevor wir unsere Beziehung kaputtgemacht hatten. Nicht lange danach hatte er angefangen, sich mit Kat zu verabreden …, bis er mich vor ein paar Monaten im Club angegriffen und sie ihn dafür abserviert hatte. Ich wandte mich Pyper zu. „Wenn du auch nur daran denkst, mit Dan auszugehen, muss ich als deine Freundin zurücktreten."

Sie schnaubte. „Mit dem ausgehen? Du machst Scherze, oder? Warum sollte ich jemals mit einem homophoben Arschloch ausgehen?"

Ihr sachlicher, unbeschwerter Ton löste die Enge in meiner Brust, als Lailah das Café betrat.

„Wo ist das Arschloch?", fragte Pyper sie.

Ich öffnete meinen Mund, doch Gelächter sprudelte in Form eines Kicherns heraus.

„Ähm, was?", fragte Lailah.

„Das Arschloch. Jades Ex. Der Typ, den du abgeschlabbert

hast." Pyper stand da, die Hände in die Hüften gestemmt, und starrte Lailah an.

Lailah legte ihre Handtasche auf den Tresen. Ihre normalerweise helle, intuitive Energie wurde dunkler, als eine winzige Menge Wut ihrer Essenz entwich. „Du meinst Dan?"

Ich wurde ernst und spiegelte Pypers aggressive Haltung wider. „Ja, Dan."

Sie biss die Zähne zusammen. „Ich bin nicht mit ihm zusammen. Es ist ..." Sie sah sich um, zweifellos, um sich zu versichern, ob wir Gäste hatten. „Ich arbeite mit ihm."

„Sah für mich nicht nach Arbeit aus", knurrte Pyper.

„An was?", fragte ich.

„Das ist vertraulich."

Pyper und ich starrten sie an.

„Ich würde es euch sagen, wenn ich könnte, aber" – sie hob einen Finger und zeigte gen Himmel, – „das ist so eine Engelssache."

„Oh. Natürlich", schnaubte Pyper.

„Schau, ich bin nur gekommen, um Hallo zu sagen und einen Chai zu bestellen, aber wenn ich nicht willkommen bin –"

„Nein, nein. Schon gut." Ich machte mich an ihren Chai und bemühte mich sehr, nichts zu sagen. Sie hatte uns einmal erzählt, dass sie ein Engel *niedriger Stufe* war, doch keiner von uns wusste, was das bedeutete. Und sie hatte es nicht weiter erklärt, abgesehen davon, dass sie Zaubersprüche anwenden konnte, doch keine Beschwörungen und Tränke brauchte. Was das alles mit Dan zu tun hatte, wusste ich nicht, doch ich wollte es unbedingt herausfinden.

Während ich die Milch aufschäumte, betrachtete ich den Engel. „Wie funktioniert das? Bekommst du Aufträge zugewiesen?"

„Tut mir so leid, Jade. Ich kann mir vorstellen, dass du neugierig bist, aber ich kann wirklich nicht darüber sprechen."

Ich zuckte mit den Schultern und täuschte Desinteresse vor. Dann erinnerte ich mich, dass sie zwar keine Empathin war, aber genug intuitive Energie hatte, um mich zu durchschauen. Ich seufzte und machte ihren Chai fertig. Gerade als ich ihn auf den Tresen stellte, schwang die Tür auf, und Dan kam herein.

Er ging zum Tresen, ignorierte Lailah und starrte mich direkt an. „Jade."

„Dan." Ich wich zurück, obwohl der Tresen zwischen uns war. „Pyper nimmt gern deine Bestellung entgegen."

„Ich will nichts, danke. Ich bin hier, um dich zu sehen."

Pyper trat auf ihn zu. Ihr Drang, mich zu beschützen, war klar und deutlich zu spüren. Ich legte eine Hand auf ihren Arm, um sie aufzuhalten, bevor sie etwas sagte.

Die letzten paar Male, als ich Dan begegnet war, war er ein richtiger Idiot gewesen. Heute war etwas anders an ihm. Ich musterte ihn und versuchte zu erkennen, was es war. Einen Moment später wusste ich es. Seine Gefühle waren streng kontrolliert.

Ein Anflug von Schuldgefühlen machte sich in meinem Bauch breit, doch ich sandte trotzdem meine Energie aus. Es war eine Verletzung seiner Privatsphäre und der Grund, warum Dan und ich uns getrennt hatten, doch wenn ich mit ihm reden wollte, musste ich seinen Geisteszustand kennen.

Da er seine Emotionen so kontrollierte, war es schwer, etwas zu lesen. Oberflächlich betrachtet gelang es ihm sehr gut, eine Schicht Ruhe zu projizieren. Da war jedoch noch etwas anderes, und es zerrte an meinen Sinnen. Was war es? Arroganz? Entschlossenheit? Vielleicht ein bisschen von beidem. Ich stieß tiefer. Angst. Tiefsitzende Angst.

Warum um alles in der Welt sollte Dan mich fürchten? Da

begriff ich es. Meine Gabe. Er fürchtete, dass ich genau wusste, was er fühlte. Mist. Er hatte Recht. Sofort errichtete ich die Barriere in Form eines imaginären Glassturzes, den ich benutzte, wenn ich mich vor unerwünschten Emotionen schützen wollte. Es war wahrscheinlich nicht nötig, da er seine in Schach hielt, doch ich fühlte mich besser.

„Was willst du, Dan?", fragte ich in beherrschtem Ton.

Er holte tief Luft. „Sagen, dass es mir leidtut."

Seine Worte trafen mich mit einer Welle der Verwirrung. Ich starrte ihn ungläubig an.

„Ich weiß, dass ich ein paar schreckliche Dinge gesagt und getan habe, nachdem wir uns getrennt haben. Es gibt keine Entschuldigung. Ich werde es nicht einmal versuchen. Ich wollte nur, dass du weißt, dass es mir leidtut, und es wird nicht wieder vorkommen."

Seine Worte und sein Tonfall ähnelten so sehr Dans, mit dem ich all die Jahre befreundet und dann ausgegangen war, dass ich, als er seine Hand ausstreckte, sie automatisch nahm, ohne nachzudenken.

Er ergriff meine Hand, schüttelte sie und entschuldigte sich weiter. Ich verstand kein Wort. Meine Hand begann an allen Stellen, an denen seine Haut meine berührte, zu brennen.

„Las los!" Ich riss meine Hand zurück und presste sie an meine Brust.

„Was zum?" Pyper trat vor mich und schützte mich vor Dans Blick. Sie wandte sich Lailah zu. „Schaff ihn hier raus."

„Aber", protestierte Dan, „das ist Teil meines Wutbewältigungskurses."

„Was? Ihre Hand zu zerquetschen?", fragte Pyper.

„Ich habe nicht … Jade, geht's dir gut?" Die Sanftheit in Dans Stimme widersprach allem, was ich von ihm gespürt hatte. Die Verbrennung war ein Abbild seines inneren Selbst gewesen. Das Zeichen eines Mannes, der in giftiger Energie marinierte.

„Es geht mir gut." Ich streckte den Hals, um Pyper zu sehen. Die Sorge in ihren Augen ließ mich den Blick abwenden. „Du solltest gehen."

Einen Moment später schrillte die Klingel über der Tür und signalisierte, dass sie gegangen waren.

„Was zum Teufel ist gerade passiert?", fragte Pyper.

Ich schüttelte den Kopf. „Ich habe keine Ahnung."

KAPITEL DREI

ie Rillen in der Metallleiter schmerzten unter meinen nackten Füßen, sodass ich zusammenzuckte, als ich mich nach vorn beugte und das Porträt an der Wand befestigte. „Wenn ich gewusst hätte, dass ich arbeiten würde, hätte ich geeignetere Schuhe getragen", rief ich Kane zu.

„Tut mir leid." Er schenkte mir ein reuiges Lächeln. „Ich habe vergessen, dass ich Charlie versprochen habe, bei den Promo-Sachen für die Halloween-Party zu helfen."

„Hey, Charlie." Ich warf der Clubmanagerin über die Schulter einen Blick zu. Sie hatte sich kürzlich ihr knallrotes Haar gestutzt, und es stand in gegelten Stacheln von ihrem Kopf ab. Ihr schlanker Körperbau und ihr herzförmiges Gesicht machten sie perfekt für eine Karriere als High-Fashion-Model. Stattdessen verbrachte sie ihre ganze Zeit damit, den Club zu leiten und für ihren MBA zu büffeln. „Ich habe gehört, es ist deine Schuld, dass ich in meinem Kleinen Schwarzen auf dieser Todesfalle stehe."

Ihre Wertschätzung kitzelte meine Haut wie immer, wenn

sie flirtete. „Mädchen, wenn dieser Rock ein paar Zentimeter kürzer wäre, könnten wir dich und diese Leiter als neuen Act verkaufen."

Kane schmunzelte und neigte den Kopf, um meinen Po besser sehen zu können.

Ich wandte mich wieder dem Porträt zu und ignorierte beide. Alle paar Tage machte einer von ihnen eine Bemerkung, mich für das *Wicked* zu rekrutieren. Gelegentlich half ich an der Bar, doch Strippen würde nicht passieren und das wussten beide.

„Ich glaube, da haben wir kein Glück", sagte Kane zu Charlie.

„Man weiß nie", überlegte sie laut. „Ich könnte nächste Woche auf der Party was in ihren Drink kippen. Dann sehen wir vielleicht ein bisschen mehr Haut."

„Um Himmels willen." Ich verschluckte mich an meinem Lachen. „Das ist genug Peinlichkeit für einen Abend." Mein ohnehin schon gerötetes Gesicht brannte noch heißer, als Kanes Verlangen meine Psyche streichelte. Sein Besuch in meinem Traum letzte Nacht blitzte in meinen Gedanken auf und ließ alle meine sensiblen Stellen glühen. Meine Augen begegneten Kanes, und ich wusste, dass auch er an unsere Begegnung dachte. Es war einer der seltenen Fälle gewesen, in denen wir die Nacht nicht zusammen verbracht hatten. Doch da Kane ein Traumwandler war und bewusst in meine Träume eindringen konnte, hat das unser Sexualleben nicht unterbrochen. Im Gegenteil, die Dinge, die er mit mir gemacht hatte ... Mmm.

Charlie trommelte mit den Fingernägeln auf die Theke. „Seid ihr zwei notgeilen Hunde fertig damit, euch gegenseitig mit Blicken auszuziehen? Denn wir haben ungefähr zwanzig Minuten, um alles fertig zu bekommen, bevor sich die Türen öffnen."

„Du hast damit angefangen", sagte Kane und starrte mich immer noch an.

Schluss damit, formte ich lautlos mit den Lippen und kletterte die Leiter hinunter. Ich trat zurück und neigte den Kopf. „Wie sieht es aus?"

Das groteske, Mixed-Media 3D-Porträt aus Pappmaché und Acrylepoxid zeigte eine faltige Hexe, die auf uns herabstarrte, ein Auge weit geöffnet und das andere zusammengekniffen. Ihre lange, schmale Nase saß leicht außermittig direkt über einem übergroßen, abgebrochenen Zahn. Die einzigen attraktiven Eigenschaften waren ihr dichtes, kastanienbraunes Haar und das tiefe Smaragdgrün ihrer Augen.

„Ah, Priscilla, du siehst heute besonders wild aus", sagte Charlie.

„Priscilla?", fragte ich.

„Ja. Ihr Name ist in den Rahmen eingraviert. Das ist Meri" – sie zeigte quer durch den Raum auf eine skelettgesichtige Hexe – „und das ist Felicia." Charlie hielt ein drittes Porträt hoch. Die Frau wäre wunderschön gewesen, mit ihren leuchtendblauen Augen und dem seidigen blonden Haar, wäre nicht die Hälfte ihres Gesichts abgeblättert.

„Meine Güte. Arme Felicia. Es muss ein ziemlicher Schlag für ihr Ego gewesen sein, so verunstaltet zu werden." Ich verzog das Gesicht und folgte Kane, als er die Leiter umstellte.

Charlies Lippen zuckten. „Ich mag sie am liebsten."

Ich schüttelte den Kopf. „Hörst du jemals auf?"

„Nein. Jetzt schwing deinen mageren Arsch wieder auf die Leiter, damit wir das fertigbekommen."

Nachdem ich meine Haare zurückgebunden hatte, kletterte ich noch einmal auf die Leiter und streckte meine Hand aus. Kane reichte mir Felicia, und ich hängte ihren Rahmen an die Wand. Als ich das ungewöhnliche Kunstwerk ausrichtete, durchströmte ein fremder Strom von Traurigkeit mein Innerstes. Ich versteifte mich. Emotionale Energie hat eine Prägung, die für jeden Menschen spezifisch ist. Die Traurigkeit gehörte nicht Kane oder Charlie, was bedeutete, dass entweder ein Fremder im Club war oder wir wieder einen Geist hatten.

Ich drehte mich um und blickte in den leeren Raum. „Ist jemand gerade vorbeigelaufen? Einer der Tänzer vielleicht?"

„Nein. Wieso? Hast du was gehört?" Kane sah sich um.

„Nein, ich dachte, ich hätte jemand Neuen gespürt. Kann mich aber auch geirrt haben." Doch ich *hatte* jemanden gespürt. Ich holte tief Luft, atmete langsam aus und öffnete mein Bewusstsein. Abgestandene, primitive Lust kroch über meine Haut. Wunderbar, jetzt brauchte ich eine Dusche.

Es gab einen Grund, warum ich den Club normalerweise mied. Selbst wenn er leer war, blieben die sexuellen Energien seiner Gäste. Ich tat mein Bestes, um die Lust zu verdrängen, und konzentrierte mich auf Charlie. In ihrer üblichen Verspieltheit lag jetzt eine Spur Sorge, während sie mich musterte. Ich zwang mich zu einem Lächeln und verschloss die Tür zu ihrer Energie.

Mit Kane würde es nicht so leicht sein. Seit wir zusammen waren, konnte ich seine Emotionen anzapfen, als wären es meine eigenen, was es praktisch unmöglich machte, ihn ganz auszublenden. Ich konnte sie verdrängen, doch wenn er in meiner Nähe war, wusste ich immer, wie er sich fühlte, ob ich wollte oder nicht. Das war einer der Gründe, warum ich mich geweigert hatte, bei ihm einzuziehen, obwohl er mich gebeten hatte. Manchmal brauchte ich einfach Raum für meinen Kopf.

Je länger ich schwieg, desto größer wurde seine Angst. „Schon gut", sagte ich. „Hier ist nichts."

„Bist du sicher?", fragte er.

Es war eine berechtigte Frage. Vor drei Monaten hatte ich im Koma gelegen, während Roy, der böse Geist und ehemalige

Besitzer des *Wicked,* mich in einer anderen Dimension gefangen gehalten hatte. Roy hatte zunächst Pyper nach einem fehlgeschlagenen Zauber von Lailah entführt. Ich hatte es geschafft, sie zu befreien, indem ich ihre emotionale Energie angezapft hatte, doch leider hatte ich dabei ihren Platz eingenommen. Der einzige Grund, dass ich entkommen war, war, dass Kane die meisten unserer Freunde in einen Traum gebracht hatte und es uns mit Beas Kräften gelungen war, Roy in die Hölle zu verbannen. Wenn man so etwas erst einmal durchgemacht hatte, schien nichts mehr unmöglich zu sein.

„Ich bin sicher." Ich lächelte die beiden beruhigend an und wandte mich wieder dem Porträt zu. „Lass uns das fertigmachen. Ist sie hetero?"

„Ein bisschen nach links", sagte Charlie.

Die abblätternde Farbe war rau an meinen Fingerspitzen, als ich den Rahmen verschob.

„Ein bisschen mehr."

Ich schob weiter. Der Rahmen schwang plötzlich wild hin und her, und ich packte ihn mit beiden Händen, damit er nicht herunterfiel. „Hoppla." Ich rückte ihn gerade. Die fremde emotionale Energie, die ich zuvor gespürt hatte, kehrte zurück, diesmal voller Schadenfreude. Ich riss meine Hände zurück. Die Emotion war verschwunden. „Oh Scheiße."

„Was?", sagten die anderen wie aus einem Mund.

Ich kletterte von der Leiter herunter und behielt die blauäugige, entstellte Schönheit im Auge. „Da ist jemand in diesem Porträt."

„Was?", sagten sie erneut.

„Die fremde Energie kommt von ihr. Dieses seltsame Kunstprojekt hat etwas … oder jemanden, gefangen." Könnte das schon wieder passieren? Wir waren gerade zwei Geister losgeworden. Ich wollte mich sicher nicht mit einem weiteren befassen. Ich wandte mich Kane zu. „Kannst du die Leiter verschieben? Ich will die anderen beiden untersuchen."

Sein Gesichtsausdruck und seine Energie verrieten seine Skepsis, doch er tat, was ich verlangte. Als ich in Position war, legte ich bewusst beide Hände auf Priscillas Rahmen. Ein Anflug von Neugier rieselte durch meine Arme. Ich griff fester zu, spürte aber nichts sonst. Sobald ich losließ, verschwand die Neugier. Interessant.

Ich wiederholte mein Experiment mit Meri, doch bei ihr geschah nichts. Ich kletterte von der Leiter und setzte mich in einen der blauen Samtsessel. „Das ist seltsam. Die ersten beiden geben Energie ab, aber Meri nicht."

„Bist du sicher, dass es von den Porträts gekommen ist?" Charlie setzte sich neben mich und trank einen Schluck bernsteinfarbener Flüssigkeit. Das süße Aroma von Rum lag in der Luft.

Ich rieb mir die Stirn. „Ich glaube, ein paar Geister sind in diesen Rahmen gefangen."

„Hm", sagte Charlie. „Dann ist an dem Gerücht wohl was dran."

„Was meinst du?", fragte ich.

„Der mit den drei hässlichen Geistern."

Eine vage Erinnerung an Kane, der den Slogan des Clubs erklärte, kam an die Oberfläche. Die Laufschrift, die besagte: *Hunderte von schönen Frauen und drei hässliche.* Auf meine Frage, was das bedeute, hatte Kane gesagt, sie seien Geister. Später hatte er mir versichert, dass es nur eine Legende war, die jemand für die alljährliche Halloween-Party erfunden hatte.

„Aber ich habe nur zwei gespürt." Ich runzelte die Stirn.

Sie zuckte mit den Schultern. „Vielleicht ist Meri mit jemandem nach Hause gegangen."

„Sɪᴇ ʜᴀᴛ ᴇɪɴᴇɴ Wɪᴛᴢ ɢᴇᴍᴀᴄʜᴛ", sagte Kane über seine Speisekarte hinweg. „Sie hat die Bilder letzte Woche in einem Secondhand-Laden gefunden und sie für die Kostümparty gekauft, die der Club an Halloween veranstaltet. Du weißt schon, wegen des Mottos der Party: *drei hässliche Frauen.*"

„Kostüm-Party?" Ich sah ihn über mein Weinglas hinweg an.

„Jedes Jahr veranstalten wir einen Wettbewerb. Die Frauen verkleiden sich in ihren gruseligsten und hässlichsten Kostümen, und um Mitternacht ziehen sie sich aus und enthüllen ihre natürliche Schönheit. Das Publikum stimmt über das beste Kostüm und den Tanz ab. Die Siegerin bekommt einen Wochenendaufenthalt in einem Hotel im French Quarter. Außerdem wird sie zur Halloween-Königin gekrönt und bekommt so viele kostenlose Drinks und Lapdances, wie sie will."

„Klingt nach Spaß", sagte ich trocken.

Er lachte. „Ist es auch."

„Und was haben die Porträts damit zu tun?"

Er zuckte mit den Schultern. „Nichts. Charlie hat sie gesehen und dachte, sie wären eine gute Dekoration für die Veranstaltung."

Sie wären toll für die Party gewesen, doch nach meiner Enthüllung hatte Kane sie abgenommen und ins Lager gebracht. Er wollte kein Risiko eingehen, noch einmal verrückte paranormale Aktivitäten vertuschen zu müssen. Ehrlich gesagt war ich erleichtert. „Ich bin sicher, sie wird was anderes finden."

Kane nickte. „Ich dachte, du hast gesagt, wir treffen uns mit Pyper und ihrem Date?"

„Das tun wir." Ich warf einen Blick auf die Uhrzeit auf meinem Handy. „Ich bin sicher, sie werden gleich hier sein."

„Keine Sorge." Er nickte mit dem Kopf zur Haustür.

Ich sah Pyper am Eingang vom *Muriel's* stehen, dem Restaurant, das sie für das Doppeldate ausgesucht hatte. Sie strich den Rock ihres schwarz-weiß bedruckten Kleides glatt und lächelte, als sich die Tür öffnete und ihr Date hereinkam.

Ich verschluckte mich am Wein und musste husten.

„Alles okay?", fragte unsere Kellnerin.

„Alles okay", keuchte ich.

Kane starrte mich an. „Ian ist ihr Date?"

Ich hatte keine Zeit zu antworten.

„Tut mir leid, dass wir zu spät sind", sagte Pyper hinter mir. „Ian hat mich auf eine Geisterjagd mitgenommen."

„Was?" Ich drehte mich so schnell um, dass ich fast umkippte. Sie packte meine Stuhllehne und bewahrte mich davor, auf dem Rücken zu landen. „Eine Geisterjagd? Du?"

Sie nahm neben mir Platz, doch erst, nachdem sie einen Schluck aus meinem Weinglas getrunken hatte. „Danke." Sie gab den Wein zurück. „Und ja. Ich dachte, der einzige Weg, meine Angst zu überwinden, besteht darin, mehr über Geister zu erfahren. Also habe ich Ian gebeten, mich mitzunehmen."

Das ergab absolut Sinn. Das grässliche, klaustrophobische Gefühl, festgenagelt und in einer Art Glassarg gefangen zu sein, kehrte schlagartig zurück und ließ mich unruhig herumzappeln. Nachdem ich Pyper aus Roys Fängen befreit und ihren Platz eingenommen hatte, war es mir gelungen, die Folter des Geistes abzuwehren. Sie hatte nicht so viel Glück gehabt. Sie war drei Tage lang gefoltert worden. Ich nickte verständnisvoll und versuchte, Kanes erdrückende Verärgerung zu ignorieren. „Lange nicht gesehen", sagte ich zu Ian und bemerkte sein typisches schwarzes Ensemble. Schwarze Jeans, schwarzes T-Shirt und schwarzes Kurzarmhemd.

„Besser heute?" Er lächelte wissend.

Er wusste verdammt gut, dass es mir besser ging. Schon

seit kurz nachdem Bea mich dazu gebracht hatte, diesen Tee zu trinken. Ich schmunzelte und versuchte, die Erinnerung an das letzte Mal, als ich mit Ian bei *Muriel's* war, auszublenden. Damals hatten wir uns verabredet, und er hatte die ganze Nacht damit verbracht, den Laden nach Geistern abzusuchen. Ich betete, dass wir nicht Zeugen einer Wiederholung werden würden.

„Seit wann ist Ian dein Date?", flüsterte ich Pyper zu.

„Seit ungefähr zwei Stunden, als ich ihn gefragt habe. Wollen wir bestellen?"

Eine Kellnerin tauchte aus dem Nichts auf und notierte unsere Wünsche.

Als sie ging, füllte Pyper ihr Weinglas und drehte sich zu mir um. „Wann erzählst du mir von den Spukporträts?"

Ians Interesse war geweckt und drückte auf meine Haut. Ich biss mir auf die Lippe. Verdammt. Jetzt müssten wir die Diskussion vor Ian führen, der zweifellos Nachforschungen anstellen würde. „Woher wusstest du das schon?"

„Ich habe mit Charlie gesprochen."

„Erzähl nur. Früher oder später werden sie es herausfinden", sagte Kane.

Ich beugte mich vor und küsste seine Wange. Nach einem Bissen Baguette erklärte ich, was passiert war. Wie vorhergesagt, wollte Ian kommen und Messungen vornehmen. Als er fragte, ob er eine Lesung mit mir machen könne, schüttelte ich den Kopf, bevor Kane etwas sagen konnte. „Nein, lieber nicht. Mach du nur so viele Messungen, wie du willst, oder lass Bea oder Lailah sie untersuchen, aber ich halte mich da raus."

Ian sah enttäuscht aus, wurde aber munter, als Pyper sagte: „Ich helfe dir."

Ich setzte mich aufrecht hin, bereit, den kommenden Streit zu entschärfen. Kane würde das auf keinen Fall erlauben.

Pyper und ich waren die beiden wichtigsten Menschen in seinem Leben. Er wollte nicht, dass irgendeine von uns involviert wurde.

Pyper schien meine Gedanken zu spüren, denn sie warf Kane einen Blick zu und forderte ihn heraus, etwas zu sagen.

Er holte tief Luft. Ich sah, wie er sich in die Wange biss, bevor er eine Schulter zu einem angedeuteten Schulterzucken hob. Ich konnte erkennen, dass es ihm auf die Nerven ging, zu schweigen, so, wie seine Verärgerung in meiner Psyche stachelte. Ich schickte ihm etwas von meiner Ruhe, hauptsächlich, weil ich nicht wollte, dass jemand eine Szene verursachte.

Pyper und Ian informierten uns während des Abendessens über ihre ereignislose Geisterjagd. Zu meiner Überraschung reckte Ian kein einziges Mal den Hals, um nach dem berühmten Geist zu suchen, der angeblich in diesem Restaurant im French Quarter spukte. Als das Dessert kam, war ich tatsächlich entspannt und amüsierte mich.

Kane und ich teilten uns eine Crème Brûlée und Pyper und Ian aßen einen Schokoladenkuchen.

„Ich habe mich den ganzen Tag danach gesehnt." Pyper schloss die Augen und stöhnte anerkennend.

Ian beobachtete sie mit einem zufriedenen Lächeln und ignorierte seine Hälfte des Kuchens.

„Was?" Sie nahm ein Stück auf ihre Gabel.

„Ich genieße nur mein Dessert." Sein Blick hielt ihren.

„Oh." Ihr Hals wurde rot, und ein nervöses Lachen entfleuchte ihren Lippen, bevor sie es unterdrückte.

Nervös? Pyper? Wo war der selbstbewusste, kesse Hitzkopf, den ich kennen und lieben gelernt hatte? Ich drehte mich zu Kane um und stellte fest, dass sein Gesichtsausdruck meine eigene Verwirrung widerspiegelte. Es gab nur eine Schlussfolgerung. Pyper war in Ian verknallt.

Als wir gingen, gingen Pyper und ich gemeinsam hinter unseren Dates her. Ich beugte mich zu ihr hinüber und flüsterte: „Ian, hm?"

Ihre Lippen verzogen sich zu einem schiefen Lächeln. „Warum nicht? Er ist süß."

„Was ist mit dem Typen, von dem du wolltest, dass wir ihn treffen?"

Ihr Gesicht wurde ausdruckslos. „Was meinst du?"

„Gestern im Café, erinnerst du dich? Du hast gesagt, du willst ein Doppeldate." Hatte sie nicht gesagt, sie hätte Ian erst vor zwei Stunden gefragt?

„Ja. Ich meinte mit Ian. Ich wollte ihn gleich nach der Arbeit fragen, aber wir haben uns dauernd verpasst. Alles, was ich wollte, war für alle Fälle was Ungezwungenes, doch da es so gut läuft, denke ich, wir können nach Hause gehen." Sie schmunzelte und rief: „Hey, Ian. Willst du mich nach Hause begleiten?"

„Klar", antwortete er.

„Ich glaube, wir brauchen vielleicht mehr Nachtisch." Pyper zwinkerte.

Ians Blick glitt über ihren winzigen Körper. „Wenn du darauf bestehst."

„Du hast ja keine Ahnung." Ihre Stimme klang leise und sinnlich.

„Nacht, Jade. Kane", sagte Ian und sah uns nicht an. Er legte einen Arm um ihre Schultern, und die beiden gingen zum Jackson Square.

„Ich mag diesen Typen nicht", sagte Kane.

Ich lachte. „Dann ist ja gut, dass du nicht mit ihnen nach Hause gehst."

KAPITEL VIER

$\mathcal{A}$m nächsten Tag, nachdem ich eine Sechs-Stunden-Schicht im *The Grind* gearbeitet hatte, schleppte ich mich die dritte Treppe zu meiner Einzimmerwohnung hinauf, bereit, auf meinem klumpigen Sofa zusammenzubrechen. Als ich an der Tür ankam, erstarrte ich. Sie war angelehnt, und leise Stimmen drangen von innen heraus.

Langsam wich ich zurück und drehte mich dann um. Ich hatte es halb die Treppe hinunter geschafft, als ich hörte, wie die Tür aufschwang. Schritte hallten durch den Flur.

Scheiße! Mein Körper zuckte nach vorn und warf mich um die Ecke in den ersten Stock.

„Jade!"

Ich packte das Geländer, blieb abrupt stehen und spähte um die Ecke. „Pyper? Was machst du in meiner Wohnung?"

„Auf dich warten. Tut mir leid, dass ich reingeplatzt bin, aber ich musste die Toilette benutzen."

„Schon okay." Ich schüttelte den Kopf und ging zurück in meine Wohnung. „Die Tür stand offen, und ich dachte, ich hätte einen Einbrecher."

„Oh Gott." Pyper verzog das Gesicht. „Daran hatte ich nicht gedacht."

Ihre silbernen High Heels klapperten auf meinem Parkett, als ich ihr folgte. „Du hast dich so schick gemacht. Wohin gehst du?"

Sie wirbelte herum, zeigte ihr rotes Vintage-Pin-up-Kleid im Stil der fünfziger Jahre und lächelte. „Ich habe eine Verabredung zum Mittagessen."

Meine Augenbrauen schossen in die Höhe. „Mit Ian?"

Sie warf mir einen schüchternen Blick zu und ging hinter mein Sofa. „Wir brauchen deine Hilfe bei etwas."

„Wir?"

Da ging die Badezimmertür auf. Lailah kam heraus, dicht gefolgt von Duke. Als sie stehenblieb, setzte sich der Geisterhund und starrte sie in reiner Anbetung an.

„Lailah", sagte ich.

„Jade, du siehst ... zufrieden aus." Ihre Lippen verzogen sich zu einem neckenden Lächeln.

Mein Gesicht brannte. Da Lailah angeblich eine Art Engel war, konnte sie Dinge spüren und sehen, die andere nicht wahrnahmen. Insbesondere konnte sie Auren lesen, und meine hatte wahrscheinlich ein gesundes Rot, das den üblichen violetten Dunst umgab. Rot war die Farbe der Leidenschaft. Etwas, woran es Kane und mir dieser Tage nicht mangelte. Wenn überhaupt, wuchs sie. Wir konnten die Finger nicht voneinander lassen, und wenn wir nicht körperlich zusammen sein konnten, besuchte Kane mich in meinen Träumen. Manchmal sogar gleich nachdem ... na ja, wie auch immer. Ein Freund, der ein Traumwandler ist, hat seine Vorteile.

Ich räusperte mich. „Was bringt dich heute Morgen hierher?"

Lailah wandte ihre Aufmerksamkeit Pyper zu. „Sie wusste nicht, dass wir kommen?"

Pyper ignorierte die Frage und drehte sich zu mir um. „Lailah könnte deine Hilfe gebrauchen."

„Was ist?"

Pyper griff hinter das Sofa und hob zwei Porträts hoch.

„Ich kann ihre Auren sehen, doch ich kann ihre Gefühle oder Absichten nicht lesen", sagte Lailah und hielt das dritte Porträt in der Hand.

Meine Aufmerksamkeit richtete sich auf die entstellte Schönheit in Pypers linker Hand. Die Verzweiflung, die von dem Porträt ausging, lenkte mich von Pypers Versuch ab, zu argumentieren, warum ich helfen sollte. Felicias blaue Augen schienen meinen Blick festzuhalten. Alles im Raum verschwand. Plötzlich war ich in ihrer Energie gefangen.

Willensstark und stur hielt Felicia ihre Gefühle fest. Sie waren zäh und schwer. Nicht das, was ich von einem übernatürlichen Wesen erwarten würde. Sofern sie nicht von Natur aus böse waren, waren ihre emotionalen Signaturen – wie meine – leicht und simpel zu navigieren. Ihre drängte, stieß und wickelte sich wie schwere Tentakel um meine Gliedmaßen. Verzweiflung begann, in meine Poren zu sickern.

„Jade?", rief Pyper.

Ich blinzelte, und die giftige Energie verschwand. „Ja?"

„Hörst du?" Pyper wedelte mit der Hand vor meinem Gesicht. „Ich weiß, du hast gesagt, dass du dich nicht einmischen willst, doch wir bitten nur um eine Lesung, um zu verstehen, was vor sich geht."

Ich wandte meine Aufmerksamkeit wieder Felicia zu. Was war mit der Seele passiert, die in diesem Porträt gefangen war? Trotz meiner Vorbehalte, mich auf einen weiteren Geist einzulassen, nickte ich. „Okay."

„Du musst nichts weiter tun. Ian hat bereits Lesungen mit Lailah. Er hat nur gefragt, ob wir aufschreiben könnten, was du von ihnen fühlst."

Ich hörte Pypers Antwort kaum. Felicias Energie hatte mich erneut gefunden, und ich hatte angefangen, mich auf das Porträt zuzubewegen. Es war wie eine personalisierte, mystische Anziehungskraft. Als ob ich mich nicht davon befreien könnte, selbst wenn ich es wollte.

Als ich Pyper erreichte, streckte ich meine Hände aus. Sie stellte eines der Porträts ab und reichte mir Felicia. Sobald sich meine Hände um den Rahmen schlossen, wurde meine Welt schwarz.

Nein, nicht schwarz. Eine Mondsichel spähte hinter den Wolken hervor. Ein paar Sterne funkelten am Mitternachtshimmel. Ich wirbelte herum und betrachtete die weite Lichtung zwischen den vertrauten Kiefern.

Mein Herz sackte mir in die Magengrube. Ich atmete tief durch und verschluckte mich an dem überwältigenden Kieferduft. Ich kannte diesen Ort. Ich war über zehn Jahre nicht mehr dort gewesen. Nicht, seit meine Mutter verschwunden war.

„Warum hier?", fragte ich.

Felicia schwebte über der Erde und hielt vor mir an. Ihr perfektes, nicht entstelltes Gesicht strahlte Licht und Schönheit aus. Sie musterte mich und begann, sich dann im Kreis zu bewegen. Nachdem sie mich das dritte Mal umkreist hatte, hielt sie inne. „Um dich an das zu erinnern, was du verloren hast."

Die Panik, gegen die ich angekämpft hatte, war verschwunden. Meine Stimme wurde kalt und ausdruckslos. „Ich brauche keine Erinnerung."

Felicia schwebte höher und ragte über mir auf. „Warum tust du dann nichts?", fragte sie in einem eisigen Ton.

„Nichts?", keuchte ich. „Was soll ich tun? Ein ganzer Hexenzirkel hat sie nicht zurückbringen können! Diejenigen, die sie an die andere Seite verloren haben. Wenn sie nichts tun können, warum denkst du dann, dass ich es kann?"

„Du ignorierst deine Macht. Jeder Tag, an dem du deine Gabe verleugnest, ist ein weiterer Tag, an dem Hope eine Sklavin der Anderswelt ist."

Meine Kehle schnürte sich zu. „Die Hölle?", fragte ich erstickt. „Du sagst, meine Mutter ist in der Hölle gefangen?"

Sie nickte.

Ich verschränkte meine Arme und funkelte sie an. „Nein. Das ist nicht möglich."

Felicia sank zu mir herab und kam näher. Ihre Augen verließen meine nicht, als sich ihre erdrückende Energie um mich wickelte. „Ist es nicht?"

Ich kämpfte darum, ihren Halt zu lösen, doch mit jeder Bewegung schlangen sich ihre Tentakel nur noch fester um mich. Ich hielt still und rang um Ruhe. Manche Energie nährte sich von Angst. Ich würde ihr den Gefallen nicht tun. „Meine Mutter ist während eines Erdzaubers verschwunden. Höllenwesen können diese Art von Magie nicht ertragen. Sie wäre eher in einem Baum gefangen als in der Unterwelt."

Gefangen in einem Baum. Bei dem Gedanken zuckte mein Inneres zusammen. Sie könnte sicherlich in einem der Bäume hier außerhalb des Kreises gefangen sein. *Nein. Der Zirkel hätte sie gefunden.*

Ich entspannte jeden Muskel bewusst, einen nach dem anderen. Langsam ließ ihr Griff nach. Sie bemühte sich, doch je entspannter ich wurde, desto schwerer fiel es ihr. Schließlich begann ihr perfektes Gesicht zu verfallen, und die linke Seite löste sich in Stücke auf.

Widerlich. Sie musste ihre Energie benutzt haben, um die Illusion von Perfektion zu projizieren.

Ich neigte meinen Kopf. „Du solltest mich jetzt freilassen,

sonst verlierst du, was von deinem Aussehen noch übrig ist. Irgendwann geht dir sowieso die Puste aus."

Felicia fuhr herum und verbarg ihr Gesicht. Nach einem Moment drehte sie sich mit zusammengekniffenen Augen um. „Ich weiß, was mit deiner Mutter passiert ist. Hol mich aus diesem Rahmen, und ich führe dich zu ihr."

Schmerz bohrte sich in mein Herz. Ich hielt meine Stimme kühl und ruhig. „Sag mir, wo sie ist, und ich überlege es mir."

Ihre Lippen verzogen sich zu einem grausigen Lächeln. „Das habe ich schon. Sie leidet in der Hölle."

„Lügnerin!", schrie ich.

„Überzeug dich selbst." Felicia wedelte mit einem faltigen Arm, und die Szenerie änderte sich plötzlich.

Ich stand immer noch in der Mitte des Kreises, doch jetzt umringten mich dreizehn weiß gekleidete Hexen. Jede hielt eine schwarze Kerze in den Händen, während sie einen Schutzzauber sangen.

Niemand bemerkte meine Anwesenheit, und ich hatte den Eindruck, dass ich sie sehen konnte, doch sie mich nicht. Mein Verdacht wurde bestätigt, als zwei Hexen in silbernen Gewändern in die Mitte des Kreises traten. Eine kam mir gefährlich nahe, als wollte sie direkt durch mich hindurchgehen. Ich ging – nein, schwebte – zur Seite und wartete.

Der Gesang wurde lauter. Energie schien in der Luft zu vibrieren. Starke, kraftvolle Energie, die einen mit grenzenlosen Möglichkeiten füllen konnte. Die Hexe am nördlichen Punkt des Kreises hob die Arme und befahl: „Engel Avendale, hör unseren Ruf. Unser Kreis ist treu. Brich die Fesseln, die dich binden. Komm zu uns, deinen Schwestern, deinem Schicksal."

Der Zirkel wiederholte ihre Worte, während das Paar in der Mitte ein Bild verbrannte. Ich konnte es nicht erkennen.

Als das letzte Stück Asche des Fotos fiel, warf die Hexe, die den Zauber anführte, ihren Kopf zurück und rief: „Bei der Macht des Zirkels, wir befehlen dir, erscheine jetzt in der Sicherheit unseres Kreises. Schließ dich den Seelen deiner Schwestern an."

Die Kraft baute sich auf und drängte gegen mich. Wäre ich in solider Form gewesen, wäre ich sicher ohnmächtig geworden oder hätte vor Schmerzen aufgeschrien. Die Kraft überwältigte mich und lastete schwer auf mir. Das war kein gewöhnlicher Erdzauber. Etwas viel Gefährlicheres und Mächtigeres geschah.

Blutmagie. Ich roch zuerst den kupfrigen Geruch, dann drehte ich mich um und sah die beiden Hexen im Kreis, die Messer hielten, beide rot vom Blut ihrer Besitzerin. Sie hoben ihre Hände zum Himmel und beteten, während das Blut langsam über ihre Handgelenke und ihre nackten Arme floss.

„Bei der Göttin des Himmels und der Erde, wir opfern uns für unsere Schwester, den Engel Avendale."

Ein starker Wind kam auf und blies die schwarzen Kerzen aus. Das Tosen übertönte den Gesang des Zirkels. Dann hörte plötzlich alles auf, und es folgte Stille.

Der Kopf der Anführerin hob sich, und zum ersten Mal konnte ich ihr Gesicht sehen. Mein Herz hörte auf zu schlagen. „Mom", flüsterte ich.

Natürlich hörte sie mich nicht. Als sie wieder sprach, wurde mir klar, warum ich ihre Stimme nicht erkannt hatte. Es war die Magie, die sie durchströmte. Es veränderte ihre leise Stimme zum mächtigen Dröhnen der Sprecherin eines Zaubers.

Ich beobachtete, wie sie wie in Zeitlupe ihr eigenes Messer nahm und es über ihre Handfläche zog. Dann hielt sie es gerade über den Kreis. Die Zeit schien stehenzubleiben, während ein kleiner Bluttropfen an ihrer

Handfläche klebte. Er hing unbestimmte Zeit da und war nicht bereit, den Blutzauber zu vollenden. Schließlich fiel er auf den Boden.

Dann brach die Hölle los. Im wahrsten Sinne des Wortes.

Ein dichter, grauer Nebel erfüllte die Lichtung und nahm mir für einen Moment die Sicht. Als er sich legte, stand eine große Frau mit lodernden grauen Augen zwischen den silbergekleideten Hexen. Sie streckte die Hand aus und packte ihre beiden Handgelenke. „Wie könnt ihr es wagen, mich herbeizurufen?", polterte sie.

Eine der Frauen keuchte und sank auf die Knie. Die andere regte sich nicht und sagte mit lauter, aber zitternder Stimme: „Es ist zu spät. Sie ist bereits ein Dämon geworden. Schließt den Zauber. Sofort!"

Meine Mutter keuchte und fing wieder an zu singen.

„Keine Gesänge", befahl die stehende silbergekleidete Hexe. „Nicht genug Zeit."

Ein gackerndes Lachen kam von der Dämonin. „Ihr gehört jetzt mir. Ihr alle."

Der graue Nebel stieg auf und kreiste in einem Wirbel um die beiden Hexen in ihrem Griff. Sie standen gefangen und verängstigt da. Der Nebel breitete sich auf den Rest der Hexen aus, doch bevor er sie erreichte, trat meine Mutter vor.

„Nein!" Mom riss die Arme hoch, und Kraft explodierte von ihr. Eine strahlend weiße Macht breitete sich aus und beschützte jedes Mitglied des Zirkels vor der giftigen Magie des Dämons. Doch im Wirbel waren die beiden anderen Hexen und meine Mutter machtlos dagegen. Die Augen des Dämons blitzten schwarz und wurden wieder grau. Dann verschwanden alle vier mit einer schnellen Handbewegung.

Die panischen Mitglieder des Zirkels und ihre entsetzten Schreie verstummten, und ich blieb wieder im leeren Kreis zurück.

Felicia erschien wieder. „Das ist mit deiner Mutter passiert."

Der Schrecken in meinem Herzen drohte, meinen ganzen Körper zu erfassen. Ich zwang mich, mich zu beruhigen. Es konnte nicht wahr sein. Meine Mutter war nicht die Anführerin des Zirkels. Sie hatte keine Blutmagie praktiziert. Jemand hätte es mir gesagt.

„Du erwartest, dass ich das glaube?" Trotzig verschränkte ich die Arme.

Felicia kniff die Augen zusammen. „Glaubst du, ich habe es erfunden? Glaubst du, ich würde dir meine Dämonenschwester zeigen und wie sie die drei unschuldigen Leben beendet hat, die nur versucht haben, sie zu retten?" Pure Wut durchzuckte sie. „Denk nach, Jade Calhoun. Denn eine der Deinen steht vor demselben Schicksal. Hilf mir, und ich helfe dir, bevor es zu spät ist."

Die Welt wurde für einen Moment weiß, und ich war wieder in meiner winzigen Wohnung in der Bourbon Street.

„Himmel, Jade", sagte Pyper, die nun das Porträt in der Hand hielt. „Wo warst du?"

„Stell es weg!", schrie ich vom Boden zu ihren Füßen.

Erschrocken ließ Pyper das Porträt auf das Sofa fallen und trat mit erhobenen Händen zurück. „Sorry."

Ich konzentrierte mich darauf, meine Lungen mit Luft zu füllen. Einatmen, ausatmen. Einatmen, ausatmen. „Nein. Es tut mir leid." Ich schüttelte den Kopf. „Ich war wieder in Idaho. Ich habe gesehen …" Die Worte blieben mir im Hals stecken. Ich schluckte. „In diesem Rahmen sind Geister gefangen, und ich denke, es ist am besten, wenn wir sie wegräumen."

„Das kann nicht dein Ernst sein. Ich dachte, sie hätten nur Spuren von Emotionen", sagte Pyper.

Ich musterte meine Freundin, von der Spuren von Angst ausgingen. Ich wollte nicht darüber nachdenken, was passiert war, geschweige denn darüber reden. Ich brauchte Zeit, um es zu verarbeiten, doch da beide gesehen hatten, wie ich ohnmächtig geworden war, hatte ich keine andere Wahl. „Felicia ist da drin. Sie hat mein Bewusstsein in eine andere Dimension gesaugt. Allerdings anders als das, was wir mit Roy erlebt haben."

„Wie?", fragte Lailah.

„Ich weiß es nicht genau. Teilweise, weil ich an einem Ort war, den ich kannte, hier auf dieser Welt. Doch es hat sich auch anders angefühlt. Bei Roy war ich gefangen. Bei Felicia würde ich das nicht sagen. Dorthin gezogen, doch nicht gefangen."

„Was wollte sie?"

„Befreit werden", sagte ich leise.

Lailahs Energie legte sich um mich.

Ich sprang auf und trat mit zusammengekniffenen Augen zurück. „Lass das. Ich will nicht gelesen werden."

Sie neigte den Kopf. Ihre Stimme wurde luftig und hörte sich an wie in einem Traum. „Es ist etwas passiert, während du weg warst. Deine Aura hat sich verändert. Tiefe Traurigkeit hat sich über dich gelegt. Was auch immer es war, Felicia hat einen Nerv getroffen."

„Das geht dich nichts an", blaffte ich, und es war mir egal, ob ich ihre Gefühle verletzte. Es war unhöflich, jemanden zu lesen, wenn er es nicht wünschte. Noch schlimmer, darüber zu reden. Lailah und ich waren einfach nicht so gute Freundinnen. Wir waren nicht einmal Freundinnen. Eher Bekannte. Wenn ich die Emotionen anderer las, behielt ich es zumindest für mich.

Pyper hielt ihren Blick auf das Porträt gerichtet, als sie neben mich trat. Sie nahm meine Hand und drückte sie. „Tut mir leid", flüsterte sie. „Ich werde Ian sagen, dass er allein weitermachen muss."

Die Reue in ihrer Stimme ließ mich ihr ein kleines, anerkennendes Lächeln zuwerfen.

„Nein, muss er nicht." Lailah trat vor und sammelte alle drei Porträts ein. „Ich kann sie nicht da drin lassen."

„Aber –"

Sie fiel mir ins Wort. „Nein. Ich muss einen Weg finden, sie zu befreien. Es ist die Pflicht eines Engels, verlorenen Seelen zu helfen." Lailah stürmte hinaus, bevor Pyper oder ich auch nur ein weiteres Wort sagen konnten.

„Verdammt!" Ich folgte ihr und machte mir plötzlich Sorgen, dass Felicias Warnung Lailah betraf, doch als ich die Treppe erreichte, war sie schon lange weg. Ich ging zurück in meine Wohnung und ließ mich auf mein Bett fallen.

Pyper setzte sich neben mich. „Was ist passiert?"

Ich sah in ihr besorgtes Gesicht, und alle meine Abwehrkräfte brachen zusammen. Ich begann mit dem Tag, an dem meine Mutter verschwunden war, als der Zirkel mir erzählt hatte, dass ein routinemäßiger Erdzauber nach hinten losgegangen und Mom einfach verschwunden war, und berichtete dann weiter über Felicia und die Vision, die sie mir gezeigt hatte. Als ich fertig war, hatte sich ein fester Knoten in meinem Bauch gebildet.

Einige Augenblicke der Stille vergingen, nachdem ich zu Ende gesprochen hatte. Dann trafen Pypers tiefblaue Augen auf meine. „Glaubst du, es ist möglich, dass Felicia die Wahrheit gesagt hat?"

„Ja." Ich lehnte mich gegen das mit Blumen verzierte, geschnitzte Kopfteil. „Ich denke, es ist möglich, doch wenn es so ist, weiß ich nicht, was ich tun soll."

„Es klingt, als könnte Lailah diejenige sein, die du fragen solltest."

„Klar, wenn ich sie nicht für verrückt halten würde."

„Aber wir müssen es tun, wenn das, was Felicia über deine

Mutter gesagt hat, stimmt und eine der Deinen vor demselben Schicksal steht. Glaubst du, sie meinte kurz davor, böse zu werden?"

„Ich habe keine Ahnung." Ich rieb mir die Schläfen und versuchte, den Spannungskopfschmerz auszublenden, der sich wie ein Schraubstock um meinen Kopf legte.

Pyper schüttelte den Kopf, stand dann auf und ging zur Tür. „Ich glaube, du hast Recht mit Lailah. Sie ist verrückt. Aber welche Wahl haben wir?"

Ich seufzte. „Wieder keine Ahnung."

Pypers Gesicht wurde weich. „Es tut mir wirklich leid. Ich dachte, mich meinen Ängsten vor dem Paranormalen zu stellen, würde mir helfen, nach allem, was diesen Sommer passiert ist, mehr Kontrolle zu haben, doch dich so umkippen zu sehen ..." Sie konzentrierte sich auf meinen breiten Kiefernboden. Als sie wieder sprach, war ihre Stimme kaum hörbar. „Es war, als wäre alles noch einmal passiert."

Die starke Frau, die meine Freundin geworden war, verschwand mit diesen Worten und blieb schwach und verletzlich zurück.

Ein Schauer lief meine Wirbelsäule hinunter. Ich konnte fast den Stacheldraht spüren, der um meinen Körper gewickelt war, während ich Roys Gefangene gewesen war. Ich schüttelte das Gefühl ab, stand vom Bett auf und stellte mich vor Pyper. „Es ist vorbei. Felicia hatte nichts mit Roy gemein. Ich war nicht gefangen, wurde eher transportiert. Vertrau mir – es war überhaupt nicht dasselbe."

Als sie aufblickte, schienen ihre Augen einen feurigen Funken wiedergefunden zu haben. „Gut. Ich möchte sagen, dass es am besten ist, wenn wir es auf sich beruhen lassen, aber wenn du irgendeine Chance hast, deine Mutter zu finden, weißt du, dass ich dabei bin, was immer du brauchst." Sie umarmte mich kurz und ging.

Ich ging in meine Küche und schenkte mir mit zitternden Händen ein extragroßes Glas Merlot ein. Alles, worauf ich mich konzentrieren konnte, waren Felicias Worte. *Hope ist eine Sklavin der Anderswelt.* War das überhaupt möglich? Wenn sie es war, konnte ich nichts dagegen tun. Oder doch? Bea und Lailah bestanden darauf, dass ich eine Hexe sei, doch das löste das Problem nicht. Alles, was ich konnte, war, ein bisschen Energie zu übertragen.

Pyper hatte Recht; Ich würde um Lailahs Hilfe bitten müssen. Ein kleines Schaudern der Besorgnis durchlief mich. Was hatte sie mit diesen Porträts vor? Ich nahm mein Handy und rief sie an. Und wurde direkt auf ihre Voicemail weitergeleitet. Nachdem ich ihr eine kurze Nachricht hinterlassen hatte, rief ich meine Tante Gwen an. Sie wusste über solche Dinge Bescheid, obwohl wir selten darüber sprachen. Als Teenager hatte ich nach dem Verschwinden meiner Mutter nichts mit dem Zirkel zu tun haben wollen. Gwen jedoch schon. Ich wusste, dass sie nicht an ihren Ritualen teilnahm, doch sie verkehrte mit einigen von ihnen.

Wieder wurde der Anruf zur Voicemail weitergeleitet. Ich runzelte die Stirn und hinterließ ihr eine Nachricht, dass sie mich anrufen sollte, erwähnte aber keine Details. Gwen wusste immer, wenn ich aufgeregt war. Tatsächlich war ich überrascht, dass sie mich noch nicht von selbst angerufen hatte. Sie hatte intuitive Neigungen, besonders wenn ich involviert war.

Ich warf das Handy auf einen kleinen Beistelltisch. Duke, mein Geisterhund, kam und setzte sich neben mich. Ich sah ihn an. „Du hast mich nicht vor Felicia warnen können? Du hast zwei Wochen lang Roy angebellt. Was ist los?"

Der Golden Retriever drehte sich zum Fenster um, legte den Kopf auf seine Vorderpfoten und seufzte schwer.

„Ganz deiner Meinung."

KAPITEL FÜNF

*I*ch gab dem Schock die Schuld. Das ist der einzige Grund, warum ich auf meinem Sofa geblieben bin und meine Ängste in einer Flasche Wein ertränkte. Wenn ich davon überzeugt gewesen wäre, dass das, was ich in der Vision gesehen hatte, echt war, hätte ich wahrscheinlich Lailah gesucht oder wäre direkt zu Beas oder sogar Ians Haus gegangen. Doch ich konnte die Ereignisse nicht mit der Mutter, die ich kannte, in Einklang bringen, der süßen, gütigen Hexe, die ihre pure Heilmagie aus der Erde schöpfte. Keine Hexe, die sich mit Blutmagie befasste. Die Art von Magie, die oft schreckliche Folgen hatte.

Genau wie in der Vision. Der Blutzauber hatte versagt und einen Dämon anstelle des Engels, den sie gerufen hatten, herbeigebracht. Oder doch nicht? Eine der Hexen hatte gesagt, es sei zu spät, sie sei bereits ein Dämon geworden. Dann hatte der Zauber vielleicht funktioniert.

Ein leiser Zweifel keimte in meinem Kopf auf. Hatte meine Mutter vielleicht nur deshalb Blutmagie praktiziert, weil es die einzige Möglichkeit war, den silbergewandeten Hexen zu helfen?

Mein Herz hämmerte. Das konnte ich glauben. Wenn ich mich nicht irrte, hatten die silbergekleideten Hexen versucht, einen Engel davor zu bewahren, zum Dämon zu werden. Würde ich dasselbe für Lailah tun? Die Antwort kam sofort, ohne nachzudenken. Ja. Ich wusste nicht viel über Engel, doch auf keinen Fall würde ich einen einem solchen Schicksal überlassen. Auch wenn es bedeutete, Blutmagie zu benutzen.

Lailah musste wissen, was ich gesehen hatte. Sie war in Gefahr. Die Warnung musste sie betreffen. Sie war der einzige Engel, den ich kannte. Ich sprang auf, bereit, zu ihrem Haus zu laufen, doch der Raum neigte sich, und der Boden schwankte. Ich setzte mich, und prompt richtete sich meine Welt wieder auf.

Vielleicht, wenn der Wein nachließ. Ich stolperte zu meinem Bett, kletterte hinein, rollte mich zu einem festen Abwehrball zusammen und schlief sofort ein.

Einzuschlafen, bevor dein Freund auftaucht, ist der perfekte Weg, um Fragen zu vermeiden. Das heißt, bis er in deinen Träumen auftaucht und Antworten verlangt. Verdammt, ein Mädchen kann nicht einmal in Ruhe allein betrunken sein?

Ich wusste, es war ein Traum. Kanes leicht silbriger Umriss verriet es. Vorfreude flatterte in meinem Bauch. Bei seinen Besuchen wurde es immer heiß. Ich lächelte ihn an und strich mit der Fingerspitze über seinen Oberschenkel. „Was machst du da drüben?"

Er setzte sich auf die Bettkante und starrte auf mich herab. Normalerweise machte er mich viel intimer auf seine Anwesenheit aufmerksam. Er runzelte die Stirn. „Was ist heute passiert, als Lailah vorbeigekommen ist?"

Ich drehte mich auf die Seite und stützte meinen Kopf mit

einem Ellbogen ab. „Hat Pyper dir erzählt, dass sie mich überfallen haben?", fragte ich und wich seiner Frage aus. Ich wollte es ihm sagen, wenn ich wach war und sicher, dass ich klar denken konnte. Ich konnte mich nicht immer an alle Details erinnern, wenn Kane mich in meinen Träumen besuchte. Es war nicht die beste Zeit für ernsthafte Gespräche.

Irritation und Ungeduld schlugen mir ins Bewusstsein und ließen mich zusammenzucken.

„Tut mir leid." Kane bemühte sich, seine Emotionen zu zügeln. „Meine Unterhaltung mit Pyper ist nicht gut gelaufen."

„Was für eine Überraschung." Ich drehte mich auf den Rücken und streckte mich.

„Was zum Teufel hat sie sich dabei gedacht? Du hattest ihr bereits gesagt, dass du nicht mitmachen willst." Kane stand vom Bett auf und begann, auf und ab zu gehen. „Himmel." Er fuhr sich mit einer Hand durch sein dichtes, dunkles Haar. „Warum ist sie so wild entschlossen, das zu erforschen?"

Ich rollte vom Bett, ging durchs Zimmer und blieb vor ihm stehen. Ich schlang meine Arme um ihn und zog ihn an mich. „Ist das so schwer zu verstehen? Roy hat ihr etwas genommen. Es ist ihre Art, es sich zurückzunehmen."

Er schloss die Augen und rang darum, die Wut zu kontrollieren, die immer bei der Erwähnung von Roys Namen aufbrandete. Ich konnte es nachempfinden. Roy war ein Arschloch gewesen, als er noch lebte, und im Tod war er böse geworden. „Er kann ihr jetzt nichts mehr tun."

Ich zuckte mit den Schultern. „Wir hoffen nicht, doch es geht wirklich nicht um ihn. Es geht darum, wie sie sich selbst sieht. Sie muss ihr Selbstvertrauen zurückgewinnen. Sie hat sich dafür entschieden, sich dem Paranormalen zu stellen."

Er sah auf mich herab. „Und was ist mit dir? Geht es dir ähnlich?"

„Nein."

Kane beugte sich herunter und küsste meine Nase. „Willst du das näher erläutern?"

„Falls du es noch nicht bemerkt hast, ich bin kein großer Fan der paranormalen Welt. Sie hat nicht gerade gute Dinge in mein Leben gebracht." Ich versuchte, mich zurückzuziehen, doch Kanes Arme schlossen sich fester um mich.

Seine Lippen zuckten. „Dir fällt nichts Positives ein?" Er strich mit einer Hand über meinen Hals, bevor er sich bückte und an meinem Kiefer knabberte. „Würdest du wirklich auf all diese Traumstunden verzichten wollen?"

Ich schüttelte den Kopf und lehnte mich an ihn. „Vielleicht hast du Recht."

Er strich mir über den Hals und entfachte das vertraute Summen, das ich immer spürte, wenn seine Lippen über meine Haut strichen.

„Hm", seufzte ich.

Er ließ mich los und hob mich dann mühelos in seine Arme. Die Sanftheit seines Blicks ließ mein Herz höherschlagen.

Im nächsten Moment lagen wir auf dem Bett. Meine Kleidung hatte sich zu einem seidenen, jadegrünen Seidennegligé geändert. Ich musste über Kanes Wahl lächeln. Er liebte es, mich in Farben zu kleiden, die zu meinen Augen passten.

Er zog mich in seine Arme. „Ich werde nicht zulassen, dass dir etwas passiert", flüsterte er.

„Darauf zähle ich."

Seine Liebe flatterte über meine Haut, bevor sie mich in eine schützende Schicht hüllte. Ich blickte mit einem warmen Lächeln auf und erstarrte, als mein Blick auf jemanden fiel, der direkt neben dem Bett stand.

„Was in aller Welt?" Kane fuhr hoch. „Lailah?"

Ihr schwarzes Baumwollhemdchen rutschte an ihrem

Oberschenkel hoch, als sie ihren Arm hob und ihn mit einem Finger lockte.

Er erhob sich aus dem Bett, nur mit seinen Boxershorts bekleidet. Einen Moment später war er verschwunden. Und hatte Lailah mitgenommen.

Ich wachte mit einem Ruck auf. Kane schlief tief und fest mit einem sanften Lächeln auf den Lippen neben mir. Ich legte meine Hand auf seine Schulter.

Als er nicht regierte, senkte ich meine Lippen an sein Ohr. „Kane, wach auf."

„Hm", murmelte er.

„Wach auf", versuchte ich es noch einmal, meine Stimme etwas lauter.

Er drehte sich um, und ich hörte das leise Grollen des Namens einer anderen Frau. „Lailah."

Ein langsames Brennen begann mitten in meiner Brust. Der Gedanke daran, dass Kane überhaupt Zeit mit seiner Ex-Freundin verbringen würde, wenn auch nur im Traum, löste eine Vielzahl von heftigen Impulsen aus. Ich rang sie nieder, schnappte mir mein Kissen und ging zu meinem Sofa.

AM NÄCHSTEN TAG biss ich die Zähne zusammen, als Pyper nach Kane fragte.

„Er muss dir etwas gesagt haben", drängte sie. „Ich weiß, dass er nicht glücklich ist, dass ich mit Ian zusammenarbeite oder dass ich Lailah gestern in deine Wohnung gebracht habe. Aber er wird darüber hinwegkommen, oder? Ich will die nächste Woche nicht damit verbringen, mit ihm zu streiten."

„Keine Ahnung. Rede einfach mit ihm." Ich warf die metallenen Milchkrüge in die Edelstahlspüle, zufrieden, als das Geräusch Pypers Antwort übertönte.

Sie hörte auf, die Kaffeetassen aufzufüllen, und drehte sich zu mir um. „Bist du okay?"

Meine Schultern sackten nach vorn. „Tut mir leid. Nein. Abgesehen von der seltsamen Sache mit dem Porträt ist gestern Nacht noch etwas passiert, das mir Sorgen macht."

Sie lehnte sich gegen die Theke. „Willst du darüber reden?"

Ich schüttelte den Kopf. „Nicht, wenn Gäste zuhören können." Ich deutete auf ein Paar, das durch die Tür des *Grind* hereinstolperte.

Sie presste die Lippen aufeinander und nickte, bevor sie ihr Kundenservice-Lächeln auf das Paar richtete, das sich gegenseitig stützte. In dem Moment, als sie mit ihren Mokka-Lattes mit doppelter Schokolade aus dem Laden schwankten, flog sie zur Tür und drehte das „Geschlossen" - Schild um.

Ich warf einen Blick auf die Uhr und zog meine Augenbrauen hoch.

Sie zuckte mit den Schultern. „Es ist nur eine Viertelstunde früher als sonst. Die Touristen sind sowieso zu betrunken, um zu merken, wie spät es ist."

Sie hatte Recht. Die Saints hatten an diesem Tag gespielt und gewonnen. In der Bourbon Street hatte sich der übliche Menschenauflauf zu einem regelrechten Straßenfest entwickelt. Wir hatten seit Stunden keinen nüchternen Menschen gesehen.

Pyper zog einen Stuhl an einem der Tische hervor. „Setz dich."

„Warte einen Moment. Dazu brauche ich eine Stärkung." Ich nahm mir eine Tasse Eis, füllte sie teilweise mit Chai-Konzentrat und den Rest mit Sojamilch. Nach kurzem Rühren setzte ich mich zu ihr an den Tisch.

„Das nennst du Stärkung? Du bist erbärmlich." Sie sprang auf, und eine Strähne blitzblauen Haares rutschte aus ihrem ansonsten schwarzen Pferdeschwanz. Sie beugte sich über die

Theke und suchte nach etwas unter der Kasse. Sie zog eine winzige Hotel-Spirituosenflasche hervor.

„Was ist das?"

„Schokoladenlikör."

Ich verdrehte die Augen. „Ja, ich kann das sehen. Aber warum hast du so eine kleine Flasche davon?" Der Club nebenan war voller normaler Flaschen. Normalerweise bediente sie sich einfach aus dem Lagerraum. Kane hatte nie etwas dagegen gesagt. Nicht, dass es sie aufhalten würde, wenn er es täte. Sie waren beste Freunde, doch sie benahmen sich eher wie Bruder und Schwester.

„Ich habe sie vor ein paar Tagen aus einem Hotel auf der Royal mitgenommen, als ich mit Ian unterwegs war."

„Hast du?" Überraschung klang in meiner Stimme. Sie hatte mir in der Nacht, als er sie nach Hause gebracht hatte, erzählt, dass sie sich nur einen Gute-Nacht-Kuss gegeben hatten. Das war vor weniger als einer Woche gewesen.

Sie goss eine großzügige Menge Schokoladenlikör in mein Getränk und nickte. Als sie aufblickte, lachte sie. „Ja, aber es ist nicht das, was du denkst." Ihre Lippen verzogen sich zu einem verschlagenen Lächeln. „Zumindest jetzt noch nicht."

Ich trank einen Schluck von meinem Drink und wartete. Ich wusste, dass sie auf meine Reaktion wartete. Ich hatte einfach keine Lust, eine zu zeigen.

Nach ein paar Augenblicken gab sie nach. „Oh, alles klar. Ich war mit ihm auf Geisterjagd. Eines der Hotels hat Ian gebeten, paranormale Aktivitäten zu überprüfen und wenn möglich etwas dagegen zu unternehmen. Scheint, als hätte jemand mitten in der Nacht ein paar Gäste zu viel erschreckt."

Ich lächelte zum ersten Mal an diesem Tag. „Das ist großartig. Ich weiß, dass Ian darauf brennt, die Läden hier in der Nähe auszuchecken. Und er wurde noch dazu dafür bezahlt."

Pyper nickte. „Aber nicht viel. Sie zahlen eine Beratungsgebühr, und wenn das Spuken aufhört, zahlen sie ihm einen Bonus."

Mein Lächeln verschwand. „Wer entscheidet, ob er erfolgreich war?"

„Das ist der Haken. Niemand weiß es wirklich genau, oder?" Pyper nahm die winzige Likörflasche und goss etwas in ihren Kaffee. „Das Hotel führt ein Protokoll über Kundenbeschwerden. Nach drei Monaten kann Ian weitere Messungen vornehmen, und wenn es keine Vorfälle mehr gibt, wird er bezahlt."

„Das erscheint nicht fair. Ian sollte eine Pauschalgebühr für Dienstleistungen berechnen."

„Finde ich auch, aber er sagte, er sei bereit, Kompromisse einzugehen, um die Möglichkeit zu haben, Daten zu sammeln."

„Das klingt nach etwas, das er sagen würde." Ich trank meinen Chai. „Und wie war die Jagd? Ist irgendwas Ungewöhnliches passiert?"

Sie lachte. „Nein, es sei denn, du zählst, dass Ian mir keine Spur Aufmerksamkeit geschenkt hat."

„Sollte er das?"

Ihr Gesichtsausdruck sagte mir alles, was ich wissen musste.

Lachend hob ich beide Hände. „Entschuldigung, ich vergaß. Alle Männer, besonders süße Schuljungentypen, sollten dir zu Füßen liegen."

Sie schnaubte. „Vielleicht nicht gerade das, doch sie sollten nicht vergessen, dass ich da bin, auch wenn sie in ihrem Lebenswerk gefangen sind." Sie lehnte sich zurück und fixierte mich mit einem Blick. „Also, was ist letzte Nacht passiert, das dich so runtergezogen hat? Ich weiß, dass Kane bei dir übernachtet hat. Ich habe gesehen, wie er die Treppe zu deiner Wohnung hochgegangen ist. Normalerweise bist du widerlich gut gelaunt, wenn ihr die ganze Nacht wie die Tiere …" Ein gespielt schockierter Ausdruck verwandelte ihr Gesicht. „Sag mir nicht, dass er Probleme mit der Ausrüstung hat."

Mein Hals wurde warm, ich spreizte meine Finger auf dem Tisch und versuchte, mich zu entspannen. Pyper hatte früher das *Wicked* geleitet. Über Sex zu sprechen war ihr nie peinlich. Im Gegensatz zu mir, die bis vor drei Monaten in ihrem Leben nur eine einzige Freundin gehabt hatte, mit der ich über solche Dinge sprechen konnte. Ich atmete tief durch und betete, dass mein Gesicht nicht die Farbe einer Tomate annahm. „Nein. Ich habe mich mit Rotwein betrunken und bin eingeschlafen, bevor er gekommen ist."

„Verkatert?" Bevor ich antworten konnte, schüttelte sie den Kopf. „Nein, das hättest du mir auch so gesagt. Die Gäste hier sind mit diesem speziellen Thema bestens vertraut."

„Naja, ich bin mit kraptastischen Kopfschmerzen aufgewacht, doch eine von Beas Kräuterpackungen hat das beseitigt." An diesem Morgen hatte ich mit meinem dröhnenden Schädel und mulmigem Magen kapituliert und eines ihrer Allzweckheilmittel genommen. Die sofortige Linderung hatte mir verraten, dass es mit einem Zauber belegt war. Ich fühlte mich gleichzeitig getröstet und litt Herzschmerz. Ich war mit allen möglichen ähnlichen Kräuterheilmitteln aufgewachsen, doch nachdem Mom verschwunden war, hatte ich jeglicher Magie abgeschworen, einschließlich verzauberter Kräuter. Komisch, wie schnell die Gerechten von ihrem hohen Ross stürzen, wenn sie nach zu viel Wein leiden.

„Jade?", fragte Pyper.

„Hmm?" Meine glasigen Augen konzentrierten sich auf ihr besorgtes Gesicht.

„Wo warst du gerade?"

„Nur in Gedanken – Mist. Kane kommt, und er sieht nicht

glücklich aus."

„Und?" Pyper lehnte sich zurück und streckte die Beine aus, als ob es ihr egal wäre.

Kanes Zorn wurde stärker, je näher er kam. Ich richtete mich auf, stellte meine Füße fest auf den Boden und verschränkte die Arme vor der Brust. Meine Augen blieben wie gebannt auf die Hintertür gerichtet, denn ich wusste, dass er jeden Moment hereinkommen würde. Weswegen er auch immer schlechter Stimmung war, es musste warten.

Normalen Menschen könnte man verzeihen, von einer anderen Frau zu träumen. Doch Kane war ein Traumwandler. Er hatte die volle Kontrolle darüber, was in seinen Träumen vor sich ging. Ich wusste nicht, ob er Lailah in unseren Traum mitgebracht oder ob er sie nur hinausgebracht hatte, doch danach weiter von ihr – oder möglicherweise mit ihr – zu träumen … Nun, er hatte einiges zu erklären.

„Pyper!", schrie Kane, als er durch die Schwingtür ihres Büros pflügte. „Was zum Teufel glaubst du, dass du da tust?"

Sie trank einen Schluck aus der Hotel-Schnapsflasche und stellte sie vorsichtig wieder auf den Tisch, bevor sie ihn ansah.

Er war stehengeblieben und ragte über ihr auf. Elektrische Wutschübe knisterten um ihn herum und ließen mich zusammenzucken. Er war nicht nur wütend; er war kurz vorm Explodieren.

Pypers Lippen verzogen sich zu einem mitfühlenden Lächeln. „Deine Impotenzprobleme besprechen. Vielleicht brauchst du eine kleine blaue Pille."

Ein überraschtes Lachen entkam, bevor ich mir eine Hand vor den Mund presste und Kanes Blick auswich. Pyper ließ sich Kanes Launen nie gefallen und heute war keine Ausnahme, doch er war nicht nur wie sonst genervt. Was auch immer mit ihm los war, war anders. Ich hatte ihn noch nie so wütend gesehen.

Ich musste ihm jedoch zugutehalten, dass er ihre Stichelei vollständig ignorierte. „Warum zum Teufel konntest du es nicht auf sich beruhen lassen, wie ich dich gebeten habe?"

Ihre Augen wurden groß. „Na, Kane, ich war nicht einmal in der Nähe deiner versagenden männlichen Teile." Sie richtete ihren unschuldigen Gesichtsausdruck auf mich. „Jade, vertrau mir, wenn ich sage, dass ich kein Interesse am Schwanz deines Freundes habe."

„Pyper", warnte ich und stand auf, um neben Kane zu treten. Ich berührte seinen Arm und zuckte fast zusammen, als ich den Strom des Unbehagens spürte. „Was ist los?"

„Du meinst, sie hat dich noch nicht da reingezogen?" Sein Ton war etwas weicher geworden, als er mit mir sprach.

„In was?"

Jetzt war Pyper auf den Beinen, und Empörung übernahm ihre verspielte Stimmung. „Hör auf, mich irgendwelcher Scheiße zu beschuldigen, die ich nicht getan habe. Und wenn du von gestern redest, ich habe dir schon gesagt, dass mir leidtut, was mit Lailah passiert ist."

Die Erwähnung von Kanes Ex ließ mich finster dreinschauen und zurückweichen. Er warf mir einen fragenden Blick zu, doch ich wich seinem Blick aus und zog mich hinter die Theke zurück. Ich lehnte mich an die Wand und wartete.

„Du warst heute nicht im Club?", fragte er Pyper. „Überhaupt nicht?" Die Wellen der Wut, die von ihm ausgegangen waren, verschwanden und wurden durch eine wirbelnde Wolke der Vorsicht ersetzt.

„Nein. Ich war den ganzen Morgen hier, mit Jade. Wenn du mir nicht glaubst, frag sie. Ich bin sicher –"

Kane hob die Hand und unterbrach, was sie sonst noch sagen wollte. „Ich glaube dir. Aber ihr beide kommt besser mit in den Club. Da ist etwas, das ihr sehen müsst."

KAPITEL SECHS

*K*ane ging voraus durch den Hinterausgang und den Flur entlang ins *Wicked*. Ich folgte Pyper auf dem kurzen Weg, doch als wir uns der Tür näherten, fiel ich zurück. Meine Brust begann sich zusammenzuziehen. Kalter Schweiß brach auf meiner Haut aus. Ich grub meine Fingernägel in meine Handflächen, blieb stehen und drückte eine Schulter gegen die Wand.

„Jade?" Kane drehte sich plötzlich um. „Was ist?"

Ich begegnete seinen besorgten dunklen Augen. „Ich weiß nicht." Alles in mir wollte die drei Meter zwischen uns überwinden, mich in seine Arme werfen und meinen Kopf an seiner Brust vergraben. Doch nackte Angst lähmte mich. Ich konnte mich nicht bewegen. Ich stand einfach nur da und sank gegen die Wand.

Pyper kam zuerst zu mir. Ihre zierlichen Hände umklammerten meinen Unterarm. Ihre Sorge hüllte mich ein und stürzte mit alarmierender Geschwindigkeit in mein Wesen.

Mir drehte sich der Magen um. „Lass los", keuchte ich und

riss meinen Arm aus ihrem Griff. Die Erleichterung war nicht genug. Meine Knie gaben nach, und ich sackte zusammen.

Kurz, bevor ich auf den Fliesenboden aufschlagen konnte, fing mich Kane auf. Sofort verschwand die widerliche fremde Energie. Es dauerte einen Moment, bis ich mich wieder normal fühlte, obwohl ich noch ein wenig schwach war. „Bring mich aus diesem Flur", sagte ich, meine Worte waren an seiner Schulter gedämpft.

Trotzdem hob er mich auf und trug mich die kurze Strecke zum Club. Kane ging direkt zu einem kleinen Sofa, setzte sich und setzte mich auf seinen Schoß. Ich versuchte, mich neben ihn zu setzen, doch er hielt mich fest, sein Beschützerinstinkt wollte mich nicht loslassen.

„Schon gut", sagte ich. „Jetzt geht es mir besser."

Wenn ich schwach bin, passiert manchmal etwas Seltsames, wenn Kane mich berührt. Es ist fast wie die Energieübertragung, an der ich mit Bea gearbeitet habe, nur nicht ganz. Ich kann von den meisten Menschen Emotionen entgegennehmen und senden, doch es erfordert bewusste Anstrengung. Bei Kane passiert es einfach. Seine emotionale Energie scheint meine zu ergänzen, was es ihm leicht macht, mich zu beruhigen.

Er küsste meine Schläfe. „Freut mich, das zu hören, aber ich werde noch nicht loslassen."

Mein Inneres erwärmte sich, als ich mich an ihm entspannte.

„Ich hasse es, diesen zuckersüßen Moment zu unterbrechen", sagte Pyper mit gespielter Unbeschwertheit, dann wurde sie ernst. „Aber vielleicht kannst du uns sagen, was in aller Welt da gerade passiert ist?"

Als er seinen Kopf in ihre Richtung drehte, kehrte Kanes Ärger mit voller Wucht zurück.

Ich verspannte mich.

„Tut mir leid." Er versuchte aufrichtig, sich zu entspannen, als er mir eine Haarsträhne aus dem Gesicht strich. „Was ist da draußen passiert?"

„Ich …" Eine erschreckende Erkenntnis überkam mich. Ich hatte diese schrecklichen, widerwärtigen Gefühle an einem heißen Julinachmittag vor zwölf Jahren erlebt. Ich war mit meiner besten Freundin Kat in einem schäbigen Haus mit Holzvertäfelung gefangen gewesen, als wir miterleben mussten, wie ein Junge geschlagen wurde, der uns beschützen wollte. Angst blieb mir im Hals stecken. „Ist Dan hier gewesen?", presste ich schließlich heraus.

„Dein schleimiger Ex?", fragte Pyper.

„Wieso?" Kanes Körper versteifte sich.

Seine Hand umklammerte meine, und ich starrte sie an, nicht sicher, was ich sagen sollte. Ich hatte nur einmal von diesem Tag gesprochen, an dem wir gerettet worden waren. Kane und Pyper hatten keine Ahnung, was wir drei durchgemacht hatten.

„Du hast eine emotionale Spur von ihm gespürt, nicht wahr?", sagte Kane. „Er war hier, nicht wahr?"

„Vielleicht. Ich weiß nicht." Die beiden starrten mich an und warteten auf Antworten. „Ich habe ihn gespürt, glaube ich. Aber nicht der Dan, den ich heute kenne. Der, den ich als Teenager kannte."

„Was soll das heißen?" Pyper stand mit den Händen in den Hüften da. „Und warum lässt dich ein Teenager, mit dem du befreundet warst, so aussehen, als müsstest du dich übergeben? Damals mochtest du ihn doch, oder?"

Ich atmete tief durch und erzählte ihnen, wie Dan mich und Kat vor einem Monster beschützt hatte, als wir fünfzehn Jahre alt waren. „Er hat sein Leben für uns riskiert und grausame Prügel einstecken müssen, die ihn wochenlang ins Krankenhaus gebracht haben. Er war an diesem Tag dem Tod sehr nahegekommen. Wenn er nicht so entschlossen gewesen wäre, weiß ich nicht, was mit uns passiert wäre." Eine hohle Leere füllte meine Brust. Ich hatte schon vor langer Zeit aufgehört, weinen zu müssen, wenn ich an diesen Tag dachte. Was blieb, war kalter Hass auf den Mann, der mein Pflegevater gewesen war.

„Du hast nicht nur zugesehen, sondern seinen Schrecken mit ihm erlebt, nicht wahr?" sagte Kane sanft.

Ich nickte.

„Und das hast du da draußen gespürt?" Pypers entsetzter Gesichtsausdruck brachte mich dazu, mich enger an Kane zu schmiegen.

Er holte kurz Luft, als er die Wahrheit ihrer Worte erkannte. „Gott, Jade. Kein Wunder, dass mir deine Essenz entrissen wurde." Er hatte es mir einmal erzählt, dass er meine Energie spüren konnte. Er war kein Empath, doch anscheinend war sein Traumwandeln genug, dass er mich spüren konnte, wenn andere es nicht konnten. Andere spürte er jedoch nicht. Es war seltsam, doch ich bin es gewohnt, also habe ich nie darüber nachgedacht.

Ich brauchte einen Moment, um zu verarbeiten, was er sagte. Von ihm gerissen würde bedeuten, dass er mich nicht mehr spüren konnte. Hatte ich mich in mich zurückgezogen? Wahrscheinlich. Ich rutschte von Kanes Schoß, erleichtert, dass er nicht versuchte, mich aufzuhalten. Ihnen von diesem Tag zu erzählen, hatte mir geholfen, mich stärker gemacht, als hätte ich die Kontrolle. Ich stand auf und sah Kane an. „Mir geht's gut. Ich denke, du solltest die Türen und Sicherheitskameras überprüfen. Ich weiß nicht, warum Dan hier war oder warum er diesen Tag noch einmal erlebt hat, doch ich bin mir sicher, dass er es war. Was wir an diesem Tag durchgemacht haben und wie er sich gefühlt hat, das ist unverwechselbar, und ich würde es nie vergessen."

Kane stand auf. „Ich habe eine gute Vorstellung davon, was er hier gemacht hat. Was ich nicht weiß, ist, warum."

Pyper und ich starrten ihn an.

Er öffnete die Bürotür. „Kommt mit." Er nahm meine Hand wieder in seine und führte uns in die Mitte des Clubs nahe der Bühne.

„Wo sind die denn hergekommen?", fragte Pyper.

„Was?" Ich wirbelte herum. Doch sie musste nicht antworten. An der Wand aufgereiht standen drei lebensgroße Voodoo-Puppen, nur dass sie nicht allgemein gehalten waren, sondern sehr unterschiedliche Gesichter hatten. Sie waren geradezu niedlich. Ich wollte es gerade sagen, als eine meine Aufmerksamkeit erregte. Ohne nachzudenken, fand ich mich mit ausgestreckter Hand vor ihr wieder.

„Was tust du?" Kane zog meinen Arm zurück.

Erschrocken trat ich zurück und blinzelte. „Ich weiß nicht." Hatte es irgendeine magnetische Anziehungskraft gegeben oder war es meine Einbildung?

„Warum sollte Dan riesige Voodoo-Puppen hier reinstellen?", fragte Pyper.

Ich runzelte die Stirn.

Kane und Pyper stritten sich darüber, wie Dan in den Club gekommen sein könnte, als ich sie unterbrach. „Hey." Ich zeigte auf die Puppe vor mir. „Schau sie dir an. Was siehst du?"

Pyper keuchte. „Oh mein Gott. Das ist Felicia, nur, ohne dass ihr halbes Gesicht weggebrannt ist."

„Und ich bin mir ziemlich sicher, dass die anderen Meri und Priscilla sind."

Kane nickte. „Richtig. Jetzt wisst ihr, warum ich so wütend war."

Ich blinzelte und trat näher. Dann hörte ich auf zu atmen. „Leute", flüsterte ich. „Meri ist der Dämon aus der Vision von gestern."

„Du machst Witze", sagte Pyper, und der Schock ersetzte ihre Neugier.

„Was?", fragte Kane verwirrt.

Ich sank auf einen Stuhl und starrte die schwarzhaarige Puppe an. Die Details waren perfekt mit ihrem langen, glatten Haar und den grauen Augen, doch es war der aufgenähte Gesichtsausdruck, der mir klarmachte, dass die Puppe sie war. Hoch geschwungene Augenbrauen, definierte Wangenknochen und geschwungene Lippen. Ich würde sie überall erkennen.

„Bist du sicher?", fragte Pyper.

Ich nickte.

„Kann mir das bitte jemand erklären?", verlangte Kane.

Oh. Richtig. Ich hatte Kane nichts erzählt, da ich eingeschlafen war, bevor er am Abend zuvor angekommen war. Dann war ich heute Morgen zur Arbeit gegangen, bevor er aufgewacht war. Und seien wir ehrlich. Ich hatte sowieso nicht mit ihm reden wollen nach dem Zwischenfall mit Lailah in meinem Traum. Die Verärgerung vom Vorabend kam tosend zurück. Ich verdrängte sie. Das war jetzt viel wichtiger als irgendein Traum.

Kane blieb während meiner gesamten Erklärung stumm. Als ich fertig war, starrte er mich nur an.

„Was?"

Er neigte den Kopf und betrachtete die Meri-Voodoo-Puppe. „Du sagst, diese Puppe repräsentiert einen Dämon? Und dass deine Mutter zwei Hexen geholfen hat, sie zu beschwören, was zum Verschwinden deiner Mutter geführt hat?"

„Ja. Ich meine nein. Sie haben versucht, einen *Engel* herbeizurufen, doch sie war bereits gefallen und zu einem Dämon geworden."

„Hat Felicia nicht gesagt, dass die drei Schwestern waren?

Heißt das nicht, dass diese anderen beiden auch Engel sind?",
fragte Pyper, Verwirrung in ihrem Gesicht.

Ich zuckte mit den Schultern. „Ich denke, sie könnten es
sein."

Kane schüttelte den Kopf. „Unwahrscheinlich. Engel
werden in Hexenfamilien hineingeboren und sind sehr selten.
Es ist unerhört, zwei in derselben Generation zu haben."

Ich kniff die Augen zusammen. „Woher willst du das
wissen?"

Er zuckte mit den Schultern. „Ich war mit Lailah
zusammen."

Eifersucht wogte in meinem Bauch. War es falsch, einen
Engel zu hassen?

„Warum denkst du, hat Dan die hierher gebracht? Ich
meine, zu welchem Zweck?" Pyper trat vor mich und kam
näher, um Felicia zu inspizieren.

„Das ist die Frage der Stunde", sagte ich und erinnerte mich
plötzlich an Felicias Warnung. Hatte sie Lailah gemeint? Und
wäre ihre Nähe zu Dan der Grund für ihren Untergang?

Ich wollte gerade meine Sorge äußern, als Pyper mit ihrem
Finger über das genähte X auf der linken Seite von Felicias
Doppelgängerin strich. Dabei wurden sie und die Puppe in ein
sanftes weißes Leuchten gehüllt. Es erschien plötzlich, und als
Pyper ihre Hand wegzog, verschwand es wieder. Angesichts
ihrer und Kanes Nicht-Reaktion musste ich annehmen, dass
ich die Einzige war, die die Fähigkeit hatte, es zu sehen.

Als Pyper zurücktrat, konnte ich nicht anders. Nach dem,
was mit dem Porträt passiert war, war es dumm, die Puppe zu
berühren, doch ich musste es wissen. Noch bevor ich den
Kontakt hergestellt hatte, verschmolz die leichte, luftige,
vertraute Essenz mit meiner eigenen, ein wohlig warmes
Gefühl. Meine Fingerspitzen streiften das X, und alles wurde
intensiver.

Erinnerungen schossen durch meinen Kopf: Der Plüschhund eines Kindes, abgegriffen und geliebt im Bett; Jemand, der Teig für Kekse anrührte, während ihre Mutter über einer Schüssel mit Kräutern Beschwörungen sang; der erste Kuss mit einem Jungen namens William. Ich zuckte zurück, als ob ich mich verbrannt hätte.

Kanes Hände packten meine Schultern, und er hielt mich fest. „Warum musst du sowas immer wieder tun?"

„Ich habe nicht ... ich meine, es war nicht geplant." Meine Stimme schien weit weg zu sein, als ich verarbeitete, was passiert war. Ich drehte mich zu Pyper um, die an der Bühne lehnte. „Hast du was gespürt?"

Sie schüttelte den Kopf. „Nichts als die Baumwolle, mit der sie sie ausgestopft haben."

„Dachte ich mir." Ich ging hinter die Bar und goss mir ein großes Glas Wasser ein. Was ich wirklich wollte, war ein Guinness, doch jetzt war nicht der richtige Zeitpunkt dafür. Nachdem ich das Glas geleert hatte, blickte ich auf, nicht überrascht, dass Kane und Pyper mich anstarrten. Ich seufzte. „In dieser Voodoo-Puppe ist Hexenenergie gefangen."

Pyper runzelte die Stirn. „Ich wusste nicht, dass Hexen mit Voodoo-Puppen hantieren."

„Tun sie nicht", sagte ich. „Oder zumindest habe ich noch nie eine kennengelernt. Doch der Felicia-Klon hat nicht nur Spuren von Hexenenergie, er hat auch Erinnerungen."

„Was?" Kane ging zu den Puppen. „Das reicht. Sie müssen weg."

Er packte das Seil, an dem Felicia baumelte, und hatte es fast über ihrem Kopf, als ich „Halt!" rief.

Er ließ sie sofort los, und das blendende Licht, das ihn eingehüllt hatte, verschwand. Er fuhr herum und starrte mich erwartungsvoll an.

„Sie sind nicht böse. Wir müssen ihnen helfen." Ich schob

ihn aus dem Weg und begann vorsichtig, das Seil der Felicia-Puppe zu lösen.

„Jade." Kane legte eine Hand auf meinen Arm, doch ich bemerkte es kaum. Felicias Kindheit ging mir durch den Kopf: Sie saß an einem heißen Tag in einem Haus mit Holzvertäfelung und aß mit einem anderen jungen Mädchen Orangen; dann spielte sie in einem kühlen Fluss und lachte über eine Warnung, sich vor Wasserschlangen zu hüten; tanzte als Jugendliche mit einem jungen Mann in einer großen Scheune, während eine Band Country-Musik für das Publikum spielte.

„Jade!" Kane schüttelte mich.

Ich ließ Felicia auf einen Stuhl in der Nähe fallen und sah ihn an, Tränen füllten meine Augen.

Er legte seine Arme um mich. „Es ist okay, Baby. Jetzt ist alles gut."

Als ich versuchte, mich zurückzuziehen, entfleuchte ein kleines Kichern meiner Kehle, da er mich fester hielt, nicht gewillt, mich loszulassen. Ich strich ihm einen sanften Kuss über die Lippen und sagte: „Mir geht's gut." Nach dem Porträtvorfall konnte ich ihm nicht vorwerfen, dass er mich beschützen wollte. Doch diesmal war es anders. „Tut mir leid." Ich löste mich sanft von Kane und schenkte beiden ein Lächeln. „Es ist nicht, was du denkst. Diese Puppe ist voll mit Felicias glücklichen Erinnerungen. Alles, was von ihr kommt, ist Freude. Da ist überhaupt nichts Böses."

„Außer, dass ihr Glück in einer Voodoo-Puppe gefangen ist", sagte Pyper mit angewiderter Stimme.

Pypers Worte wurden mir bewusst. Ich wandte mich den anderen beiden Puppen zu und sandte meine Energie aus. Schwache Spuren ihrer Zufriedenheit drückten gegen meine Psyche und bestätigten meinen Verdacht. Plötzlich saß ich auf einem der Samtsessel und hielt meinen Kopf in meinen Händen.

Was zum Teufel war hier los? Waren all ihre positiven Emotionen aus den Porträts entfernt und in die Puppen eingebettet worden? Wenn ja, von wem und vor allem warum? Und was hatte Dan damit zu tun? Er hatte nicht einmal eine Spur übernatürlicher Fähigkeiten. Ich würde es wissen, nachdem ich zwei Jahre mit ihm gelebt hatte.

Ich blickte auf und sah, wie Pyper und Kane mich anstarrten. „Was?"

„Weißt du, nichts von diesem Zeug ist hier passiert, bis du aufgetaucht bist." Pypers Lippen verzogen sich zu einem neugierigen Grinsen.

„Pyper", warnte Kane gedämpft. „Es ist nicht ihre Schuld, dass ihr Ex ein Psychopath ist."

Es könnte meine Schuld sein. Meinetwegen war er als Fünfzehnjähriger gefoltert worden. Dann hatte ich ihm jahrelang verschwiegen, dass ich ein Empath war, und im Grunde seine tiefsten Emotionen ohne sein Wissen ausspioniert. Als ich endlich reinen Tisch gemacht hatte, hatte ich aus erster Hand das Gefühl von Verrat und persönlicher Invasion erlebt, das er empfunden hatte. Danach hatte er sich in jemanden verwandelt, den ich nicht einmal kannte. Ich nehme an, er sah mich genauso. Doch ich spielte nicht absichtlich mit Voodoo-Puppen. Zumindest noch nicht.

Ich stand auf. „Wir müssen sie an einen sicheren Ort bringen."

Kanes Augenbrauen hoben sich, als er mich nachdenklich ansah. „Wieso?"

„Warum sind Jungs so dumm?" Pyper streckte die Hand aus und hob Felicia vom Stuhl auf. „Wenn jemand mit einem Fetisch für Stecknadeln sie in die Finger bekommt, könnten wir es am Ende mit einem weiteren Roy zu tun bekommen."

Sie hatte Recht. Ich wollte ihr helfen, doch sie scheuchte mich weg. „Ich schaff das schon. Ich würde gerne vermeiden, dass du in noch mehr Erinnerungen entführt wirst. Dein Gesicht wird ganz ausdruckslos, und du siehst aus wie ein Patient nach einer Lobotomie."

„Schön." Ich ging zurück zur Bar, um mich davon abzuhalten, noch einmal eine der Puppen zu berühren. Ich hatte keine Angst. Alles an ihnen war angenehm, sogar einladend. Mein Herz schwoll vor Wärme, als ich mich an das kleine Mädchen erinnerte, das im Fluss lachte. Doch gerade das machte es so gefährlich. Alles Mögliche konnte schiefgehen. Auf der mystischen Ebene machten selbst die besten Hexen Fehler. Ein Empath zu sein – und wahrscheinlich eine weiße Hexe, wenn man Lailah und Bea glauben durfte – bedeutete, dass der Umgang mit unbekannten Flüchen mich besonders verwundbar machte. Und mir war zweifellos klar, Freude, die aus gefangenen Geistern gesaugt wurde, war ein Fluch. Ein ganz Dunkler.

Pyper und Kane fingen an, die Puppen zur Hintertür zu bringen.

„Wohin bringt ihr sie?", fragte ich.

„Zu mir", rief sie über ihre Schulter. „Das ist die einzig sinnvolle Wahl."

Ich nickte. Ich konnte sie nicht nehmen. Kane würde es nicht riskieren, sie bei sich zu Hause zu haben, da ich so viel Zeit dort verbrachte. Sie im Club zu lassen kam genauso wenig in Frage. Zu viele Leute kamen und gingen. Trotzdem gefiel mir der Gedanke nicht, dass sie Zeit mit den verfluchten Puppen verbrachte. Nur, weil sie keine natürlichen intuitiven oder magischen Fähigkeiten hatte, bedeutete das nicht, dass sie nicht anfällig für Flüche war. „Schließ sie in deinem Gästezimmer ein, und fass sie nicht mehr an als nötig!", rief ich ihr hinterher.

Einen Moment, bevor die Hintertür mit einem Klick ins Schloss fiel, hörte ich Pypers leise Antwort. „Ja, Mama."

Ich zog mein Handy heraus und rief Kat an. Mist! Schon wieder Voicemail. Ich legte auf und schickte ihr eine kurze SMS: *Wo bist du? Ruf mich so schnell wie möglich an.*

Als Pyper und Kane zurückkamen, sagte ich: „Kommt. Wir müssen mit Bea darüber sprechen."

KAPITEL SIEBEN

Die Reifen von Pypers VW Käfer quietschten, als Kane um die Ecke in Beas Straße im Garden District bog. Der Wagen hüpfte über ein Schlagloch, und ein zähneknirschendes Kratzen von Metall auf Asphalt ließ mich zusammenzucken.

„Entschuldigung", sagte er.

Pyper runzelte die Stirn. Es war ein Beweis für ihre Zurückhaltung, dass sie ihn nicht geschlagen hatte, nachdem er ein Dutzend Autos geschnitten und möglicherweise ihren Stoßdämpfer in einem der Straßenkrater verloren hatte.

An den Schlaglöchern in den engen Gassen führte kein Weg vorbei. Man könnte meinen, nachdem das der Garden District war, würde die Stadt etwas gegen den Zustand der Straßen unternehmen. Doch nein, nichts geschah. Er hätte langsamer fahren sollen, doch angesichts meines brennenden Wunsches, Bea zu sehen, hatte ich mich insgeheim gefreut, dass Kane seinen inneren Formel-1-Rennfahrer herausließ.

Wir hielten nur sieben Minuten, nachdem wir das *Wicked* verlassen hatten, vor Beas Tor an. Das French Quarter war nicht weit, doch so nah auch wieder nicht, wenn man die Ampeln auf der Saint Charles bedachte.

„Wenn mein Käfer irgendwelchen Schaden genommen hat, auch nur einen Kratzer, zahlst du dafür und einen Mietwagen, während er repariert wird", knurrte Pyper vom Rücksitz, während wir darauf warteten, dass das Tor einen Zentimeter aufging.

Kane ignorierte sie und fuhr durch das Tor, als es kaum aufgeschwungen war, vorbei am Haupthaus, und hielt mit quietschenden Reifen vor Beas winzigem Kutschenhaus.

Danke, formte ich lautlos mit den Lippen und sprang hinaus, bevor einer der beiden sich überhaupt abgeschnallt hatte. „Bea?", rief ich durch die Fliegengittertür.

„Hier drin, Liebes", kam ihre Stimme aus dem Inneren.

Die Fliegengittertür schloss sich mit einem leisen Klicken hinter mir.

Bea saß an ihrem Küchentisch und mahlte getrocknete Kräuter. „Was für eine schöne Überraschung. Lass mich dir etwas zu trinken bringen." Sie stand auf, doch ich winkte ab.

„Ich mach das schon." Gläser zu finden und sie mit Eis zu füllen gab mir einen Moment, um meine Gedanken zu sammeln. In den letzten Tagen war so viel passiert, dass ich kaum wusste, wo ich anfangen sollte.

Als ich den Eistee fertig hatte, hatten sich Kane und Pyper zu Bea an den Tisch gesetzt.

Pyper, Gott segne sie, sprang mitten ins Geschehen. „Bea, ist es möglich, einen Geist in einem Objekt zu fangen?"

Bea legte ihren Stößel auf den Tisch. „Du meinst, einen Geist magisch an etwas zu binden?"

Pyper nickte.

„Sicher. Wenn die Hexe mächtig genug ist."

„Warum sollte jemand das tun?", fragte ich und reichte Bea ein Glas.

„Eine Reihe von Gründen, aber normalerweise wird es getan, um einen Geist zu kontrollieren. Ihn davon abzuhalten, ihre eigene Energie hinauszudrängen." Bea sah uns eindringlich an. „Es ist ein hochgefährlicher Fluch, und keiner, den der Zirkel gutheißt."

„Mach dir keine Sorgen", versicherte ich ihr. „Niemand hier ist daran interessiert, diese Art von Zauber zu wirken. Wir brauchen nur Informationen."

„Richtig", sagte Pyper. „Ist es nun möglich, einen Teil eines Geistes in ein Objekt und einen anderen Teil in ein anderes zu stecken – sagen wir, eine Voodoo-Puppe?"

Bea runzelte die Stirn. „Hexen benutzen keine Voodoo-Puppen."

„Wir wollen nur wissen, ob es möglich ist." Ich strich mit dem Finger über den Rand meines Glases.

Sie schüttelte den Kopf. „Doch man könnte Seele und Geist getrennt einfangen. Ein solcher Fluch wäre sehr dunkel. Sehr gefährlich."

Niemand sagte etwas.

„Ich denke, es ist an der Zeit, dass ihr mir sagt, worum es geht." Bea schob ihren Mörser von sich und verschränkte die Hände.

Ich schloss meine Augen und begann zu berichten. Ich begann mit der Nacht, in der meine Mutter verschwunden war, erzählte von den Porträts, meiner Vision, Lailah, die mit ihnen davonlief, Felicias Warnung, Dans Energie und den Voodoo-Puppen. Als ich fertig war, stand Bea auf und holte einen Notizblock von einem kleinen Schreibtisch.

„Was bedeutet das alles?", fragte ich schließlich leise.

Bea blickte von ihren Notizen auf. „Es bedeutet, dass jemand die Seelen dieser drei Schwestern in den Puppen und ihre Geister in den Porträts gefangen hat."

Die Erinnerung an das, was ich von den Puppen gespürt

hatte, kehrte zurück. Liebe war der zugrundeliegende Faktor. Bea hatte mir erzählt, dass die Seele das war, was den Menschen die Fähigkeit gab zu lieben. Oh Mann. Kein Wunder, dass ich bei den Porträts nichts Warmes oder Freundliches entdeckt hatte.

„Dämonen haben Seelen?", fragte Pyper.

„In den frühen Stadien der Dämonenschaft, ja", sagte Bea. „Wenn ein Engel fällt, wird seine Seele verdorben. Wenn genug Zeit vergangen ist, stirbt sie irgendwann."

Ich biss mir auf die Lippe. „Heißt das, dass es Hoffnung gibt, Meri zu retten? Wenn ihre Seele in einer der Puppen sicher ist?"

Bea runzelte die Stirn. „Unglücklicherweise nicht. Sobald Engel fallen, sind ihre Seelen verdammt." Sie machte sich noch eine Notiz. „Jemand hat sich sehr viel Mühe gemacht, ein paar Hexen und einen Dämon aus dem Weg zu räumen. Meri ist nicht mehr zu helfen, doch die anderen drei müssen wir retten." Bea machte sich einige Notizen und wählte dann eine Nummer. Als sie auflegte, lächelte sie. „Lailah wird in Kürze hier sein."

„Drei?", fragte ich und konnte kaum atmen. Die beiden Hexen im Kreis, der Dämon, den sie beschworen hatten, und ... „Heißt das, du denkst, wir können meine Mutter finden?"

„Wenn Meri nicht zu mächtig ist, besteht durchaus die Möglichkeit." Bea machte sich weiter Notizen.

Zum ersten Mal seit zwölf Jahren begann in meiner Brust ein leises Zittern der Hoffnung zu blühen. Tränen ließen meine Sicht verschwimmen. „Wie? Wann?", flüsterte ich mit zittriger Stimme.

„Wir müssen die drei Schwestern aus der Hölle beschwören, ihre Seelen aus den Voodoo-Puppen und ihre Geister aus den Porträts extrahieren und dann beides wieder mit ihren physischen Körpern verbinden. Meri wird ein

Problem sein, doch wenn ihre Seele nicht schon zu verdorben ist, wird die Wiedervereinigung sie schwächen, und wir sollten sie zurück in die Hölle verbannen können, wo Dämonen hingehören. Hoffentlich führt Felicia uns zu deiner Mutter." Bea warf einen Blick auf ihren Kalender. „Am besten machen wir das bei Vollmond. Das gibt uns zwei Tage." Sie sah mich an. „Du hast zu tun. Ich werde jedes bisschen deiner Kraft brauchen, um das zu schaffen."

Ich registrierte kaum Kanes Sorge oder die Hand, die er um meinen Arm legte. „Was auch immer nötig ist. Wo fangen wir an?"

„Mit Lailah." Bea stand auf und ging zu ihrem Schreibtisch zurück. Sie zog ein dickes, in Leder gebundenes Buch hervor. Nur ein einzelnes Pentagramm zierte das Cover. „Wir werden ihre Kraft brauchen, um mit dem Dämon fertig zu werden. Das ist ihre Spezialität. Außerdem könnte sie von Nutzen sein, um herauszufinden, was dein Freund Dan damit zu tun hat."

„Entschuldigen Sie, aber können Sie etwas erklären?", fragte Pyper Bea. „Warum sollte jemand den Geist und die Seele eines Menschen von seinem Körper trennen? Vor allem, wenn derjenige in der Hölle ist?"

Bea presste die Lippen aufeinander. „Ohne die Details zu kennen, kann ich das nicht sagen. Doch jemand hätte versuchen können, Felicia und Priscilla zu retten. In der Hölle gefangen zu sein macht es einem schwer, nicht der schwarzen Magie zu verfallen. Das ist genauso schlimm wie ein gefallener Engel."

Ich erstarrte. „Was ist mit meiner Mutter? Kann sie so lange überlebt haben?"

„Wir wissen es nicht, bis wir sie gefunden haben", sagte Bea sanft.

Stille erfüllte den Raum, bis Bea schließlich zum Ende ihres

Buches blätterte und mit dem Finger über eine Liste im Anhang fuhr.

Pyper räusperte sich. „Wie unterscheiden sich Engel von Hexen?"

Ich bedankte mich im Stillen dafür, dass sie an all die Fragen dachte, die zu stellen ich zu beschäftigt war.

Bea neigte den Kopf und musterte meine Freundin. „Sie sind hier, um den Menschen zu helfen. Gott gibt ihnen besondere Kräfte, um sie auf ihrem Weg zu unterstützen, aber wenn sie sie missbrauchen, fallen sie." Ihre Augen wurden traurig und müde. „Es ist eine schwere Last."

Fallen. Wenn Lailah einen Fehler machte, würde sie zum Dämon werden und in die Hölle verbannt. Ich schauderte und fragte mich, wie sehr sie etwas vermasseln musste, um dieses Schicksal zu erleiden.

Auf der Veranda waren leichte Schritte zu hören. Ich blickte gerade noch rechtzeitig auf, um Lailah hereinspazieren zu sehen, gekleidet in einen langen Bauernrock und eine Bluse, die mit einem Makrameegürtel um ihre Taille geschnürt war. Mit ihren langen blonden Haaren sah sie aus, als wäre sie gerade aus einem Modemagazin aus den Siebzigern gestiegen.

Ihr Lächeln verschwand in dem Moment, als sie uns am Tisch erblickte. Etwas, das vage an Unbehagen erinnerte, huschte über ihre Züge. Sie hob eine Hand zum Gruß, zog eine kleine Dose aus ihrer Filzhandtasche und reichte sie Bea. „Ich habe die Vitamine mitgebracht, um die du gebeten hast."

„Danke." Bea öffnete die Dose, schüttelte zwei grüne Pillen aus und spülte sie mit dem Rest ihres Tees herunter. Sie lächelte angesichts meines besorgten Gesichtsausdrucks. „Nur eine Vorsichtsmaßnahme. Es geht mir gut." Sie machte zwei Schritte und stolperte, bevor sie sich an der Rückenlehne eines ihrer Ohrensessel festhielt. Ihr Gesicht wurde leichenblass, bevor sie zu Boden sank.

„Bea!", rief ich und sprang von meinem Stuhl auf.

Ihre Augen flatterten auf, und ihr Atem kam in kurzen, angestrengten Stößen. „Gift."

„Oh Gott." Ich griff in meine Gesäßtasche nach meinem Handy. Es entglitt meinem Griff und rutschte unter den Stuhl. „Verdammt. Jemand muss den Notarzt rufen."

„Nein", sagte Bea mit so viel Nachdruck, dass ich fast glaubte, es sei ein Fehlalarm gewesen. Doch als ich ihren Arm berührte, brannte ihre Haut. „Es ist ein Fluch. Nur eine Hexe kann helfen."

Hass sickerte aus meinen Poren, als ich Lailah böse ansah. War das der Beginn ihres bevorstehenden Falls? In diesem Moment war es mir scheißegal, was mit ihr geschehen würde. Ich konzentrierte mich wieder auf Bea. „Wo finde ich die Nummern des Zirkels?"

Lailah erschien neben mir, ihr Gesicht vor Angst und Panik verzerrt. „Sie können nicht helfen. Sie braucht eine weiße Hexe. Du musst ihr helfen."

Ich stieß sie von mir. „Weg von ihr."

Pyper packte den Engel an den Schultern und drückte sie gegen die Wand. „Was zum Teufel hast du getan?"

„Ich habe nichts getan." Tränen strömten unkontrolliert über Lailahs geschocktes Gesicht. „Ich habe ihre Vitamine mit einem Zauber belegt, wie ich es immer tue. Ich wollte sie nicht vergiften!"

Pyper zückte ihr Handy und drückte auf einen Knopf. „Bleib wo du bist", sagte sie zu Lailah. Nach einem kurzen Gespräch wandte sich Pyper mir zu. „Ian ist auf dem Weg. Er sagte, ich soll sie in ihr Zimmer bringen. Etwas über positive Energie."

Kane hob Bea vorsichtig in seine Arme und ging zur Treppe. Das Einzige, was mich davon abhielt, Lailah einen rechten Haken zu versetzen, war Beas zitternde Stimme.

„Nicht ganz so, wie ich es mir vorgestellt habe, einen gutaussehenden Mann in mein Schlafzimmer zu locken."

Ich begann, ihnen zu folgen, blieb aber mitten im Schritt stehen. Ich konnte Lailah nicht im Wohnzimmer lassen, nur bewacht von Pyper. Wenn Lailah wollte, konnte sie Pyper in eine Kröte verwandeln. Zumindest glaubte ich, dass sie es konnte.

Pyper löste das Problem, indem sie eine Rolle Klebeband in Beas Schreibtisch fand.

„Perfekt", sagte ich und warf Lailah einen weiteren finsteren Blick zu, während ich auf einen Stuhl deutete. „Setz dich."

Sie streckte die Hände aus und versuchte zurückzuweichen, stieß jedoch gegen die Wand. „Nein, das wollte ich nicht. Ich habe dir schon gesagt, dass es ein Unfall war. Ich kann helfen."

„Nein." Ich ging auf den Stuhl zu. „Ich traue dir nicht, und Pyper kann dich nicht allein aufhalten, wenn du auf dumme Ideen kommst. Jetzt setz dich, oder Pyper und ich werden dich zwingen."

Pyper stand auf Zehenspitzen, bereit zum Sprung. Die wilde Entschlossenheit, die von ihr ausströmte, machte mich froh, dass ich sie nie verärgert hatte.

Zitternd kam Lailah auf mich zu. Scham und Trauer gingen von ihr aus. Ohne einen von uns anzusehen, setzte sie sich und bewegte sich kein einziges Mal, während wir ihre Handgelenke und Knöchel zusammenbanden. Aus Angst, dass sie einen Zauber sprechen könnte, riss ich ein Stück Klebeband ab, um ihren Mund zuzukleben. Doch so, wie sie dasaß und demütig auf den Boden starrte, entschied ich mich dagegen. Was, wenn es ein Unfall war?

Ich reichte Pyper das Band. „Wenn sie auch nur eine Silbe

spricht, ohne dazu aufgefordert worden zu sein, kleb ihr den Mund zu."

„Wird gemacht."

Pyper zog einen weiteren Stuhl heraus und ließ sich mit verschränkten Armen nieder, um den Engel zu bewachen. Ich stieg die Treppe hinauf.

Es dauerte nicht einmal fünf Minuten, bis Ian mit rotem Gesicht und atemlos ankam. „Was ist passiert?" Er nahm Beas Hand und schenkte ihr seine volle Aufmerksamkeit.

„Unfall", flüsterte sie. „Gift … brauche Energieübertragung."

Ian suchte den Raum ab, und sein Blick landete auf mir. „Jade. Bereit?"

Kane küsste meine Schläfe. „Ich bin unten, wenn du mich brauchst."

„Danke", sagte ich ihm ins Ohr. Da ich jede Emotion von Kane spürte, wenn er in der Nähe war, war es schwer, mich zu konzentrieren.

Als er weg war, setzte ich mich neben Ian. Beas eingefallene Wangen und ihre papierne Haut machten mir Angst. Innerhalb von Minuten war sie von einer lebhaften und starken Frau zu einer Greisin geworden. Vorsichtig berührte ich ihre Wange und keuchte angesichts der Hitze, die von ihr ausging. „Sollen wir nicht einen Krankenwagen rufen?"

„Nein", krächzte Bea. „Was Lailah mir gegeben hat, war mit einem Kräuterfluch versehen, und nur eine Hexe kann ihn umkehren."

„Lailah." Ich stand auf und ging auf und ab. „Warum ist sie jedes Mal, wenn etwas schief geht, involviert? Ich dachte, Engel sollten den Menschen helfen."

Ians hellblaue Augen durchbohrten mich. Jeder Muskel war angespannt. Als er sprach, hatte seine Stimme kaum eine Spur von Kontrolle. „Jade. Meine Tante steht kurz davor, dem Gift zu erliegen, das ihren Körper auffrisst. Können wir uns vorerst nur auf die Energieübertragung konzentrieren?"

Normalerweise entspannt und fröhlich hatte sich Ian in jemanden verwandelt, den ich nicht kannte. All die Wut, die mein Herz gefangen hielt, verflüchtigte sich und wurde durch Angst ersetzt. Was, wenn ich ihren Zustand verschlimmerte? Ich war mir nicht einmal sicher, ob ich eine Hexe war. Selbst wenn, war ich keine Praktizierende.

Ich blickte in Ians eindringliche Augen und schluckte. „Natürlich. Das wird sie heilen?"

„Fang an." Ian drängte mich sanft, mich neben ihn auf das Bett zu setzen. „Dann, sobald Bea genug Kraft hat, um wieder zu sich zu kommen, kann sie dich durch den Gegenzauber führen."

Scheiße! Sie wollten, dass ich einen Gegenzauber bewirkte? Abgesehen von ein paar Energieübertragungen hatte ich nie mehr als eine einfache Reinigung gemacht. Ich schluckte schwer und streckte Ian meine Hand entgegen. „Bereit?"

„Bereit."

Jemand hatte die Klimaanlage auf Tundra-Niveau hochgedreht, und Gänsehaut breitete sich über meine Arme aus. Ich versuchte, die Kälte zu ignorieren, als ich meine Augen schloss, um mich zu konzentrieren. Dieser Teil war keine große Sache. Ich hatte jahrelang Energieübertragungen gemacht, ohne es zu wissen. Natürlich musste ich sicher sein, dass ich Ian benutzte – sonst wäre ich vielleicht zu erschöpft, um den Zauber zu wirken, der als Nächstes kam.

Zuerst ergriff ich Beas eisige Hand und beschloss dann, meine Hand direkt auf ihre Brust zu legen. Mit etwas Glück würde die Energieübertragung direkt zu ihrem Herzen gehen, von wo aus sie sofort Leben in ihren schwindenden Körper zurückpumpen konnte.

Beas Essenz enthielt nur noch ein Flüstern von Energie. Ich

sandte meine Sinne tiefer und suchte nach etwas Greifbarem, mit dem ich mich verbinden konnte. Himmel. Sie war nur wenige Minuten davon entfernt, uns endgültig zu verlassen. Panik erfasste mich. Es gab keinen Raum für Fehler. Gab es niemanden in der magischen Stadt New Orleans mit besseren Fähigkeiten als ich? Sicherlich gab es eine Voodoo-Priesterin oder eine andere Hexe ... oder einen Engel, der das besser hinbekommen konnte als ich.

Hör auf damit, Jade. Ich schüttelte mich innerlich. Es war keine Zeit, jemand anderen anzurufen. Und Lailah hatte anscheinend dieses Schlamassel verursacht. So viel zu Engeln.

Ians Hand drückte meine und trieb mich an. Ich rang meine Angst nieder und schickte mein Bewusstsein tief in Ian hinein. Sorgen umwölkten jeden Zentimeter seines Seins. „Ian", sagte ich mit so viel Ruhe wie ich aufbringen konnte. „Du musst all deine Ängste um Bea ausblenden und nur positive Gedanken denken. Was gerade in dir vorgeht, könnte alles noch schlimmer machen."

„Tut mir leid." Er lockerte seinen Griff um meine Hand und ging in eine entspanntere Position. Trotzdem blieb seine Energie unrein.

„Sprich über sie. Eine glückliche Erinnerung. Etwas, das dich zum Lächeln bringt, wenn du an sie denkst."

Er atmete heftig aus und fuhr sich mit der anderen Hand durchs Haar. „Eine glückliche Erinnerung", murmelte er. Sekunden vergingen, und ich wollte ihn anschreien, er solle sich beeilen. Es gab nichts, was ich tun konnte, um Beas schwache Energie davon abzuhalten, mir weiter zu entgleiten.

Schließlich, nach einer gefühlten Ewigkeit, die wahrscheinlich nur eine Minute gedauert hatte, räusperte er sich. „Eine Woche, nachdem ich siebzehn geworden war, ist eine neue Familie in das Haus mir gegenüber eingezogen. Die beiden ältesten Kinder waren zweieiige Zwillinge, ein Junge und ein Mädchen. Das Mädchen, Jessie, war schüchtern, der unaufdringliche Typ und der schönste Mensch, dem ich je begegnet bin." Er hob seine Augen zu meinen.

Ich lächelte und nickte ihm zu, fortzufahren.

„Ich war in diesem Alter selbst nicht gerade der Geselligste, doch wir hatten viel Unterricht zusammen, und es dauerte nicht lange, bis wir Freunde wurden. Natürlich hatte sie zunächst keine Ahnung, dass ich mich in sie verliebt hatte. Doch ihr Bruder hat es gesehen. Jay sah gut aus, der Typ, dem alle Mädchen hinterher starrten. Wie Kane. Mit demselben ausgeprägten Beschützerinstinkt."

Die leichte Schärfe in seiner Stimme, als er Kane erwähnte, ließ mein Gesicht brennen. Ian und ich hatten noch nie über das einzige Date gesprochen, das wir gehabt hatten, kurz bevor ich mit Kane zusammengekommen war. Es war offensichtlich, dass Ian etwas für mich empfand. Doch er musste inzwischen darüber weg sein, da er mit Pyper zusammen war. Da ich nichts anderes tun konnte, ignorierte ich es und wartete darauf, dass er fortfuhr.

„Ich bin mir nicht sicher, was er an mir nicht mochte oder ob es daran lag, dass ich mich für Jessie interessierte, doch er hatte es sich zur Lebensaufgabe gemacht, mich so viel wie möglich zu demütigen, wenn sie in der Nähe war. Er bot mir an, mir seine abgelegten Kleider zu geben, tat so, als ob er mich für schwul hielt, als ich ablehnte, und machte Witze auf meine Kosten. Er tat Dinge, wie mich zum Stolpern zu bringen oder die Zündkerzen aus meinem Auto zu zerlegen, wenn er wusste, dass Jessie und ich uns treffen wollten. Nichts zu Ernstes, aber genug, um mein zerbrechliches siebzehnjähriges Ego zu untergraben."

Mist. Hatte ich nicht um eine glückliche Erinnerung gebeten?

Als hätte er meinen Gedanken gehört, lachte Ian. „Dann

kam eines Tages Bea vorbei, während ich das mit Rasierschaum geschriebene ‚I love Ally' von meinem Auto schrubbte."

„Ally?"

Er schüttelte den Kopf. „Eine arme Neue, die angefangen hatte, mir in der Schule nachzulaufen. Jedenfalls verfluchte ich Jay, nicht nur, weil er mein Auto beschmiert hatte, sondern weil ich auch zu spät zur Schule kommen würde. Doch das konnte ich Ally auf keinen Fall sehen lassen."

„Offensichtlich."

„Und Bea hat mir gesagt, ich solle mir keine Sorgen machen. Sie würde sich um alles kümmern. Ich wusste nicht, was das bedeutete. Ich hatte es schnell vergessen, bis Jay Ally sagte, dass ich sie zu einem Date einladen wollte. Oder zumindest versuchte er, ihr das zu sagen. Am Ende hat er sie tatsächlich selbst eingeladen. Stell dir das vor, dieser großspurige Typ marschiert auf dieses arme Mädchen zu, um ihr zu sagen, dass ein anderer Typ sie um ein Date bittet, doch als die Worte aus seinem Mund kamen, hat er ihr seine unsterbliche Liebe gestanden." Ians Gelächter brach mit voller Wucht aus. Er rang nach Luft. „Er konnte nicht kontrollieren, was er tat, und je mehr er versuchte, sich zu korrigieren, desto beharrlicher wurde er, mit ihr ausgehen zu wollen."

Ein Anflug von Mitleid für das arme Mädchen ging mir durch den Magen.

„Von diesem Moment an kam alles, was Jay mit mir versuchte, doppelt auf ihn zurück. Tante Bea hatte ihn mit einem mächtigen Fluch belegt."

Die von ihm ausstrahlende Liebe zu Bea erfüllte den Raum. Stark und rein war es genau das, was sie brauchte. Ich stellte mir eine Leitung vor, die von Ians Hand zu Beas Herz führte, und zog daran. Ians Energie traf auf eine Mauer des Widerstands, die sich weigerte, nachzugeben. Es sollte nicht so schwer sein. Ich konnte ziemlich leicht Energie in mich aufnehmen. Ich zog härter und strengte mich an. Nichts regte sich. Ians Energie blieb fest in seiner Hand.

Er fing wieder an, darüber zu reden, dass Jays Liebeserklärung Ally zu einem der beliebtesten Mädchen der Schule gemacht hatte, doch ich ignorierte ihn.

Ich musste diese Energie zu Bea übertragen. Ihre eigene war so gut wie aufgebraucht, während Ian seine Geschichte erzählt hatte. Verdammt. Ich gab das Bild der Leitung auf, ließ Ians Emotionen in mich fließen durch mein Innerstes und leitete sie durch meine Hand zu Beas Herz.

Die Wirkung war augenblicklich. Beas Augen flatterten auf, und sie seufzte erleichtert auf. Ihre Energie pulsierte mit dem strahlend weißen Licht, das sie normalerweise ausstrahlte. Ich brach erleichtert neben ihr zusammen.

„Gut gemacht, Jade", krächzte sie.

„Willkommen zurück." Ian nahm ihre Hand und lächelte breit.

„Ian", flüsterte sie, „ich habe dir gesagt, dass du niemals einer anderen Seele erzählen sollst, dass ich deinen Freund verflucht habe."

„Das hast du gehört, oder? Dachte ich mir. Aber ich finde es einfach lustig. Jay war ein Arsch. Es ist nicht so, als hätte es ihm geschadet, Manieren zu lernen."

Sie tätschelte seine Hand. „Er hat sich mit meinem Lieblingsneffen angelegt. Ich musste etwas tun. Trotzdem bin ich nicht stolz darauf." Sie schmunzelte und strafte ihre Behauptung Lügen.

„Was ist mit Jessie passiert? Hast du das Mädchen bekommen?", fragte ich.

„Ja. Wir waren ein paar Jahre zusammen." Sein Lächeln schwand. „Bis sie aufs College gegangen ist."

„Das passiert. Und Ally? Was ist aus ihr geworden?"

Ian lachte. „Sie wurde Abschlussballkönigin und hatte die freie Wahl unter den Typen in der Schule."

„Abgesehen von dir", sagte ich.

Er zuckte mit den Schultern. „Sie hat mich ganz vergessen."

Ich bezweifelte das. Ian war ein zu netter Kerl, als dass man ihn einfach vergessen konnte.

Bea versuchte sich aufzusetzen. Ian streckte automatisch einen Arm aus, um ihr zu helfen, während ich die Kissen am Kopfteil ihres Betts positionierte.

„Kann ich dir irgendwas bringen?", fragte ich.

„Sprudel gemischt mit zerstoßener Vanille und einem Teelöffel Limette." Bea nahm eine silberne Haarbürste und begann, ihr normalerweise makelloses Haar wieder in Ordnung zu bringen.

Was taten wir da, irgendwelche seltsamen Cocktails zu mischen? Ich war schon fast durch die Tür, als sie sagte: „Bring Lailah mit, wenn du zurückkommst."

Ihr Ton jagte ein Schaudern über mich, das nichts mit der kalten Luft in meinem Rücken zu tun hatte. „Werd ich machen."

„Ian", hörte ich sie mit ihrer normalen fröhlichen Stimme sagen. „Kannst du das Thermostat einstellen?"

Unten stand Pyper mit verschränkten Armen vor der Tür.

„Was ist?", fragte ich, als ich in die angrenzende Küche ging.

„Der *Engel*" – sie betonte das Wort Engel, was darauf hindeutete, dass sie Lailah für alles andere als das hielt – „hat versucht, sich aus ihren Fesseln zu befreien. Ich habe versucht, ihren Mund zuzukleben, doch sie hat eine Art Schild projiziert, und ich kann nicht nah genug herankommen."

Lailah kauerte sich bei Pypers Worten zusammen. Sie ähnelte überhaupt nicht der wunderschönen, selbstbewussten Frau, die ich kennengelernt hatte. Ihr Gesicht war blass, und sie wandte sich ab, um sich vor meinem durchdringenden Blick zu verstecken.

Ohne darüber nachzudenken, schickte ich mein Bewusstsein zu ihr. Meine unwillkommene Sonde prallte zurück. Ja. Die Barriere hielt. „Bea will dich sehen. Nimm den Schild runter, und wir schneiden das Klebeband auf."

Die Luft um Lailah herum flirrte. Ich wusste, ohne nachzusehen, dass der Schild nicht mehr da war.

Pyper schnitt zuerst das Klebeband an ihren Füßen ab. Als sie ihre Handgelenke erreichte, sagte sie: „Wenn du auch nur daran denkst, irgendwas zu versuchen, denk daran, dass ich eine Schere in der Hand habe."

Lailah schüttelte nur den Kopf.

Ich wartete an der Treppe mit dem Gebräu, das Bea bestellt hatte. Sobald Pyper sie losließ, kam Lailah auf mich zu. Ihre Panik drang in mein Bewusstsein und kroch über meine Haut. Ich trat einen Schritt zurück und versuchte mein Bestes, mich vor ihr abzuschirmen. „Beruhige dich. Ihr geht's gut."

Lailah schüttelte den Kopf, Tränen glitzerten in ihren Augen. „Ich hätte sie fast getötet."

„Fast", sagte ich ohne Mitleid. Vielleicht war es grausam, doch ich konnte nicht umhin, mich daran zu erinnern, dass es ihr Zauber gewesen war, der es Roy ermöglicht hatte, Pyper in eine andere Dimension zu entführen. „Doch jetzt geht es ihr besser, und sie will dich sehen."

Die Kälte meines Tons schien etwas Kampfgeist in ihr zu wecken. Sie straffte ihre Haltung und ging ohne ein weiteres Wort die Treppe hinauf.

„Hab ich was gesagt?", fragte ich Pyper.

Sie verdrehte die Augen und folgte mir.

In Beas Zimmer war das Fenster geöffnet und ließ die warme Herbstbrise herein. Bea trug eine aufwendige

Hexenrobe in tiefem Pflaumenviolett, die mit zarten Goldfäden bestickt war.

Lailah sank vor Bea auf die Knie und senkte den Kopf. „Ich wusste es nicht. Ich meine, ich weiß nicht, was passiert ist."

Bea streckte die Hand aus und hob Lailahs Kopf. „Die Pillen waren vergiftet. Du warst diejenige, die sie mit einem Zauber besprochen hat."

„Ja", flüsterte Lailah. „Aber ..."

In Beas Handfläche erschienen zwei grüne Pillen. „In ihnen waren Spuren deines Zaubers, niemandes sonst."

Lailah betastete die Pillen und riss dann ihre Hand zurück. Die Tränen, die sie zurückgehalten hatte, liefen jetzt lautlos über ihre Wangen. „Ich weiß nicht, was passiert ist. Ich kann mich nicht erinnern, sie verzaubert zu haben."

Bea ließ die Pillen in eine kleine Pillendose fallen. „Steh auf, Lailah."

Zitternd gehorchte Lailah.

„Dir ist hiermit bis auf weiteres der Zugriff zu deiner Magie untersagt. Es wird eine offizielle Untersuchung geben. Du wirst über die Anhörung informiert, sobald der Rat wieder zusammentritt." Bea streckte ihre Hand aus. „Jade, kann ich bitte das Wasser haben?"

Erschrocken stolperte ich an Beas Seite und reichte ihr die Flasche.

Die Kohlensäure spritzte, als sie den Deckel aufschraubte. Als sich die Blasen beruhigt hatten, goss Bea eine kleine Menge in ihre Handfläche. Sie rezitierte einen Satz in lateinischer Sprache, spritzte die Flüssigkeit auf Lailah und hob dann die Hände über ihren Kopf. Mit starker, autoritärer Stimme sprach sie: „Engel der Erde, gehorche meinem Befehl. Keine Magie soll gewoben werden. Kein Zauber gesponnen werden. Kein Fluch gesprochen werden. Die Fäden deiner Macht sind jetzt gebunden. Durch die Macht der Meisterin deines Zirkels wird dir dein Wicca-Status abgesprochen." Die Luft um sie herum flirrte für einen Moment.

„Scheiße", flüsterte Pyper.

Genau meine Gedanken. Ich hatte gewusst, dass Bea mächtig war. Das hatte sie bewiesen, als sie vor ein paar Monaten einen Geist in die Hölle verbannt hatte. Doch ich hatte nicht gewusst, dass sie die Macht hatte, jemandes Privilegien zu widerrufen. Nicht, dass Lailah es nicht verdient hätte. Ich würde ihr auch jegliche Magie verbieten, wenn sie mich fast umgebracht hätte. Tatsächlich war ich bereit, sie mir vorzunehmen, nur, weil sie in der Nacht zuvor in Kanes Traum eingedrungen war.

Ich bemerkte nicht, dass ich finster dreinschaute, bis Bea sprach. „Das ist das Standardverfahren, Jade."

„Hm? Tut mir leid, ich habe an etwas anderes gedacht."

Lailah stand auf und verließ lautlos den Raum. Mein Blick blieb auf sie gerichtet, bis sie um die Ecke bog und die Treppe hinunterging.

„Soll ich sie im Auge behalten?", fragte Pyper.

„Oh nein, Liebes. Lailah geht." Bea fing meinen Blick ein. „Jade, ich brauche deine Hilfe, um den Rest des Gifts aus meinem Körper zu bekommen."

„Gift? Ah ja." Es dämmerte mir, dass Ian gesagt hatte, dass sie meine Hilfe brauchen würde, doch nach der Macht, die sie gerade demonstriert hatte, hatte ich es ganz vergessen. Ich sah mich in ihrem kleinen Schlafzimmer um. „Wo soll ich ...?"

„Lass uns auf die Veranda gehen." Bea fegte an mir vorbei und sah nicht mehr so aus, als hätte sie vor nur wenigen Minuten an der Schwelle des Todes gestanden.

Pyper folgte ihr, und Ian musste mich aus der Tür schieben, bevor ich mich bewegte. „Was ist gerade passiert?"

„Bea hat Lailah ihre Macht genommen."

„Kann sie das?"

Ian schmunzelte. „Für mich sah es definitiv so aus, als könnte sie es."

Ich blieb stehen und drehte mich zu ihm um. „Du willst mir sagen, dass Bea Zaubersprüche hat, um einen Engel zu binden?" Wenn ja, würde ich mir zumindest um Felicias Warnung keine Sorgen machen müssen. Ohne Magie könnte Lailah nur schwer fallen.

„Ja. Sie stellt es nicht gerne zur Schau, aber sie besitzt allein mehr Macht als die meisten Zirkel zusammen."

Ich starrte ihn an. Wenn Zirkel ihre Macht bündelten, konnte sie gefährliche Ausmaße annehmen. Bedrohliche Ausmaße. Bea konnte das ganz allein. Ein Schauer durchlief mich. Was hatte *ich* hier zu suchen?

„Jade", rief Bea vom unteren Ende der Treppe. „Ich möchte dich nicht drängen, aber je früher wir den Zauber wirken können, desto leichter wird es."

Eine Welle der Übelkeit regte sich in meinem Magen. Ich würde einen Zauber wirken, etwas, wovon ich geschworen hatte, dass ich es nie tun würde, mit der wahrscheinlich mächtigsten Hexe, die ich je getroffen hatte. Mein Blick fiel auf die Frau, die ich meine Freundin nennen wollte. Das Bild von ihr, wie sie hilflos in ihrem Bett lag, blitzte in meinem Kopf auf. Würde sie wieder dort landen, wenn ich mich weigerte?

„Geh", drängte Ian mit einem leisen Flüstern. „Das Gift breitet sich schnell aus."

Tatsächlich wurde Bea bereits wieder blass. Verdammt. Wenn ich schon zur Hexe werden musste, würde ich wenigstens von der Besten lernen.

KAPITEL ACHT

*D*ie Sonne hing tief am Himmel und erhellte den Garten mit einem sanften orangefarbenen Schein. Bea ging die Treppe der Holzveranda hinunter und in die Mitte des gepflegten Rasens. „Hier entlang", sagte sie.

Ian und ich folgten ihr. Pyper und Kane blieben auf der Veranda. Ich beneidete sie. Verdammt, ich wäre gern im Haus geblieben. Oder gegangen.

„Jade", sagte Bea. „Zieh deine Schuhe aus."

„Ähm ..." Ich stockte. Keine Schuhe? War sie verrückt? Es konnten rote Ameisen, Flöhe oder eine beliebige Anzahl anderer schmerzhafter, bösartiger Käfer im Gras leben.

„Du brauchst die Verbindung zur Erde, um deine Kraft zu nutzen." Bea warf ihre dicke Robe ab und setzte sich mit gekreuzten Beinen auf den Boden.

„Aber was ist mit Käfern?"

Ian lachte.

„Was?", fragte ich in einem gedämpften Flüstern.

„In Tante Beas Garten gab es noch nie Käfer und Insekten, außer Marienkäfern, Schmetterlingen und Libellen. Mach dir

97

keine Sorgen, dass dir irgendetwas in die Zehen beißt. Hier bist du sicher."

Langsam streifte ich meine Schuhe ab. „Bedeutet das, dass sie auf magische Weise entfernt wurden?"

„Sowas in der Art", sagte Bea. „Bitte setz dich." Sie wies mich an, ihr direkt gegenüber Platz zu nehmen.

Ich ging über die weiche, saftige Grasdecke und ließ mich im Schneidersitz vor ihr nieder. „Du machst dir keine Sorgen, dass du das Ökosystem durcheinanderbringst, indem du Gottes kleinste Kreaturen verbannst?"

Bea schenkte mir ein geduldiges Lächeln. „Sie sind nicht verbannt. Nur umgezogen, solange wir hier draußen sind. Sobald wir weg sind, kommen sie zurück."

„Oh." Ich verstummte und fragte mich, was sie der Bequemlichkeit halber noch an ihrem Haus verändert hatte. Wusch sich ihr Geschirr von selbst? Was war mit der Dusche? Oder dem Kühlschrank? Vielleicht hätte ich nichts dagegen, eine Hexe zu sein, wenn ich die von meiner Aufgabenliste streichen konnte.

Beas Stimme holte mich in die Realität zurück. „Um einen Zauber zu wirken, musst du deinen inneren Funken finden. Jede geborene Hexe hat ihn. Daraus ziehst du deine Kraft."

„Meine Kraft." Ich spreizte meine Finger weit auf meinen Oberschenkeln, als könnte ich sie ausstrecken und sie irgendwie greifen. „Wo fange ich an, danach zu suchen?"

Sie drückte ihre Hand auf die linke Seite ihrer Brust. „Hier. Schau, und du wirst ihn finden."

Mist. Es gab nichts Besseres als einen kryptischen Guru, der eine widerstrebende vermeintliche Hexe unterrichtet. *Schau einfach hinein. Du wirst ihn finden, Jade.* Ja sicher. Ich wollte gerade protestieren, als ich Beas zitternde Hände in ihrem Schoß bemerkte.

Das Gift wirkte wirklich schnell.

Ich begegnete ihrem Blick, und was immer sie in meinen sah, ließ sie mir ein aufmunterndes Lächeln zuwerfen. „Du kannst das. Ich habe das Licht, das du besitzt, viele Male gesehen. Es geht nur darum, es anzuzapfen."

Nickend holte ich tief Luft. „Wenn ich ihn gefunden habe, was soll ich tun?"

„Finde ihn und konzentriere dich darauf. Dann werde ich dich führen." Ihre Stimme schien bei der leichten Brise zu verwehen. Sie räusperte sich und fügte in einem Befehlston hinzu: „Sei selbstbewusst. Stärke wird folgen."

Mein Wunsch, ihr zu helfen, verdrängte all die Zweifel aus meinem Kopf. Ich saß da, mein Gesicht dem aufgehenden Mond zugewandt, und schloss die Augen. Irgendwo in den Nischen in meinem Inneren musste ich die Quelle meiner Magie finden. Mühelos übernahm mein Bewusstsein. Ians und Kanes Angst, Pypers intensives Interesse und Beas sanfte Missbilligung durchfluteten mich.

„Du suchst nicht", sagte Bea. „Deine Empathie ist eine Krücke. Schalt sie aus."

Ich presste die Lippen aufeinander und stellte mir mein Glassilo vor, das ich errichtete, wenn ich mich von der Energie von außen abschotten wollte.

„Wie soll das helfen?", fragte Bea sanft. „Wenn du uns aussperrst, wirst du dich nur selbst einsperren."

Frustriert öffnete ich meine Augen und starrte sie an. Bea wusste Dinge. Sie spürte, wie sich meine Energie veränderte, doch sie war keine Empathin. Sie konnte nicht wissen, wie sehr es sich selbst auf die banalsten Dinge auswirkte. Meinen inneren Funken zu finden, während die drei meine Energie mit ihrer störten, würde niemals funktionieren. „Wenn ich euch vier nicht aussperre, kann ich mich nicht konzentrieren."

Bea blieb regungslos, ihr Gesichtsausdruck unverändert. „Sperr uns nicht aus. Lies uns, schotte unsere Emotionen ab und vergiss uns. Wenn dir das gelingt, wird auch dein Alltag leichter."

Ich schnaubte. Sie hatte leicht reden. Zu viel aufdringliche Energie machte mich schwach und unfähig, irgendetwas zu kontrollieren. Trotzdem hatte sie Recht. Wenn ich in meinem Glassilo saß, wie sollte ich dann Magie aussenden? Also gut. Zeit, etwas Neues auszuprobieren.

Mit wieder geschlossenen Augen konzentrierte ich mich auf Pyper und ließ ihr Interesse und ihr Unbehagen auf mich einwirken. Wir standen uns nahe und verbrachten viel Zeit miteinander, daher schien ihre Energie natürlich zu sein, fast wie eine Erweiterung meiner eigenen. Anstatt sie wegzuschieben, ließ ich sie mit meinen eigenen ähnlichen Gefühlen verschmelzen. Dann tat ich dasselbe mit Kanes Bedenken. Ich war es so gewohnt, ihn in der Nähe zu haben, es gelang mir mühelos.

Normalerweise legte ich Wert darauf, nicht in Ians Gefühle einzudringen. Da er sich einmal für mich interessiert hatte, war es einfach nicht richtig, ihn auszuspionieren. Ich hatte mich so daran gewöhnt, alles außer seinen oberflächlichsten Emotionen zu blockieren, dass es einer gemeinsamen Anstrengung bedurfte, ihn hereinzulassen. Intensive Angst erfasste meine Seele. Ein leiser Schrei entkam meinen Lippen, bevor ich ihn zurückhalten konnte.

„Lass es los", flüsterte Bea. „Lass es jetzt einfach los."

Ians Energie loszulassen, löste die Spannung in meinem Bauch, doch mir wurde übel. Ich keuchte und versuchte, die Kontrolle wiederzuerlangen.

„Du hast das Schlimmste überstanden", fuhr Bea in ihrem sanften Ton fort. „Entspann dich, und wir können weitermachen."

Nach einer so berührenden Lesung gab es normalerweise keine Hoffnung auf Entspannung, doch Bea schien etwas in ihre Worte zu legen, denn bald ließ die Anspannung in meiner Brust nach, und mein Atem normalisierte sich wieder. Eine schwache Spur von Ians Angst blieb zurück, doch nicht genug, um mich zu belasten.

Bea hielt ihre Emotionen im Zaum, und dafür war ich dankbar. Ich spürte eine Spur ihrer emotionalen Signatur, die mich wissen ließ, dass sie da war, aber sonst nichts, und das war okay für mich.

Als ich mich entspannte und mich auf das konzentrierte, was in mir war, war ich plötzlich allein. Na ja, weitestgehend. Ich konnte immer noch Spuren von Kane, Ian und Pyper ausmachen, doch ich war weitestgehend allein. Erleichterung überkam mich.

Bis mir klar wurde, dass ich noch meinen magischen Funken finden musste. Entschlossenheit verdrängte alle meine Zweifel und Ängste. Ich konnte das tun. Sofort konzentrierte ich mich auf mein Herz. Das war sicherlich ein logischer Anfang. Der Muskel bewegte sich in einem stetigen Rhythmus. Klopf-Klopf. Klopf-Klopf. Ruhig und effizient schien es nichts Besonderes oder Außergewöhnliches zu geben. Nur ein Herz, das das Blut durch meinen Körper pumpte. Als Nächstes erkundete ich diesen Ort tief in meinem Innersten. Der Ort, an dem all mein Mut und meine Instinkte erblühten. Ich konzentrierte mich und stellte mir vor, wie ein Leuchtfeuer unter meinem Brustkorb pulsierte. Etwas flatterte in mir und machte mich atemlos.

„Du hast die Ränder deiner Seele gefunden", flüsterte Bea. „Dein Funke wird nicht da sein, obwohl es vielversprechend ist, dass du einen solchen Ort in dir selbst finden kannst. Die Wenigsten können das."

Meine Augen flogen auf. Ich hatte meine Seele berührt? „Warum sollte er nicht da sein?"

Beas Lippen verzogen sich grimmig. „Nur Hexen haben

einen magischen Funken, während jeder eine Seele hat. Wenn beides kombiniert wäre, würde das bedeuten, dass du jedes Mal, wenn du einen Zauber wirkst, einen Teil deiner Seele aufgibst. Wenn das oft genug passieren würde, würdest du das gleiche Schicksal wie ein Dämon erleiden."

Der bedrohliche Unterton in ihrer Stimme jagte eine Gänsehaut über meine Haut. „Oh." Ich schloss meine Augen noch einmal und folgte diesmal meinem Blut, verlangte, dass es mich zu meinem Funken führte. Blut ist extrem magisch. Es musste seine Eigenschaften irgendwoher bekommen. Wenn ich lange genug durchhielt, würde ich irgendwann meine Energiequelle finden. Richtig?

Falsch.

Ich saß da und suchte eine gefühlte Ewigkeit lang, nur, um nichts zu finden. Ich öffnete meine Augen und stieß einen frustrierten Seufzer aus. „Ich glaube, du hast dich vielleicht geirrt. In mir ist kein Funke."

„Natürlich ist er da." Beas sanfte Stimme erreichte kaum meine Ohren. „Ich sehe ihn ..." Sie verstummte und sackte vornüber.

„Bea!", rief ich und streckte die Hand aus, um sie zu stützen. Ihre Haut brannte genauso heiß wie zuvor, als das Gift zu wirken begonnen hatte. „Ian, hilf mir!"

Er war schon an ihrer Seite, doch bevor er sie berühren konnte, hob Bea ihre zittrige Hand. „Nein, Ian, schon gut." Sie richtete sich auf und wurde im frühen Mondlicht noch blasser. „Das Gift breitete sich aus. Jade, hör mir gut zu. Wenn du deinen Funken findest, halte ihn fest. Du wirst ihn dazu bringen müssen, dir zu gehorchen. Stoße ihn sanft in die Richtung, in der du deine Magie haben willst."

Schweiß stand ihr auf der Stirn.

„Okay, aber welchen Zauberspruch soll ich benutzen?"

„Es" – sie rang nach Luft – „gibt keinen." Sie blickte mir

direkt in die Augen. Ihr Oberkörper verspannte sich und wurde steif. Mit erstarrtem Gesicht fiel sie zur Seite und landete auf ihrer Schulter.

„Bea!" Ich rutschte auf sie zu und rollte sie auf ihren Rücken.

„Tu, was sie gesagt hat" , sagte Ian barsch und kniete sich neben sie.

Ich bewegte mich nicht. Ich atmete nicht einmal.

Ian legte seine Hände um meine Schultern und schüttelte mich. „Finde deine Magie!"

„Ich kann nicht!" , weinte ich und legte beide Hände auf Beas Brust. Ihr schwaches Herz setzte einen Schlag lang aus. Ich hatte keine Zeit, einen Zauber zu finden oder Ians Energie zu übertragen, doch ich konnte ihr meine eigene geben. Entschlossen, meine Mentorin zu retten, sammelte ich meine eigene Energie und zwang sie in sie.

Sofort prallte sie ab und kehrte in mich zurück. „Was zum …?" Ich hatte keine Zeit für so etwas. Ich versuchte eine andere Taktik und leitete meine Energie erneut zu Bea. Diesmal konzentrierte ich mich darauf, sie damit einzuhüllen wie in eine Decke. Ein wildes Gefühl erwachte und löste kleine Energieschübe in meiner Brust aus.

Die Energieschübe weckten mich und setzten alle Nerven in Brand. Die sanfte, warme Brise streichelte liebevoll meine nackten Arme. Das saftige Gras kitzelte meine Füße. Die winzigen Schübe wurden stärker und vibrierten durch mein Innerstes. Alles in mir wurde warm. Ich hob meine Arme gen Himmel und saugte die herrliche Nacht in mich auf. Sie gehörte mir. Alles, was ich wollte. Mein Herz schien anzuschwellen, und plötzlich verblassten all die neuen Empfindungen. Die Nacht wurde warm und drückend. Wolken zogen vor den Mond. Die Funken von Energie in meiner Brust verschwanden.

Die Funken. *Mein* Funke! Das war er! Ich konzentrierte meine Aufmerksamkeit auf das letzte bisschen Energie und wünschte mir, dass sie sie von dem Gift befreite.

Nichts geschah, außer, dass die Funken schnell kaum mehr spürbar waren. „Mehr Kraft", flüsterte ich. Mit den Worten übernahm eine unbekannte Macht meinen Körper. Mein Kopf neigte sich nach hinten, und mein Rücken wölbte sich, als würde ich durch etwas vom Himmel angezogen. Energiewellen durchströmten meine Glieder. Alles schmerzte. Wenn ich nur etwas von dem, was ich erlebte, übertragen könnte.

Übertragen … *auf Bea.* Ich bemerkte es kaum, als ich auf die Knie ging, um mich über sie zu beugen. Ich spürte den Schmerz nicht mehr, zu trunken von der Macht, die mich auffraß. In dem Moment, als meine Hände ihre Haut berührten, erstarrten wir beide und regten uns nicht mehr. Meine Hände umklammerten ihre, doch ich konnte sie nicht loslassen. Ich konnte nichts tun, außer Beas Blut von dem Gift zu befreien.

Ihre Augen flatterten langsam auf, als meine Glieder vor Erschöpfung schwer wurden. Die Welt begann sich zu drehen, und ich fragte mich, wie lange ich den Zauber aufrechterhalten konnte.

„Hör auf, Jade!" Bea stützt sich auf und riss ihre Hände aus meinen.

„Was?", fragte ich schwach. „Dir scheint es besser zu gehen. Habe ich es richtig gemacht?"

„Nein." Sie stand auf und ging vor mir auf und ab. „Ich meine ja. Ich bin hier. Du hast deinen inneren Funken gefunden. Nur anstatt deine Macht zu nutzen, hast du die Quelle benutzt. Ich habe dir gesagt, du sollst ihn dazu bringen zu tun, was du willst. Nicht einfach auf mich übertragen."

Meine Welt drehte sich, als ich auf die Füße sprang. Es war

gut, dass Ian in der Nähe war, sonst wäre ich auf das jetzt tote Gras gefallen. „Was ist passiert? Eben war es noch grün."

Kane trat an Ians Stelle an meiner Seite und legte seinen starken, stützenden Arm um meine Taille.

„Du hast ihm das Leben ausgesaugt", sagte Pyper und kam zu mir. „Während du da gestanden hast, glühend, ist das Gras plötzlich gelb geworden und fing an zu sterben."

„Lasst uns reingehen." Bea fegte an uns vorbei zur Hintertür.

„Ich habe es getan", sagte ich in die Nacht.

„Du hast *etwas* getan", stimmte Pyper zu.

Ich hob eine Augenbraue in ihre Richtung.

Sie zuckte mit den Schultern. „Sah für mich ziemlich gruselig aus."

Wir folgten Ian auf die Veranda. Kurz bevor wir durch die Hintertür gingen, fragte ich: „Ich habe geglüht?"

„Ja, hast du", sagte Pyper. „Aber es sah cool aus. Ich wünschte, ich hätte daran gedacht, ein Foto zu machen."

„Oh Gott."

„Es ist jetzt zu spät, *Ihn* anzurufen", sagte Bea von drinnen. „Kommt rein, damit wir den Schaden rückgängig machen können."

Scheiße. Was hatte ich jetzt getan?

Wie sich herausstellte, hatte ich mit meiner Magie keinen Zauber gewirkt, um Bea vom Gift zu befreien. Ich hatte ihr einen Teil meines magischen Funkens geschickt, und sie hatte es selbst getan. Jetzt musste sie mir meine Kraft zurückschicken. „Warum?", fragte ich. „Ich habe nicht vor, sie nochmal zu verwenden." Ein kleiner Schauer kroch meinen Nacken empor. Ich ignorierte ihn. „Du bist eine mächtige Hexe. Behalte meinen Funken einfach."

„Nein, Liebes. Ein Magietransfer ist sowohl für den Empfänger als auch für den Spender gefährlich. Für den vorübergehenden Gebrauch hat es wunderbar funktioniert, aber wenn ich deine Magie in mir behalte, würde es jede Menge Chaos in meiner eigenen Energiequelle verursachen. Es ist besser für uns beide, wenn ich sie zurückübertrage."

Und das tat sie und ließ mich vor aufgeladener Energie vibrieren.

KAPITEL NEUN

*K*ane führte mich zum Fuß meiner Treppe und küsste meine Schläfe. „Ich komme gleich rauf. Ich muss mich im Club um ein paar Dinge kümmern."

„Beeil dich." Ich beugte mich vor und strich mit meinen Lippen über seine.

„Darauf kannst du dich verlassen." Er ging davon, und ich arbeitete mich die endlosen Stufen hinauf.

Als ich im ersten Stock ankam, schienen die Wände auf mich zuzukommen. Ich ging schneller und bog um die Ecke zur dritten Treppe. Noch ein Absatz, und ich wäre in meiner Wohnung, weg von den schrecklichen enger werdenden Wänden. Ich konzentrierte mich auf meine Füße und zwang sie, sich zu bewegen, indem ich zwei Stufen auf einmal nahm. Ich musste hier raus.

Endlich ragte die Eichentür meiner Wohnung vor mir auf. Mit zitternder Hand fummelte ich am Schloss herum, ließ den Schlüssel fast fallen, bevor ich ihn ins Schloss rammte und umdrehte. Die Tür sprang auf, und ich stolperte hinein.

Duke sprang vom Sofa und knurrte.

„Aus", sagte ich und rannte ins Badezimmer, um mir kaltes Wasser ins Gesicht zu spritzen. Ich stand mit den Händen auf dem Waschbecken da, atmete tief durch und versuchte, mein pochendes Herz zu beruhigen. Es dauerte nur einen Moment, bis meine Atmung und mein Puls wieder ein erträgliches Tempo erreichten.

Wann zum Teufel war ich klaustrophobisch geworden? Ich blickte in den Spiegel und blinzelte. Die Wand hinter mir begann zu pulsieren. Ich wirbelte herum. Der winzige Raum hielt mich gefangen, und die Wände kamen näher. Meine Sicht verschwamm, und ich sah doppelt. Stolpernd zwang ich mich zurück in meinen Wohnbereich.

Duke knurrte.

„Halt die Klappe, du dummer Hund! Das bin nur ich." Meine Sicht klärte sich, und ich konzentrierte mich auf ihn. Er stand mit aufgestellten Nackenhaaren auf der anderen Seite des Zimmers. Ich warf einen Blick über meine Schulter und sah ihn wieder an. „Habe ich einen Geist mit nach Hause gebracht?" Das einzige andere Mal, dass ich ihn so gesehen hatte, war, als Pyper von einem bösen Geist heimgesucht worden war.

Der Golden Retriever zog sich in die Ecke zurück.

„Dann wohl nicht", sagte ich mehr als ein wenig erleichtert. Das war das Letzte, was ich brauchte.

Die Tür schwang auf, und ich zuckte zusammen, doch ich seufzte erleichtert, als ich Kane sah.

„Bist du okay?", fragte er. Sorge stand ihm ins Gesicht geschrieben.

„Jetzt schon." Ich vergrub meinen Kopf an seiner Schulter, als er mich an sich zog. Die Ereignisse der Nacht waren zu viel für mich gewesen. Seit ich meine magische Quelle entzündet hatte, hatte mein Körper verrücktgespielt. Der Funke, mit dem ich Bea geheilt hatte, war nicht erloschen. Ich konnte nicht stillsitzen oder an beengten Orten sein. Es war ein Wunder, dass ich auf der Heimfahrt nicht aus Pypers Auto gesprungen war. Und Kanes Berührung schickte Schockwellen durch meinen aufgeladenen Körper. Ich war mir seiner Finger, die über meinen Rücken gespreizt waren, intensiv bewusst. Als ich mich auf sie konzentrierte, strahlte ein Kribbeln von seiner Berührung aus, das sich durch meine Wirbelsäule und nach unten ausbreitete. Mein Körper erbebte, als das Gefühl nur noch intensiver wurde.

Vorsichtig löste ich mich aus seiner Umarmung und wich zurück.

Er folgte mir. Hitze glühte aus seinen schokoladenbraunen Augen. „Du gehst nirgendwo hin." Er streckte die Hand aus und zog mich zurück in seine Arme, diesmal vergrub er beide Hände in meinen Haaren, während er meinen Kopf nach oben neigte. Seine Lippen trafen meine mit einer heftigen Leidenschaft, wie sie noch nie zuvor da gewesen war.

Bei jedem Streicheln seiner samtenen Zunge sprühten Funken. Die Ereignisse der Nacht verschwanden, als ich all meine aufgestaute Energie in den Kuss legte. Eingesperrt in eine enge Umarmung rangen wir um Kontrolle, knabberten und bissen uns, verschlangen uns gegenseitig. Mit jedem Kontakt, jedem Geschmack wurde Kanes Erkundung intensiver, bis ich nicht mehr wusste, wo meine Lippen aufhörten und seine begannen.

Die Kraft, die ich heute Nacht beschworen hatte, brandete durch mich und wuchs mit jedem von Kanes Küssen. Mein Körper pulsierte, vibrierte. Sie musste raus; irgendwie musste ich sie freisetzen.

Mit einem Stöhnen riss ich mich aus Kanes Umarmung und ruderte zurück zur Tür. „Ich kann nicht", sagte ich mit heiserer Stimme. „Es ist zu viel."

Er kam auf mich zu und durchbohrte mich mit seinem

Blick. „Was ist zu viel?" Sanft legte er seine Hand an meine Wange.

Doch der Energieblitz, der direkt in mein Innerstes schoss, ließ mich als Antwort aufstöhnen. Bevor er noch ein Wort sagen konnte, packte ich ihn und riss sein T-Shirt mit einer Bewegung aus seiner Jeans und über seinen Kopf. Schatten sanften Lichts fielen über seine Brust. Der Anblick faszinierte mich. Ich strich mit meinen Fingern über seine durchtrainierten Muskeln und hielt mich zurück, als Energiewellen durch meine Hand schossen.

„Ich weiß nicht, was du tust", flüsterte er heiser. „Doch wenn das eine Energieübertragung ist, darfst du das nie wieder tun."

Ich erstarrte und begegnete seinen trägen Augen.

„Es sei denn, mit mir." Ehe ich mich's versah, hatte er mich ausgezogen und in seine Arme gezogen. Er machte drei lange Schritte und legte uns beide aufs Bett, ich unter ihm. Alles pulsierte. Jeder Zentimeter, der ihn berührte, pulsierte vor Energie. Seine Lippen fanden meinen Hals und folgten ihm mit sanften Federküssen. Der Puls in meiner Kehle beschleunigte sich alarmierend.

Ich umklammerte seine Schultern und hielt mich fest, als er gierig in meinen Hals biss. Ich verspannte mich und verkrampfte mich plötzlich gegen ihn.

„Wie –", keuchte er, „– machst du das?"

„Hmm?" Da ich es nicht ertragen konnte, länger unter ihm zu sein, schlang ich mein Bein um seine und drehte uns beide um, sodass ich oben war. „Ich mache gar nichts. Das bist du."

Er stöhnte, als ich meine Lippen um seine Brustwarze schloss und hineinbiss, meine Zunge kreisend, bis sie aufrecht stand. Als ich mich langsam nach unten bewegte, abwechselnd an seinem heißen Fleisch knabberte und küsste, presste er heraus: „Nein, Darling, du hast mich verhext."

Ich grinste und zog den Reißverschluss seiner Jeans auf. „Du hast noch nichts gesehen." Nachdem ich ihm den Rest seiner Kleidung ausgezogen hatte, fuhr ich mit meinen Händen über seine harten Schenkel. Meine Augen auf seine gerichtet, neigte ich meinen Kopf und hielt einen Moment inne und beobachtete, wie er mich beobachtete, während ich meine Lippen um ihn schlang.

Mit jedem Zungenschlag explodierte ein kleines Feuerwerk. Irgendwo in meinem Hinterkopf hörte ich Kanes ersticktes Stöhnen. Ich nahm ihn tiefer auf, strich mit meinen Lippen über seine harte Länge, nährte mich von der Energie, die wir erzeugten, und wartete darauf, dass er die Kontrolle verlor.

Sein Atem wurde unregelmäßig. Ich wartete darauf, dass seine intensive Leidenschaft mich einhüllte, wie immer, wenn er keine Sekunde länger warten konnte. Ich war mehr als bereit, triefend vor Verlangen, pulsierend. Doch seine Gefühle kamen nicht. Stattdessen riss er mich an den Schultern hoch und warf mich auf den Rücken. Ich hörte das leise Rascheln einer Kondomverpackung, kurz bevor er tief in mich hineinstieß.

Mein Innerstes explodierte. Die Kraft, die durch meine Adern geflossen war, konzentrierte sich bei jedem Stoß auf unsere Verbindung. Sie baute sich auf, schöpfte aus unserem animalischen Hunger, verstärkte sich und sandte Ströme köstlichen Vergnügens durch mich.

Meine Gedanken verschwammen in der Welle reiner Empfindungen, bis die Kraft ihren Höhepunkt erreichte und eine Schockwelle nach der anderen durch meine Glieder schickte. Ich hielt mich fest, klammerte mich an ihn, während er sein Tempo beschleunigte, tiefer und härter zustieß, mich ganz mit ihm füllte, jeden Zentimeter von mir in Besitz nahm.

Schließlich verkrampfte er sich mit einem gutturalen

Schrei. All die Kraft, die wir aufgebaut hatten, explodierte und ließ mich leer und schlaff in seinen Armen zurück.

Wir lagen lange reglos da, bis Kane auf die Seite rutschte. Er zog mich an sich, streichelte mit der Hand über meine Brust und flüsterte: „Ich glaube, du hast mich verhext, kleine Hexe."

Ich schmiegte mich tiefer in die Kissen und schloss meine Augen.

„Schlaf gut. Wir sehen uns in deinen Träumen", flüsterte er.

Ich küsste seine Hand und seufzte in meinem erschöpften Dunst, als seine Arme sich fester um mich legten.

Augenblicke später schlief ich. Kane erschien fast augenblicklich und strahlte vor Wärme und einem honigfarbenen Glühen. Überwältigt schloss ich ihn fest in meine Arme und goss jede Emotion aus meinem pochenden Herzen in einen langen, langsamen Kuss. Das Honigglühen bedeutete nur eines.

Liebe. Tiefe, seelenerfüllende Liebe.

Die Art, für die die meisten Menschen ein Leben lang zusammen verbringen mussten, um sie zu erreichen. Doch da war er, nur drei Monate nachdem ich ihn kennengelernt hatte, bereit, seine Seele mit mir zu teilen. Und ich wusste, dass ich meine teilen würde, auch wenn meine Aura noch nicht die unbestreitbare Farbe eines Menschen angenommen hatte, der über alles liebte.

Ich liebte ihn. Mehr als ich je für möglich gehalten hätte. Meine Aura würde sich eines Tages ändern, wenn sie bereit war. Sie würde jedoch immer ihre violette Färbung behalten, eine Eigenschaft, die alle Empathen teilten. Perfekt. Gold und violett. Ich wäre der ultimative LSU-Fan ... wenn alle Auren lesen könnten.

Als wir uns trennten, schenkte er mir ein träges Lächeln und zog mich fest an sich. Sanft fuhr er mit seinen Fingern über meine Arme und über meinen Rücken. Ich schloss meine Augen und konzentrierte mich auf seine sanfte Berührung. Ich war gerade aus dem Traum wieder in den Schlaf gesunken, als eine durchdringende Eifersucht wie Nadelspitzen Schmerzen an allen Stellen auslöste, an denen Kanes Körper meinen berührte.

Immer noch träumend zuckte ich mit einem unterdrückten Schrei zurück und starrte ihn mit großen Augen an. Er saß aufrecht im Bett und streckte die Hand nach mir aus.

Ich rutschte weg und rieb mir die brennende Schulter.

„Jade –" Kanes Stimme verstummte, als er zu verschwinden begann. Seine Lippen bewegten sich noch immer, sein Gesicht war von Sorgenfalten entstellt.

Ich streckte eine Hand aus, doch er verschwand.

Eine schwache Spur triumphierender Befriedigung drang in mein Bewusstsein ein. Die Signatur kam mir bekannt vor, doch ich konnte sie nicht richtig einordnen. Ich suchte den Raum ab und fragte mich, ob jemand in meinem Traum physisch anwesend sein musste, damit ich mich in seine Emotionen einklinken konnte. Ich glaubte nicht. Doch als ich mich wieder auf das Kissen sinken ließ, sah ich vertraute blassblonde Haare.

Lailah! Schon wieder. Sie stand in der Ecke meiner Wohnung, doch ihre durchscheinende Gestalt verblasste schnell im Äther. Sie hob eine Hand und wedelte mit den Fingern, kurz bevor sie verschwand.

Ich wachte mit einem Ruck auf und warf meinen Arm über das Bett. Meine Hand traf etwas Hartes, und Kane stöhnte. Er bewegte sich nicht.

„Kane?" Ich schüttelte seine Schulter.

Nichts.

„Wach auf. Ich muss mit dir reden." Die Lautstärke meiner

Stimme hallte von den Wänden wider und ließ mich zusammenzucken.

Trotzdem schlief er weiter. Ich stand auf, tappte in die Küche und füllte ein hohes Glas mit Wasser. Ich würde nicht bis zum Morgen warten, um dieses Gespräch zu führen. Als ich die Bettkante erreichte, rüttelte ich ihn ein letztes Mal an der Schulter, um ihn zu wecken.

Nichts.

Stirnrunzelnd hob ich das Glas und goss ihm den gesamten Inhalt auf den Kopf.

Kane fuhr hustend und spuckend hoch. „Jade, verdammt, was zum …?"

Ich verschränkte meine Arme vor meiner nackten Brust und funkelte ihn an. „Das würde ich auch gerne wissen."

Er nahm sein T-Shirt neben dem Bett und wischte sich damit übers Gesicht. Dann stand er auf und starrte auf das nasse Bett. Wut und Verwirrung blitzten in seinen Augen auf, als er sich wieder mir zuwandte.

„Schau mich nicht so an. Das ist das zweite Mal in zwei Tagen, dass du meinen Traum verlassen hast, um mit Lailah zusammen zu sein." Ich holte meinen Bademantel aus meinem Schrank und wickelte ihn fest um mich. Mit den Armen über meiner Brust grub ich meine Fingernägel in meine Unterarme und versuchte, mich auf etwas anderes zu konzentrieren als auf die Tränen, die in meinen Augen zu brennen drohten.

Kane machte sich nicht die Mühe, sich anzuziehen. Er ging einfach zu mir und legte seine Hände auf meine Schultern. „Ich habe ernsthaft keine Ahnung, wovon du redest."

Ich schüttelte ihn ab und fühlte mich benutzt. „Gerade warst du in meinem Traum. Dann ist Lailah aufgetaucht. Zuerst bist du verschwunden und dann sie. Versuch erst gar nicht, es zu leugnen. Ich habe sie gesehen."

Kanes Gesichtsausdruck wurde besorgt. „Grade eben? Das

Letzte, woran ich mich erinnere, ist ..." Er hielt inne und rieb sich die Stirn. „Hm. Wir lagen zusammen im Bett und plötzlich schienst du Schmerzen zu haben. Aber als ich versucht habe, nach dir zu greifen, war ich aus deinem Traum ausgesperrt."

Ich setzte mich auf mein Sofa. „Was heißt das, aus meinem Traum ausgesperrt? Du bist gegangen. Mit Lailah."

Er ließ sich neben mir nieder und ergriff meine Hände. „Ich versichere dir, dass ich nicht mit ihr gegangen bin. Im einen Moment war ich bei dir; im nächsten warst du weg. Das passiert normalerweise, wenn du aufwachst oder in einen tieferen Schlaf fällst."

Ich war nicht überzeugt. „Letzte Nacht hast du ihren Namen gesagt."

„Was?" Er versteifte sich. „Das habe ich nicht. Ich habe Lailah im letzten Jahr auch nicht in ihren Träumen besucht. Das einzige Mal, und ich wiederhole, das *einzige* Mal, dass ich es jemals getan habe, war, als ich mit ihr zusammen war, lange bevor ich dich getroffen habe. Wenn sie zwei Nächte hintereinander aufgetaucht ist, ist die einzige Erklärung, dass sie gewaltsam eindringt."

Ich stand auf und starrte ihn aus zusammengekniffenen Augen an. „Das erklärt, warum du ihren Namen gesagt hast?"

Er stand auf. „Das könnte es. Wenn sie gewaltsam eingedrungen ist, bedeutete das, dass sie die Kontrolle hatte. Doch ich weiß es nicht, weil ich mich nicht erinnern kann." Sein Gesichtsausdruck wurde zärtlich. „Jade, ich verspreche dir, ich habe kein Interesse an dieser Frau. Überhaupt keins. Das musst du wissen."

Ich wusste es. Hatte ich nicht gerade erst vor zwanzig Minuten seine von Liebe erfüllte Aura gesehen? Das war nichts, was er vortäuschen konnte. Ganz zu schweigen davon, dass er mir noch nie einen Grund gegeben hatte, an ihm zu zweifeln. Ich entspannte meinen Kiefer. „Das tue ich. Aber Bea hat ihr ihre Kräfte genommen. Wie konnte sie ohne gewaltsam eindringen?"

Er zuckte mit den Schultern. „Ich habe keine Kräfte, und ich träume. Vielleicht hat sie die Fähigkeit von Natur aus."

Die Spannung in meinem Körper ließ nach, und ich schmiegte mich an ihn. Das war möglich. Ich hatte empathische Fähigkeiten, die nichts damit zu tun hatten, dass ich eine Hexe war. Zumindest dachte ich nicht, dass sie damit zusammenhingen. Mein Blick wanderte zum Bett. „Entschuldigung wegen des Wassers. Zu meiner Verteidigung habe ich zuerst versucht, dich auf konventionelle Weise aufzuwecken."

Er lachte. „Ich gebe zu, es ist nicht meine Lieblingsmethode, aufgeweckt zu werden, besonders nach umwerfendem Sex."

Hitze brannte mir ins Gesicht.

Er beugte sich vor und strich mit seinen Lippen über meine. „Zweifle niemals an meinen Gefühlen für dich, Jade." Er trat näher und band meinen Bademantel auf. Seine Hände legten sich um mich und glitten über meinen nackten Rücken. „Ich weiß nicht, was mit Lailah los ist, aber vertrau mir, wenn ich sage, dass ich es herausfinden werde. In meinen Träumen ist nur Platz für eine Frau." Kane senkte seine Lippen auf meine und zeigten mir genau, welche Frau er bevorzugte. „Jetzt", sagte er mit heiserer Stimme. „Lass uns das unter der Dusche fortsetzen."

AM NÄCHSTEN MORGEN ging Kane zur Arbeit und alles, was ich tun wollte, war zurück zu Beas Haus zu gehen. Wir hatten uns geeinigt, uns dort am frühen Nachmittag zu treffen, um den Zauber zu besprechen, den wir bei Vollmond ausführen würden. Ich warf einen Blick auf die Uhr. Noch fünf Stunden bis dahin.

Ich unterdrückte einen Seufzer und überlegte, ob ich zu Lailah gehen sollte, um die Porträts zu holen, die sie mitgenommen hatte. Doch der Gedanke, sie zu sehen, brachte mein Blut zum Kochen. Außerdem würde ich, wenn ich die Porträts berührte, wahrscheinlich wieder in eine ihrer Visionen hineingezogen werden.

Stattdessen rief ich Kat noch einmal an und vereinbarte, mich mit ihr in meinem Glasstudio zu treffen. Ich konnte nicht den ganzen Tag in meiner Wohnung sitzen und warten. Ich würde verrückt werden. Außerdem musste ich ihr sagen, dass Dan in den Club eingebrochen war. Er war mein Ex, doch nachdem wir uns getrennt hatten, war Kat auch mit ihm gegangen, und wir waren alle mal Freunde gewesen. Sie verdiente es, es zu erfahren.

Der Weg zum Studio war angenehm dank der sanften Oktoberbrise. Gut. Das Glasstudio würde nicht ganz so stickig sein wie sonst. Ich winkte dem Manager zu und ging zu meiner Werkbank. Ich unterrichtete heute nicht, was bedeutete, dass ich am Inventar für meinen Online-Perlenladen arbeiten konnte. Bei allem, was ich um die Ohren hatte, hatte ich seit über einer Woche nichts Neues mehr gemacht.

Meine Hände zitterten ein bisschen, als ich den Bunsenbrenner anzündete, und ich runzelte die Stirn. Ich hatte kein Koffein getrunken und ausreichend gefrühstückt, also war es kein niedriger Blutzucker. Vielleicht lag es am Schlafmangel. Dann würde ich eben nichts zu Kompliziertes machen.

Die Angst, die ich in mir trug, ließ nach, als ich den ersten Glasstab in die Flamme hielt. Nichts beruhigte mich so wie das Perlenmachen. Es war die einzige Aktivität, bei der ich alles ausblenden und mich voll und ganz auf etwas anderes konzentrieren konnte.

Ich hatte gerade damit angefangen, Glas auf einen Metalldorn zu wickeln, um eine lange Röhrenperle herzustellen, als die Fackel zu etwas aufflammte, das einem Flammenwerfer ähnelte.

„Whoa!" Instinktiv warf ich mich in den Bürostuhl zurück. Ich hielt einen guten Abstand und griff vorsichtig nach vorn, um das Gas abzustellen, doch bevor ich den Hahn zudrehen konnte, nahm die Flamme wieder ihre normale Form an.

„David!", rief ich. „Irgendwas ist los mit den Manometern. Mein Bunsenbrenner hat gerade Feuer gespuckt."

Im Türrahmen tauchte der gutmütige Werkstattmanager auf. „Sieht für mich in Ordnung aus."

„Wirklich?" Ich deutete auf die verkohlte Wand vor mir. „Sieht das normal aus?"

„Es wäre nicht das erste Mal, dass jemand den Regler falsch herumdreht." Seine Lippen verzogen sich zu einem neckenden Lächeln.

Ich runzelte die Stirn und drehte die Gaszufuhr ab. „Kannst du die Zufuhr überprüfen?"

Er zuckte die Achseln und manövrierte seinen schlaksigen Körper anmutig durch meine Werkstatt zu den an die Wand geketteten Tanks. Einen Moment später schaltete er die Sauerstoffflaschen um und schloss einen anderen Regler an. „Okay. Sah alles gut aus, aber ich habe sie nur für den Fall ausgetauscht. Ruf mich, wenn du nochmal Probleme hast."

„Danke." Der Bunsenbrenner brannte jetzt ohne Zwischenfall, doch die Perle, die ich angefangen hatte, hatte nicht überlebt. Ich hatte nicht daran gedacht, sie in den Ofen zu legen, um sie warmzuhalten, und sie war bereits an mehreren Stellen gesprungen. Ich war zu drei Vierteln fertig mit meiner zweiten Perle, als meine Gedanken zu Lailah wanderten. Was in aller Welt war los mit ihr? Sich die Porträts zu schnappen, Bea versehentlich zu vergiften und in Kanes Träumen aufzutauchen – da fragte ich mich, ob sie war, was sie zu sein behauptete, ein Engel. Helfen Engel den Menschen nicht? Sicher, sie hatte den Zauber vermasselt, was damit endete, dass Pyper in einer anderen Realität gefangen war, doch ihr Herz war am rechten Fleck gewesen. Zumindest hatte ich das angenommen.

Das Elend, das sie ausgestrahlt hatte, als Bea an der Schwelle des Todes gewesen war, war echt gewesen. Und sie hatte Beas Strafe klaglos hingenommen. Doch was ich von ihr gespürt hatte, kurz bevor sie Kane aus dem Traum gefolgt war –

Die Fackel loderte höher und stärker als zuvor. „Heilige Scheiße!", keuchte ich und stellte die Gaszufuhr ab, wobei ich diesmal daran dachte, meine Perle in den Ofen zu legen.

„Probleme?", sagte eine bekannte weibliche Stimme von meiner Tür.

„Die Gaszufuhr spinnt, und ich hätte fast das Gebäude niedergebrannt."

„Das sehe ich." Kat stellte sich neben meine Werkbank. „Sieht so aus, als ob jemand ein neues Wandpanel braucht."

Das Panel hatte seine Aufgabe erfüllt und das Gebäude beschützt, doch sie hatte Recht. Es musste vor meinem nächsten Kurs ersetzt werden. „Ich bin gleich wieder da." Ich ging hinaus, ließ Dampf bei Dave ab, bat ihn, das System noch einmal zu überprüfen, und kehrte zurück in mein Studio, vibrierend vor Frustration. War es ein Werkstattproblem oder war ich es? Ich hatte am Tag zuvor vor Kraft vibriert. Konnte das die Ursache sein? Ich blieb vor meiner Tür stehen und brauchte einen Moment, um nach meinem inneren Funken zu suchen. Nichts. Ich versuchte es noch einmal und wurde mit nur einem leichten Nagen in meinem Bauch belohnt. Seufzend ging ich hinein, stellte meinen Ofen ab und winkte Kat zur Tür. „Lass uns gehen."

„Wohin?"

„Mittagessen."

Fünf Minuten später saßen wir an einem Tisch im Schatten eines Sonnenschirms bei Pat O'Brien. Der Essbereich im Innenhof war praktisch leer. „Wo sind alle?", fragte ich. Normalerweise war der Laden voller Touristen auf der Suche nach dem nächsten Cocktail.

„Ist noch früh. Sie haben gerade aufgemacht."

Diesmal hielt mich die Tageszeit nicht davon ab, ein Guinness zu bestellen.

„Oh gut, wir trinken. Ich nehme eine Bloody Mary, mit ordentlich Tabasco, bitte", sagte Kat dem Kellner.

Ich zog eine Augenbraue hoch.

„Ich mag es in letzter Zeit scharf." Sie fuhr fort, gebratenen Alligator und Shrimp Creole zu bestellen.

„Wenn du meinst." Ich gab dem Kellner meine Speisekarte. „Ich nehme dasselbe." Über das Essen nachzudenken schien im Moment zu anstrengend zu sein.

Nachdem unsere Getränke serviert worden waren und ich mein halbes Bier getrunken hatte, legte Kat ihre Hand auf meine. „Bist du bereit, darüber zu sprechen?"

Das ist das Schöne daran, eine beste Freundin zu haben. Sie weiß immer, wenn etwas nicht stimmt. Ich erzählte alles über die Porträts, dass ich nach Idaho zurücktransportiert worden war, wie krank Bea gewesen war und Lailahs Traumwandeln und hielt dann inne. „Hast du Dan in letzter Zeit gesehen?"

Sie nickte langsam. „Er ist gestern Abend nach einem Wutmanagement-Meeting bei mir vorbeigekommen. Wieso?"

Ich war froh, dass sie noch Freunde waren. Nicht lange nach ihrer Trennung hatte Dan Kat um Hilfe gebeten, mit seinen Wutproblemen fertigzuwerden. Sie hatte die Treffen vorgeschlagen. Wir waren einander alle einmal sehr wichtig gewesen. Doch da Dan und ich unser Bestes getan hatten, um jede Hoffnung auf eine platonische Beziehung zu zerstören, kam er nicht zu mir. Ganz zu schweigen davon, dass Kane ihn wahrscheinlich vermöbeln würde, so, wie Dan mich vor drei Monaten im Club bedroht hatte. „Ich bin mir ziemlich sicher, dass er ins *Wicked* eingebrochen ist." Ich berichtete, dass ich seine emotionale Signatur gespürt hatte, und schließlich von den Voodoo-Puppen.

„Warum um alles in der Welt sollte er so etwas tun?"

Achselzuckend starrte ich auf die mit kreolischer Soße überzogenen Shrimps, die der Kellner gerade vor mir hingestellt hatte. Ich spießte eine mit meiner Gabel auf. „Es ergibt keinen Sinn, aber kannst du ihn vielleicht dahingehend ausfragen? Ich weiß, dass es seine emotionale Signatur im Flur war."

Sie seufzte schwer, trank ein Viertel ihrer Bloody Mary aus und nickte kurz. „Ich verspreche nichts."

„Das würde ich auch nicht verlangen."

Zwei Bier und leichtes Sodbrennen später ging ich mit Kat zurück zu ihrer Wohnung. Sie brachte mich zum Lachen mit ihrer Geschichte über ein katastrophales Date, das sie am vergangenen Wochenende gehabt hatte, als sie abrupt innehielt und sich mir zuwandte. „Ich muss dir was sagen."

„Okay", sagte ich überrascht von ihrer Ernsthaftigkeit.

„Ich hoffe, es ist okay für dich. Ich meine, es ist einfach passiert. Ich hatte es nicht geplant."

„Was?" Angst kräuselte sich in meiner Brust.

Sie hob den Blick vom Gehsteig und sah mir in die Augen. „Ich habe morgen Abend ein Date mit Ian."

„Was?", fragte ich noch einmal. Wie konnte Ian mit meinen beiden Freundinnen zusammen sein?

„Ich bitte nicht um Erlaubnis – es ist nur so, dass ich nach dem Dan-Debakel ganz offen und ehrlich sein will. Ich weiß, ihr hattet nur ein Date, und du bist mit Kane zusammen und so weiter –"

Ich hob meine Hand. „Stopp. Schon gut. Es ist mir egal, ob du mit ihm ausgehst. Wirklich." Ich musterte sie. „Ist Ian der Typ, den du im Auge hattest?"

Sie nickte. „Ich habe es dir nicht früher gesagt, weil ich mir dabei irgendwie komisch vorgekommen bin. Weißt du, ich will nicht die Freundin sein, die alle deine abgelegten Freunde übernimmt."

„Kat, bitte. Ian und ich hatten ein Date. Nichts ist passiert. Ich würde ihn nicht unbedingt als meinen abgelegten Freund bezeichnen." Ich zog interessiert eine Augenbraue hoch. „Wer hat wen gefragt?"

Sie lächelte. „Er mich. Vor etwa zwei Wochen. Er nimmt mich mit in einen Jazzclub, in den er schon immer gehen wollte."

Ich nickte und bemerkte, wie sie aufleuchtete, als sie über das Date sprach. Großartig. Genau das, was ich brauchte, meine beiden besten Freundinnen, die mit demselben Kerl zusammen waren. Was hatte Ian vor? Beide zu daten war überhaupt nicht cool. Sollte ich ihr etwas dazu sagen? Nein, noch nicht. Besser zuerst mit Ian reden.

Kat plapperte noch eine Weile über Ian und lachte dann. „Tut mir leid. Ich langweile dich. Sag mir, was Gwen gesagt hat, als du ihr von all dem Zeug erzählt hast."

Mist! Warum hatte Gwen mich noch nicht zurückgerufen?

„Du hast es ihr erzählt, nicht wahr?", fragte Kat.

Ich schüttelte den Kopf. „Noch nicht. Ich habe ihr eine Voicemail hinterlassen."

Die nächsten Blocks gingen wir schweigend. Als wir in ihre Straße einbogen, blieb ich wie angewurzelt stehen.

„Was ist?"

„Ist das Dans Auto?" Ein älterer, blauer Jeep Cherokee parkte ein paar Plätze von ihrer Wohnung entfernt.

Sie warf einen Blick darauf und runzelte die Stirn. „Er sollte heute nicht vorbeikommen."

Ich trat näher, um einen Blick in das Beifahrerfenster zu werfen. Der verblasste Nirvana-Aufkleber auf dem Handschuhfach bestätigte es. „Es ist seiner. Ich sollte gehen." Ich konnte mich unmöglich von Angesicht zu Angesicht mit ihm auseinandersetzen.

„Aber ..." Kat verstummte und zuckte die Achseln.

Es gab nichts zu sagen. Sie wollte eine Konfrontation nicht mehr als ich. Außerdem war ich das Letzte, was Dan brauchte, während er sich mit seiner Wutbewältigung beschäftigte. Ich umarmte sie schnell. „Ruf mich später an." Ich fuhr herum, machte zwei Schritte und blieb wieder stehen. „Kat?"

„Ja."

„Warum hat Dan die Porträts hinten in seinem Jeep?" Denn genau dort ragte unter einer Decke der Rand von Felicias verziertem Rahmen hervor. Die anderen beiden waren auch da.

„Unmöglich." Kat stieß mich zur Seite und spähte in das Fahrzeug.

„Ich muss sie da rausholen." Mehr als wütend zerrte ich an den Türgriffen des Autos und der Heckklappe.

Verriegelt. Jeder einzelne. Er hatte das Seitenfenster der Fahrerseite ein Stück weit offengelassen. Wenn ich nur ein Stück Blech hätte, um das Schloss aufzuhebeln. Klar. Weil ich sowas auch immer mit mir herumtrug.

Stattdessen schob ich meine Hand durch den Spalt, in der Hoffnung, den Türöffner zu erreichen. Ich kam bis zu meinem Unterarm, bevor ich ihn nicht weiter bewegen konnte. Meine Fingerspitzen erreichten den Knopf fast, doch so sehr ich es auch versuchte, meinen Arm weiter hineinzuschieben, er bewegte sich keinen Millimeter weiter.

„Verdammt!" Ich zog meinen Arm heraus und trat gegen das Rad. Heftig. Heftig genug, dass mir Tränen in die Augen stiegen.

„Hey! Wie hast du das gemacht?", fragte Kat und öffnete die Tür.

„Was?" Ich sah zu, wie sie hineinkletterte und die Porträts von der Ladefläche zog. „Glaubst du, ich habe das Auto mit meinem Tritt entriegelt?"

„Sieht so aus. Um dich herum passiert nunmal seltsamer Scheiß. Ich bin es zwischenzeitlich ja gewohnt." Sie wickelte die Gemälde fest in die Decke und versuchte, sie mir zu geben.

„Nein." Ich schüttelte den Kopf und wich zurück. „Ich darf sie nicht anfassen, nach dem, was letztes Mal passiert ist." Der Schmerz in meinem Fuß ließ nach, doch ich hatte ein seltsames Prickeln in meinem Bauch. Würde ich mich übergeben müssen? So heftig hatte ich doch gar nicht zugetreten. Vielleicht hatte meine Frustration meine Magie angezapft. Darüber würde ich später nachdenken.

„Was soll ich damit machen?" Kat kletterte aus dem Auto und versuchte immer noch, sie mir zu reichen.

Ja, was? Ich durfte nicht mitten auf der Straße in Trance fallen. „Kann ich mir dein Auto ausleihen? Ich könnte sie zu Pyper zurückbringen."

Sie schlug die Heckklappe zu. „Ja, das geht. Aber beeil dich – Dan könnte jeden Moment hier sein."

Eine Minute später saß ich in ihrem roten Mini Cooper, die Porträts auf dem Beifahrersitz angeschnallt. „Danke, Kat. Ich schulde dir was."

„Freunde sind Freunden nichts schuldig." Sie trat zurück. „Ich komme später heute Abend und hole das Auto ab."

Ich hätte es zurückbringen können. Wir wohnten nicht so

weit entfernt, dass ich nicht zu Fuß hätte zurückgehen können, doch ich wollte auf keinen Fall Dan begegnen. Vor allem, wenn er bemerkt hatte, dass die Porträts weg waren. Was zum Teufel hatte er vor? Wusste er, dass Geister in ihnen gefangen waren? Er musste es wissen. Warum sollte er sonst die abscheulichen Dinger nehmen?

Wegen des regen Verkehrs im Quarter dauerte es doppelt so lange, den Weg mit dem Auto zurückzulegen, wie zu Fuß. Ich warf einen Blick auf die Porträts und schloss meine Finger fester um das Lenkrad, bis meine Fingerknöchel weiß hervortraten. Unbehagen legte sich über meine bereits gedämpfte Stimmung, denn ich hatte das unheimliche Gefühl, dass die gefangenen Geister nach mir riefen.

Hilfe! Lass uns raus.

Hatte ich mir das eingebildet? Oder sprachen sie mit mir? Ich wollte nur die Decke zurückschlagen und in ihre grausigen Gesichter blicken. Ein Schauer lief mir über den Rücken und etwas Dunkles und Schmerzhaftes sickerte vom Beifahrersitz herüber. Die giftige Energie begann, meine Sinne zu durchdringen, mein Inneres verkrampfte sich vor Anspannung und Angst. Ich trat das Gaspedal durch. Je schneller ich aus dem Auto kam und mich von den Porträts entfernte, desto besser.

Eine schrille Hupe ertönte. Hektisch trat ich mit beiden Füßen auf die Bremse. Kats Auto kam mit quietschenden Reifen zum Stehen und verfehlte das Taxi vor mir nur um Zentimeter. Das Adrenalin übernahm und vertrieb alle fremden Energien. Zitternd reihte ich mich wieder in den Verkehr ein und hielt ein paar Minuten später hinter dem *Wicked* auf Kanes Platz an.

Ich sackte zusammen, erschöpft von allem, und holte mein Handy aus der Tasche. Ein paar SMS später, und Pyper war auf dem Weg, um mir zu helfen. Die Porträts unbeaufsichtigt im Auto zu lassen war keine Option. Sie waren bereits zweimal gestohlen worden.

Als ich dasaß, den Kopf gegen das Lenkrad gepresst, begann mein Adrenalin nachzulassen, und etwas Warmes und Bekanntes hüllte mich ein. Eine alte vergrabene Erinnerung an Trost, Akzeptanz und Heimat berührte meine Seele.

Tränen stiegen mir in die Augen, als ich mich langsam den Porträts zuwandte und die einzigartige Energiesignatur erkannte. Mit kaum hörbarer Stimme flüsterte ich: „Mom?"

KAPITEL ZEHN

*I*ch streckte vorsichtig die Hand aus, doch als die Signatur stärker wurde, warf ich jegliche Vorsicht über Bord. Bevor ich darüber nachdenken konnte, was ich tat, schob ich die Decke beiseite und hielt Felicias Porträt in beiden Händen.

Ihr halb verbranntes Bild verblasste langsam in ein unscheinbares Gesicht und verwandelte sich dann in eine wunderschöne, blasshäutige Schönheit. Ihr dunkles, welliges Haar war zu dem für sie typischen tiefen Pferdeschwanz zurückgebunden, mit ein paar Strähnen, die ihr Gesicht umrahmten. Die Freude, die sie ausstrahlte, erreichte ihre jadegrünen Augen, das Spiegelbild meiner eigenen.

„Mom?"

Sie lächelte und nickte kurz.

„Oh Gott. Was ist passiert? Wie bist du da reingekommen? Wie holen wir dich da raus? Hat Felicia damit zu tun?" Meine Fragen schossen in rasender Geschwindigkeit heraus.

Ihre Energie umhüllte mich wie früher, wenn sie mich vor etwas schützen wollte.

„Nein! Ich kann helfen. Ich bin eine Hexe!"

Eine heftige Welle der Missbilligung trübte ihre Energie, und sie schüttelte den Kopf. Das Porträt vibrierte geradezu.

Ich war so konzentriert auf das, was im Auto vor sich ging, dass ich Kanes Ankunft erst bemerkte, als er die Autotür geöffnet hatte.

„Was tust du?" Er nahm mir das Porträt aus den Händen.

Und Moms Energie war verschwunden.

Ich funkelte ihn an. „Gib es zurück." Ich griff danach, doch er zog es weg.

„Nein. Ich weiß nicht, was los war, aber dein Gesicht war kreideweiß, und du hast es angeschrien. Beides klingt nicht, als wäre es eine gute Idee." Er kam um das Auto herum und holte die anderen beiden Gemälde heraus.

Ich rannte los, um ihm den Weg abzuschneiden, bevor er ins Gebäude zurückkehren konnte. „Du verstehst nicht. Meine Mutter ist da drin gefangen." Ich zeigte auf Felicias Porträt.

„Was? Felicia ist deine Mutter?"

„Nein! Gib es mir einfach zurück." Er stand zwischen mir und der Mutter, die ich vor über zwölf Jahren verloren hatte. Nichts, nicht einmal der Mann, den ich liebte, konnte mich jetzt davon abhalten, Nachforschungen anzustellen. Ich stürzte mich auf ihn.

Der Aufprall meines Körpers, der in seinen rammte, zwang die Rahmen aus Kanes Griff. Sie stürzten zu Boden, doch ich war nicht schnell genug, um sie zu packen, bevor Kane mich um die Hüfte festhielt.

„Jade. Halt!"

Ohne nachzudenken rammte ich ihm meinen Ellbogen in den Bauch.

Er atmete erschrocken aus, als er sich vornüber krümmte. Ich ignorierte die scharfen Schuldgefühle in meiner Brust, griff nach Felicia und rannte los. Ich war gerade im Gebäude angekommen, als meine Welt zu verblassen begann. Ein schwerer grauer Nebel trübte meine Sicht.

Mom, versuchte ich zu schreien, doch das Wort hallte in meinem Kopf wider. Ich machte zwei Schritte durch den Nebel, bevor ich die Orientierung verlor und stehen blieb. Vorahnungen lasteten schwer auf meinem Bewusstsein. Moms Energie war nirgendwo in Reichweite. Wo war sie hin verschwunden?

Ich konzentrierte mich auf die jüngste Erinnerung an sie, und der Nebel begann sich zu lichten. Eine schattenhafte Gestalt materialisierte sich, und das Bild wurde immer klarer, je näher es kam.

„Mom?", fragte ich.

Ein zynisches Lachen ertönte aus dem Schatten, kurz bevor Felicias Gesicht feste Gestalt annahm.

„Du!", keuchte ich vorwurfsvoll, als ich vorwärts taumelte. „Wo ist sie, und was willst du?"

„Du weißt, was ich will, Jade. Hilf mir, mich aus diesem Gefängnis zu befreien, und ich werde dich zu ihr führen."

Ich kniff die Augen zusammen. „Aber sie war gerade hier. Bring sie zuerst zu mir."

Felicia presste ihre Lippen aufeinander, während ihr Gesicht säuerlich wurde. „Nein. Ich kann das nicht riskieren. Hilf mir. Dann helfe ich dir."

Ihr unheilvoller Ton ließ mir die Nackenhaare zu Berge stehen. Ich zögerte, nicht sicher, was ich sagen sollte. Dann entschied ich, dass, wenn wir ihre Kooperation hätten, der Zauber vielleicht glatter laufen würde. „Morgen Nacht bei Vollmond. Sei bereit."

Ein zufriedenes Lächeln huschte über ihre schönen Züge. „Ich werde warten."

Der Nebel tauchte wieder auf und hüllte mich ein, und eine

Sekunde später wachte ich auf, lag auf meinem Bett, Kane über mich gebeugt.

„Jade?" Er sah mich mit besorgten Augen an. Etwas an ihm schien nicht zu stimmen, aber in diesem Moment konnte ich es nicht genau sagen.

„Wie bin ich hierhergekommen?" Ich stützte mich zwischen den Kissen auf.

Er setzte sich auf die Bettkante. „Geht's dir gut?"

„Ja. Was ist passiert?"

Er zog angesichts meines knappen Tons die Augenbrauen hoch und richtete sich auf, seine Haltung steif. Mit vorsichtiger, gemessener Stimme sagte er: „Nachdem ich mich von deinem Schlag in meinen Bauch erholt hatte, fand ich dich ohnmächtig im Flur, und du hast dieses verfluchte Bild in den Händen gehalten. Ich dachte, du würdest aufwachen, nachdem ich es dir weggenommen habe, aber das bist du nicht, also habe ich dich hierher getragen. Kurz darauf bist du aufgewacht." Kane stand auf und ging zum Kühlschrank. Einen Moment später reichte er mir eine Flasche Wasser. Sein Gesicht war bar jeder Emotion. „Willst du mir sagen, was da gerade los war?"

Ich rollte die Flasche in meinen Händen, während ich überlegte, was ich sagen sollte. Groll kroch durch mich, als ich mich daran erinnerte, dass er derjenige gewesen war, der den Kontakt zu meiner Mutter unterbrochen hatte. Ich versuchte, gegen das Gefühl anzukämpfen, da ich wusste, dass er sich um mich gekümmert hatte, nachdem ich im Flur zusammengebrochen war. Allerdings wäre ich gar nicht da gewesen, wenn er sich nicht eingemischt hätte. Meine Augen trafen seine, und ich musste mich sehr bemühen, um ihn nicht böse anzustarren.

Anscheinend brauchte ich Unterricht, meine Gesichtszüge zu kontrollieren, denn seine Miene verfinsterte sich, und einen Moment später ging er zur Tür. „Ich bin in meinem Büro, wenn du damit fertig bist, mir die Schuld an dem zu geben, worüber du nicht sprechen willst."

Die Tür fiel zu, bevor ich antworten konnte.

„Verdammt." Was war mit mir los? Kane hatte nur versucht, mich zu beschützen, wie er es immer tat. Er hatte nichts Unangemessenes getan. An seiner Stelle hätte ich mir auch das Porträt weggenommen. Was genau hatte er mit Felicia gemacht? Ich sah mich im Zimmer um. Es dauerte nicht lange, bis mir klar wurde, dass das Porträt die Reise nach oben nicht mit mir gemacht hatte. „Doppelt verdammt!"

Ich nahm den Hörer ab, um Tante Gwen anzurufen, doch bevor ich die grüne Taste drücken konnte, klopfte es laut an meiner Tür, und Pyper trat ein. „Hey. Ich habe gehört, du könntest vielleicht etwas Gesellschaft gebrauchen."

„Kane hat dich geschickt?"

Sie lachte kurz und schüttelte den Kopf. „Nein. Er hat mir gesagt, ich soll mich da raushalten. Aber da ich selten auf ihn höre und er geradezu vor frustrierter männlicher Launenhaftigkeit vibriert hat, dachte ich, du könntest ein Ohr zum Dampf ablassen gebrauchen."

Die Kühlschranktür quietschte, als ich nach einer Cola griff und mir wünschte, es wäre ein Chai Latte. Ich hielt Pyper meine Limonade hin, doch sie schüttelte den Kopf.

„Hast du keinen Alkohol da drin?" Sie kam herüber und schob mich sanft aus dem Weg. Nach einem kurzen Blick holte sie eine Flasche Pinot Grigio heraus. „Das ist besser."

Mit meiner Getränkedose rollte ich mich am Ende meines Sofas zusammen. Als Pyper mit einem Weinglas in der Hand zu mir kam, wandte ich mich ihr zu. „Er ist wütend. Deshalb benimmt er sich so."

„Kane?" Ihre Augenbrauen schossen überrascht in die Höhe. „Wirklich? Er schien nicht wütend zu sein. Eher besorgt und frustriert. Du kennst diesen Blick, wenn er nicht alles kontrollieren kann." Sie nahm einen großen Schluck Wein. „Aber ich denke, du weißt es besser als jeder andere."

„Ja." Doch ihre Worte nagten an mir. Hatte ich seine Wut oder irgendetwas von ihm gespürt? Jetzt, wo ich darüber nachdachte, wurde mir klar: nein, hatte ich nicht. Ich war diejenige gewesen, die von Wut aufgefressen wurde, doch nichts von seiner physischen Energie war in mein Bewusstsein gelangt. Ich konnte seine Gefühle an seinem Gesichtsausdruck und seiner Stimme ablesen.

Eine kalte Leere durchströmte mich, als hätte ich etwas Besonderes verloren. Seit Kane und ich zusammengekommen waren, waren seine Gefühle für mich genauso real gewesen wie meine eigenen. Ich hatte nicht einmal versuchen müssen, ihn zu lesen; sie waren einfach immer da. War mir etwas passiert, während ich in Felicias Energie gefangen gewesen war?

Ich wandte meine Aufmerksamkeit Pyper zu und ließ mich von ihrer emotionalen Energie einhüllen. Ihre Sorge erwärmte meine Haut. Ein Lächeln umspielte meine Lippen. Nachdem ich mich so lange von persönlichen Beziehungen verschlossen hatte, überraschte es mich immer noch, dass ich ein Netzwerk von Freunden hatte, die immer da waren, wenn ich sie brauchte. Pyper war eine meiner besten Freundinnen. Kane stand mir noch näher. Mein Lächeln verschwand. Warum hatte ich seine Gefühle nicht gespürt? War ich nach dem, was passiert war, zu selbstbezogen gewesen? Es war möglich, doch in den letzten drei Monaten konnte ich mich an keine Zeit erinnern, in der ich nicht innig mit ihm verbunden gewesen wäre.

Ich holte tief Luft und versuchte, die Schuldgefühle zu kontrollieren, die an meinem Inneren nagten. Er hatte meine Überreaktion nicht verdient. „Okay, vielleicht ist er nicht per se wütend. Aber ich war es. Hat er dir erzählt, was passiert ist?"

Sie stellte ihr Glas ab und schüttelte den Kopf. „Er hat diese Pappmaché-Bilder in seinen Büroschrank gestellt und ihn abgeschlossen. Dann hat er etwas gemurmelt, dass du dich immer selbst in Schwierigkeiten bringst."

„Ich?", protestierte ich. „Was ist mit dir? Du bist diejenige, die von einem bösen Geist verfolgt wurde."

Sie verzog das Gesicht. „Erinnere mich nicht daran."

„Tut mir leid. Ich bin ein bisschen gestresst."

Sie winkte ab, beugte sich zu mir vor und senkte ihre Stimme. „Ian hat mit mir in meiner Wohnung ein paar Lesungen gemacht."

Alle meine derzeitigen Probleme verschwanden aus meinem Kopf. „Wieso? Ist irgendwas passiert?"

Sie hob die Hände. „Nein, nein. Nichts dergleichen. Er ist nur vorsichtig. Sagt er jedenfalls. Er sagt, dass bei Menschen, die schon einmal verfolgt wurden, die Wahrscheinlichkeit höher ist, wieder heimgesucht zu werden. Irgendwas davon, von der anderen Seite markiert zu sein. Ich glaube, er ist paranoid. Roy hat mich wegen unserer Geschichte ins Visier genommen. Nicht, weil ich ein Leuchtfeuer für die Toten bin."

Ich lehnte mich gegen das Kissen zurück. „Hat er irgendwelche Schlüsse aus seinen Messwerten gezogen?"

„Nein. Ich habe ihm *gesagt*, dass er nichts finden wird. Aber es ist okay. Ich könnte mir schlimmere Arten vorstellen, ein paar Nachmittage zu verbringen."

„Du magst ihn. Sehr." Ich lächelte, dann ernüchterte ich und erinnerte mich an mein Gespräch mit Kat. Jemand würde verletzt werden. Ich musste mit Ian sprechen. Er musste es ihnen sagen.

Sie zuckte die Achseln und verbarg ein Lächeln. „Vielleicht. Aber deshalb habe ich es nicht angesprochen." Sie presste die Lippen aufeinander und warf mir einen Seitenblick zu. „Ich denke, du solltest Ian ein paar Messungen an dir machen lassen. Ich bin nicht die Einzige, die einen Geist angezogen hat."

Sie meinte Bobby, den Geist, der mir nach meiner ersten Begegnung mit Bea nach Hause gefolgt war. Er war schließlich weitergezogen, doch sein Hund war geblieben. Als ich den Geisterhund zu meinen Füßen betrachtete, schüttelte ich den Kopf. „Ich glaube nicht, dass das nötig ist. Duke würde mich warnen, wenn irgendetwas Unheimliches vor sich ginge." Als Pyper ein schwarzer Schatten gefolgt war, hatte er jedes Mal, wenn sie in der Nähe gewesen war, unaufhörlich gebellt.

Pypers Augen folgten meinem Blick. Ich wusste, dass sie Duke nicht sehen konnte. Niemand außer Bea konnte das. Das bedeutete, dass sie wahrscheinlich den Nagellack studierte, der von meinen Zehen abblätterte. Ich hatte plötzlich das Bedürfnis, meine Füße unter das Kissen zu stecken. Bevor ich eine Entschuldigung für meine vernachlässigte Pediküre stammeln konnte, sprach sie. „Du hast Recht, aber Bobby hat in deinem Leben Chaos angerichtet, und Duke hat nie auch nur ein Wimmern über ihn geäußert."

„Das liegt daran, dass Duke Bobbys Hund war." Ich stand auf und ging zu meinen Fenstern. „Schau, es ist mir egal, ob Ian ein paar Lesungen macht, aber Kane wird es nicht gefallen. Du weißt, was er von all dem hält. Und von Ian. Ich habe ihm heute schon genug wehgetan."

Kane wäre nicht glücklich, wenn er erführe, dass Pyper mit Ian zusammenarbeitete, aber wenn ich mich einmischen würde, wäre es eine Katastrophe. Obwohl ich mich ganz und gar für Kane entschieden hatte, wusste ich, dass es ihn immer noch störte, dass ich so viel Zeit mit Ian verbrachte, während ich mit Bea arbeitete. Außerdem hasste er es, wenn ich mich auf etwas Paranormales einließ. Ich vermutete, dass es daran lag, dass er mich nicht beschützen konnte, falls etwas schiefging. Verdammt, wer könnte es ihm verdenken? Mir ginge es genauso.

Außer, wenn es darum ging, herauszufinden, wo meine Mutter war. Ich wusste auf die eine oder andere Weise bereits, dass ich alles tun würde, um Felicia zu befreien. Wenn es bedeutete, meine innere Hexe zu akzeptieren, würde ich es tun. Doch eine Lesung von Ian würde nicht helfen. Alles, was das brachte, war ein Haufen wenig wissenschaftlicher Zahlen, die mir fast nichts bedeuteten. Was ich tun musste, war, mit Bea zu sprechen. Sie war diejenige, die mir helfen konnte, meine Hexenkräfte zu entwickeln.

Ich verzog das Gesicht. Meine Hexenkräfte. Es war buchstäblich das Letzte, was ich entwickeln wollte.

Pypers Gesicht verdunkelte sich. „Dann wird er sich einfach abregen müssen, nicht wahr?"

Die massive Verärgerung, die sie umgab, erschreckte mich, und ich dämpfte meine Stimme. „Wirklich, es ist in Ordnung. Ich interessiere mich nicht für Lesungen. Und wenn ich ganz ehrlich bin, würde ich auch nicht wollen, dass Kane mit jemandem rumhängt, mit dem er in der Vergangenheit zusammen war."

„Nicht das. Der Teil über seine Gefühle für Ian. Ian hat uns allen nur geholfen. Also was macht es da, wenn ihr zweimal auf ein Date gegangen seid? Es ist offensichtlich nichts daraus geworden. Kane kann sich seinen inneren Höhlenmenschen in seinen …"

„Das klingt unangenehm", bemerkte Kane von der Tür aus.

Ich zuckte zusammen, völlig unvorbereitet. Wie lange stand er schon da? Und wo zum Teufel war seine emotionale Signatur?

Er schritt durch den Raum auf uns zu. „Und fürs Protokoll, ich habe kein Problem mit Ian."

Pyper stand auf. „Nein. Du hast nur ein Problem, wenn er und Jade zusammen im selben Raum sind."

Er richtete seinen Blick auf sie. „Nein. Ich habe ein Problem, wenn er eine von euch in paranormale Aktivitäten hineinzieht." Pyper öffnete den Mund, um etwas zu sagen, doch Kane hob seine Hand und legte sie sanft auf ihre Schulter. „Nicht Ian ist das Problem. Es ist ihre Bereitschaft, sich in jede Situation zu stürzen, ungeachtet der Konsequenzen."

Seine Bemerkung brachte sie zum Schweigen.

Er hatte Recht. Ich war dafür bekannt, alles zu tun, was nötig war, um meinen Freunden und Lieben zu helfen, unabhängig vom Risiko für mich. Sie hatte dieselben Eigenschaften gezeigt. Ich vermutete, dass es einer der Gründe war, warum er uns beide liebte. Das war auch der Grund, warum er so einen ausgeprägten Beschützerinstinkt hatte.

„Also wirst du nett zu Ian sein, wenn ich ihn das nächste Mal zu einem Date mitbringe?", sagte Pyper mit einer Warnung in ihrem Ton.

Er zuckte unverbindlich die Achseln.

„Kaaaaaaane", sagte sie gedehnt.

Ich saß während des ganzen Austauschs wie erstarrt da. Pypers Zorn und Frustration kamen laut und deutlich durch, doch ich konnte Kane überhaupt nicht lesen. Das einzige andere Mal, dass das jemals passiert war, war das erste Mal, dass ich ihn mit Lailah gesehen hatte. Und sie war im Moment nirgendwo zu sehen.

Kane ignorierte Pyper und drehte sich zu mir um. „Jade, unten ist eine Frau, von der ich glaube, dass du sie gerne sehen würdest."

„Wer?" Ich machte keine Anstalten, vom Sofa aufzustehen. Jeder auf meiner kurzen Freundesliste wäre schon in meine Wohnung gekommen.

Er streckte mir seine Hand entgegen. Ich nahm sie und versuchte verzweifelt, eine Verbindung herzustellen. Meine Finger schlossen sich fest um seine, und als nichts von ihm floss, schickte ich eine emotionale Sonde. Nichts. Es gab keine Signatur. Keine Emotionen, die unter der Oberfläche vibrierten. Es war, als wäre ich kein Empath.

Hatte er seine Gefühle vor mir abgeschirmt? Hatte ich ihm so wehgetan? Ich wollte ihn danach fragen, doch ich wollte es nicht vor Pyper tun. Das war privat.

Er zog mich auf meine Füße. „Du wirst sehen. Beeil dich, sie wartet schon eine Weile."

Ich warf Pyper einen Blick zu, als Kane mich aus der Tür zog. Sie schüttelte den Kopf und folgte uns.

KAPITEL ELF

*A*ls Kane und ich unten an der Treppe ankamen, hielt ich ihn auf und winkte Pyper weiter. Als sie durch die Hintertür des Cafés verschwand, schlang ich meine Arme um ihn und küsste ihn von Herzen auf die Lippen, die ich so gut kennengelernt hatte.

„Tut mir leid", sagte ich. „Ich wollte dich nicht anschnauzen."

Er musterte mich lange mit ernsten Augen. Meine Seele sehnte sich danach zu wissen, was in ihm vorging. Erst als sich die Falten um seine Augen kräuselten, wusste ich, dass er mir vergeben hatte. „Ich weiß. Und ich hätte nicht davonstürmen sollen. Da wartet jemand auf dich. Wir reden später, okay?"

Ich nickte und ließ mich von ihm durch die Hintertür des *Grind* führen. Meine Neugier war nur vage geweckt, als ich mich fragte, wen zum Teufel ich im Café treffen musste. „Wer ist es?", fragte ich noch einmal.

Kane hielt die Schwingtür vom Hinterzimmer auf und bedeutete mir, vorauszugehen. „Schau selbst."

Ich blieb in der Tür stehen, während ich den Blick durch

das Café schweifen ließ. Zuerst sah ich niemanden und runzelte die Stirn. Doch als ich mich umdrehte, um Kane zu fragen, erhaschte ich einen Blick auf ihr lockiges graues Haar und keuchte. „Gwen!", rief ich, rannte zu meiner Tante und zog sie in eine riesige Umarmung. „Was tust du hier?"

Ihre starke, stetige Liebe überflutete mich und füllte die Leere, die Kanes fehlende Energie hinterlassen hatte. Freudentränen stiegen mir in die Augen, und sie lachte. „Meine süße Jade. Wann bist du denn so sentimental geworden?"

Der alte Scherz brachte mich zum Schmunzeln. Ich hatte ein ganzes Jahr bei ihr gelebt, bevor ich ihr erlaubt hatte, mich weinen zu sehen. Das erste Mal war an meinem sechzehnten Geburtstag gewesen, und ich hatte meine Mutter schrecklich vermisst. Anstatt sie mir eine Geburtstags-Party schmeißen zu lassen, hatte ich um eine Übernachtung bei Kat gebeten. Meine einzige Freundin, abgesehen von Dan. Und egal wie cool Tante Gwen war, kein Junge durfte zu einer Übernachtung eingeladen werden.

Also hatten Kat und ich ein Makeover geplant, gefolgt von Backen von Schokoladen-Frischkäse-Cupcakes, Schokoladenbrownies und Schokoladen-Erdnussbutter-Keksen, die uns für unsere Filmnacht wachhalten sollten. Es war kein glamouröser Geburtstag, doch es war das, was ich wollte.

Doch dann bekam Kat die Windpocken und musste absagen. Da saß ich dann an meinem sechzehnten Geburtstag, meine Mutter verschollen und meine beste Freundin krank. Als Gwen vorgeschlagen hatte, Kats Platz einzunehmen, brach ich in Tränen aus.

Sie hatte meine Hand ergriffen, ihren Blick auf mich gerichtet und gesagt: „Meine süße Jade. Wann bist du denn so sentimental geworden?" Der interessierte, sachliche Ton hatte mich zum Lachen gebracht. Mir war nicht bewusst gewesen, dass sie mich noch nie weinen gesehen hatte. In dem Jahr, in dem ich bei ihr gelebt hatte, hatte ich den Verlust meiner Mutter und die schreckliche Erfahrung in der Pflegefamilie verarbeitet, indem ich sie ignorierte und mir nicht erlaubte, etwas zu fühlen.

Mein Lachen war zu einem Schluchzen geworden. Gwen hatte mich gehalten, während mein Körper gezittert und sich des angestauten Kummers entledigt hatte. Danach hatte sie mich in die Küche gezogen und mir trotz meiner Proteste geholfen, jeden letzten Cupcake, Brownie und Keks zu backen. Wir verbrachten die ganze Nacht damit, Süßigkeiten zu verschlingen und *Das darf man nur als Erwachsener* und *Teen Lover* zu sehen. Es war bis heute eine meiner schönsten Erinnerungen. Und bis heute sagt sie jedes Mal, wenn sie mich weinen sieht, die gleichen Worte.

Ich sah mich um. „Wo ist dein Gepäck? Und warum bist du nicht einfach in meine Wohnung gekommen?"

„Immer so viele Fragen." Sie nahm einen großen Papp-Kaffeebecher und reichte ihn mir. „Ich habe dir einen Chai Latte für unterwegs machen lassen. Etwas hat mir gesagt, dass du ihn brauchen würdest."

Etwas. Ja, das waren ihre übersinnlichen Fähigkeiten. Wie viel wusste sie über das, was passiert war? „Gwen!", rief ich ihr hinterher, als sie zur Tür ging. „Ich muss mit dir über etwas reden. Es ist wichtig."

„Ich weiß schon. Machen wir später. Jetzt musst du dir deinen jungen Mann schnappen und dich beeilen. Wir müssen los." Sie schritt aus der Tür, bevor ich protestieren konnte.

„Du hast die Lady gehört", sagte Kane mit einem Lächeln und führte mich zur Tür. „Wir müssen los."

„Weißt du, wohin?"

„Keine Ahnung. Aber es scheint nicht ratsam, mit deiner Tante zu streiten, oder?"

Der Knoten in meiner Brust von vorhin begann sich zu lösen. Jetzt würde alles gut werden. Gwen würde wissen, was zu tun war. So war es schon immer gewesen.

~

DER SCHOCK von Gwens unerwartetem Besuch war nichts im Vergleich zu dem, als wir in Beas Auffahrt parkten und Gwen Kane befahl, ihr Gepäck auszuladen.

„Du bleibst hier? Wie? Wieso? Vergiss meine dummen Fragen", stotterte ich. „Vergiss es. Du wohnst bei mir."

„In deiner winzigen Wohnung? Wo würde ich schlafen?", schnaubte sie.

„In meinem Bett. Ich schlafe auf dem Sofa."

„Da schläft Duke", sagte sie. „Zumindest hast du mir das gesagt, und ich möchte nicht dafür verantwortlich sein, einen alten Golden Retriever zu vertreiben. Außerdem braucht ihr zwei jungen Leute eure Privatsphäre."

„Gwen!", zischte ich mit einem leisen Flüstern.

„Ms. Calhoun, Sie können gerne bei mir wohnen. Es ist viel näher bei Jade, und ich habe ein Gästezimmer. Ich denke, wenn Sie bei mir sind, können wir Jade davon überzeugen, ebenfalls bei mir zu übernachten." Das Glitzern in Kanes Augen ließ mein Gesicht heiß werden und meine Ohren brennen.

„Das ist ein überaus freundliches Angebot, Mr. Rouquette. Danke! Aber wie gesagt, ihr zwei jungen Leute braucht eure Privatsphäre. Könnten Sie mir jetzt helfen, diesen Koffer ins Haus zu bringen?"

„Aber du kennst Bea nicht einmal!", protestierte ich.

Gwen blieb am Fuß von Beas Veranda stehen und sah mich nachdenklich an. „Wie kommst du darauf?"

„Was meinst du? Du kennst sie?", fragte ich, unfähig, meinen vorwurfsvollen Ton zu unterdrücken.

„Ja, das tue ich."

In diesem Moment schwang die Tür auf, und Bea schwebte mit einem herzlichen, einladenden Lächeln auf die Veranda. „Gwen!"

Meine Tante ging die kurze Treppe zu Beas Veranda hinauf und breitete die Arme für eine Umarmung aus. Die beiden umarmten einander, als wären sie alte Freundinnen, die nach vielen Jahren wieder vereint waren. Als Gwen sich zurückzog, glitzerten Tränen in ihren Augen. „Danke, dass du dich um mein Mädchen gekümmert hast."

Bea hielt Gwens Hände und schüttelte sie leicht, während sie sprach. „Es ist mir wirklich ein Vergnügen, liebe Freundin. Außerdem hat sie wahrscheinlich mehr für mich getan als ich für sie."

Ich stand wie eine Salzsäule auf der untersten Stufe zur Veranda und starrte sie an. Was in aller Welt ging hier vor?

„Ich bin so froh, dass du mein Angebot angenommen hast, bei mir zu bleiben", sagte Bea zu Gwen.

„Es wird wie in alten Zeiten sein."

„Alte Zeiten?" Ich erwachte aus meiner Trance und nahm zwei Stufen gleichzeitig. „Was zum Henker geht hier vor?"

„Jade", tadelte Gwen.

Bea sah mich fragend an und wandte sich dann Gwen zu. „Du hast es ihr nicht gesagt?"

„Noch nicht. Ich wollte sie mit meinem Besuch überraschen." Gwen deutete auf mich. „Komm schon. Lass uns reingehen."

Ich öffnete meinen Mund, um zu sprechen, schloss ihn dann

jedoch wieder. Ich wusste nicht einmal, was ich sagen sollte. Die beiden kannten sich und hatten es mir vorenthalten? Der Verrat ließ mein Herz schmerzen. Ich drehte mich um, suchte nach Kane und zuckte zusammen, als ich ihn mit der Schulter anstieß. „Tut mir leid. Ich wusste nicht, dass du direkt hinter mir bist."

Er legte seinen Arm um meine Mitte und zog mich an sich. „Wirklich? Das ist das erste Mal. Du scheinst immer zu wissen, wo ich bin."

Es war wahr. Aber da er seine Emotionen abgeschirmt hatte, war er für mich unsichtbar. Ich seufzte. Vielleicht wusste er nicht einmal, dass er es tat.

Wir folgten Bea und Gwen in Beas sonnengelbes Wohnzimmer. Bea befahl uns, uns zu setzen, während sie sich in der Küche, um Getränke kümmerte.

Kane führte mich zu einem weichen Zweisitzersofa und zog mich neben sich. Ich lehnte mich an ihn, dankbar für die Unterstützung.

Gwen murmelte etwas davon, Bea zu helfen und folgte ihr in die Küche.

Meine Augen blieben an ihr kleben, während sie unbeholfen auf Anweisungen wartete. Es wurde schnell klar, dass Gwen, wenn sie sich wirklich kannten, noch nie in Beas Haus gewesen war. Oder wenn ja, hatte sie noch nie in der Küche geholfen. Bea sagte ihr nicht weniger als viermal, wo sie den Limonadenkrug finden konnte, bevor Gwen ihn aus dem richtigen Schrank holte. Sie hatte auch Probleme, die Speisekammer zu finden, und kämpfte schließlich mit einem Mopp im Hauswirtschaftsschrank.

Ich unterdrückte ein Kichern. „Tante Gwen muss sich gerade richtig schuldig fühlen. Sie bietet nie an, in der Küche zu helfen."

„Ich sehe warum", sagte Kane und schnitt eine Grimasse, als Gwen den vollen Krug Limonade umwarf.

Es dauerte nicht lange, bis Bea sie verbannte und Gwen ins Wohnzimmer zurückkehrte. Ihre Wangen hatten die Farbe ihres roten T-Shirts angenommen.

„Ich schätze, Bea kennt dich nicht *so* gut", neckte ich und überwand etwas von dem Gefühl, verraten worden zu sein, das mein Herz umklammert hatte.

Gwen hob kapitulierend die Hände und lehnte sich zurück, während sie auf unsere Gastgeberin wartete.

Gerade als Bea ins Wohnzimmer kam, knarrte die Treppe unter leichten Schritten. Kane und ich drehten unsere Köpfe gleichzeitig. Ich war angespannt.

Der sogenannte „Engel niedriger Stufe" glitt zum Sofa, winkte mir fröhlich zu und setzte sich neben Kane auf die Armlehne. Als sie ihre Hand auf seine Schulter legte, platzte mir der Kragen.

„Warum ist sie hier?", fragte ich und wandte mich Bea zu. „Hat sie dich nicht erst gestern vergiftet?"

„Das war ein Unfall!", rief Lailah und vergrub ihr Gesicht in den Händen.

Zumindest berührte sie Kane nicht mehr.

Bea warf mir einen gütigen Blick zu. „Sie ist auf meine Einladung hier, Liebes. Vielen Dank für deine Loyalität und Sorge, aber Lailah und ich arbeiten an dem, was passiert ist. Wenn wir es herausgefunden haben, werde ich dich sicher informieren."

Vergiftet?, murmelte Gwen in meine Richtung.

Ich quittierte es mit einem winzigen Kopfnicken und lehnte mich dann mit vor der Brust verschränkten Armen zurück.

Kane legte seine Hand auf meinen Oberschenkel. Das Gewicht war schwer und fremd, fast als würde ich von einem Fremden berührt. Alles an dem Szenario reizte mich. Ich sprang auf und begann auf und ab zu laufen. „Kann mir jemand sagen, was zum Henk– ich meine, was hier los ist?"

„Wo sollen wir anfangen?", fragte Gwen.

Ich würde gerne wissen, warum Lailah in Kanes Träume eindrang. Doch das konnte ich hier vor Bea oder meiner Tante nicht fragen. Gott, ich fing an, wie eine verrückte, eifersüchtige Freundin zu klingen. Vielleicht lag es daran, dass ich es so gewohnt war, seine Gefühle zu lesen. Abgeschnitten zu sein war anders, als ich es mir vorgestellt hatte.

Stattdessen konzentrierte ich mich auf Gwen. „Fangen wir damit an, woher ihr euch kennt."

Gwen nickte. „Nun, weißt du noch, wie du diese Facebook-Seite für mich eingerichtet hast?"

„Äh ja." Ich hatte sie eingerichtet, kurz bevor ich vor vier Monaten von Idaho nach New Orleans gezogen war. Ich dachte, sie würde uns helfen, in Kontakt zu bleiben. Aber soweit ich wusste, war Gwen seit dem Tag, an dem ich sie zum ersten Mal angemeldet hatte, nicht mehr auf der Seite gewesen. Sie postete nie etwas, nicht einmal, als ich ihr Nachrichten auf Wall hinterlassen hatte. Schließlich hatte ich aufgegeben, weil ich dachte, es wäre vergebliche Liebesmüh.

Sie kicherte. „Ich habe mein Passwort vor ungefähr einem Monat gefunden und beschlossen, es auszuprobieren. Gleich, als ich mich eingeloggt habe, kam eine Freundschaftsanfrage von Bea. Und der Rest ist Geschichte."

„Warte. Ihr habt euch auf Facebook kennengelernt?"

„Irgendwie." Bea beugte sich vor, goss ein Glas Limonade ein und reichte es mir.

Ich war zu höflich, um es abzulehnen, obwohl es im Moment das Letzte war, was ich wollte. Es sei denn, es wäre ein guter Schuss Wodka darin.

„Trink", drängte sie.

Die Luft erwärmte sich leicht und ein schwacher Hauch von Meeresduft kitzelte meine Nase. Mein Arm schien sich von selbst zu bewegen und brachte das Glas an meine Lippen.

Nach ein paar Schlucken löste sich all die Anspannung aus meinen Schultern, und ich sank neben Kane zurück.

„Besser?", fragte sie.

„Viel besser." Ich lehnte mich wieder an Kane und vergaß Lailah.

„Du hast sie mit einem Zauber belegt", platzte Gwen heraus.

„Nur ein kleiner, um ihr zu helfen, sich ein wenig zu entspannen." Sie zwinkerte in meine Richtung.

Gwen presste ihre Lippen aufeinander und schüttelte den Kopf. „Jetzt geht es ihr vielleicht gut, aber wenn er nachlässt, wird sie so wütend sein wie eine brennende Katze. Und du hast gesagt, du kennst sie." Sie schnaubte. „Jade hasst Magie."

„Dessen bin ich mir bewusst", sagte Bea. „Aber sie muss sich daran gewöhnen, sie zu benutzen. Schau dir an, wie anfällig sie dafür ist. Ich habe kaum Macht in den Spruch gelegt, und sie benimmt sich, als wäre sie betrunken."

Ich grinste. Es war besser, als betrunken zu sein. Meine Sinne waren scharf genug, und ich hatte keine Schwierigkeiten, dem zu folgen, was sie über mich sagten. Es war mir einfach egal. Alles war richtig auf dieser Welt.

„Oh Himmel." Gwen verdrehte die Augen.

„Ach, Gwen. Hör auf, dir Sorgen zu machen." Ich winkte mit der Hand in ihre Richtung. „Ich warte immer noch darauf, alles über eure Facebook-Verbindung zu erfahren."

Es stellte sich heraus, dass Bea Gwen auf meiner Facebook-Freundesliste gefunden und sich spontan mit ihr angefreundet hatte. Sobald die beiden Kontakt hergestellt hatten, hatten sie sich alle möglichen Informationen über mich ausgetauscht. Wenn ich nicht unter einem Zauber gestanden hätte, wäre ich wahrscheinlich mehr als ein bisschen wütend gewesen, doch ich konnte es zumindest aus Gwens Sicht verstehen. Ich war über zweitausend Meilen entfernt und war gut darin, mich in verzwickte Situationen zu bringen.

Bea hatte mehr über meine Fähigkeiten wissen wollen, und angesichts der Tatsache, dass sie die Anführerin des Zirkels war, konnte ich verstehen, warum. Auch wenn es mich nervte.

Darüber sind sie Freundinnen geworden und fanden schließlich heraus, dass sie einen gemeinsamen Sommer im Summer Solstice Lager für junge Hexen verbracht hatten.

„Du warst in einem Hexenlager?", fragte ich Gwen verwirrt. „Aber du bist keine Hexe."

„Deine Mutter war eine." Gwen goss sich ein Glas Limonade ein und drehte sich zu Bea um. „Ist die auch verzaubert?"

„Nein. Ich habe nur Jades mit einem Spruch belegt."

„Schade." Gwen lachte und trank einen Schluck. „Hope wollte nicht allein gehen, also bin ich mit ihr gegangen."

Der Gedanke, dass meine Mutter jemals jemanden an ihrer Seite gebraucht hatte, um irgendetwas zu tun, war mir völlig fremd. Mein ganzes Leben lang hatte sie immer alles zu ihren eigenen Bedingungen gemacht. Sie hatte ihren eigenen Naturheilladen geführt, unser Haus gekauft, mich großgezogen und das alles ohne die Hilfe meines Vaters geschafft, der vor meiner Geburt weggegangen war. Fünfzehn Jahre lang waren es sie und ich gegen den Rest der Welt gewesen.

Du kannst alles tun, was du dir vornimmst, Jade. Lass dich von niemandem vom Gegenteil überzeugen. Sie sagte das jedes Mal, wenn ich mich von einer Note, einem Projekt oder einer der kleinen Zaubersprüche, die sie versuchte, mir beizubringen, entmutigen ließ.

Diesmal hatte ich mir vorgenommen, sie nach Hause zu bringen. Und das würde ich mit Beas Hilfe tun.

Beas Gesicht erhellte sich mit einem herzlichen Lächeln.

„Ja, tatsächlich waren wir drei vor über vierzig Jahren in derselben Hütte untergebracht." Ihr Gesichtsausdruck wurde sanft. „Deine Mutter war sehr talentiert."

„Das war sie, und sieh dir an, was mit ihr passiert ist." Das war mein Stichwort, um all die Gründe zu erläutern, warum es überhaupt keine gute Idee war, meine Hexenneigungen zu erkunden. Doch die Möglichkeit, sie dadurch zu finden, und all die Ereignisse der Woche ließen mich mich zurückhalten. Ich stand auf und ging zu Gwen. Ich ergriff ihre Hand und starrte ihr in die Augen. „Wir müssen ihr helfen."

„Hope?" Gwen runzelte die Stirn. „Du weißt, ich würde alles für deine Mutter tun, aber nach all den Jahren weiß ich nicht einmal, wo ich anfangen soll."

„Aber ich dachte ..." Hatte sie nicht gesagt, sie wüsste schon, was ich ihr zu sagen hatte? „Du hattest keine Vision von dem, was heute passiert ist?"

„Heute? Nein, ich dachte, du redest davon, was du für Bea getan hast." Gwens Energie umhüllte mich so wie immer, wenn sie mich beschützen wollte. Als sie wieder sprach, klang ihre Stimme leise und eindringlich. „Was ist passiert?"

Ich warf Kane einen hilfesuchenden Blick zu und platzte dann heraus: „Ich habe sie gefunden."

KAPITEL ZWÖLF

*E*s dauerte eine Weile, die Porträts und die Voodoo-Puppen zu erklären. Als ich an die Stelle kam, dass ich sie in Dans Auto gefunden hatte, wandte ich mich Lailah zu. „Wie ist er überhaupt an sie gekommen? Du hattest sie zuletzt."

Sie wurde blass. „Ich habe mit ihm gearbeitet."

„Ja, Engelskram, wissen wir. Was hat das mit den Porträts zu tun?"

„Nichts. Außer ..."

Bea, die während meiner Erklärungen geschwiegen hatte, meldete sich schließlich zu Wort, ihr breiter Südstaatendialekt voller Autorität. „Außer was, Lailah? Nach dem Gesetz des Zirkels bist du verpflichtet, dein Wissen zu teilen."

Der Engel schenkte Bea ein kleines, dankbares Lächeln, und sie entspannte sich sichtlich. „Danke. Die Pflicht zur Geheimhaltung hat mir nicht erlaubt, etwas zu sagen."

„Pflicht zur Geheimhaltung?", fragte ich.

„Es ist eine Engelssache."

„Wann ist es das nicht?" murmelte ich.

Lailah warf mir einen Blick zu, der Öl einfrieren könnte.

Sie wandte sich Bea zu. „Ich habe die Aufgabe, die Seele von Dan Toller zu beaufsichtigen."

Ich erstarrte. Hatte ich sie richtig gehört? „Dans Seele?"

Sie nickte. „Ich habe meine Befehle erhalten, kurz nachdem wir dich aus deinem Koma zurückgeholt haben."

„Aber seine Seele? Was soll das heißen?"

Bea neigte den Kopf. „Weißt du nicht, was Engel tun?"

„Wunder wirken? Wünsche erfüllen? Das Wort Gottes verbreiten?"

Lailah warf mir einen angewiderten Blick zu. „Ich bin weder eine gute Fee noch eine Missionarin."

„So habe ich es nicht gemeint." Verdammt, ich wusste nicht, dass Engel so sensibel waren. „Ich meine, Gottes Werk tun. Gutes tun, Liebe verbreiten, solche Sachen."

Bea lachte und brach die Spannung. „Ja, Engel tun das, aber ihre Hauptaufgabe besteht darin, Seelen zu beschützen. Wenn jemand in Gefahr ist, wird ihm ein Engel zugeteilt."

„Wirklich?" Gwen schaltete sich zum ersten Mal ein. „Was passiert, wenn der Engel denjenigen nicht retten kann?"

Lailahs Miene verdunkelte sich. „Wir verlieren sie."

„An die Hölle?" Plötzlich fröstelte ich. Es war Dans Seele, die in Gefahr war. Es hätte keine Überraschung sein sollen, wenn man bedachte, wie unmöglich er sich in letzter Zeit benommen hatte, doch etwas tief in mir schmerzte.

Sie nickte. „Sowas in der Art."

Ich wollte nicht wissen, was das bedeutete. „Und deshalb warst du sein Mentor für die Wutbewältigung?"

„Wut ist das erste Anzeichen des Verderbens. Wenn wir sie kontrollieren können, hat er eine Chance."

Ich verstummte, zu beschäftigt mit der neuen Information. Was war nach dem Exorzismus passiert, dass Dan ein Engel zugwiesen worden war? Er war nicht dabei gewesen, es konnte also nichts mit seiner Situation zu tun haben. Oder doch?

Ich wollte gerade fragen, als Lailah sich eine lange blonde Haarsträhne aus den Augen strich und fortfuhr. „Was mich beunruhigt, ist, dass wir Fortschritte gemacht haben. Dan hat die Verantwortung für die Art und Weise, wie er Jade behandelt hat, übernommen und sich sogar entschuldigt."

„Das hat er?", flüsterte Kane mir ins Ohr.

Ich hob die Hand, um ihm zu signalisieren, er solle warten.

„Doch dann hat er die Porträts gestohlen", fuhr Lailah fort. „Woher wusste er überhaupt von ihnen? Oder wo ich wohne? Wir treffen uns nur einmal pro Woche im Büro des Therapeuten."

Alle drehten sich in meine Richtung.

„Woher soll ich das wissen? Bevor du ihn ins Café gebracht hast, hatte ich seit der Nacht, in der Kane ihn aus dem Club geworfen hat, nicht mehr mit ihm gesprochen."

„Hast du Kat irgendwas gesagt?", fragte Lailah.

„Nein, erst als ich die Porträts in Dans Auto entdeckt habe."

Bea stand auf und trat in die Mitte des Raumes. „Lailah, bleib so dicht wie möglich an Dan dran. Ich weiß, dass seine Seele für dich oberste Priorität hat, aber wir müssen herausfinden, welches Interesse er an diesen Porträts hat." Sie drehte sich zu mir um. „Wo sind sie jetzt?"

„Ich habe sie." Kane sprach zum ersten Mal. „Ich habe sie eingesperrt."

„Gut", sagte Bea. „Halte sie von Jade fern, bis wir sie in der Sicherheit der Kultstätte des Zirkels erkunden können."

„Ich möchte dieses Porträt von Felicia sehen", sagte Gwen. „Heute." Als sie aufstand und auf die Tür zuging, hüpften ihre grauen Locken um ihre Schultern. „Kommst du, Jade?"

Bevor mich jemand aufhalten konnte, sprang ich vom Sofa auf und traf meine Tante an der Tür.

„Gwen", sagte Bea. „Ich weiß, dass du dir Sorgen um deine

Schwester machst, aber kannst du noch einen Tag warten? Morgen Nacht werden wir den Schutz des Zirkels haben."

„Tut mir leid, Bea. Aber nein. Ich warte seit zwölf Jahren auf irgendeinen Hinweis. Ich werde keine Minute länger warten. Außerdem sind meine Kräfte anders als ihre. Ich muss die Porträts nicht anfassen. In ihrer Nähe zu sein wird mir sagen, was ich wissen muss." Gwen hakte ihren sonnengebräunten Arm unter meinen. „Jade wird mich zurückbringen, wenn wir fertig sind, und dann können wir planen."

Ein dünner Faden von Beas Frustration drang in mein Bewusstsein. Er ließ mich innehalten. Hatte sie ihn mir geschickt oder war er ihrer normalerweise streng kontrollierten Energie entfleucht? Als ich ihren verkniffenen Gesichtsausdruck sah, entschied ich, dass er entkommen sein musste. Sie war es nicht gewohnt, dass ihr jemand widersprach, und das konnte ich sehen. Zumindest hatte sie noch Lailah, die sie herumkommandieren konnte.

Als wir vor Kanes neuem Lexus ankamen, hatte er uns eingeholt. „Seid ihr sicher, dass ihr das tun wollt?", fragte er.

„Ja", sagten wir wie aus einem Mund.

Gwen ergriff meine Hand und drückte sie, bevor sie mir die Autotür öffnete.

ICH GING in meinem Wohnzimmer auf und ab und konnte mich nicht entspannen. Trotz meiner Proteste und vieler Argumente hatte sich Gwen geweigert, mich in Pypers Wohnung mitzunehmen.

„Tut mir leid, Honey, aber ich möchte nicht, dass deine Energie irgendetwas stört, was ich finden könnte", hatte sie gesagt.

Gwen ist eine außersinnlich begabte Empathin. Sie spürt gewisse Dinge: Eindrücke, Ereignisse, die passiert sind oder passieren werden. Je näher sie jemandem emotional steht, desto besser ist die Verbindung. Deshalb weiß sie fast immer, was in meinem Leben vor sich geht, bevor ich es ihr erzähle. Sie kennt nicht immer Einzelheiten, doch sie weiß, wann mir etwas sehr am Herzen liegt. Ihre Gabe unterscheidet sich von meiner dadurch, dass sie nicht die emotionale Energie beliebiger Menschen um sich herum spürt – sie weiß gewisse Dinge einfach. Es war einen Versuch wert, sie die Porträts inspirieren zu lassen, auch wenn es mir unangenehm war, dass sie mit ihnen allein war.

„Wie du willst. Aber sei vorsichtig. Wenn etwas passiert …"

Gwen zog mich in eine Umarmung. „Mach dir keine Sorgen, meine Kleine. Niemand macht dieser alten Frau was vor."

Ich presste ein gedämpftes Lachen heraus. „Du bist nicht alt."

„Was auch immer du sagst."

„Komm. Ich bringe dich zu Pyper. Kane sagte, er würde die Porträts für dich raufbringen. Sie wohnt nebenan."

„Das ist praktisch."

Ich zuckte mit den Schultern. „Ihr gehört das *The Grind*. Das macht den Weg zur Arbeit auf jeden Fall kurz."

Als wir die drei Treppen in meinem Gebäude hinunter und die beiden in Pypers hinauf gestiegen waren, war Gwens Gesicht rot und sie war atemlos geworden. Sorge machte sich in meiner Brust breit. Gwen besaß eine Farm und verbrachte die meiste Zeit damit, entweder mit ihrem Traktor zu fahren oder mit Pferden zu arbeiten. Treppen sollten kein Problem sein. „Geht's dir gut? Was ist?"

Ein verlegenes Lächeln breitete sich auf ihren Lippen aus, als mich ein schwacher Anflug von Schuldgefühlen erreichte.

Sie lehnte sich an die Wand und streckte ein Bein. „Es ist nichts. Ich habe mir vor ein paar Monaten das Knie verdreht und konnte bis vor kurzem nicht viel laufen."

„Warum hast du nichts –"

Sie hielt beide Hände hoch. „Du bist nicht die Einzige, die nicht möchte, dass sich die Leute Sorgen machen."

„Hey, das ist nicht fair. Du weißt immer, wenn mit mir was nicht stimmt."

„Und siehst du, wie ich mich zurückhalten muss, damit ich nicht jedes Mal anrufe, wenn etwas nicht stimmt?" Sie durchbohrte mich mit einem wissenden Blick.

Ich musste zugeben, dass sie viel zurückhaltender war als ich. Ich nahm an, dass sie sich an den Gedanken gewöhnt haben musste, mich irgendwann gehen lassen zu müssen. Die Tatsache, dass wir uns nur einmal in der Woche unterhielten, war ein Wunder. „Ja, schon gut. Aber du hättest es mir trotzdem sagen sollen."

Sie winkte ab, als Pyper ihre Tür öffnete. „Ich dachte, ich hätte hier draußen jemanden gehört. Ms. Calhoun, schön, Sie wiederzusehen. Kommen Sie rein, und ich bringe euch beiden etwas zu trinken."

„Danke, aber auf Jade wartet ein junger Mann." Sie zwinkerte in meine Richtung, und als die Tür zuschwang, hörte ich, wie sie Pyper sagte, sie solle sie Gwen nennen.

Ich lehnte mich an Pypers Tür und überlegte. Sollte ich dort vor ihrer Wohnung warten? Ich hatte Kane gesagt, dass ich ihn in seinem Büro treffen würde, doch wenn Gwen eine Vision hatte, wollte ich nicht warten müssen, um es herauszufinden.

Nach ein paar Augenblicken pingte mein Handy und zeigte eine SMS an. Sie war von Gwen. *Geh. Ich weiß, dass du immer noch da draußen bist.*

Mist. Ihre SMS trieb mich sofort den halben Flur hinunter.

Man konnte nichts vor einem Medium verbergen. Der Gedanke brachte mich zum Lachen. Kein Wunder, dass sich die Leute um mich herum unbehaglich fühlten. Mit einem letzten Blick auf Pypers Tür ging ich die Treppe hinunter.

An der Hintertür des *Wicked* brauchte ich einen Moment, um mich zu sammeln, bevor ich mit meinem Schlüssel aufschloss. Die Musik pulsierte im Rhythmus zu einem Stroboskoplicht und beleuchtete eine sich drehende Tänzerin, die hoch an einer der Stangen hing. Sie hing kopfüber mit dem Rücken gegen die Stange. Nur der beeindruckende Griff ihrer Oberschenkel hielt sie davon ab, mit dem Kopf voran auf die Bühne zu stürzen.

Mit solchen Fähigkeiten sollte sie ein Cirque De Soleil-Publikum unterhalten, nicht die sexsüchtigen Gäste eines Stripclubs. Zum Glück war der Club noch weitgehend leer, und ich wurde nicht von der sonst so dicken, frustrierten Geilheit bombardiert, von der mir immer übel wurde. Das war auch gut so, denn ich hatte vergessen, mich zu wappnen, bevor ich eintrat.

Die Musik verstummte, und die Beleuchtung wechselte zu einer sanften Überkopf-Stimmungsbeleuchtung. Sobald sich meine Augen an das schummrige Licht gewöhnt hatten, entdeckte ich Charlie hinter der Theke. Ihr Gesicht verzog sich zu einem echten Lächeln, und sie winkte mich herüber. „Bitte sag mir, dass du hier bist, um zu helfen. Ich würde gerne ein bisschen Zeit mit meinem Lieblingsmädchen verbringen."

Ich lachte. „Jede Frau, die du jemals getroffen hast, ist dein Lieblingsmädchen."

„Das ist nicht wahr", sagte sie schmollend. „Es würde mir nichts ausmachen, Ariel nie wiederzusehen. Das Mädchen war eine Katastrophe."

„Das hast du davon, wenn du ein zwanzigjähriges bineugieriges Mädchen datest. Warum findest du keine nette, stabile Frau, mit der du ausgehen kannst?"

„Die jungen sind viel beeinflussbarer." Sie grinste.

„Du bist hoffnungslos." Ich schmunzelte. „Aber nein, ich arbeite nicht. Ich soll Kane in seinem Büro treffen."

Ihr Lächeln verschwand.

„Was?"

Sie warf einen Blick zu Kanes Büro und zupfte an einer kurzen, roten Haarlocke im Nacken. Ihr Gesichtsausdruck veränderte sich plötzlich, als hätte sie gerade etwas entschieden. „Schau, Jade. Normalerweise würde ich weder etwas sagen noch mich einmischen, aber irgendwas stimmt nicht."

Kein Witz. Zaubersprüche, Gift, gefangene Seelen. Das als seltsam zu bezeichnen wäre eine Untertreibung.

„Mit Kane meine ich."

Ich versteifte mich. „Inwiefern?"

Sie presste die Lippen aufeinander und während sie mich musterte, strahlte Sorge wie ein Leuchtfeuer aus ihrer Brust.

„Charlie", warnte ich.

„Okay gut. Es ist diese Lailah. Sie taucht immer wieder hier auf und verschwindet mit ihm in seinem Büro."

Kane? Lailah? Was? Ich hörte die Worte, doch ihre volle Bedeutung wurde mir erst klar, als sie wieder anfing zu sprechen.

„Ich wusste nicht, ob ich etwas sagen sollte. Ich meine, Kane ist mein Boss, und ich bin mir nicht ganz sicher, was los ist, doch er verhält sich wirklich seltsam, wenn sie in ihrer Nähe ist. Ich will nur nicht, dass du verletzt wirst." Ihr Gesicht wurde weich. „Ich weiß, dass du vorhin gedacht hast, ich mache Witze, aber du bist wirklich einer meiner Lieblingsmenschen. Du hast ein Recht, das zu erfahren."

Ich drehte mich um und starrte Kanes Tür an.

Charlie trat hinter der Theke hervor und stellte sich neben mich. Die Musik und die Emotionen im Raum schienen zu verschwinden. Mein Kane und Lailah. Es musste ein Irrtum sein.

„Was genau hast du gesehen?", fragte ich.

Keine Antwort.

„Charlie?"

Sie trat zur Seite, gerade genug, um außerhalb meiner Reichweite zu sein. „Ich würde lieber nichts sagen. Es ist besser, wenn du mit ihm sprichst."

Ich schloss wieder zu ihr auf. „Du hast das angesprochen. Was verdiene ich zu wissen?"

Sie warf noch einmal einen Blick zu Kanes Büro und benetzte sich die Lippen. „Ich … verdammt. Ich bin reingekommen und hab sie beim Küssen erwischt."

Alle Luft rauschte aus meinen Lungen. Mit großer Anstrengung presste ich heraus: „Wann?"

„Vor zehn Minuten, aber –"

Ich stapfte davon, ganz gleich, was sie noch zu sagen hatte. Ich hatte meine Hand am Knauf seiner Bürotür, als Charlie mich einholte.

„Warte."

Ich starrte auf ihre Hand auf meinem Arm und wünschte mir, meine Gabe wäre Pyrokinese. Das wäre wirklich eine coole Gabe. Allerdings würde ich in meinem derzeitigen Zustand wahrscheinlich das gesamte Gebäude niederbrennen, anstatt die Verräter auf der anderen Seite der Tür. Ich schüttelte den lächerlichen Gedanken ab. Es war nicht Charlies Schuld, dass mein Freund ein betrügerischer Arsch war. Sie versuchte nur zu helfen.

„Jade, irgendwas stimmt nicht mit ihm. Ich habe noch nie erlebt, dass er sich so verhält. Und ja, ich bin wütend, dass er mit dieser Verrückten geknutscht hat, aber es ist so untypisch für ihn, dass ich fast denken würde, jemand hat ihn mit einem Zauber belegt oder sowas."

„Oh Gott! Du auch? Nicht alles, was passiert, wird durch einen Zauber verursacht oder behoben." Ohne ein weiteres Wort riss ich die Tür auf.

Der Schock ließ mich wie angewurzelt stehenbleiben.

Kane lag ohne Hemd auf dem Schreibtisch, Lailah rittlings auf ihm. All die Wut, die Charlies Enthüllung heraufbeschworen hatte, verpuffte. Schmerz stach mir ins Herz. Keiner schien mein Eindringen zu bemerken. Ich konnte nicht atmen, als ich dastand und sie anstarrte, während Lailah seine Brust krallte und biss. Ihre Hände bewegten sich tiefer und ein erstickter Schrei riss aus meiner Kehle.

Ein Stromschlag schoss durch meinen Körper genau im selben Moment, als Lailah vom Schreibtisch und Kane wegflog und gegen die Wand des Büros krachte. Sie schien in Zeitlupe die Wand hinunterzurutschen und landete fast anmutig auf den Fußballen. Sie sah mich kaum mehr als leicht genervt an und ging wieder auf Kane zu, der auf sie wartete.

Purer Ekel brach aus meinem tiefsten Inneren hervor. Ich drehte mich um und rannte. Vage hörte ich, wie jemand meinen Namen rief. Kane vielleicht. Aber er war der Letzte, mit dem ich gerade reden wollte.

Ich stürmte durch die Hintertür in den Hof und rang nach Luft. Egal wie sehr ich es versuchte, ich konnte meine Lungen nicht füllen. Ich presste meine Hände an meine Brust, ließ mich auf einen schmiedeeisernen Stuhl fallen, beugte mich vornüber und starrte auf den Boden. Meine Sicht verschwamm, und ich bemerkte das Brennen nicht, bis meine Tränen auf die verblassten Ziegel fielen.

Mein Körper zitterte vor lautlosem Schluchzen, als sich die Vision von Kane und Lailah immer wieder in meinem Kopf abspielte. Bald verwandelte sich mein Schmerz in bittere Wut.

Sie verzehrte jeden Teil meines Wesens und erfüllte all meine Sinne.

Ich hörte nichts. Spürte niemanden. Nur den Verrat des Mannes, den ich liebte. Und das war der einzige Grund, warum ich nicht spürte, dass Dan sich an mich heranschlich.

KAPITEL DREIZEHN

*D*er Geschmack schwarzer Lakritze auf meiner Zunge ließ meinen Magen krampfen. Ich rollte mich in Embryohaltung zusammen und stöhnte. Das Lakritz, kombiniert mit den Schmerzen in meinen Armen und Beinen, konnte nur eines bedeuteten: ich war von einem sehr mächtigen Zauber ausgeknockt worden. Demselben, den die Anführerin des Zirkels meiner Mutter in der Nacht, in der Mom verschwunden war, an mir angewandt hatte.

Meine Augen schienen sich nicht fokussieren zu wollen, und ich musste ein paar Mal blinzeln, um wieder klar sehen zu können. Nachdem ich mich auf dem abgewetzten Ledersofa hochgestützt hatte, sah ich mich um. Auf einem Vier-Personen-Tisch stand ein kleiner Fernseher, ungefähr dreißig Zentimeter in der Diagonalen. Ein zerrissener Gartenstuhl war die einzige Sitzgelegenheit. Der Rest der Wohnung, abgesehen von dem Sofa, auf dem ich deponiert worden war, war leer.

Ich stand auf wackeligen Beinen auf, ging zu einem Fenster

und fummelte am Riegel, um frische Luft zu hereinzulassen. Der Gestank von abgestandenem Bier und Fastfood-Burgern im Zimmer drehte mir den Magen um. Der Riegel bewegte sich, doch in typischer New-Orleans-Manier war das Fenster mit Farbe zugekleistert worden. Nein, tatsächlich zugebolzt.

Scheiße.

Panik setzte ein, und ich rannte zur Tür. Gerade als ich nach dem Knauf greifen wollte, schwang sie auf. Ich wich zurück und schaffte es gerade so, sie nicht ins Gesicht gerammt zu bekommen.

„Du bist auf", sagte Dan in einem Plauderton. Er schloss die Tür, doch anstatt den Riegel vorzulegen, holte er einen Schlüssel heraus und schloss sie von innen ab.

„Dan", hauchte ich. „Was ist hier los?"

Er hielt seine Augen auf mich gerichtet, sagte aber kein weiteres Wort. Als er dastand und mich anstarrte, sah er genauso aus wie der Mann, den ich kannte und mit dem ich ausgegangen war … jedoch nur, bis er anfing zu laufen. Seine steifen Glieder zuckten unnatürlich, als hätte er einen Ganzkörperkrampf. Plötzlich erstarrte er, und als er wieder in Richtung Küche ging, war sein Gang normal.

„Dan", sagte ich noch einmal.

Er ignorierte mich und kramte im Kühlschrank.

Das letzte Mal, als ich Dans Gefühle gelesen hatte, hatte es mich körperlich krank gemacht. Ich hatte mir geschworen, nie wieder in seine persönliche Energie einzudringen, doch ich wusste nicht, was ich jetzt sonst tun sollte. Ich war mit einem verrückten Ex-Freund in einem schmutzigen Schuhkarton einer Wohnung eingesperrt. Ich musste wissen, was er vorhatte.

Ich trat einen Schritt auf ihn zu und schickte meine Energie in seine Richtung. Als ich nichts registrierte, trat ich näher und schickte eine stärkere Sonde. Da geschah etwas Seltsames. Meine Energie schien ihn zu umkreisen. Nein, sie schien von ihm abzuprallen und ließ mich nichts lesen. Es war, als würde ich versuchen, eine Betonstatue zu lesen. Ich sammelte meine Energie und lockte sie in seine Richtung, drückte, als sie versuchte, abzuprallen.

Er richtete sich auf und drehte sich zu mir um. „Das kann ich spüren. Wenn ich du wäre, würde ich aufhören. Sofort." Seine Stimme hatte einen autoritären Ton angenommen, der mich zusammenzucken ließ. Seine Augen waren hart und klar. „Wenn wir hier fertig sind, wirst du nicht mehr von diesem besonderen Ärgernis belastet."

„Dan! Was ist in dich gefahren?", keuchte ich und ballte meine Hände zu Fäusten, damit sie nicht zitterten. Ich war in echter Gefahr. Wenn ich mich nicht herausreden konnte … „Entführung? Schlafzauber? Das bist nicht du."

„Du hast keine Ahnung, wer ich bin." Wo seine Energie sein sollte, war Leere, fast, als wäre sie weggesaugt worden.

Ich wich zurück. Alles an ihm war anders. Sein Tonfall, hart und eisig. Sein leerer Gesichtsausdruck. Seine unbeholfene Haltung. Er war überhaupt nicht der Mann, den ich einst gekannt hatte. Ich hatte ihn über ein Jahr lang nicht gesehen, nachdem wir uns getrennt hatten; erst als er in New Orleans aufgetaucht war und angefangen hatte, Kat zu daten. Da hatte ich eine Veränderung bemerkt. Es wäre schwer gewesen, es nicht zu bemerken, wenn man bedachte, dass er sich in ein komplettes Arschloch verwandelt hatte. Doch das hier war anders. Sein körperliches Wesen strahlte eine kalte, berechnende Bosheit aus. Die Art, für die man kein Empath sein musste, um sie zu spüren.

Er kam auf mich zu.

Panik erfasste mich. Eine Angst, wie ich sie seit meinem

fünfzehnten Lebensjahr nicht mehr gespürt hatte, gefangen im Haus meiner Pflegefamilie. Nur dass Dan mich dieses Mal nicht verteidigte, er war derjenige, der mich jagte.

„Halt!" Mit diesem einen Wort loderte der Funke, den ich zum ersten Mal in Beas Haus gefunden hatte, durch meine Glieder. Die Kraft summte durch meinen Körper. Es dämmerte mir schließlich; es war dieselbe Kraft, die schon immer dagewesen war, wenn ich Angst hatte, wütend oder frustriert war. Als mein Bunsenbrenner außer Kontrolle geraten war, während ich an Lailah gedacht hatte. Als ich Dans Auto aufgeschlossen hatte. Und als ich Lailah von Kanes Körper geworfen hatte, nachdem ich sie im Club zusammen erwischt hatte.

Zu meiner Überraschung blieb Dan stehen, doch nur für einen Moment. Dann stolperte er wieder in diesen unbeholfenen, ruckartigen Bewegungen vorwärts. Sein Mund stand offen, und seine Worte kamen unnatürlich heraus. „Nicht mehr ... Hexe ... Macht binden."

Zum ersten Mal bemerkte ich in seiner Hand eine Plastikflasche gefüllt mit einer neonblauen Flüssigkeit. Etwas Unheimliches und Schweres berührte meine Sinne. Es dauerte einen Moment, bis ich bemerkte, dass es nicht Dan war; wo er war, war immer noch Leere. Es war, was auch immer in dieser Flasche war. Alles schien sich in Zeitlupe zu bewegen, als Dan seinen Arm hob und die Flasche direkt auf mich richtete. Die Flüssigkeit spritzte in großen Tropfen heraus.

Sofort sprang ich zurück und verschränkte meine Arme zur Verteidigung vor der Brust. Mein innerer Funke loderte auf, und Kraft explodierte aus mir. Ich wurde zurückgeworfen und landete mit einem dumpfen Schlag auf meinem Po.

Ein starker Geißblattgeruch versüßte die abgestandene Luft. Ich rümpfte die Nase und sah mich um. Dan lag ausgestreckt auf dem Sofa, bedeckt von der blauen Flüssigkeit.

„Jade?", fragte er verwirrt.

Ich rappelte mich auf.

„Was ist ... warte. Warum bist du hier?" Er runzelte die Stirn und sah sich um. „Woher wusstest du, wo ich wohne? Kat weiß es nicht einmal."

Ich sah ihn an, nahm seinen schlaffen, erschöpften Gesichtsausdruck, die dunklen Ringe unter seinen Augen und seinen heruntergekommenen Allgemeinzustand wahr. „Was war in der Flasche, Dan?"

„Was?" Er wischte sich die Flüssigkeit aus dem Gesicht und sah sich um.

Ich ging langsam zum Fenster und nickte in Richtung der Flasche zu seinen Füßen.

Als er aufstand, rannte ich. Ich hatte meine Hände ausgestreckt, um das Glas entweder mit meiner Energie oder reiner Körperkraft zu zerbrechen.

„Was machst du?" Er holte mich ein und packte mein Handgelenk. Sofort verschwand die Kraft, die noch durch meinen Körper pulsiert war.

Ich riss meinen Arm aus seinem Griff und starrte auf den blauen Fleck an meinem Handgelenk.

„Tut mir leid." Er hielt beide Hände kapitulierend hoch, sein Bedauern streifte meine Haut.

Was war in dieser Flasche? Und war ihr Inhalt der Grund, warum ich plötzlich wieder seine Emotionen lesen konnte?

Ich bekam jedoch keine Gelegenheit, es herauszufinden, weil Dan erstarrte. Er kniff die Augen zusammen, und Panik flackerte von ihm aus und traf mich in die Brust. „Du musst gehen. Sofort." Diesmal packte er meinen Ellbogen eisern und zerrte mich zur Tür. „Sie kommt."

„Wer?"

Er packte den Türknauf und zog daran. Nichts passierte.

„Fuck." Er starrte ihn an, als wüsste er nicht, warum die Tür nicht aufging.

„Sie ist abgeschlossen. Dan, wer kommt?"

Er fischte den Schlüssel aus seiner Tasche und fummelte einen Moment herum, bevor er die Tür aufriss. Er schob mich in den feuchten Flur hinaus. Angst, verbunden mit purer Entschlossenheit, stieg zu seinen oberflächlichen Emotionen auf. Seine Augen bohrten sich in meine. „Das Böse. Jetzt lauf!"

Seine Energie verblasste wieder zur selben Leere wie zuvor. Dann versteifte sich sein Körper, und seine Miene wurde steinern. Ich rannte los.

Zwei Treppenabsätze weiter stürmte ich durch eine Tür in eine unbekannte dunkle Straße. Meine Intuition erwachte, und ohne mich zu orientieren, rannte ich so schnell ich konnte an verlassenen und heruntergekommenen Häusern vorbei. Es dauerte nicht lange, bis mein Atem in keuchenden Stößen kam, doch ich lief weiter, obwohl meine Lungen protestierten.

Mehr als ein paar Rufe kamen von gesichtslosen Männern, die im Schatten auf einer Treppe saßen, doch sie trieben mich nur schneller voran. Ich bekam Seitenstechen. Als ich endlich eine Kreuzung erreichte, bog ich rechts ab und weinte fast vor Erleichterung beim Anblick eines kleinen Lebensmittelladens.

Als ich zur Kasse hinkte, zitterte ich am ganzen Körper. Ich hielt mich an der Seite der Theke fest und tastete nach meinem Handy. Nichts. Ich überprüfte meine andere Tasche und auch da war nichts. „Scheiße."

„Geht's dir gut?", fragte ein junger Mann mit dicker Brille. Seine aufrichtige Sorge streifte mein Bewusstsein.

Ich versuchte zu lächeln, war mir jedoch ziemlich sicher, dass es eher eine Grimasse war. „Beschissene Nacht, aber wenn ich mir für eine Minute ein Telefon ausleihen könnte, wäre ich dir dankbar."

Er warf einen vorsichtigen Blick über den Gang zu einer platinblonden Frau mittleren Alters.

Sie musterte ihn argwöhnisch. „Wir dürfen Kunden nicht die Ladentelefone benutzen lassen."

„Okay. Ich verstehe. Gibt es ein Münztelefon?" Ich verschränkte meine Arme vor meinem Körper, um das Zittern zu stoppen. Es funktionierte nicht.

„Nein. Tut mir leid." Er zog ein iPhone aus seiner Tasche und reichte es mir. „Aber du siehst aus, als könntest du wirklich Hilfe gebrauchen. Du kannst meins benutzen, es sei denn, du hast vor, in China anzurufen oder so."

Seine Großzügigkeit nach diesem schrecklichen Tag trieb mir die Tränen in die Augen. Ich blinzelte sie zurück. „Nein, nur quer durch die Stadt. Danke!" Zumindest hoffte ich, dass es nur auf der anderen Seite der Stadt war.

Er ging ein Stück weiter, vermutlich, um mir Privatsphäre zu geben, doch ich hielt ihn auf. „Warte, ich weiß, das klingt jetzt sicher verrückt, aber wo bin ich?"

Er antwortete sofort. „Tulane Avenue."

„Danke." Gott sei Dank. Ich war immer noch in New Orleans, wenn auch nicht gerade in einem Viertel, in dem man als Frau nachts allein herumlaufen sollte. Ich begann automatisch, Kanes Nummer zu wählen, hörte aber auf, als mir die Szene in seinem Büro durch den Kopf ging. Verrat legte sich wieder wie ein Band um mein Herz.

Stattdessen rief ich Kat an.

Zwanzig Minuten später kam sie mit quietschenden Reifen vor dem Laden zum Stehen und parkte in zweiter Reihe. „Um Gottes willen, Jade. Was in aller Welt ist passiert?"

Ich hatte ihr bei meinem Anruf keine Details genannt. Es war zu viel, um es am Telefon zu versuchen. Ich hatte ihr nur gesagt, wo ich war, und sie war gekommen.

„Bring mich ins Auto, und ich erzähle dir alles." In dem

Moment, in dem ich mich auf den Beifahrersitz fallen ließ, war all das Adrenalin, das mich bis jetzt aufrecht gehalten hatte, verschwunden. Meine Hände und Füße wurden taub, und ich bemerkte kaum die Tränen, die über mein Gesicht liefen.

Kat warf mir einen Blick zu, tätschelte mein Bein und fuhr los.

„Fahr zu Bea", brachte ich heraus, bevor mir die Tränen die Kehle zuschnürten.

Kat sagte nichts mehr, bis wir vor dem weißen Kutschenhaus hielten. „Soll ich Kane für dich anrufen?"

„Nein!" Ich packte ihren Arm. „Wage es nicht."

„Jade, was auch immer passiert ist, meinst du nicht, er sollte es wissen?"

„Nein. Nicht, nachdem ich ihn und Lailah in seinem Büro beim Rummachen erwischt habe."

Kats Augen weiteten sich schockiert, dann kniff sie sie zu, als das, was ich gesagt hatte, vollständig eingesunken war. „Ich werde ihn umbringen."

„Nicht, wenn ich es zuerst tue." Ich stieg aus dem Mini und schlug die Tür zu. Ich war schon auf der Veranda, bis mir klar wurde, dass Kat mir nicht gefolgt war. „Kommst du nicht rein?"

„Ja, gleich." Sie hielt ihr Handy in der Hand und tippte eine Nachricht.

„Mit wem sprichst du?", fragte ich.

Sie hob überrascht den Kopf. „Pyper. Sie sucht dich."

„Du hast ihr nicht gesagt, wo wir sind, oder? Der Erste, dem sie es erzählen würde, ist Kane."

„Ähm, nein. Die Erste, der sie es erzählen wird, ist Gwen, die im Übrigen krank vor Sorge ist."

Oh Mist. All meine Wut war verflogen. „Richtig. Tut mir leid. Ich denke nicht klar. Sag ihr, sie soll Gwen sagen, dass es mir gut geht, und sie mich hier treffen soll. Aber sorg dafür, dass Kane wegbleibt. Ich kann im Moment nicht mit ihm reden."

„Geht klar." Kat tippte noch kurz und legte dann ihr Handy weg. Als sie zu mir kam, streckte sie ihre Hand aus. „Benutz mich, wenn du mich brauchst."

Ich biss mir auf die Lippe. „Sehe ich so schlecht aus?" Wenn ich erschöpft war, konnte ich gute Energie aus anderen schöpfen, um mich zu stabilisieren. Ich benutzte diese Gabe so gut wie nie, und wenn doch, war Kat diejenige, die es mir anbot. Ich tat es nicht gern. Es ging mir zu weit, doch bei einigen Gelegenheiten hatte ich meine Energie so weit aufgebraucht, dass ich keine andere Wahl gehabt hatte.

Sie nickte. „Tut mir leid, Süße."

„Schon okay. Nach einem Tag wie heute bin ich nicht überrascht. Aber das ist nur normale Erschöpfung. Und Schock. Trotzdem danke."

„Jederzeit."

Bevor ich klopfen konnte, öffnete Bea die Tür. „Jade? Wo bist du gewesen? Gwen ist krank vor Sorge."

„Ich weiß. Können wir reinkommen?"

„Natürlich, Liebes. Natürlich." Sie hielt die Tür auf.

Ich winkte Kat herein und folgte ihr dann. Als ich an Bea vorbeiging, atmete sie scharf ein. Ich hielt inne. „Was ist?"

Sie blinzelte. „Du bist mit einem Zauber belegt worden."

„Du kannst es sehen?"

„Ich bin eine mächtige Hexe", sagte sie, als ob das alles erklären würde.

„Wie? Kannst du es riechen?" Ich hob meinen Arm mit dem blauen Fleck an die Nase, bemerkte aber nichts Außergewöhnliches.

„Magie hinterlässt eine Signatur. Ich kann sie lesen. Das könntest du auch, wenn du daran arbeitest."

„Ich habe kein Interesse daran, eine aktive Hexe zu sein."

Erschöpft ging ich zum Küchentisch und sackte auf einen Stuhl.

Bea beschäftigte sich in ihrer fröhlichen Küche, während Kat zu mir an den Tisch kam. „Gwen ist unterwegs", sagte sie.

„Pyper bringt sie?"

„Ja. Ist das in Ordnung?" Kat zupfte am Rand ihrer schwarzen Strickjacke.

„Ja, das ist gut." Ich konzentrierte mich auf sie und betrachtete ihr geglättetes Haar, ihr makelloses Make-up und ihr smaragdgrünes Kleid unter dem Baumwollpullover. „Hattest du ein Date?"

Sie winkte ab. „Ist nicht wichtig."

„Doch, ist es." Begeistert, über etwas anderes zu sprechen als den Horror, den ich gerade erlebt hatte, drängte ich weiter. „Mit wem?"

Sie warf Bea einen Blick zu und öffnete den Mund, doch Bea unterbrach sie, bevor sie etwas sagen konnte.

„Mit Ian."

„Ich dachte, euer Date wäre morgen."

Kat zuckte mit einem schüchternen Lächeln die Achseln. „Mit dem Zirkel-Zeug morgen hat er gefragt, ob wir es heute machen können. Ich dachte, warum nicht?"

„Sicher. Warum nicht?" Wenn ich in einem besseren Zustand gewesen wäre, hätte ich sie vielleicht wegen Pyper gewarnt. Dating-Probleme waren jedoch das Letzte, womit ich mich jetzt beschäftigen wollte.

Bea stellte eine Tasse Tee vor mich. „Ich habe ihn mit einem stärkenden Wirkstoff angereichert." Bevor ich protestieren konnte, fügte sie hinzu: „Bitte, trink einfach. Deine Magie ist kompromittiert, und du bist anfälliger denn je für mystische Angriffe. Das zu trinken wird dich stärken."

Das war alles, was ich zu hören brauchte. Ich nickte kurz und trank die Tasse in drei Zügen aus.

„Braves Mädchen." Sie wandte sich Kat zu. „Kann ich dir irgendwas bringen?"

Kat nahm dankend eine normale Tasse Tee an, und als sich Bea zu uns setzte, erzählte ich ihnen die ganze Geschichte. Beginnend damit, Lailah und Kane in einer kompromittierenden Position ertappt zu haben.

„Tut mir leid, dass dein junger Mann dich enttäuscht hat." Bea ergriff meine Hand und drückte fest.

„Enttäuscht ist eine Untertreibung", murmelte ich. „Wie auch immer, das ist nicht der wichtige Teil."

„Es klingt, als wäre es furchtbar wichtig."

Kat nickte zustimmend, und Wut strömte in Wellen von ihr aus.

„Okay, ja, für mich ist es das, aber es gibt noch andere Dinge, über die ich mir Sorgen machen muss, außer meinem gebrochenen Herzen."

Bea griff erneut über den Tisch und hielt meine Hand. „Unterschätze niemals die Kraft, die dein Herz besitzt."

Ich schloss meine Augen und entschied mich, ihre Worte zu ignorieren. Darauf konnte ich mich jetzt nicht konzentrieren. Als ich wieder sprach, klang meine Stimme monoton und distanziert, als ich Dan beschrieb, seine Wohnung, sein seltsames Verhalten. Als ich fertig war, warf ich Kat einen Blick zu. „Ich weiß nicht, was ich sagen soll, außer, dass ich denke, dass er zu einem Soziopathen geworden ist."

Tränen stiegen in Kats wunderschöne haselnussbraune Augen. Ich wusste, wie sie sich fühlte. Dan war unser bester Freund gewesen, und wir hatten ihn beide geliebt. Jetzt konnte ihm keiner von uns mehr helfen.

Bea entschuldigte sich vom Tisch und kam einen Moment später mit einem dicken ledergebundenen Buch zurück. „Euer Freund ist kein Soziopath. Oder zumindest macht ihn das von dir beschriebene Verhalten nicht zu einem."

Ich starrte Bea ungläubig an. „Wie kannst du das wissen? Du hast ihn nie kennengelernt."

Sie blätterte in ihrem Buch, bis sie die gesuchte Seite fand. „Hier." Sie drehte das Buch um, damit Kat und ich es lesen konnten. „Schau dir diesen Gegenzauber an."

Das Rezept vor mir enthielt viele Kräuter und obskure Zutaten, die man in keinem normalen Lebensmittelladen finden konnte. Ich blickte auf. „Was hat das mit irgendwas zu tun?"

„Schau dir die letzte Zutat an."

Ich überflog die Liste. „Centaurea cyanus? Was ist das?"

„Eine Blume, allgemein unter dem Namen Kornblume bekannt", sagte Kat. „Leuchtend blau."

„Genau. Es ist die Hauptzutat in Zaubersprüchen, die Magie neutralisieren sollen." Bea nahm das Buch zurück. „Es ist offensichtlich, dass dein Freund mit einem Zauber belegt wurde, und sobald du die Neutralisation auf ihn umgelenkt hast, war er wieder er selbst. Hat er danach normal ausgesehen?"

Normal? Ich wusste nicht, was heute normal für Dan bedeutete. Ich zuckte mit den Schultern. „Er schien eher der Dan zu sein, den ich kannte, abgesehen von all der Angst, Panik und dem Stress, die er ausgestrahlt hat."

Bea nickte. „Ja. An ein magisches Wesen gebunden zu sein, tut das mit einem Menschen."

„Du meinst Jade?", fragte Kat. Sie warf mir einen Blick zu, und ihre Angst drückte auf ihre Aura.

„Nein, Liebes. Es braucht einen mächtigen Zauberspruch, um jemanden so zu binden. Sobald das geschehen ist, hat die Hexe die Macht, denjenigen zu kontrollieren. Es sieht so aus, als ob euer Dan dagegen ankämpft. Die ruckartigen Bewegungen sprechen für sich. Außerdem hat er sie gehen lassen, sobald der Trank den Fluch vorübergehend neutralisiert hatte." Bea nahm einen Stift und fing an, in ein Notizbuch zu schreiben.

Verwirrung strahlte von Kat aus. Mein Kopf begann sich zu drehen, und ich lehnte mich im Stuhl zurück und ließ sie Bea die Fragen stellen. „Du meinst, der Trank hat Dan nicht befreit?"

Bea schenkte ihr ein mitfühlendes Lächeln. „Nein. Jade sagte, seine Energie sei verschwunden. Das war ein Zeichen, das die Hexe wieder übernommen hatte. Normalerweise hat dieser Trank keine Wirkung auf gebundene Seelen. Doch wenn eine Seele stark genug ist, kann es ihr helfen, sich für kurze Zeit zu lösen. Er ist definitiv kein williger Teilnehmer an dem, was diese Hexe vorhat."

„Doch was würde eine andere Hexe von Dan wollen – oder Jade?", fragte Kat.

„Das müssen wir herausfinden." Bea richtete ihren Blick zur Haustür. „Das ist Gwen. Sie wird nützlich sein."

Ich strengte mich an und lauschte auf alles, was Bea vielleicht gehört hatte, doch ich fand nichts. Minuten vergingen, während wir warteten. Als ich es nicht mehr aushielt, stand ich auf und ging zum Fenster. Draußen war die Auffahrt leer. „Du musst jemand anderen gehört haben. Hier ist noch niemand."

„Sie werden gleich da sein."

Eine Minute später wurde vor dem Haus ein Motor abgestellt und Autotüren zugeworfen, was Gwens Ankunft signalisierte. Ich warf Bea einen Du-bist-verrückt-Blick zu und ging, um die Tür zu öffnen.

Gwen schloss mich in ihre Arme und hielt mich so fest, dass ich anfing zu husten. „Tut mir leid. Aber mach das nie wieder. Du bist verschwunden, nicht nur physisch, sondern auch mental. Ich mag das nicht."

„Ich werde versuchen, es nicht mehr zu tun."

Pyper folgte ihrem Beispiel und zog mich in eine stürmische Umarmung, wenn auch ohne mich am Atmen zu hindern. Als sie mich losließ, drehte ich mich um, um die Tür zu schließen, doch ein großer Schatten füllte den Türrahmen.

Ich warf einen Blick in seine bekümmerten, schokoladenbraunen Augen und knallte die Tür zu.

KAPITEL VIERZEHN

„Jade." Gwen berührte meinen Arm. „Bist du sicher, dass du nicht hören willst, was er zu sagen hat?"

„Nein. Nicht nach dem, was passiert ist." Ich wandte mich Pyper zu. „Ich dachte, Kat hätte dir gesagt, du sollst ihn nicht mitbringen."

Sie zuckte angesichts meines vorwurfsvollen Tons zusammen. „Tut mir leid, aber er hat es nicht akzeptiert. Er hat sich buchstäblich in mein Auto gedrängt." Dem Mitgefühl nach zu urteilen, das von ihr ausging, hatte sie jemanden über die Einzelheiten aufgeklärt.

„Ich weiß, dass du verletzt bist, Honey", sagte Gwen. „Du hast allen Grund, wütend zu sein. Die Göttin weiß, dass ich es wäre. Doch er macht sich solche Sorgen, seit du verschwunden bist."

„Er hat sich nicht so viele Sorgen um mich gemacht, als er mit Lailah rumgemacht hat", fuhr ich sie an.

„Okay, das reicht." Kat stellte sich neben mich. „Jade will sich im Moment nicht mit Kane beschäftigen, und das sollte sie auch nicht müssen. Sie hat eine harte Nacht hinter sich." Sie drehte sich zu mir um. „Ich werde mit ihm reden."

„Nein, das musst du nicht tun." Könnten wir ihn nicht einfach zum Schmoren da draußen lassen? Er hat keine Erklärungen verdient. Er hatte diese Rechte in dem Moment verwirkt, in dem er beschloss, sich von Lailah betatschen zu lassen.

Sie schüttelte den Kopf. „Ich weiß. Aber es gibt ein paar Dinge, die ich ihm gerne sagen würde."

„Kat", seufzte ich.

Sie winkte ab und verschwand aus der Haustür.

Pyper nahm Kats Platz an meiner Seite ein und führte mich ins Wohnzimmer.

„Mir geht's gut." Ich versuchte, mich aus ihrem Griff zu lösen, doch für eine so kleine Frau erwies sie sich als viel stärker, als ich gedacht hätte. Es musste all das Klettern an der Stange gewesen sein, wenn sie im Club einspringen musste.

„Du siehst *nicht* gut aus. Du siehst aus, als wärst du um Haaresbreite von der Psychiatrie entfernt. Jetzt setz dich." Sie deutete auf das Sofa. Ihr Gesichtsausdruck sagte mir, dass es keinen Streit wert war.

Ich setzte mich, und einen Moment später breitete Pyper die weichste Strickdecke, mit der ich je in Berührung gekommen war, über mir aus. Ich brauchte all meine Willenskraft, um sie mir nicht über den Kopf zu ziehen und so zu tun, als wäre die Nacht – verdammt, nein, der ganze Tag – nie passiert.

Gwen setzte sich neben mich. Die Sorge, die mich einhüllte, ließ Tränen in meinen Augen brennen. Zum wiederholten Mal heute. Gwen an meiner Seite zu haben, machte mir nachträglich den Horror meiner Entführung bewusst.

Sie legte ihren Arm um mich und drückte meinen Kopf an ihre Schulter. „Jetzt ist alles okay. Tante Gwen ist hier."

Ich schniefte in ihren Pullover und ließ mich von ihr trösten, bis meine Augen getrocknet waren. Dann informierte ich sie und Pyper mit Beas Hilfe über die Ereignisse der Nacht.

Als ich fertig war, war Gwens Gesicht blass geworden. Als sie endlich sprach, sagte sie: „Armer Dan. Er hat so viel durchgemacht."

Ich zuckte zurück. „Armer Dan? Und ich? Verdammt nochmal, meine Mutter ist auf mysteriöse Weise verschwunden. Ich habe diese schreckliche Gabe. Mein Ex ist an eine Hexe gebunden, und die beiden haben mich aus unbekannten Gründen entführt. Mein Freund hat mit einer Schlampe rumgemacht, die behauptet, ein Engel zu sein. Und ein weiblicher Geist, gefangen in einem lächerlichen Pappmaché-Porträt, behauptet, wenn ich sie befreie, kann sie mich zu meiner Mutter führen." Ich warf meine Hände in die Höhe und schrie: „Das ist kein normales Leben. Und du machst dir Sorgen darüber, was Dan durchgemacht hat?"

Gwen tätschelte meinen Oberschenkel. „Gut so. Lass alles raus."

Ich starrte sie mit offenem Mund an.

„Nein, es ist kein normales Leben", stimmte Bea zu. „Je früher du dir dessen bewusst wirst, desto besser wird es dir ergehen. Weiße Hexen ziehen ungewollte Aufmerksamkeit auf sich. Es wird immer Leute geben, die deine Kraft anzapfen wollen."

Ich stöhnte. „Genug mit dem Hexenzeug. Ich werde alles tun, um Mom zu finden, doch ich weigere mich, als Hexe zu leben."

„Sie war schon immer stur", sagte Gwen, als säße ich nicht direkt neben ihr.

„Ich bin sicher, sie wird sich ganz natürlich mit dem

Gedanken anfreunden." Bea hielt eine Tasse Tee in ihren Händen.

Gwen lachte. „Hope war immer so stur, wie man nur sein kann. Ich erinnere mich an dieses eine Mal im Hexenlager ..."

„Gott hilf mir." Ich wickelte die Decke um mich, und diesmal zog ich sie über mein Gesicht.

„Ich denke, er hat im Moment Besseres zu tun", sagte Gwen und erzählte weiter, wie meine Mutter zum ersten Mal ihre Magie genutzt hatte. „Erinnerst du dich an Pixie Maythorn?"

„Die von der Ostküste, die nie aufgehört hat, darüber zu reden, wie sie ihren Martha's Vineyard-Urlaub verpasst hat?", fragte Bea.

„Genau die. Wie auch immer, Pixie hatte Hopes Freund ins Visier genommen. Sie hat ihn immer wieder zu Mitternachtsspaziergängen eingeladen, Nacktbaden vorgeschlagen und ihn gebeten, ihr bei ihren Liebestränken zu helfen."

Ich zog mir die Decke vom Kopf und starrte Gwen an. „Liebestränke? Das kann nicht dein Ernst sein?"

Gwen lachte. „Oh doch. Und Pixie konnte starke mischen. Das Problem war, dass es im Lager die meisten Zutaten nicht gab, und Pixie wollte, dass jemand ihr half, die Pflanzen und Kräuter im Wald zu finden. Da niemand allein das Lager verlassen durfte, kam sie immer wieder zu Thomas. Und er war zu höflich, um nein zu sagen."

„Sehr zu Hopes Ärger", kicherte Bea.

„Thomas war Moms Freund?"

„In gewisser Weise. Ich meine, sie mochten einander, aber wir waren erst zwei Wochen im Camp. Für Fünfzehnjährige ist es schwer, in so kurzer Zeit eine richtige Beziehung aufzubauen. Hope hatte noch keine wirklichen magischen Fähigkeiten gezeigt, abgesehen von der einfachen Telekinese, die dort jeder beherrscht hat. Aber Pixie konnte fast jeden

Zaubertrank brauen, solange sie wusste, welche Zutaten er brauchte. Thomas war jedenfalls fasziniert."

„Und er hat viel Zeit mit ihr im Wald verbracht, oder?", warf Pyper ein.

„Ha!" Gwen lachte. „Nein, weil Hope so wütend war, hat sie die ganze Nacht damit verbracht, sich die beiden mit einem schweren Ausschlag vorzustellen. Und wer hätte es gedacht? Am nächsten Tag waren die beiden in Gifteiche gelaufen, obwohl das Camp schwor, dass es die auf ihrem Gelände nicht gab. Die Oberhexe hatte das Anwesen selbst mit einem Zauber gereinigt."

„Das ist gemein", sagte ich.

„Ich denke, Pixie hatte es vielleicht verdient", sagte Bea mit einem schiefen Lächeln. „Ich erinnere mich an dieses Mädchen. Sie war schrecklich."

Gwen zuckte mit den Schultern. „Vielleicht, doch da Hope den Zauber gewirkt hatte, musste sie ihn rückgängig machen. Sobald sie sich dazu entschied, verschwand Thomas' Ausschlag sofort. Doch Pixies nicht. Hope konnte ihren Groll nicht lange genug überwinden, um den Zauber aufzugeben, also verbrachte die arme Pixie den Rest des Sommers mit einem Familienvorrat Galmeilotion in einer Hütte versteckt."

„Das ist das Risiko, das man eingeht, wenn man mit dem Mann einer anderen Hexe rummacht", murmelte ich.

Gwen kicherte. „Ich glaube nicht, dass Hope es mit Absicht getan hat – sie in dem Zustand zu lassen, meine ich. Sie hielt so stur an ihrer Wut fest, dass sie den Zauber nicht rückgängig machen konnte."

„Was ist mit Pixie passiert?", fragte ich. Armes Ding. Ihr einziges Verbrechen war, einen Jungen zu mögen. Ich runzelte die Stirn. Jungen jeden Alters zu mögen war den Bullshit nicht wert.

„Sie hat sich einen neutralisierenden Trank gebraut. Es war

tatsächlich eine bahnbrechende Arbeit und brachte ihr ein Stipendium an der Boston U ein. Ihre philosophische Fakultät ist eigentlich ein geheimes Hexenprogramm, das sich auf Geschichte und Zauberentwicklung spezialisiert hat. Zuletzt habe ich gehört, dass Pixie bei *Witches Against Curses* arbeitet, dem Institut für Zauberumkehrforschung. Sie ist dort sehr hoch angesehen."

„Also hat Mom ihr irgendwie einen Gefallen getan?"

„Das ist eine Sichtweise. Ich wette, Pixie hätte sowieso einen Weg in die Tür der BU gefunden. Sie ist immer eine akademische Hexe gewesen. Im Gegensatz zu dir und deiner Mutter."

Ich lehnte mich zurück, verschränkte meine Arme und fragte mich, ob das eine Beleidigung war.

Stille breitete sich im Raum aus. Dann fragte Bea: „Gwen, hast du etwas über deine Schwester gefunden, als du Felicias Porträt untersucht hast?"

Gwen seufzte. „Nein. Absolut nichts."

„Nichts?", fragte ich.

„Nicht aus dem Porträt." Sie fuhr mit sanfter Stimme fort. „Doch dann, kurz nachdem ich versucht hatte, mich einzustimmen, hat sich ein Stein auf meine Brust gelegt und alles, was ich sehen konnte, war Rot, gefolgt von einem grauen Dunst."

„Das tut mir leid." Der Stein stellte immer etwas Schmerzhaftes dar, das mich betraf. Gwen wusste immer, wenn ich verletzt war. Emotional und körperlich. „Hattest du genug Zeit, um es zu untersuchen, bevor meine … Situation passiert ist? Oder denkst du, du solltest es noch einmal versuchen?"

„Nicht heute Nacht, Liebes. Diese alte Dame braucht ein bisschen Ruhe." Gwen stand auf. „Bea, wenn es dir nichts ausmacht, würde ich mich gern zurückziehen."

„Natürlich." Bea stand auf und wartete an der Treppe auf Gwen.

„Komm morgen zum Frühstück im Café vorbei", sagte ich zu Gwen. „Dann reden wir weiter."

Sie umarmte mich und verschwand im zweiten Stock.

Als Bea wieder auftauchte, fragte ich: „Was machen wir mit Dan und den gefangenen Seelen und Geistern?"

Sie ließ sich Zeit, sich in ihrem Sessel niederzulassen, dann sah sie mich mit intensiven Augen an. „Was willst du tun?"

„Natürlich müssen wir ihnen helfen." Hatten wir das nicht schon entschieden?

„Sogar Dan?"

„Ja", sagte ich ohne zu zögern.

„Wirklich? Auch wenn er sich freiwillig an seine Herrin gebunden hat?" Sie durchwühlte ihren Strickkorb und zog ein Knäuel lavendelfarbenes Garn heraus.

„Hat er nicht."

„Woher weißt du das?"

„Ich weiß es einfach, okay? Dan hasst alles, was mit dem Unerklärlichen zu tun hat. Ich weiß nicht, wie er da hineingeraten ist, aber ich weiß, dass er nicht freiwillig in dieser Situation ist."

„Und da bist du dir sicher?" Sie sah nicht einmal auf, als sie mich fragte.

„Bea?"

Als ich nicht näher darauf einging, blickte sie endlich auf, und ihre Stricknadeln klapperten in einem sanften Rhythmus. „Ja, Liebes?"

„Weißt du etwas, was du mir nicht erzählst?"

„Nun, technisch gesehen weiß ich viel, das du noch lernen musst. Doch nichts, was unser aktuelles Gespräch betrifft."

„Oh, guter Gott!" Pyper sprang auf. „Ihr beiden geht mir auf die Nerven! Bea, Jade braucht Hilfe bei den gefangenen Seelen

183

und Dan. Jade, ich bin mir ziemlich sicher, dass Bea will, dass du die Hauptarbeit machst." Sie wandte sich Bea zu. „Habe ich Recht?"

Bea lachte. „Ich mag dich."

Pyper neigte den Kopf und zog fragend die Augenbrauen hoch.

Ich biss mir in die Wange. Ich würde tun, was nötig war, um zu helfen, doch wenn ich die ganze Arbeit machen müsste, wären sie dem Untergang geweiht.

„Ja", sagte Bea. „Und das nicht nur, weil sie lernen muss, sich und ihre Liebsten zu schützen, sondern weil sie eine starke Verbindung zu Felicia und Dan hat."

„Habe ich nicht –"

Bea brachte mich mit einem scharfen Blick zum Schweigen. „Die hast du. Sieh dir an, wie entschlossen du bist, ihnen zu helfen. Du hast eine Verbindung zu Dan, und jetzt hast du durch deine Mutter auch eine zu Felicia. Selbst wenn sie lügt, die Verbindung wurde hergestellt. Ich helfe dir, aber du musst die Rituale durchführen."

Ich stand auf. „Okay. Wann können wir anfangen?"

„Heute Nacht, sobald Lailah kommt. Wir werden mit dir das durchsprechen, was du für morgen Abend wissen musst."

„Lailah?" Meine Stimme war hoch und erstickt. Ich konnte es auf keinen Fall ertragen, in der Nähe dieses Freund-stehlenden Miststücks zu sein. „Warum sie? Sie ist nicht einmal eine Hexe."

Bea wandte sich wieder dem Stricken zu. „Sie ist gut mit Ritualen."

Pyper schnaubte. „Ja. Schau dir an, wie gut das letzte gelaufen ist."

Vor drei Monaten hatte Lailah einen Zauber gewirkt, um Pyper von einem schwarzen Schatten zu befreien. Der Versuch hatte damit geendet, dass Pyper im Koma lag und ihre Seele in einer anderen Dimension gefangen war.

„Das Ritual hat perfekt funktioniert", sagte Bea, ohne zu zögern. „Sie hat Jade gebeten, sich auf den Geist zu konzentrieren, der sie verfolgte, und als Jade sich auf Bobby konzentriert hat, wurde er im Kreis gefangen. Es ist eine Schande, dass niemand bemerkt hat, dass es zwei Geister waren."

So ungern ich es auch zugab, aber der rituelle Zauber, den Lailah benutzt hatte, war beeindruckend gewesen. „Stimmt", sagte ich. „Aber ich bin nicht bereit, mit ihr zu arbeiten. Es muss noch jemand anderen geben, oder ich lerne es selbst."

Das Quietschen der Haustür erregte meine Aufmerksamkeit. Kats rote Locken verdeckten die Hälfte ihres Gesichts, als sie ihren Kopf ins Zimmer schob. „Jade? Kannst du kurz herkommen?"

Ihr ängstlicher Ton und ihre Energie verblüfften mich. Kat war vieles, doch sanftmütig war sie sicher nicht. Ich traf sie an der Tür und fragte vorsichtig: „Was ist los?"

„Ich glaube, du musst etwas hören."

Ich zog meine Augenbrauen hoch und wartete.

„Aber du musst es von Kane hören."

„Nein. Ich habe jetzt wichtigere Dinge zu tun. Schick ihn nach Hause. Oder ruf ihm ein Taxi, wenn er eins braucht." Ich stieß die Tür sanft an, doch sie hielt sie mit einer Hand offen.

Ihre Energie verwandelte sich in reine Beharrlichkeit. „Jade, bitte. Er wird nicht gehen, solange er nicht mit dir gesprochen hat, und ich denke wirklich, du musst hören, was er zu sagen hat."

Ich starrte sie eindringlich an und tauchte tiefer in ihre Energie ein. Verwirrung, Entschlossenheit und Frustration vermischten sich und zeigten sich in der Anspannung auf ihrem Gesicht. „Okay, fein. Es ist gut, dass du diejenige bist, die fragt."

„Das habe ich ihm auch gesagt." Sie stieß die Tür auf und trat beiseite.

„Ich bin gleich wieder da", sagte ich zu Bea und Pyper.

„Lass dir Zeit", sagte Bea und bückte sich zu ihrem Strickkorb hinunter.

Beas gleichgültige Haltung begann mich wirklich zu irritieren. Leben standen auf dem Spiel, und sie benahm sich, als wäre es nur eine ganz normale Nacht. Ich musste meine gesamte Willenskraft aufbringen, um sie nicht finster anzustarren.

„Ich werde hier sein, wenn du mich brauchst." Kat trat ins Haus.

„Ich würde es vorziehen, wenn du als Moderator bleiben würdest." Wenn Kat in meiner Nähe war, war die Wahrscheinlichkeit, dass ich anfing zu weinen, oder schlimmer noch, um Antworten zu betteln, geringer. Ihre Anwesenheit stärkte meine emotionale Energie. Einer der Vorteile, eine beste Freundin zu haben.

„Diesmal wirst du mich nicht brauchen." Mit einem leisen Klicken schloss sie die Tür.

Ich stand vor der Tür und versuchte, den Willen zu finden, mich umzudrehen. Ich wusste, dass Kane in der Nähe war, ihn aber nicht spüren zu können, ließ mich in der warmen Brise zittern. Drei Monate lang war ich auf eine Weise mit ihm verbunden gewesen, wie ich es noch nie mit jemandem gewesen war. Der Verlust brachte eine tiefe Traurigkeit in meine Seele.

Mein Körper zuckte, es juckte mich, wieder hineinzugehen. Wie konnte er hinter meinem Rücken Lailah getroffen haben, und ich hatte es nie gespürt? Nicht ein einziges Mal. Hatte ich ihn überhaupt jemals gekannt? Die Liebe, derer ich mir so sicher gewesen war, war in diesem schrecklichen Moment im Club sauer geworden. Es gab nichts, was er jetzt sagen konnte, um es rückgängig zu machen.

Schließlich fragte ich mich, ob er noch da war, und drehte mich um. Das Mondlicht, das über seine gemeißelten Züge fiel, hätte mich weich gemacht, wenn sich die Vision von ihm und Lailah nicht in mein Gehirn gebrannt hätte. Stattdessen verschränkte ich meine Arme vor der Brust und starrte ihn finster an.

„Geht's dir gut?" Er machte einen Schritt nach vorn.

Ich warf einen Blick an meinem Körper hinunter und dann wieder zu ihm. „Scheint so."

Er trat zurück und lehnte sich an die Brüstung.

„Kat meint, du hast etwas zu sagen, also sag es. Ich habe Wichtigeres zu tun."

„Wichtiger als wir?", fragte er in verletztem Ton.

„Wir? Gibt es ein Wir? Es sah ganz sicher nicht so aus, als dieser *Engel* auf deinem Schreibtisch rittlings auf dir gesessen hat." Meine Wut loderte auf, und ich bewegte mich auf ihn zu. „Wann hat das angefangen? Die erste Nacht, in der sie in deinem Traum aufgetaucht ist, oder schon früher? Hast du sie die ganze Zeit gedatet? Gott! Ich hätte es vor drei Monaten wissen müssen, als ich euch zum ersten Mal zusammen gesehen habe. Ich fand es komisch, dass du deine Emotionen ein- und ausschalten konntest. Du wirst wirklich gut darin."

Frustriert fuhr er sich durch die Haare. „Verdammt, Jade. Ich habe wirklich keine Ahnung, wovon du redest."

„Vergiss es. Spiel weiter den Unschuldigen, wenn du willst." Ich drehte mich um, um wieder ins Haus zu gehen, aber er packte meinen Arm.

„Warte!"

Ich blieb stehen und starrte auf seine Hand auf meinem Arm. „Lass los."

„Nicht, bis du gehört hast, was ich zu sagen habe."

Dieser Mann, in den ich mich in den letzten drei Monaten so verliebt hatte, machte mich jetzt tatsächlich krank. Obwohl es ausnahmsweise keine Nebenwirkung der Empathie war. Es waren meine eigenen widersprüchlichen Gefühle, die mir Übelkeit bereiteten. Alles, was ich tun wollte, war wegzulaufen, doch eine morbide Neugier überwog. Welche erbärmliche Ausrede hatte er sich ausgedacht? „Okay. Du hast fünf Minuten. Dann gehe ich rein."

„Gut, das sollte reichen." Er ließ los und trat zurück. „Kannst du mir sagen, was du heute Nachmittag in meinem Büro gesehen hast?"

Ich starrte ihn mit offenem Mund an. „Du willst, dass ich die Szene beschreibe. Im Detail?" Was war mit ihm los?

„Nein, aber ein kurzer Überblick wäre hilfreich."

„Damit du an deiner Coverstory arbeiten kannst? Tut mir leid, Kane, aber dich auf dem Rücken zu sehen, während Lailah auf dir sitzt und deine Brust leckt … mir würde da keine Ausrede einfallen. Nichts, was du sagen kannst, wird das ungeschehen machen."

Er packte das Geländer hinter sich und verstärkte seinen Griff, bis seine Knöchel weiß wurden. „Was ist, wenn ich dir sage, dass ich mich an nichts davon erinnere? Was, wenn ich sage, ich habe keine Ahnung, dass ich sie heute überhaupt gesehen habe? Was, wenn ich dir sagen würde, dass ich ganze zwei Stunden meines Tages verloren habe und ich mich nicht erinnern kann, was in dieser Zeit passiert ist?" Der Ton seiner Stimme wurde weicher, und seine tiefen schokoladenbraunen Augen suchten meine. „Würde das einen Unterschied machen?"

„Leugnen? Das ist deine Strategie?"

„Nein. Ich habe keine Strategie. Lies meine Energie, wenn du musst. Ich versuche nicht, mich aus irgendwas herauszuwinden. Wenn du sagst, es ist passiert, glaube ich dir. Aber ich erinnere mich nicht daran. Und ich habe absolut kein Interesse an Lailah", sagte er wütend. Oder war es Frust? Ich konnte es nicht sagen.

„Würde ich ja gerne", spie ich, „doch du hast deine Gefühle vor mir verschlossen, also kann ich das nicht."

„Habe ich?" Er runzelte verwirrt die Stirn, als er auf der Veranda auf und ab ging. „Warum hast du nichts gesagt?"

Ich zuckte mit den Schultern. „Du hast ein Recht auf Privatsphäre, wenn du sie brauchst. Was sollte ich überhaupt sagen? Wie kommt es, dass du nicht jedes kleine Gefühl mit mir teilst? Ich glaube, ich habe meine Antwort."

Dieses Mal, als er sprach, war die Wut nicht zu übersehen. „Welche Antwort? Ich habe dir nichts verheimlicht. Ich dachte, unsere Beziehung ist auf Vertrauen aufgebaut." Seine Stimme wurde wieder weicher, und seine Augen flehten mich um Verständnis an. „Hier bin ich und sage dir, dass ich nicht weiß, was heute passiert ist. Ich wünschte mir verdammt noch mal, ich wüsste es. Dann könnte ich das alles vielleicht verstehen."

Der angestaute Schmerz, der mein Herz zusammengepresst hatte, ließ nach. Wenn er keinen Schauspielunterricht genommen hatte, log er nicht. Verletzlichkeit zeigte er nicht oft, und in diesem Moment glaubte ich nicht mehr, dass er mich absichtlich so verletzen würde.

Ich ging auf ihn zu, um mich neben ihm an die Brüstung zu lehnen, doch das Geräusch eines Autos ließ mich innehalten. „Wer ist das?"

Ein weißer Ford Mustang hielt hinter Pypers Käfer an. Einen Moment später stieg Lailah auf der Fahrerseite aus. Kane kniff die Augen zusammen und machte einen Schritt in ihre Richtung.

Da schoss ich an ihm vorbei, die Treppe hinunter und rannte mit voller Wucht auf den Engel zu.

KAPITEL FÜNFZEHN

Bevor mir überhaupt klar wurde, was ich tat, schlossen sich meine Hände um Lailahs schlanken Hals und drückten zu. Nicht genug, um sie zu ermorden, obwohl ich nichts sehnlicher wollte, als genau das zu tun. Stattdessen schüttelte ich sie ein paarmal und schob sie zurück, bis ich sie an ihr Auto gedrückt hatte.

„ Was zum Teufel glaubst du, was du hier treibst?", knurrte ich.

Sie hustete und krallte an meinen Fingern. „Lass … mich … los."

„Nicht, bis du meine Fragen beantwortet hast. Was hast du Kane heute angetan und warum warst du in unseren Träumen?"

Der Schock meines Angriffs ließ nach, und ihr Gesicht spiegelte Empörung wider. Sie starrte mir fest in die Augen und ließ ihre Hände von ihrem Hals fallen. Das nächste, was ich bemerkte, war ein langsames Brennen in der Mitte meiner Handflächen, das sich nach außen zu meinen Fingerspitzen bewegte. Sie kniff ihre Augen zusammen, und meine Finger brannten plötzlich wie Feuer.

Ich keuchte und riss meine Hände zurück. Wann hatte sie ihre Macht zurückbekommen? Der rote Ring um ihren Hals ließ mich zurückweichen, als mir das, was ich gerade getan hatte, bewusst wurde. „Oh mein Gott", murmelte ich.

„Der wird dir wahrscheinlich auch nicht helfen, nachdem du einen seiner Engel angegriffen hast", zischte sie wütend. „Was glaubst du, wer du bist?"

„Die Freundin des Mannes, den du verzaubert und heute in seinem Büro verführt hast!"

Kane tauchte neben mir auf und legte mir eine Hand auf die Schulter. „Vielleicht könnten wir versuchen, das in Ruhe zu besprechen."

„Das bezweifle ich", sagte ich und kehrte auf die Veranda zurück. „Aber wir können es versuchen, nehme ich an."

Lailah machte zwei Schritte und rieb sich den Hals. Zweifellos, um Mitleid zu heischen. „Kane, was redet sie da?"

Ich konnte seine Gefühle immer noch nicht lesen, doch seine angespannte Haltung verriet seine Wut. „Sag du es mir. Mir fehlen ungefähr zwei Stunden meines Lebens, an die ich mich nicht erinnern kann, und mir wurde gesagt, dass ich sie mit dir verbracht habe."

„Was?" Lailah blieb vor Kane stehen. Ich brauchte meine ganze Willenskraft, um sie nicht noch einmal anzugreifen. „Ich habe dich heute überhaupt nicht gesehen. Wie kommst du denn darauf?"

„Du willst mich wohl verarschen", sagte ich. „Ich habe gesehen, wie du ihn in seinem Büro abgeleckt hast. Und ich meine nicht, dass ich *jemanden* gesehen habe. Ich habe dein Gesicht gesehen. Du hast mich direkt angesehen, bevor du dich über ihn gebeugt und in seine Brust gebissen hast."

Lailah, die ihre Gefühle immer fest im Griff hatte, ließ in

ihrer Wachsamkeit nach. Totale Verwirrung, gemischt mit Wut, schoss mit voller Wucht direkt auf mich zu. Nein, sie hatte das nicht versehentlich getan; sie hatte mich ganz bewusst das erleben lassen, was sie fühlte. Okay, fein. Wenn sie es mir schon schickte, würde ich mein Bestes tun, um zu verstehen, was in ihr vorging.

Ich nahm alles auf und ließ Lailahs Emotionen durch meine Sinne fließen, bis ich alles, was sie fühlte, auch empfunden hatte. Verletzung, Empörung, Wut. Es traf mich bis in meine Seele. Es war nicht nötig, weiter einzutauchen, sie hatte mir alles geschickt, was sie hatte. Meine Arme zuckten und versuchten, die fremde Energie freizusetzen. Langsam schob ich sie weg und entließ sie in die Nacht. Ihre ganze Energie war verschwunden, als ich die Veränderung bemerkte. Es war kaum da, doch unter all dem wütenden Leugnen lag ein Hauch von Zweifel. Zweifel woran?

„Was erzählst du uns nicht?", fragte ich.

„Ich weiß nicht, wovon du redest." Sie verschloss sich wieder und schob sich an mir vorbei zur Tür.

Ich legte meine Hand um ihren Arm und übte gerade genug Druck aus, um sie aufzuhalten. „Du bist diejenige, die sich mir geöffnet hat. Ich habe es gesehen. Du bist wütend, dass ich dir das vorwerfe, und deine aufrichtige Empörung scheint zu bedeuten, dass du nicht glaubst, was ich gesagt habe. Aber du hast Zweifel. Woran zweifelst du?"

Sie warf mir einen traurigen Blick zu. „Ich würde lieber mit Bea sprechen." Sie zog ihren Arm aus meinem Griff.

Ich stand da und sah zu, wie sie im Haus verschwand. „Irgendwas stimmt nicht mit ihr."

„Das wird dir erst jetzt bewusst?" Kane zog mich auf eine Holzschaukel. Dann drehte ich mich zu ihm um. „Du glaubst mir, nicht wahr? Ich habe wirklich keine Erinnerung an das, was heute passiert ist. Und was ich für dich empfinde … Nun, es würde viel mehr als irgendeinen verdammten Fuck-up von einem Engel brauchen, um mich dazu zu bringen, das zu riskieren, was wir haben."

Ein sanfter Wind kam auf und wehte ihm eine Haarsträhne ins Auge. Ich streckte die Hand aus und strich sie zur Seite. Als meine Finger über seine Haut strichen, leuchtete seine Aura plötzlich golden, die Farbe eines Mannes, der tief verliebt war. Dieselbe Farbe, die ich gesehen hatte, bevor ich seine Gefühle nicht mehr lesen konnte. Ich schüttelte den Kopf, versuchte, meine Sicht zu klären, sicher, dass ich es mir einbildete. Aber als ich ihn wieder ansah, leuchtete seine Aura nur noch heller.

Ich blinzelte Tränen zurück und nickte. „Ich glaube dir. Ich weiß nicht, was los ist, aber ich glaube dir."

Seine Arme legten sich um mich, und er zog mich an sich. „Du musst mir eines versprechen."

„Was?" Ich starrte über seine Schulter auf die Lichter, die Beas Weg säumten.

Seine Hand wanderte an meine Wange, und er hob meinen Kopf, sodass ich ihm in die Augen sah. „Versprich mir, dass du das nächste Mal nicht weglaufen wirst, wenn irgendetwas Seltsames passiert."

„Das kann ich nicht versprechen. Überleg einfach, wie du reagieren würdest, wenn du mich in den Armen eines anderen Mannes finden würdest. Würdest du höflich bitten, mit mir darüber reden zu können, oder warten, bis ich fertig bin?"

Ein leises, sardonisches Lachen rumpelte aus seiner Brust. „Nein, ich würde ihn von dir wegreißen und ihm recht deutlich klarmachen, dass er besser verschwinden sollte, bevor ich meine Beherrschung verliere."

Ich nickte. „Also war die Reaktion, die ich auf Lailah hatte, ungefähr sechs Stunden zu spät? Hätte ich in dein Büro stürmen und sie verprügeln sollen?" Na ja, meine Magie hatte sie gegen die Wand geschleudert, daran erinnerte sich offenbar niemand. Außerdem hatte ich es nicht mit Absicht getan. Es war einfach passiert.

„Das wäre mir lieber gewesen als Weglaufen. Ja, das hätte ich auf jeden Fall vorgezogen."

Ich lächelte. „Da gehe ich jede Wette."

Er lachte ernüchtert. „Das geht nur, wenn wir kommunizieren können. Ich verstehe deine Reaktion, aber offensichtlich ist da etwas Unerklärliches. Ich will nicht, dass unsere Beziehung was immer es ist zum Opfer fällt. Also, zumindest bis wir das herausgefunden haben, versprich mir bitte, dass du nicht weglaufen wirst."

Mehr als alle Worte, die er gesagt hatte, ließ mich sein Gesichtsausdruck nicken. „Ich werde nicht weglaufen. Das verspreche ich. Aber glaub nicht, dass ich nicht die Beherrschung verliere, wenn ich nochmal in eine solche Szene reinplatze."

„Ich würde es nicht anders wollen." Er beugte sich vor und fing meine Lippen in einem langsamen, bedeutungsvollen Kuss ein, der mich atemlos machte, als er sich zurückzog. „Bereit?"

„Nein." Das einzige, was ich wollte, war, nach Hause zu gehen. Zu ihm nach Hause und zwei Tage schlafen. Aber ich nickte trotzdem. „Lass uns gehen."

Wir gingen die Treppe hinauf, doch bevor wir die Tür erreichten, schwang sie auf und krachte mit einem Knall gegen die Wand auf der Innenseite.

Wir sahen uns an. Kane schloss seine Hand um meine und zog mich weiter. Drinnen standen Kat und Pyper mit entsetzter Miene da, als sie Lailah anstarrten. Sie schwebte mit leichenblassem Gesicht starr in der Mitte des Wohnzimmers.

Beas Strickgarn war unter Lailahs Füße gerollt. Ich folgte der Garnschnur zurück zu Bea. Sie hing bewusstlos auf ihrem Sessel. Ich keuchte. „Was ist passiert?"

Die Treppe quietschte und erregte meine Aufmerksamkeit. Gwen ging durch das Wohnzimmer an Beas Seite.

„Gwen?", fragte ich.

Sie kniete nieder und berührte Beas Handgelenk, um nach ihrem Puls zu suchen. „Sie ist einfach k.o. gegangen. Wenn du ihr ein bisschen Energie schickst, wird sie sofort wieder munter."

Ich trat an ihre Seite und nahm Beas Hand. „Ich kann das, aber sie hat mir gesagt, ich soll nicht meine eigene Energie übertragen. Etwas von wegen, es schwächt meine Kräfte."

Kat stellte sich neben mich und streckte ihre Hand aus. „Benutz mich. Das hast du schonmal getan. Ich weiß, was mich erwartet."

„Das ist süß von dir, Kat. Aber ich denke, es ist besser, wenn sie mich benutzt", sagte Gwen. „Meine Energie lässt sich leichter übertragen."

„Ach so?" Daran hatte ich noch nie gedacht.

„Natürlich. Jetzt beeil dich." Sie umklammerte meine Hand.

Ich konzentrierte mich auf Gwens emotionale Signatur. Anstatt mir zu entgleiten, wie es mit Ian passiert war, musste ich nicht viel tun, außer, sie in Beas Richtung zu lenken.

Einen Augenblick später öffnete sie flatternd ihre Augen und setzte sich auf. „Gut gemacht, Jade. Endlich hast du den Dreh raus." Bea drückte meine Hand, bevor sie losließ.

„Was ist passiert?", fragte ich wieder und starrte auf Lailahs schwebenden Körper.

Bea rutschte auf ihrem Stuhl hin und her und warf dem Engel einen bösen Blick zu. „Wir haben uns eine Art magisches Duell geliefert."

„Es war verrückt", sagte Pyper. „Im einen Moment hat Bea sie gefragt, wie Lailah ihre Kräfte zurückbekommen hat, und im nächsten ist Lailah ausgerastet und hat ein freakiges grünes Licht geworfen. Bea hat es abgewehrt und zu ihr zurückgeworfen, wodurch Lailah in eine Art schwebenden Zombie verwandelt wurde, doch es hat Bea ausgeknockt."

„Sie hat dich angegriffen?", fragte ich fassungslos.

Bea stand auf und stützte sich auf Kanes Arm. Wir gingen mit ihr um Lailahs schlaffen Körper herum. Sie sah ihre Assistentin an und dann wieder mich. „Jade, hast du in letzter Zeit ihre Energie sondiert?"

Erschrocken brauchte ich einen Moment, um zu antworten. „Ja, vor ein paar Minuten, als wir draußen waren."

„Und war sie anders als sonst?"

„Ich habe keine Ahnung. Ich versuche, es nicht zu tun, wenn ich es verhindern kann."

„Mach es noch einmal", sagte Bea.

„Wieso?"

„Jade." Beas Ton war ungeduldig. „Ich will das, was du spürst, mit dem vergleichen, was ich von ihr ausgehen spüre. Bitte, unsere Zeit ist begrenzt."

Ich warf ihr einen Blick zu, stellte aber keine weiteren Fragen. Wahrscheinlich würde ich sowieso nichts von Lailah spüren, da sie bewusstlos zu sein schien. Ich setzte mich in den Sessel, den Bea geräumt hatte. „Okay. Gib mir einen Moment."

Pyper und Kat hörten auf, miteinander zu flüstern, und es wurde still im Raum. Ich schloss meine Augen und atmete tief durch. Fokussieren war normalerweise kein Problem, doch es war ein langer Tag gewesen. Bei sechs Leuten im Raum nahm ich an, dass es zumindest ein wenig Mühe kosten würde, jede emotionale Signatur durchzugehen, doch Bea verschloss ihre, Kanes konnte ich immer noch nicht spüren und Kats und Gwens waren mir so vertraut, dass ich sie schnell ausblendete.

Damit blieb Pyper übrig, und sie war kaum eine Fremde. Von ihr ging eine ganze Menge Neugierde aus, doch irgendwo tief in ihrem Inneren drohte ein Faden der Angst auszubrechen. Sie schaffte es jedoch gut, ihn in Schach zu halten. Ich bewunderte ihre Stärke. Nach allem, was sie mit Roy durchgemacht hatte, war es erstaunlich, dass sie nicht bei der kleinsten paranormalen Aktivität ausflippte. Ich weiß nicht, wie ich in ihrer Situation darauf reagiert hätte.

Nachdem ich Pypers Energie ausgeblendet hatte, schickte ich vorsichtig eine Sonde in Lailahs Richtung. Als ich nichts fand, drängte ich stärker. Mein Versuch stieß ins Leere. Die unheimliche Vertrautheit kitzelte meine Nerven. Ich war nur einmal zuvor einem so leeren Gefühlszustand begegnet. Es war mit Pyper passiert, direkt nachdem ihre Seele von einem Geist gestohlen worden war.

Ich riss meine Augen auf. „Sie ist nicht da", keuchte ich. „Genau wie als das Ritual schiefgegangen ist und wir Pyper verloren."

„Was?" Panik durchbrach Pypers Ruhe, und ihr Gesicht wurde weiß.

Bea eilte zu ihr und legte ihr beruhigend die Hand auf den Arm. „Hier bist du in Sicherheit", sagte sie zu Pyper, drehte sich dann um und starrte mir in die Augen. „Sie ist da. Such tiefer."

Ihr autoritärer, sachlicher Ton ließ mich aufstehen und an Lailahs Seite treten. Manchmal hilft Körperkontakt. Trotz meines überwältigenden Verlangens, weit von ihr wegzugehen, legte ich meine Hand auf ihren Arm. Als ich diesmal meine Sonde schickte, hielt ich mich nicht zurück. Ich benutzte alle Kraft, die ich aufbringen konnte. Meine Energie brach in sie ein und fand sofort ihre Essenz. Ihre verborgenen Gefühle strömten in meine und erfüllten mich mit Hass und wilder Entschlossenheit.

Eine Wut, die ich nie gekannt hatte, brannte in meiner Seele. Meine Hand schloss sich instinktiv fester um ihren Arm, als ich sie durch die Luft zog. Ich konnte mich auf nichts konzentrieren, außer auf den überwältigenden Wunsch, die

Existenz derer zu beenden, die mir im Weg standen. Als Lailahs Körper auf mich zu glitt, ballte sich meine andere Faust und ein seltsames Zischen kam von meinen Lippen.

„Jade!" Beas Stimme schnitt durch die blendende Wut.

Ich sprang von der giftigen Energie zurück. Was auch immer in ihr war, war das pure Böse.

Lailah bewegte sich und erwachte aus ihrem Schlaf. Noch immer in der Luft schwebend, hob sie die Arme über den Kopf. Eine runde, grüne Masse, von der ich nur annehmen konnte, dass es sich um einen Zauber handelte, materialisierte sich zwischen ihren Händen, und ohne ein Wort zu sagen, warf sie ihn direkt auf mich.

Instinktiv materialisierte ich mein imaginäres Glassilo, das ich benutzte, um die Emotionen anderer Leute auszublenden. Die grüne Masse zerbarst, doch bei Kontakt nahm das Glas eine feste Form an und verstreute Glassplitter im ganzen Raum. Ich nahm kaum die schockierten Schreie meiner Freunde wahr, als eine Kraftwelle aus den Tiefen meines Innersten auftauchte. Instinktiv benutzte ich sie, um den Angriff abzuwehren. Der größte Teil des Zaubers prallte zurück, doch ein kleiner, heißer Blitz traf mich direkt über meinem Herzen. Ich schrie auf und hielt meine pochende Brust. Einen Moment später zischte ein brennendes Gefühl durch meine Glieder. Es erinnerte mich an die Narkose, die ich erhalten hatte, als mir als Kind der Blinddarm entfernt worden war. Ich sank zu Boden, krümmte mich und versuchte, das Gefühl in meinen Gliedmaßen zurückzugewinnen.

„Jade? Was hat sie dir angetan?", fragte Kane.

Ich wandte mich dem Klang seiner Stimme zu, doch meine Sicht verschwamm. Ich blinzelte. Nein, nicht meine Sicht – sein Bild verschwamm. Ich konnte alles andere im Raum deutlich sehen. Er kniete direkt neben mir, doch als ich die Hand ausstreckte, um ihn zu berühren, glitt meine Hand direkt durch ihn hindurch, als wäre er ein Hologramm. „Was in aller Welt?"

Seine Augen konzentrierten sich auf meine Hand, die nach fester Form suchte. Ich versuchte, seinem Blick zu begegnen. Sein flirrendes Gesicht war verwirrt. Seine Hand hob sich und versuchte, meine zu ergreifen, und entsetzte Panik huschte über sein Gesicht, kurz bevor er ganz verschwand.

„Kane!", schrie ich und tastete nach seinem verschwundenen Körper.

Lailahs eisiges Lachen hallte durch den Raum. „Dich zu erschöpfen wäre schneller gegangen, doch ich werde meine Zeit mit deinem Lover viel mehr genießen." Ihre blauen Augen blitzten gelb auf, bevor sie sich in Luft auflöste.

KAPITEL SECHZEHN

*I*ch rappelte mich auf und wäre durch den Betäubungszauber fast gestürzt. Ich klammerte mich an den Stuhl und suchte Bea. Sie saß auf ihrem fröhlichen Sofa mit Sonnenblumenmuster und hielt den Kopf in beiden Hände. „Bea?"

Sie blickte auf, ihr Gesicht schmerzverzerrt. Es dauerte nur einen Moment, bis ich das Blut zwischen ihren Fingern durchsickern sah.

„Oh mein Gott." Ich stolperte an ihre Seite und inspizierte die gezackte Schramme an ihrer Schläfe.

Gwen berührte meine Schulter. In der anderen Hand hielt sie ein dickes weißes Handtuch. „Lass mich das machen." Sie warf einen Blick über ihre Schulter. „Kat, such im Badezimmer nach einem Erste-Hilfe-Set."

Kat war die Treppe halb hochgeeilt, bevor Bea sprach. „Er ist im Flurschrank, Liebes." Ihre leise, zittrige Stimme ließ sie wie eine schwache alte Frau klingen.

Kat nickte. „Bin gleich wieder da."

Ich durchsuchte das Zimmer nach Pyper. Ein erstickter

Schrei entfleuchte meiner Kehle, als ich ihre Füße hinter dem Zweisitzersofa hervorspähen sah. Ich sprang auf. „Pyper?"

Ihr Fuß zuckte, doch das war die einzige Reaktion.

„Oh nein." Meine Füße prickelten, als meine Glieder wieder zum Leben erwachten, doch es war nicht genug. Kurz bevor ich Pyper erreichte, fiel ich. Ich landete mit einem dumpfen Schlag am Boden, rollte mich zusammen und hielt meine Schulter. All die Taubheit war verschwunden, und Feuerwerkskörper explodierten meinen Arm hinunter.

„Das war anmutig", flüsterte sie mit zittriger Stimme.

Ich drehte mich um und verzog das Gesicht, als ich den Blutfleck auf dem Teppich sah. „Du bist verletzt", sagte ich.

Sie stieß ein zustimmendes Grunzen aus.

Meine erste Inspektion fand mehrere oberflächliche Kratzer. Dann entdeckte ich sie. Aus ihrem Oberschenkel ragte eine beträchtliche Glasscherbe. Um sie herum war nur eine kleine Menge Blut auf dem dunklen Jeansstoff zu sehen. Ich runzelte die Stirn und sah auf den blutbefleckten Boden. „Woher kommt das?"

Pyper drehte sich um und enthüllte eine Schnittwunde an der Seite ihres Kopfes.

„Oh Scheiße … Kat, ich brauche den Erste-Hilfe-Kasten!"

Kat eilte herbei, warf einen Blick auf die Verletzung und holte ihr Handy heraus.

„Keinen Krankenwagen!", verlangte Pyper.

„Aber –"

„Nein. Ich werde ins Krankenhaus gehen, aber ich werde nicht wieder im Notexpress fahren." Sie versuchte sich aufzusetzen, zuckte aber zusammen und legte sich wieder hin.

„Pyper", sagte Kat. „Wie sollen wir dich ins Auto bekommen?"

„Kane kann mich tragen."

Stille erfüllte den Raum.

„Was?"

Kat biss sich auf die Lippe und sah mich an.

Ich schluckte, und meine Stimme brach, als ich endlich sprach. „Lailah hat ihn entführt."

Ihr Gesicht verzog sich verwirrt. „Was bedeutet das? Es ist unmöglich, dass ein Mädchen wie sie einen ausgewachsenen Mann überwältigen kann."

„Mit Magie", presste ich hervor und kämpfte gegen das Schluchzen an, das sich in meiner Kehle aufbaute. „Genau wie meine Mutter." Meine Stimme brach bei dem Wort Mutter, und plötzlich war Gwen da und hatte ihre Arme um mich gelegt. All die schreckliche Leere, die zu unterdrücken ich so hart gearbeitet hatte, nachdem meine Mutter verschwunden war, kam zurück.

Ich hörte, wie Kat mit jemandem darüber sprach, Pyper zu tragen. Erleichtert, dass jemand sich darum kümmerte, vergrub ich meinen Kopf in Gwens Schulter und ließ leise die Tränen fließen.

Einige Zeit später entschuldigte ich mich auf die Toilette. Ich stand da und starrte in meine leuchtend grünen Augen, die eher tief smaragdgrün waren als das übliche Jadegrün. Es musste eine Nebenwirkung der Magie gewesen sein. Die Traurigkeit, die sich in ihnen widerspiegelte, brachte mich dazu, meine Schultern zu straffen. Ich war keine hilflose Fünfzehnjährige mehr. Koste es, was es wolle, ich würde Kane finden und ihn zurückbringen. Auch wenn es bedeutete, einen Engel zu stürzen. Magische Angriffe und die Entführung von Menschen stand sicher nicht in ihrer Stellenbeschreibung.

Während ich mir kaltes Wasser ins Gesicht spritzte, schlug die Haustür zu. Einen Moment später hörte ich eine gedämpfte Männerstimme aus dem Stimmengewirr. Mein Herz pochte schneller. Kane? Ich trocknete mir hastig das Gesicht ab und rannte zurück ins Wohnzimmer.

Die Enttäuschung hielt mich am Ende des Flurs auf. Ian hatte sich neben Pyper gekniet und strich ihr Haar aus dem Gesicht. Spannung und Sorge erfüllten den Raum, doch niemandes Emotionen waren stärker als die von Ian. Und alle waren auf Pyper gerichtet. Mein Blick landete auf Kat. Sie stand abseits vom Rest der Gruppe, ihr Blick auf Ian gerichtet. Ein winziges Stirnrunzeln huschte über ihr Gesicht. Ich konnte nicht anders, als ein wenig Traurigkeit für sie zu empfinden. Es war offensichtlich, dass Pyper und Ian früher oder später zusammenkommen würden. Ich hoffte, dass Kats Herz in der Zwischenzeit nicht brach.

Ein leises Stöhnen lenkte meine Aufmerksamkeit wieder auf Pyper. Ian trug sie jetzt, während Gwen die Tür aufhielt. Ich folgte ihnen. „Ich treffe euch in der Notaufnahme."

„Nein", sagte Pyper über ihre Schulter. „Du arbeitest daran, Kane zu finden. Ich komm schon klar. Wenn du gehst, schick mir eine SMS, wo du bist. Ansonsten rechnet damit, dass ich in ein paar Stunden wieder hier bin."

Ian hatte die Beifahrertür bereits geöffnet und setzte sie in sein Auto.

Die wilde Entschlossenheit, die sie umgab, stärkte meine. Ich nickte. „Okay. Lass dich schön zusammenflicken. Ich habe das Gefühl, ich werde dich brauchen."

„Jade", warnte Ian. „Sie hat ein fünf Zentimeter breites Stück Glas in ihrem Bein."

„Das weiß sie, Ian", sagte Pyper. Ihr Blick begegnete meinem. „Ich komme so schnell wie möglich zurück."

Ian seufzte und schloss ihre Tür.

Ich schob meine Hüfte vor und warf ihm einen trotzigen Blick zu. „Du bist immer derjenige, der darauf brennt, Messungen durchzuführen. Hier ist deine Chance. Bring deine Ausrüstung mit, wenn du zurückkommst."

Sein Gesicht zeigte vorsichtige Überraschung. „Warum dieses Mal?"

„Weil ich jedes Stück Daten haben will, das wir bekommen können. Selbst wenn es sich als nutzlos herausstellen sollte, ist es einen Versuch wert."

Seine Energie veränderte sich, und ein Hauch von Abwehrhaltung kitzelte meine Sinne.

„Sei nicht beleidigt. Du studierst Geister. Ich bitte dich, alles Paranormale zu messen. Ich will sehen, was du aus den Messwerten machen kannst."

Er bemühte sich, sich zu entspannen. „Damit habe ich schon ein bisschen experimentiert. Ich bin sicher, wir können etwas Nützliches finden."

Er schlug die Autotür zu, und einen Moment später quietschten die Reifen, als das Auto aus der Auffahrt schoss.

Blätter raschelten im Wind. Ich fröstelte in der kühlen Luft. Trotzdem blieb ich auf der Veranda stehen und starrte in die Nacht. Wie war das passiert? Kanes Verschwinden fühlte sich wie ein surrealer Traum an. Menschen lösten sich nicht einfach so in Luft auf.

Außer Menschen, die ich liebte.

Noch vor nicht allzu langer Zeit hätte ich das als Zeichen betrachtet, mich von denen zu distanzieren, die mir wichtig sind. Nur dass ich sie brauchte, um Kane zu helfen. Diesmal würde ich alles tun, was nötig war, um ihn zurückzubringen. Auch wenn es bedeutete, zu akzeptieren, dass ich eine Hexe war.

Ich kehrte ins Haus zurück und fand Bea in der Küche. „Geht's dir gut?"

„Es geht mir gut. Was ist mit dir?" Ihr Ton deutete darauf hin, dass sie ihre Zweifel hatte.

„Mehr als bereit. Wo fangen wir an?"

Sie streckte sich, zog eine kupferne Rührschüssel aus dem

Schrank und reichte sie mir. In den nächsten fünf Minuten füllte sie sie mit verschiedenen Kräutern, Gewürzen und Weizenmehl und fügte dann zum Schluss eine Dose Kondensmilch hinzu.

„Du willst backen?"

Sie schnaubte. „Ein Ortungstrank." Sie wies auf ihren Holztisch. „Setz dich."

„Bist du sicher, dass das eine gute Idee ist?", fragte Gwen vorsichtig.

„Es ist okay", sagte ich, bevor Bea antworten konnte.

Gwen legte ihre Hand auf meine Schulter. „Es war ein schwieriger Tag. Zauber neigen dazu, schiefzugehen, wenn der Zaubernde unter emotionalem Stress steht."

Ich starrte sie an. „Woher willst du das wissen?"

Sie warf mir einen scheltenden Blick zu. „Ich bin die Schwester deiner Mutter. Nur, weil ich keine ausgeprägten magischen Fähigkeiten habe, heißt das nicht, dass ich nicht aufgepasst habe, als sie gelernt hat, damit umzugehen."

„Okay, okay. Ich habe dich noch nie darüber reden hören. Ich hätte nicht gedacht, dass du dich mit Hexenkunde befasst hast."

„Du wärst überrascht, was ich alles weiß", murmelte Gwen und nahm mir gegenüber Platz.

Bea setzte sich rechts von mir auf einen Stuhl und drehte sich zu Gwen um. „Weißt du, all das wäre für sie reibungsloser verlaufen, wenn sie die Grundlagen in ihrer Jugend gelernt hätte. Hexenwissen altert und wird im Laufe der Jahre verfeinert. Zu wissen, dass sie das Potenzial hatte, eine Hexe zu sein, hätte ihre Psyche auf Akzeptanz vorbereitet. Für die Talentierten unter uns ist das schon die halbe Miete."

Gwen schnaubte. „Du hast keine Ahnung, was du da vorschlägst. Dieses Kind hätte damals lieber Schlangen gezüchtet, als Magie zu lernen."

Ich schauderte. Der Gedanke an Schlangen jagte mir eine Gänsehaut über den Rücken.

Gwens Stimme wurde weicher. „Nachdem ihre Mutter ..."

Beas Gesichtsausdruck zeigte ihr Verständnis. „Tut mir leid, liebe Freundin. Es ist nicht an mir, dich zu kritisieren."

Gwen nickte zustimmend.

In der Zwischenzeit hatte ich die Rührschüssel geleert und alle Zutaten aufgereiht. „Wenn ihr beide damit fertig seid, meinen Mangel an Fähigkeiten und offensichtliche Mängel zu diskutieren, können wir dann anfangen?"

„Natürlich", sagte Bea und war wieder die autoritäre Anführerin des Zirkels, die ich erwartet hatte. Sie hielt inne und rief dann über ihre Schulter: „Kat, bring noch eine Kupferschüssel. Ich habe auch etwas für dich zu tun."

„Für mich?" Kat richtete sich auf. „Aber ich habe keine Fähigkeiten."

„Jeder kann etwas beitragen. Deine gute Absicht ist alles, was wir brauchen."

Kat sah in meine Richtung.

Ich zuckte mit den Schultern.

„Okay." Einen Moment später saß sie auf dem vierten Stuhl mit einer zusätzlichen Schüssel vor sich.

„Gut." Bea betrachtete die Zutaten. „Jede von euch muss all ihre Energie in die Mischung lenken. Wie gesagt, gute Absichten sind wichtig. Jade, ich möchte, dass du dich auf Kanes Essenz konzentrierst." Sie richtete ihren Blick auf Kat. „Und Kat, du konzentrierst dich auf deinen Freund Dan. Wir müssen herausfinden, wer oder was ihn kontrolliert."

„Wieso?" warf ich ein. „Was hat das damit zu tun, Kane zu finden?"

Bea warf mir einen zornigen Blick zu. Offensichtlich war sie es nicht gewohnt, dass jemand ihre Anweisungen in Frage stellte. „Vielleicht nichts. Doch da Lailah ihm zugeteilt worden ist, könnte was auch immer es ist, dasselbe sein, das Lailah kontrolliert."

Ich kniff die Augen zusammen. „Woher weißt du, dass sie etwas kontrolliert? Woher wissen wir, dass sie nicht einfach ein gefallener Engel ist?"

Bea holte tief Luft. „Das würde ich spüren. Du erlaubst deinen Emotionen, deinem gesunden Menschenverstand im Weg zu stehen."

„Tue ich das? Ich weiß nur, dass immer, wenn sie involviert ist, etwas schiefgeht. Und Felicia hat gesagt, eine von uns wäre kurz davor, zu fallen. Scheint mir offensichtlich zu sein."

Alle Emotionen verschwanden aus Beas Gesicht. Ihr beherrschter Gesichtsausdruck weckte in mir den Wunsch, ihre Energie zu erkunden. Bea war eine Meisterin darin, sich abzuschotten, also wäre es eine sinnlose Übung gewesen. Hätte ich sowieso nicht getan. Mit ihrer Macht hätte sie mein Eindringen bemerkt. Es war eine Sache, Emotionen zu lesen, die Menschen in die Welt projizierten. Es war eine ganz andere Sache, nach ihnen zu suchen.

Als sie sprach, hatte ihre Stimme einen scharfen Unterton. „Du kennst Lailah nicht so wie ich. Jemand kontrolliert ihr Tun. Sie würde mich nie angreifen und verschwinden. Wenn du meine Hilfe willst, musst du akzeptieren, dass wir ihr auch helfen."

„Jade." Als ich nicht antwortete, legte Kat ihre Hand auf meine. „Es ist egal, was du von Lailah hältst. Was zählt, ist, Kane zu finden. Sie hat eine Verbindung zu ihm und Dan. Herauszufinden, was mit Dan los ist, könnte uns zu Kane führen. Außerdem braucht Dan auch Hilfe, egal, was er in den letzten Monaten getan hat. Das sind wir ihm schuldig."

Die Anspannung, die sich in meiner Brust gebildet hatte, wuchs noch mehr. Gott, ich war egoistisch. Hatte ich nicht aus erster Hand gesehen, dass Dan tatsächlich das Opfer eines fremden Hexenzaubers war? Hatte er sich nicht zu diesem Wutmanagement-Kurs angemeldet und sich bei mir entschuldigt? Er gab sich Mühe. „Du hast Recht. Es tut mir leid. Natürlich werden wir unser Möglichstes tun, um Dan zu helfen."

„Gut", sagte Bea. „Kat, konzentriere dich auf Dan – den Dan, der er war, bevor er Anzeichen von Aggression gezeigt hat. Den, der er war, bevor Jade nach New Orleans gezogen ist."

Ich neigte den Kopf. „Willst du damit andeuten, dass das, was mit Dan passiert, schon vor Monaten angefangen hat?" Wenn ja, würde es vieles erklären.

„Ich weiß nicht. Es ist möglich, aber es ist besser, sich darauf zu konzentrieren, wer er war, bevor seine Energie verdorben wurde, egal aus welchem Grund. Ob du es glaubst oder nicht, wenn du dich darauf konzentrierst, das Gute in den Menschen zu finden, ist es leichter, als das Böse zu finden."

„Wirklich?" Gwen sprach zum ersten Mal. „Das hätte ich nicht gedacht."

Bea nickte. „Das Gute hat nichts zu verbergen. Das Böse schon."

„Wenn dem so ist, warum gibt es dann so viel Negativität auf der Welt?", fragte ich.

„Unglücklich zu sein bedeutet nicht, böse zu sein. Es bedeutet auch nicht, dass es unglücklichen Menschen an Güte mangelt. Sie haben einfach nicht die Fähigkeiten gelernt, sie zu zeigen."

„Okay", sagte Kat. „Das kann ich."

In der nächsten halben Stunde wies Bea uns beide an, Zutaten in der richtigen Reihenfolge zu schneiden, abzumessen und in die Schüsseln zu werfen. Als wir fertig waren, hatte ich eine zähe Mischung aus etwas, das wie ein ungekochter Kürbiskuchen aussah und roch, während Kats einer Kräutermischung aus einem italienischen Garten ähnelte.

„Warum haben wir nicht dieselben Zutaten verwendet?", fragte ich. „Ist es nicht der gleiche Zauber?"

„Ja, das ist er." Bea stand auf und begann den Tisch abzuräumen. „Doch die Zutaten sind auf die am Zauber Beteiligten zugeschnitten. So ist die Erfolgsquote höher."

Ich warf einen Blick auf meinen Kürbiskuchenteig und rümpfte die Nase. Was sagte dieser hässliche Brei über mich aus?

Als Bea mit dem Aufräumen fertig war, ging sie zur Tür und schwang ihre große Segeltuchhandtasche über ihre Schulter. „Am besten beschwört man die Zauber an einem Ort, der mit der betroffenen Person in Zusammenhang steht. Kanes Haus ist perfekt für seinen Zauber, aber wohin sollen wir für Dan gehen?"

„Nicht seine Wohnung. Wenn er da ist, ist es zu gefährlich." Ich warf Kat einen Blick zu. „Deine Wohnung? Er hat dort gewohnt."

„Das wird reichen", sagte Bea. „Lasst uns gehen."

Wir nahmen unsere Schüsseln und folgten Bea aus der Tür. Kat und ich setzten uns in ihren Mini, während Bea und Gwen in Beas Prius kletterten.

Bea ließ ihr Fenster herunter. „Kats Wohnung zuerst. Ich fahre euch hinterher."

Ich musste mir auf die Zunge beißen, um den Protest herunterzuschlucken. Ich hatte zugestimmt, dass wir Dan helfen mussten, doch das egoistische Mädchen in mir forderte lautstark, zuerst Kane zu finden. Es spielte keine Rolle, dass es nützlich sein würde, zu wissen, mit wem oder was wir es zu tun hatten, bevor wir ihn fanden. Ich wollte ihn nur finden. Jetzt. Eine leise Stimme in meinem Hinterkopf tadelte mich. Wenn ich mich nur nicht so stur gegen das Erlernen des

Handwerks gewehrt hätte, hätte ich das vielleicht allein schaffen können.

„Warum machst du so ein finsteres Gesicht?", fragte Kat.

„Hm?"

„Vertraust du Bea nicht?"

Ich bemühte mich um einen neutralen Ausdruck. „Doch. Ich komme nur nicht gut mit der Situation zurecht."

Kat warf mir ein sanftes Lächeln zu. „Angesichts des Tages, den du hattest, würde ich sagen, dass du bemerkenswert gut damit umgehst. Versuche, dir keine Sorgen zu machen. Bea ist eine mächtige Hexe, und du bist es auch. Du wirst ihn finden."

Ich antwortete nicht. Der Kloß in meinem Hals ließ mich nicht. Den Rest der Fahrt verbrachte ich damit, aus dem Fenster zu starren und zu versuchen, an nichts zu denken.

Kat lebte im French Quarter in einer der ruhigeren Wohnstraßen, doch die Tatsache, dass es ein paar Tage vor Halloween war, bedeutete, dass die Stadt voller Voodoo-Fest-Partygänger und das Parkplatzangebot begrenzt war. Kat hatte keinen zugewiesenen Parkplatz, und wir fanden einen vier Blocks entfernt. Als wir die Treppe zu ihrem Haus hinaufgingen, war meine Geduld am Ende.

Kat kramte in ihrer Handtasche nach ihren Schlüsseln. Nachdem sie eine volle Minute lang gesucht hatte, stieß ich einen übertriebenen Seufzer aus.

„Tut mir leid. Ich weiß, dass sie hier irgendwo sind." Sie blickte mit einem entschuldigenden Gesichtsausdruck auf.

Ich richtete meinen Blick auf ihren Türknauf und konzentrierte mich. Ein Prickeln breitete sich in meinem Bauch aus, und einen Moment später öffnete sich der Riegel mit einem deutlichen Klicken.

Kat erstarrte. „Da ist jemand drin."

Bea kicherte. „Nein. Das war Jade. Sie scheint endlich ihren inneren Funken gefunden zu haben."

Gwen musterte mich, während Kats Überraschung auf meiner Haut kitzelte. Ich ignorierte sie und trat durch Kats Tür.

„Du warst es also, der an diesem Tag Dans Auto aufgeschlossen hat. Ich wusste es", sagte Kat, als wir in ihrer Wohnung standen.

Ich stelle meinen Kürbiskuchenteig auf den Tisch. „Ja, aber das war mir damals nicht bewusst."

„Starke Emotionen machen es leichter, Magie zu nutzen", sagte Bea.

„Das ist gut, denn was in mir herumwirbelt, wird wahrscheinlich explodieren, wenn wir nicht bald anfangen."

„Jade", tadelte Bea, „wenn das funktionieren soll, musst du dich beruhigen."

„Ich kann nicht." Wie konnte ich etwas anderes als aufgewühlt sein? Mein Ex war von weiß Gott was besessen, und mein Freund war direkt vor meinen Augen verschwunden.

„Du bist ein Empath. Wenn jemand weiß, wie man Emotionen kontrolliert, dann du."

Wie sollte ich gegen diese Logik argumentieren? Ich ging von der Esszimmerecke in Kats gemütliches Wohnzimmer. Ich nahm Platz in meinem lilafarbenen Lieblingssessel aus Plüsch und zog meine Füße unter meinen Po. Niemand folgte mir, wofür ich dankbar war. Ich brauchte ein bisschen Ruhe, um die Gefühle zu beruhigen, die in mir tobten.

Einen Moment später plätscherte mein Lieblingslied „Sunrise" von Norah Jones durch den Raum. Ich warf Kat, die neben ihrem iPhone-Dock stand, einen Blick zu. Ich lächelte, und mein Herz beruhigte sich. Bei all dem verrückten Mist in meinem Leben hatte ich immer noch eine beste Freundin, die immer wusste, was ich brauchte.

Ich ließ Norahs wunderschöne Stimme über mich

hinwegspülen, während sich meine Gefühle beruhigten. Meine Sorgen und Ängste verschwanden nicht. Stattdessen hüllte ich sie in meine überwältigende Liebe zu Kane ein. Ich ließ die Unmittelbarkeit meiner Gefühle zu, schob dann alles beiseite und begrüßte meine wachsende Entschlossenheit.

Als ich mich an Kats modernen, schwarzen Fiberglastisch setzte, war ich bereit. „Was soll ich tun?"

Bea sah mich an. Ich reagierte nicht, als ihre stetige Energie mit meiner verschmolz. Sie lehnte sich zurück und nickte. „Sehr gut. Ich werde dich durch den Prozess des Zaubers führen, um Dans inneres Selbst zu enthüllen. Wenn Kat sich mit seiner Güte verbinden kann, sollten wir ihn und denjenigen, der ihn kontrolliert, sehen können."

„Wie mache ich das?", fragte Kat.

„Konzentriere dich einfach auf Dan, so wie du es beim Mischen der Kräuter getan hast."

Kat rutschte nervös auf ihrem Stuhl herum.

„Alles wird gut." Ich schob ein kleines bisschen meiner Entschlossenheit in ihre Richtung.

Ihre Schultern strafften sich, und ihr Gesichtsausdruck sagte mir, dass sie bereit war.

„Lass uns das tun", sagte ich.

„Gut. Es scheint, dass du deine magische Quelle gefunden hast, so, wie du plötzliche Schlösser knackst." Bea trat in die Mitte des Wohnzimmers.

Gwen kicherte.

„Aber", fuhr sie fort, „Telekinese ist eine Grundfertigkeit, die fast alle Hexen leicht erlernen. Das Bewirken gezielter Zaubersprüche erfordert mehr als reine Entschlossenheit. Du musst dich konzentrieren, um die feinen Nuancen zu erkennen."

„Ich kann mit Details umgehen", sagte ich und hoffte, dass

dem so war. Bisher war so ziemlich alles, was ich mit Magie erreicht hatte, mit Gewalt passiert.

„Dann sind wir bereit. Jade, ich möchte, dass du und Gwen euch mir im Kreis anschließt. Kat, es ist besser, wenn du bleibst, wo du bist. Fang an und konzentriere dich auf deinen Freund. Egal was hier passiert, unterbrich deine Konzentration nicht."

„Ich werde es versuchen", sagte sie.

„Nicht versuchen, tun. Absichten sind alles beim Zaubern. Beabsichtige, dich zu konzentrieren. Wenn es sein muss, wende dich von uns ab."

„Du kannst es schaffen." Ich tätschelte ihre Hand und stand auf, um zu Bea zu gehen.

Kat starrte einen Moment lang auf den Tisch. Dann blickte sie auf und nickte. „Kann ich ein Foto zum Konzentrieren verwenden?"

„Absolut", sagte Bea.

Kat verschwand in ihrem Schlafzimmer. Es dauerte nicht lange, bis sie mit einem gerahmten Bild zurückkehrte, das ich noch nie zuvor gesehen hatte. Es war Dan, der lachte, während die Sonne ihm ins Gesicht schien.

Ein dumpfer Schmerz des Bedauerns erwachte in meinem Bauch. Ich hatte Dan nicht mehr so glücklich gesehen, seit ich ihm meine empathischen Fähigkeiten gestanden hatte. „Wann wurde das aufgenommen?"

Sie runzelte die Stirn. „Nicht lange, nachdem wir angefangen haben zu daten."

Irgendwo tief im Inneren zerbrach plötzlich der vergrabene Groll, den ich in mir getragen hatte, nachdem ich herausgefunden hatte, dass sie miteinander ausgingen. In Dans Gesichtsausdruck lag eine Freude, von der ich nie gewusst hatte, dass sie in ihrer Beziehung existierte. Jedes Mal, wenn ich Dan gesehen hatte, hatten wir uns entweder ignoriert oder gestritten. Er hatte ein paar schreckliche Dinge gesagt und getan, als ich nach New Orleans gezogen war, doch jetzt fragte ich mich, ob es etwas damit zu tun hatte, dass er von etwas oder jemandem besessen war. War es möglich, dass er bereits besessen gewesen war, als er mich in Kanes Club angegriffen hatte? Ich konnte es nicht wissen. Doch es würde vieles erklären. Er hatte ein Verhalten gezeigt, das ich nie für möglich gehalten hätte.

Die Traurigkeit in Kats Gesicht ließ mich sie in eine Umarmung ziehen. „Wir holen ihn zurück. Das verspreche ich." Wir waren alle einmal Freunde gewesen. Beste Freunde. Und egal, was Dan getan hatte, wir schuldeten ihm unser Leben.

„Danke", flüsterte Kat und ließ los. Sie setzte sich an den Tisch mit dem Gesicht zur Esszimmerwand, dann drehte sie sich um. „Ich bin so weit."

Ich schloss mich Gwen und Bea wieder in unserem Kreis an. „Müssen wir noch irgendwas vorbereiten?"

„Die Kräutermischung ist alles, was wir brauchen." Bea ließ sich auf den Boden sinken und setzte sich im Schneidersitz auf den cremefarbenen Teppich. „Setz dich."

Als wir uns alle niedergelassen hatten, hielt Gwen die Schüssel hoch. „Was mache ich damit?"

„Stell sie in die Mitte." Bea zeigte auf den leeren Platz zwischen uns. „Gwen, die einzige Aufgabe, die du hier neben dem Schließen des Kreises hast, besteht darin, Jade deine Stärke zu leihen. Konzentriere dich darauf, ihre Absichten zu unterstützen. Wenn du eine Vision hast und irgendetwas siehst, behalte es für dich, bis wir fertig sind. Wir wollen nicht, dass Jade abgelenkt wird."

„Verstanden", sagte Gwen.

„Bereit?", fragte Bea mich.

„So bereit, wie ich je sein werde."

215

Bea zog eine Packung Streichhölzer aus ihrer Tasche und warf sie mir zu. „Ich werde dir eine Beschwörung zum Wiederholen geben. Nachdem wir die Worte gesprochen haben, musst du deine Kraft nutzen, um ein Streichholz anzuzünden. Sobald die Kräuter Feuer gefangen haben, schickst du einen Funken deiner Magie hinein. Dann konzentriere dich auf den Dan, der dich entführt hat. Verstehst du?"

„Wenn ich meine Magie in die Flammen schicke, warum kann ich dann das Streichholz nicht auf die altmodische Art und Weise anzünden?"

„Die Kräuter mit deiner Magie in Brand zu setzen, gibt dir die Kontrolle über den Zauber. Manuelles Anzünden lässt den Zauber offen für jeden, der ihn manipulieren will."

„Oh." Ich hatte viel zu lernen. „Okay, mit etwas Glück kann Kat Dan mit ihren Absichten ausfindig machen, und ich kann das Wesen herauslocken, das ihn kontrolliert. Verstehe ich das richtig?"

„Genau. Doch was wir hier sehen, wird nicht mehr als eine Art Hologramm sein. Sie werden nicht körperlich hier sein."

Von der anderen Seite des Raumes hörte ich Kat erleichtert seufzen. Ich wusste, wie sie sich fühlte. „Gut zu wissen. Was passiert, nachdem wir sie sehen?"

„Vielleicht können wir mit einem oder beiden kommunizieren. Oder wir sehen vielleicht nur ihre Bilder. Es hängt von der Stärke deiner Magie ab."

Ich wusste nicht, was ich davon halten sollte. Wollten wir mit ihnen sprechen? Dan vielleicht, um herauszufinden, was los war, aber was würden wir zu einer Hexe sagen, die seine Seele besessen hatte? *Scher dich verdammt nochmal aus dem Körper unseres Freundes, oder wir verfluchen dich?* Gott sei Dank hatten wir Bea. Sie war die Anführerin des Hexenzirkels von

New Orleans. Sie hatte wahrscheinlich jede Menge Munition in ihrem Arsenal.

Bea streckte uns die Hände entgegen. Gwen und ich folgten diesem Beispiel, und als unsere verbundenen Hände den Kreis schlossen, begann Bea zu sprechen. „Macht des Zirkels, deine Herrin befiehlt deinen Willen. Ich rufe deine Stärke. Fließ frei und beuge dich unseren Wünschen. Durch die Macht, die mir von den südlichen Hexen der ätherischen Ebene verliehen wurde, befehle ich dir."

Ich wartete, da die Beschwörung nicht die war, die ich wiederholen sollte. Niemand hatte mir etwas verliehen. Macht zu beschwören, die nicht verliehen worden war, war unter Hexen verpönt. Trotz meiner Weigerung, mich auf die magische Welt einzulassen, war ich mit einer Hexe aufgewachsen. Ich wusste einiges über Hexen.

Bea nickte mir zu. „Ich, Jade Calhoun wünsche die inneren Geister von Dan Toller zu offenbaren. Kommt heraus und werdet gesehen."

Ich sagte die Worte nicht nur. Ich griff tief in mich hinein und wiederholte sie mit Überzeugung.

Bea hielt ihren Blick auf meinen gerichtet. „Die Macht, die ich ausübe, befiehlt es. Die Fesseln, die euch an die Erde binden, mögen sich lösen. Kommt heraus, und werdet gesehen."

Es war, als hätte mich etwas Starkes und Wichtiges übernommen. Meine Worte kamen stark und kraftvoll heraus und gaben mir das Gefühl, dass ich alles erreichen konnte.

„Erscheint vor uns", fuhr Bea fort.

„Ich, Jade Calhoun, Nichte von Gwen Calhoun und Tochter von Hope Calhoun, zwinge deinen Geist in unseren Kreis. Komm jetzt. Sei frei. Binde dich an mich."

Ein Strom floss durch meine Adern. Die Worte bekamen eine ganz eigene Magie, die ohne nachzudenken aus mir strömte. Als ich die letzte Zeile beendet hatte, „binde dich an mich", erhob sich meine Stimme und hallte durch den Raum.

Ohne meine Hand loszulassen, deutete Bea auf die offene Streichholzschachtel in meinem Schoß. Wann war das passiert? Es spielte keine Rolle. Es kostete mich kaum Mühe, ein Streichholz mit meinen Gedanken über die Schüssel mit den Kräutern zu bewegen. Das Streichholz schwebte genau dort, wo ich es hinführte. Was hatte Bea gesagt? Richtig. Zünde das Streichholz und die Kräuter mit meinem Funken an und konzentriere dich auf den bösen Dan. Kein Problem.

Mein magischer Funke sprang bei dem bloßen Gedanken, ihn zu benutzen, über und zündete sofort das Streichholz an. Ich führte es vorsichtig in die Schüssel und setzte die Kräuter in Brand, wobei ich sowohl die Flamme als auch meine Magie einsetzte. Die Mischung fing mit einem Rauschen Feuer. Ich starrte hinein und stellte mir Dans Gesichtszüge vor, als er mit dem blauen Trank auf mich zu gestolpert war.

Nichts änderte sich.

Ich konzentrierte mich tiefer, suchte sein Bild und ließ mich all die Angst und den Hass erleben, die ich in seiner Wohnung gespürt hatte. Ich war so vertieft, dass mir Gwens winziges Schaudern fast entgangen wäre. Die weißen, flackernden Flammen verblassten allmählich, und ich begann das Vertrauen zu verlieren, überzeugt, dass ich versagt hatte.

Dann, als die Kräuter zu Asche wurden, stieg Nebel aus dem Rauch auf und bildete eine lose Kugel, die sich in zwei spaltete. Eine nahm die Form von Dans lächelndem Gesicht an. Die andere faltete sich in sich zusammen, formte sich in eine vage, nicht wiederzuerkennende Form und verdrehte sich, nur um sich wieder in sich selbst zusammenzufalten. Die Kugel wiederholte den Vorgang mehrmals. Erst als Bea meine Hand drückte, blickte ich in ihre Richtung. Der erstarrte

Ausdruck auf ihrem Gesicht war der Ausdruck von Bestürzung.

Ich blickte in den wallenden Nebel und versuchte zu erkennen, was sie sah. Der Nebel nahm eine fast solide Form an, und einen Moment lang dachte ich, ich könnte ein schlankes Gesicht mit langen, vollen Haaren erkennen, doch es veränderte sich wieder. Das Bild, das sich materialisierte, ließ mich erschrocken nach Luft schnappen. „Wie ist das möglich?"

Tränen stiegen in Beas Augen. „Sie ist gefallen. Ich kann es nicht fassen. Lailah ist gefallen."

„Lailah?" Wovon sprach sie? „Was hat Lailah mit Meri zu tun?"

Bea wischte sich die Tränen ab, die über ihre Wangen liefen. „Meri?"

„Ja, der böse Dämon, der im dritten Porträt gefangen ist." Ich nickte zu der nun klaren Gestalt vor mir zu. „Das Bild ist identisch. Bis zu ihrem Skelettgesicht. Du hast es noch nicht gesehen, also denke ich, das erklärt, warum du sie nicht erkennst."

Beas Gesicht verzog sich verwirrt. „Wovon redest du? Alles, was ich sehe, ist ein Bild von deinem Freund Dan und Lailah neben ihm."

Ich wandte mich Gwen zu. „Was siehst du?"

Sie schüttelte den Kopf. „Nur Nebel."

Ein gackerndes, bedrohliches Lachen erfüllte den Raum. Ich war so überrascht, dass ich einen Moment brauchte, um zu erkennen, dass es von Meri kam. Ihre Augen hefteten sich an meine, und ich glaubte fast, ich könnte direkt in ihre Seele sehen. Ein vages Bild von verfallener Schwärze blitzte in meinem Gehirn auf. Ich wäre körperlich zurückgewichen, wenn ich gekonnt hätte, doch mein Körper schien an Ort und Stelle bleiben zu wollen. Ihr Gackern wurde schwächer und brach abrupt ab, als beide Bilder verschwanden.

KAPITEL SIEBZEHN

K ane wohnte nur zwei Blocks von Kats Wohnung entfernt. Während des Fußmarsches dorthin schwiegen wir, und ich war dankbar für einen Moment zum Nachdenken. Bea hatte eine Sache gesehen und ich eine andere. Es ist nicht so, dass sie mir nicht geglaubt hatte; sie wusste einfach nicht, was sie denken sollte. War Lailah wirklich gefallen?

Ich glaubte nicht. Das Böse in meiner Vision von Meri war verfallen. Würde es nicht eine Weile dauern, bis Lailahs Seele einen solchen Zustand erreichte? Das hatte ich Bea gesagt, doch sie hatte den Kopf geschüttelt und war stumm geblieben, in ihre eigenen Gedanken versunken.

Als wir vor Kanes Haus ankamen, blickte ich zu den kunstvollen viktorianischen Rollwerkklammern und Schneckenverzierungen auf und erinnerte mich an das erste Mal, als Kane mich hierher gebracht hatte. Es war unser erstes Date gewesen und das erste Mal, dass ich gespürt hatte, dass er mich liebt. Er hatte es natürlich nicht gesagt, doch vor einem Empathen kann man so etwas nicht verbergen. Es war immer offensichtlich gewesen, bis ich seine Gefühle nicht mehr spüren konnte.

Ich schloss die Tür auf und hielt sie meinen Freundinnen auf. Als ich sie einließ, erwartete ich fast, seinen vertrauten Gruß aus der Küche zu hören. Ich holte tief Luft und schluckte die Emotion, die aus meiner Brust sprudelte, herunter. Jetzt zusammenzubrechen würde niemandem helfen.

„Setzt euch", sagte ich, als ich zu ihnen ins Wohnzimmer kam. „Ich muss Pyper schreiben."

Ich hatte vergessen, sie über unseren Abstecher zu Kat zu informieren. In Anbetracht der Tatsache, dass sie nicht angerufen hatte, um zu hören, wo wir waren, nahm ich an, dass sie noch im Krankenhaus war. Es verging keine Minute, bis Pyper antwortete. Sie und Ian waren unterwegs.

„Ich verstehe nicht, warum du das eine siehst und ich das andere", sagte Bea, als ich mich ihr gegenüber in Kanes Sessel niederließ.

„Aber ihr habt Dan beide gesehen, richtig?", fragte Kat.

„Ja", stimmten wir zu.

„Konntest du etwas von ihr spüren?", fragte ich. „Wie ihre Seele oder irgendwelche Gedanken?"

„Nein." Bea rang sich die Hände in ihrem Schoß.

„Ich schon." Ich stand auf und ging auf und ab. „Das Wesen, das ich gesehen habe, hatte eine tief verankerte Bösartigkeit. Eine Bösartigkeit, die offensichtlich mit der Zeit gewachsen war. Wenn Lailah gefallen ist, glaube ich nicht, dass ihre Seele genug Zeit hatte, um zu einem so schrecklichen Zustand zu verdorren. Nichts von dem, was ich erlebt habe, deutete darauf hin, dass es Lailah sein könnte."

„Ich hoffe, du hast Recht." Bea starrte in ihren Schoß und hielt plötzlich ihre Hände an und ballte sie an ihrer Seite zu Fäusten. Sie stand auf. „Lass uns anfangen."

Einen Moment lang überlegte ich, ob wir auf Pyper und Ian

warten sollten, verwarf die Idee aber schnell wieder. Kane zu finden war viel wichtiger. Ich hob meinen Kürbiskuchenteig auf, der angefangen hatte, sich zu trennen. Dünne Risse weiteten sich, als ich sie anstarrte. „Bilden wir wieder einen Kreis?"

„Noch nicht. Das braucht zuerst Wärme." Bea machte sich auf den Weg zur Rückseite des Hauses, wo sich die Küche befand.

Ich hoffte, das bedeutete, dass wir den Ofen benutzen konnten und keinen Kessel brauchten oder den Kamin benutzen mussten.

Gwen trat neben mich. Sie berührte sanft meinen Arm. „Ich muss mit dir reden", sagte sie mit Dringlichkeit in der Stimme.

Kat warf mir einen argwöhnischen Blick zu.

Ich nickte in Richtung Küche, um ihr zu zeigen, dass sie schon vorgehen sollte.

„Was ist?", fragte ich meine Tante.

Sie zog mich zurück ins Wohnzimmer. Die Mischung spaltete sich vollständig in der Mitte auf und sackte auf zwei Seiten der Schüssel zusammen. Ich verzog das Gesicht und hoffte, dass das kein Problem darstellen würde.

„Ich hatte eine Vision, aber ich weiß nicht, was sie bedeutet", flüsterte Gwen.

Ich stellte die Schüssel beiseite und widmete ihr meine volle Aufmerksamkeit. „Erzähl mir davon."

„Während du Dan beschworen hast und… wer auch immer aufgetaucht ist, habe ich so etwas wie einen Blitz erlebt. Ich kann nicht sagen, wo es war, da es außer Nebel nichts gab, woran ich den Ort hätte identifizieren können. Ich weiß nicht. Es war einfach grau. Aber ich habe Dan, Kane, Lailah und eine Frau gesehen, die ich nicht kenne."

„Wie sah sie aus?"

„Sie hatte langes, schwarzes, glattes Haar und einen Körper

wie eines dieser Cover Girl-Modelle. Dünn, aber nicht dürr. Kantiges Gesicht. Bemerkenswert. Aber es waren ihre Augen …" Sie schauderte. „Sie waren schwarz und bar jeder Emotion."

„Unheimlich. Was hat sie getan?"

„Eigentlich nichts. Nur zugesehen." Gwen legte ihre Hand vor ihren Mund, um zu verhindern, dass jemand mithörte. „Da war noch jemand." Sie deutete in die Küche und formte lautlos *Bea* mit den Lippen.

Der Atem stockte mir in der Lunge, und dann platzte mein Herz fast vor Freude. Das bedeutete, dass wir Kane irgendwann finden würden. Gwen hatte Bea mit Kane und Lailah und Dan gesehen. Hoffnung, die ich fast begraben hatte, begann, in meiner Brust aufzusteigen. „Das sind gute Nachrichten."

Gwens Gesichtsausdruck verwandelte sich von besorgt zu etwas, das fast Panik glich. „Schhh. Du verstehst nicht. Bea war in einen magischen Kampf mit der schwarzäugigen Frau verwickelt. Und sie hat gewonnen, aber …" Sie umklammerte fest meine Hand.

„Jade?", rief Bea aus der Küche.

„Komme", antwortete ich. „Aber was?", fragte ich Gwen, und eine unheilschwangere Ahnung stieg in mir auf.

„Sie hatte dieselben leeren schwarzen Augen wie die andere Frau, und alles an ihr schien falsch zu sein. Als wäre sie besessen."

„Schwarze Magie", flüsterte ich. „Ist das nicht das, was passiert, wenn eine Hexe böse Mächte einlädt?" Ich hatte das noch nie selbst gesehen. Meine Mutter war eine Erdhexe gewesen. Ihre Magie war größtenteils harmlos: Schutzzauber, Absichtszauber, Segen der Jahreszeiten, Wiedergeburten und Ernten. Diese Art von Magie. Schwarze Magie, hatte man mir gesagt, frisst die Seele auf. Ich hatte noch nie einen Benutzer von schwarzer Magie getroffen, doch in allen Geschichten hatten sie alle dasselbe gemeinsam – die schwarzen Augen des Bösen.

„Vielleicht", sagte Gwen zitternd. „Davon weiß ich nicht viel. Ich weiß nicht, was ich denken soll."

„Wir müssen es ihr sagen." Ich versuchte, meine Hand aus ihrem Griff zu ziehen, doch sie hielt mich fester.

„Nein! Die erste Regel eines Sehers ist, die Visionen für sich zu behalten. Eingreifen ist nicht erlaubt."

„Das ist lächerlich." Diesmal gelang es mir, ihrem Griff zu entkommen, und ich hob meinen verdorrten, auseinandergefallenen Teig auf. „Würdest du es mir nicht sagen, wenn ich auf etwas Gefährliches zusteuere?"

Gwens Gesicht wurde hart. Ein kurzer Strom ihrer Sturheit ließ mich fast stolpern. „Nein, Jade, würde ich nicht. Wann habe ich dir jemals von meinen Visionen erzählt, bevor sie geschehen sind?"

Niemals. Nicht ein einziges Mal. Außer in den seltenen Fällen, in denen sie in Trance fiel und laut sprach. Aber sie erinnerte sich nie daran. „Hat mich eine deiner Visionen jemals in echter Gefahr gezeigt?"

Anstrengung huschte kurz über ihre Züge. Ihr Gesichtsausdruck wurde klar, und sie nickte.

„Jade!", rief Bea ungeduldig.

Ich warf Gwen einen letzten ungeduldigen Blick zu.

„Bitte sag nichts. Vertrau einfach darauf, dass ich meine Gründe habe", flehte Gwen, als ich in die Küche ging.

„Was ist mit deinem Trank passiert?", fragte Bea entsetzt.

„Ich fürchte, es hätte gekühlt werden müssen." Ich stellte ihn neben sie auf die Arbeitsfläche.

„Möglich", stimmte Bea zu. „Warum hast du so lange gebraucht?"

Gwen warf mir von der Tür aus einen warnenden Blick zu.

„Gwen hat mir ein paar aufmunternde Worte sagen wollen." Ich würde ihrer Bitte nachkommen, bis ich noch einmal die Gelegenheit bekam, mit ihr zu sprechen. Das Letzte, was wir brauchten, war, dass Bea zur bösen Hexe des Südens wurde. Ich würde alles tun, um das zu verhindern.

Gwen lächelte in Beas Richtung.

„Armes Ding." Bea legte einen Arm um meine Taille. „Ich kann mir nicht vorstellen, wie schwer das für dich sein muss. Aber keine Sorge. Wir werden ihn finden."

Ich betete, dass sie Recht hatte. Ich warf einen Blick auf die Kupferschale. „Was machen wir damit?"

Beas Verhalten änderte sich schnell von der fürsorglichen Mutter zur ernsthaften Hexenpraktikerin. „Hat dein Freund irgendwelche kupfernen Saucentöpfe?"

Ich zuckte mit den Schultern und bückte mich, um in seinen Schränken nachzusehen. Nachdem ich ein halbes Dutzend Töpfe und Pfannen aus Edelstahl herumgeschoben hatte, erhob ich mich kopfschüttelnd wieder. „Sieht nicht danach aus."

„Schon gut. Nimm dir den größten Topf, den du finden kannst. Wir werden ihn wie ein Wasserbad verwenden." Bea schaltete den Herd ein, während ich einen Edelstahltopf mit heißem Wasser füllte. „Das ist wahrscheinlich sowieso besser für die Integrität des Tranks." Sie nahm mir den Topf ab und stellte ihn auf den Herd. „So, wie er jetzt aussieht, kann dein Trank jede Hilfe gebrauchen, die er bekommen kann."

„Was ist hier das Ziel?" Ich rümpfte die Nase, als ich die klebrige Pampe betrachtete.

„Er muss sich festigen." Sie reichte mir einen Holzlöffel. „Wenn er zu schmelzen beginnt, rühr ihn um, bis er glatt ist. Konzentrier dich wie zuvor darauf, Kane zu finden. Die Absicht wird helfen, wenn du ihn anrufst."

Bea entschuldigte sich und ging zur Toilette. Ich wollte

Gwen noch einmal fragen, als es laut an der Tür klopfte, gefolgt von Pyper und Ian, die lautstark hereinkamen.

„Was ist los?", fragte Pyper, nachdem sie auf einer Krücke herein gehumpelt war. Sie hatte sich ein schwarzes T-Shirt, einen schwarzen Rock und schwarze Kniestrümpfe angezogen, die zu Ians typischem Look passten.

„Wie geht's deinem Bein?", fragte ich.

„Geflickt und bereit zu gehen." Sie zog ihren Rock hoch und entblößte den weißen Verband. „Was unternehmt ihr wegen Kane?"

„Wir –"

Kat unterbrach mich. „Du musst dich konzentrieren. Ich werde ihnen alles erklären." Sie erhob sich von ihrem Platz an der Küchentheke und trieb alle ins Wohnzimmer zurück.

Ich schalt mich für den leichten Anflug von Wut. Kat hatte Recht. Ich hatte eine Aufgabe zu erledigen. Ich hasste es, nicht Teil des Gesprächs zu sein. Ich wollte Pyper versichern, dass wir Kane finden würden. Sie war tougher als die meisten, aber ich wusste, dass sie Kane als Familie betrachtete. Ihre einzige Familie. Ihn zu verlieren würde sie genauso katastrophal treffen wie mich. Und Ian hatte immer eine interessante Perspektive beizusteuern.

„Du konzentrierst dich nicht", sagte Bea und erschreckte mich. „Hör auf, dir Sorgen um deine Freunde zu machen. Kane ist im Moment der Wichtigste."

Ich warf einen Blick über meine Schulter. „Du hast Recht. Tut mir leid."

Sie sagte nichts weiter. Ich schob all meine Sorgen beiseite und konzentrierte mich auf Kane. Ich stellte mir vor, seine Emotionen anzunehmen und ließ unsere Verbindung meinen Führer sein. Im Handumdrehen verwandelte sich der zuvor widerliche Teig in eine gelbliche Flüssigkeit.

Bea trat neben mich und erschreckte mich erneut. Ich war

so konzentriert gewesen, dass ich sie ganz vergessen hatte. „Gut. Er ist fertig. Ich bin gleich wieder da." Sie ging zurück ins Wohnzimmer und tauchte einen Moment später mit der humpelnden Pyper im Schlepptau wieder auf. „Sie wird diesmal die dritte in unserem Kreis sein. Sie steht Kane am nächsten, oder?"

Wir nickten beide.

„Dachte ich mir." Bea ließ sich auf dem gefliesten Küchenboden nieder.

„Hier?", fragte ich.

„Ja. Stell den Topf auf die Fliese hier." Sie deutete vor sich.

Ich folgte ihrer Anweisung und half Pyper, sich zu setzen. Sie saß neben mir, das Bein schräg in meine Richtung gestreckt.

„Das ist ein Ortungszauber. Im Gegensatz zum vorigen werden wir" – Bea deutete auf sich und Pyper – „nichts sehen. Wenn alles gut geht, findest du ihn in einem Traumzustand."

Pyper unterdrückte ein Schnauben.

„Passend für einen Traumwandler", sagte ich.

„In der Tat." Bea streckte ihre Hände aus, und wir bildeten den Kreis. „Nach der Beschwörung tränke die Flüssigkeit mit deiner Magie und trink dann einen Schluck. Sie wird dich in einen halbbewussten Zustand versetzen, in dem du in der Lage sein solltest, Kane zu finden."

Ich würgte und streckte meine Zunge heraus. Sie wollte, dass ich den Teig trank? Widerlich.

Bea ignorierte meine kindische Grimasse und begann mit ihrer Beschwörung. Sie war der, die wir bei Kat verwendet hatten, sehr ähnlich. Nur musste ich es diesmal nicht anzünden. Das war gut. Ich wollte nicht noch zu allem anderen ein Feuerschlucker werden.

Meine Kraft floss so leicht wie zuvor. Schließlich hob ich die Schale mit der goldschimmernden Flüssigkeit an meine

Lippen. Es kostete mich all meine Willenskraft, den bitteren, nach Erde schmeckenden Schlamm nicht zurück in den Topf zu spucken, und ich zwang einen großen Schluck herunter.

Wie ich erwartet hatte, setzte mein Würgereflex ein. Ich presste die Lippen aufeinander und schluckte wieder, fest entschlossen, den Trank bei mir zu behalten.

Mein Körper sank schlaff gegen die Küchenschränke hinter mir. Das surreale Gefühl, keine Kontrolle über meine Gliedmaßen zu haben, versetzte mein Gehirn in Panik. Doch bevor ich reagieren konnte, trübte eine traumartige Glückseligkeit meinen Geist. Ich schwebte mühelos, zufrieden damit, an nichts zu denken und mich zu entspannen. Ich hatte noch nie zuvor Drogen genommen, doch ich stellte mir vor, dass es ähnlich sein musste. Dieser Zustand, in dem mir alles egal war, war reizvoll.

Moment, das war nicht richtig. Ich musste mich um etwas – nein, jemanden – sehr Wichtiges kümmern. Über etwas nachdenken.

Kane!, rief ich in Gedanken.

Zu meiner Überraschung fand ich sofort seine einzigartige emotionale Signatur.

Schmerzen. Kane hatte Schmerzen. Sie hallten in meinen Gliedmaßen wider. Meine Handgelenke brannten, und mein Oberschenkel pulsierte mit einem dumpfen Schmerz. Ich richtete mein Bewusstsein auf die Quelle, und je näher ich kam, desto mehr schrien die Wunden. Ich sah nichts als grauen Nebel. Doch es war egal. Kanes Schmerzen riefen mich. Ich nahm das Gefühl an und drängte darauf zu.

Es war keine Überraschung, als seine Wut und Frustration durchbrachen. Doch sie waren so stark, dass mich die Kombination aus seinem Schmerz und seinem Geisteszustand fast lähmte. Ich zog meine Energie nur einen Hauch zurück und beschwor jedes bisschen Liebe herauf, das ich für ihn hegte. Als ich ihn wieder rief, anstatt ihn nur zu suchen, schob ich diese Liebe aggressiv in seine Richtung.

Ein Faden des Bewusstseins materialisierte sich durch Kanes Frustration. Mein Körper erwärmte sich von der Verbindung, die mir in den letzten Tagen gefehlt hatte. Etwas in mir wurde stärker. Alle verrückten Zweifel und das Misstrauen verschwanden. Er war hier irgendwo, und er wusste, dass ich ihn suchte.

Kane.

Eine schwache Spur von Kanes Stimme beantwortete mein Rufen. *Jade.*

Wo bist du?

Meine Frage blieb unbeantwortet. Verdammt! Ich hatte das seltsame Gefühl, dass ich seinen Schmerz umkreiste, obwohl ich in dieser fremden Welt aufgehört hatte, mich zu bewegen.

Kane?, versuchte ich noch einmal.

Nichts. Ich wusste, dass er hier war. Warum konnte ich ihn nicht finden? So hatten wir schon vorher kommuniziert. Ich war in einer anderen Dimension gewesen, und Kane hatte mich beim Traumwandeln gefunden. War es das? Hatte er geträumt?

Ich drängte stärker. Je mehr ich es versuchte, desto weiter entfernte er sich. Bald waren alle seine Schmerzen verschwunden. Das einzige, was blieb, war ein schwacher, fast nicht greifbarer Faden unserer Verbindung. War er bewusstlos?

Mit einem Ruck wachte ich in Kanes Küche auf. Das Licht brannte in meinen Augen, und ich blinzelte.

„Wo ist er?", fragte Pyper.

Mein Mund öffnete sich, doch ich schloss ihn wieder. Ich hatte eine Theorie. Wenn ich mich nur daran erinnern könnte.

„Du hast ihn gefunden, oder?", versuchte sie noch einmal.

Ich hielt meine Hand hoch, um ihre Fragen aufzuhalten.

„Gib mir eine Minute." Ich war in einem traumartigen Zustand gewesen. Kane auch? War das der Grund, weswegen ich fast mit ihm reden konnte? War er aufgewacht, als er mich gespürt hatte? Oder vielleicht war er von all dem Schmerz ohnmächtig geworden. Ich konnte es nicht sagen. Bei einer Sache war ich mir jedoch sicher.

„Er ist in einer anderen Dimension", platzte ich heraus.

Niemand sagte etwas. Ich blickte auf und stellte fest, dass sie mich alle mit einem verwirrten Ausdruck anstarrten. „Was?"

„Wir haben ihn gehört", sagte Pyper.

„Hm?"

„Wir haben gehört, wie Kane deinen Namen gesagt hat."

Voller Hoffnung drehte ich mich zu ihr um. „Hat er noch etwas gesagt?"

Sie schüttelte den Kopf. „Was hast du gehört?"

Ich bewegte mich und versuchte aufzustehen, doch meine Beine wollten nicht mitspielen. Ich rutschte wieder auf den Boden und lehnte meinen Kopf an eine Schublade. „Ich habe ihn gerufen, und er hat geantwortet, doch danach habe ich ihn verloren."

Schritte schlurften über die Fliesen. Ian blieb vor mir stehen und reichte mir seine Hand.

„Ich glaube nicht, dass ich laufen kann." Ich warf Bea einen Blick zu. „Ist das normal?"

Sie runzelte die Stirn. „Der Zauber verbraucht viel Energie, aber er sollte dich nicht so sehr erschöpfen."

Die raue Stimme meiner Tante kam von der anderen Seite des Zimmers. „Sie hat zwei fortgeschrittene Zaubersprüche ausgeführt. Dachtest du nicht, dass sie das auslaugen würde? Es ist nicht so, als hätte sie vorher Magie praktiziert."

„Gwen?" Ich drehte mich in ihre Richtung und erhaschte

einen flüchtigen Blick auf ihren wütenden Gesichtsausdruck, bevor sie sich abwandte.

„Ich mache mir Sorgen, das ist alles", sagte sie an die Wand. „Du hast keinerlei Ausbildung. Du weißt nicht, was gefährlich ist und was nicht."

„Ich bin hier an ihrer Seite." Bea klang beleidigt. „Glaubst du wirklich, ich würde sie in Gefahr bringen?"

Gwen sprang auf. „Woher soll ich das wissen? Ich kenne dich kaum. Und bis jetzt hast du meine Nichte nur benutzt, um dich selbst zu heilen. Zweimal, möchte ich hinzufügen. Und jetzt lässt du sie Zauber ausführen, die das Böse beschwören."

Bea stand auf und musterte Gwen von Kopf bis Fuß. „Ich habe Jade zu nichts gezwungen. Ich bin hier, um ihr zu helfen, so wie ich es war, als sie von einem bösen Geist gefangen war. Sie ist eine erwachsene Frau. Wenn du sie nicht verhätschelt hättest, wäre sie wahrscheinlich nicht in der Position, in der sie jetzt ist."

„Hey", warf ich vom Boden aus ein. „Was soll das heißen?"

Bea trat einen Schritt zurück und warf mir einen entschuldigenden Blick zu. „Tut mir leid. Ich meinte nur, wenn du besser vorbereitet gewesen wärst, könnten wir gemeinsam dagegen ankämpfen, anstatt dass ich nur Anweisungen gebe. Meine Frustration hat mich überwältigt. Verzeih mir."

Gwen sah aus, als wollte sie sich auf sie stürzen, doch auch sie trat einen Schritt zurück.

„Gwen", sagte ich. Als sie endlich meinem Blick begegnete, schickte ich ihr ein schiefes Lächeln. „Ich bin okay. Ich glaube, ich muss mich einfach ein bisschen ausruhen."

Sie nickte mir kurz zu, bevor sie sich aus der Küche zurückzog.

Ich unterdrückte einen Seufzer und blickte auf. „Ian, kannst du mir ins Schlafzimmer helfen?"

Seine Lippen verzogen sich zu einem neckenden Lächeln. „Na das ist eine Bitte, die ich kaum ablehnen kann."

Pyper warf ihm einen spöttischen Blick zu.

„Was?", fragte Ian, als er mich in seinen Armen hielt. Er war überraschend stark, trotz seiner schlanken Statur. Durch seine Berührung spürte ich das Erblühen von etwas, das Liebe nahekam, und es war nicht auf mich gerichtet.

„Du hast Glück, dass Kane nicht hier ist und ich allein nicht so schnell aufstehen kann", sagte Pyper vom Boden aus.

Ians Gesichtsausdruck wurde ernst. Entweder hatte er Schuldgefühle, weil er direkt vor Pyper mit mir geflirtet hatte, oder er dachte darüber nach, was Kane tun würde, wenn er mich in Ians Armen finden würde. Beides reichte aus, um ihm das Lächeln aus dem Gesicht zu wischen.

„Ian? Das Schlafzimmer ist da drüben." Ich zeigte auf den kurzen Flur neben der Küche.

„Ach ja."

Es war seltsam und ein bisschen beunruhigend, mich von ihm in Kanes Schlafzimmer tragen zu lassen. Zumal Kane mich öfter dorthin getragen hatte, als ich zählen konnte. Noch seltsamer war es, als Ian mich aufs Bett legte und das Gleichgewicht verlor. Er rutschte aus und fiel direkt auf mich.

„Wie heimelig", sagte Pyper von der Tür aus.

Ian rappelte sich auf und kehrte eilig zur Tür zurück.

Ich verdrehte die Augen. Ich hatte kein Interesse an Ian, und ich wusste, dass er kein Interesse an mir hatte. Zeiten änderten sich. Pyper war jetzt das Objekt seiner Zuneigung.

Ich rief sie zu mir.

Sie setzte sich auf die Bettkante. „Was kann ich tun?"

„Bleib bei mir. Ich habe eine Ahnung, dass Kane mich finden könnte, sobald ich einschlafe. Mein Zustand während des Zaubers war seinem Traumwandeln sehr ähnlich. Ich

233

möchte, dass du es bezeugst, falls etwas Ungewöhnliches passiert."

„Geht klar." Sie stand auf und stützte sich auf ihrer Krücke ab. „Möchtest du, dass ich dir helfe, dich bettfertig zu machen?"

Ich warf einen Blick auf meine Jeans und Stiefel und nickte. „Bitte."

Ian stand an der Tür.

Pyper warf ihm einen Blick zu, bei dem ich aus dem Zimmer gekrochen wäre, doch er trat nur von einem Bein aufs andere und sagte: „Jade, du hast gesagt, du wolltest, dass ich jede paranormale Aktivität messe. Soll ich hier für alle Fälle mein Equipment aufstellen?"

„Ja, mach das. Gib uns fünfzehn Minuten."

„Mache ich." Er verschwand so schnell, dass ich mich fragte, ob er nicht derjenige mit den übernatürlichen Fähigkeiten war.

Pyper kicherte. „Männer."

„Ich halte es für eine gute Idee."

„Stört es dich nicht?" Pyper sah nicht überzeugt aus.

„Nein. Jede Information ist im Moment gute Information. Ich bin gerne bereit, jede Hilfe annehmen, die wir bekommen können."

Sie drückte meine Hand und zog mich hoch. Mein rechter Oberschenkel pochte. Ich hielt ihn und stöhnte.

„Bist du okay?"

„Ja. Der Ortungszauber hat mir nur ein Geschenk hinterlassen. Wird schon wieder."

Zwanzig Minuten später lag ich in einem T-Shirt und einer Pyjamahose in Kanes Bett. Ian kehrte zurück und trug mehr Ausrüstung, als ich je gesehen hatte. „Wozu ist das alles?"

Er schenkte mir ein leicht schuldbewusstes Lächeln. „Ich

will heute Abend in jedem Zimmer Messungen vornehmen, wenn das für dich in Ordnung ist."

Es störte mich überhaupt nicht. „Tu, was immer du für notwendig hältst."

„Danke." Er verbrachte zehn Minuten damit, seine Geräte vorzubereiten, und sagte gute Nacht, bevor er wieder ging.

„Ich bin gleich wieder da", sagte Pyper von der Tür aus.

„Lass dir Zeit." Es war nicht so, als würde ich sofort einschlafen. Bei allem, was in den letzten vierundzwanzig Stunden passiert war, bezweifelte ich, dass ich überhaupt viel Schlaf bekommen würde. Gwen, die unerwartet aufgetaucht war, Kane mit Lailah zu finden, meine Entführung, Lailah, die Bea angegriffen und Kane entführt hatte, und Dan, der von einem Dämon kontrolliert wurde. Es war alles zu viel.

Ich kniff die Augen zusammen und versuchte, den Tag daran zu hindern, wie eine Filmrolle in meinem Kopf abzulaufen.

Stattdessen konzentrierte ich mich auf den Faden der Liebe, den ich von Kane gespürt hatte. Mein Körper füllte sich wieder mit Wärme. Ehe ich mich versah, war mein Geist zur Ruhe gekommen, und ich schwebte an diesem Ort auf halbem Weg zwischen Bewusstsein und Schlaf.

Ich wusste, dass er da war, bevor ich ihn sah. Seine unverwechselbare emotionale Signatur berührte mich von hinten. Ich drehte mich in seine Richtung um und keuchte.

Da war er mit einem Pflock, der aus seinem rechten Oberschenkel ragte. Seine Handgelenke waren in dünne Metallstreifen gewickelt, doch er schien an nichts gefesselt zu sein. Neben ihm, an sein anderes Bein gelehnt, saß Lailah.

Ihre schwache Stimme durchbrach die Stille. „Hilf uns."

KAPITEL ACHTZEHN

*I*ch starrte sie mit offenem Mund an und sprach dummerweise den ersten Gedanken aus, der mir in den Sinn kam. „Lailah ist in deinem Traum? Schon wieder?"

Kanes gequälter Gesichtsausdruck wurde ein wenig genervt. „Sie ist von allein aufgetaucht. Ich habe sie nicht hierher gebracht."

Was war mit mir los? Ich hatte keine Zeit, die eifersüchtige Freundin zu spielen. Ich winkte ab. „Vergiss es. Es ist nicht wichtig. Wo sind wir? Wisst ihr es?" Ich nahm mir einen Moment, um mich in einem Raum umzusehen, der wie ein Arbeitszimmer aussah. Oder war es eine Bibliothek? Außer Regalen gab es keine Möbel. Die beiden saßen neben einem geschwärzten Kamin auf einem dicken alten Orientteppich. Kerzenlicht flackerte und beleuchtete ledergebundene Bücher an den Wänden. Wenn es genug Licht gäbe, würde ich sicher eine dicke Staubschicht sehen, die die Bücherregale überzog.

„Es ist eine Ruine", sagte Lailah.

„Was?" Ich trat an Kanes Seite und inspizierte sein schmerzendes, geschwollenes Bein.

„Dieser Ort." Sie wedelte mit der Hand. „Doch sie existiert nicht in unserer Welt. Wahrscheinlich irgendwann einmal, aber jetzt nicht mehr."

Kane versuchte, meine Hand zu ergreifen, doch seine glitt durch meine hindurch. Er versuchte es noch einmal, während ich ihn ungläubig anstarrte. „Du hast mich in deinen Traum hineingezogen, oder? Ich habe keine neue Fähigkeit entwickelt, oder?"

„Ja, das war ich."

„Das liegt daran, dass wir uns auf einer anderen Astralebene befinden. Das war das, was ich dir über die Ruine sagen wollte", sagte Lailah frustriert. „Oder hast du nicht zugehört?"

Ich starrte sie an. „Ich habe nicht mit dir gesprochen. Aber jetzt, wo du meine Aufmerksamkeit hast, kannst du mir erklären, wie und warum ihr beide hier seid."

„Ich weiß nicht", flüsterte sie, wandte sich ab und vergrub ihr Gesicht in den Händen.

Ich sah Kane mit hochgezogenen Augenbrauen an.

„Sie sagt, dass sie sich an nichts erinnert, was nach dem Streit, den ihr zwei vor Beas Haus hattet, passiert ist. Sie kann sich nicht erinnern, hineingegangen zu sein oder Bea angegriffen zu haben", erklärte er.

Ein gedämpftes Schluchzen war von Lailahs zusammengekauerter Gestalt zu hören.

„Du willst mich wohl verarschen?", fragte ich ungläubig. „Wieder die Amnesie-Nummer?"

Kane schüttelte den Kopf und schloss die Augen. „Du warst nicht hier, als ich sie danach gefragt habe. Ich weiß es nicht genau, aber ich neige dazu, zu glauben, dass sie sich wirklich nicht daran erinnert."

„Wirklich?", schniefte Lailah.

Ich rümpfte angewidert die Nase. „Es spielt keine Rolle, ob

sie sich erinnert oder nicht. Tatsache ist, dass sie Bea angegriffen und dich dann hierher gebracht hat. Wo auch immer hier ist."

„Sie denkt, es ist das Fegefeuer." Kane streckte noch einmal die Hand aus, ließ sie dann jedoch sinken, bevor sie durch meine schimmernde Gestalt gleiten konnte.

„A…aber du bist nicht tot. Es kann nicht das Fegefeuer sein." Oh mein Gott. Er konnte nicht tot sein, oder? Er träumte mich. Mist, Geister besuchten Menschen andauernd in ihren Träumen. Ich hatte es selbst schon erlebt.

Lailah richtete sich auf. „Nein, wir sind nicht tot. Aber wenn ich meine Kräfte nicht bald zurückbekomme, kommen wir hier nie raus."

„Was ist mit deinen Kräften passiert?", fragte ich. Sie hatte sie dorthin gebracht; sie sollte sie verdammt nochmal wieder da rausholen können.

„Bea hat sie mir genommen. Hast du das schon vergessen? Du warst da."

Ich starrte sie an und wollte meinen durchsichtigen Kopf gegen die Wand schlagen. „Ja, aber du hast sie anscheinend zurück. Es war deine Kraft, die euch beide hierher gebracht hat, und deine Kraft, die zwei Stunden von Kanes Erinnerungen gelöscht hat. Sie ist da. Du musst sie nur finden."

Lailah sackte wieder zusammen und starrte auf den Boden.

Ich unterdrückte ein Stöhnen und wandte mich Kane zu. „Was ist mit deinem Bein passiert?"

Seine Frustration konkurrierte mit meiner, als er die Zähne zusammenbiss. „Ich habe keine Ahnung. Es war da, als ich wieder zu Bewusstsein gekommen bin, zusammen mit denen hier." Er hob seine Handgelenke, um mir die dünnen Metalldrähte zu zeigen.

„Jemand hat sie dir angelegt." Ich starrte Lailah an, doch sie sah zu hilflos und verängstigt aus.

„Wer soll das getan haben? Niemand war hier, und wir können den Raum anscheinend nicht verlassen." Seine Füße zuckten, und ich wusste, dass er aufstehen und auf und ab gehen wollte.

„Ich weiß nicht, aber –"

Lailah wurde plötzlich steif. „Sie kommt."

„Wer?", fragten Kane und ich gleichzeitig.

Ihr Körper wurde schlaff.

Neben ihr materialisierte sich langsam eine Gestalt mit dichtem, schwarzem Haar, das zu einem hohen Pferdeschwanz zurückgebunden war. Der strenge Stil betonte ihre schlanke Nase. Ihre wilden schwarzen Augen starrten mich direkt an. „Ah, du bist gekommen, um deine Lieben zu retten?"

Trotz der Qualen, von denen ich wusste, dass Kane sie litt, schaffte er es, aufzustehen und sich vor mich zu stellen. „Lass sie da raus", sagte er mit zusammengebissenen Zähnen.

„Halt die Klappe." Sie machte eine knappe Handbewegung, und Kane brach zu meinen Füßen zusammen.

Ich keuchte und kniete mich neben ihn, um ihn zu untersuchen, doch im Traumzustand gab es nichts, was ich tun konnte. Ich stand auf und richtete meine Empörung auf den Dämon. „Was willst du, Meri?" Ich ballte meine durchsichtigen Fäuste. „Was hast du von all dem hier?"

Ihre schwarzen Augen weiteten sich. „Du hast keine Ahnung, wie lange ich darauf gewartet habe."

„Worauf?" Panik begann, durch meine Wut zu dringen. Würde sie mich auch hier behalten? Sie musste eine gewisse Kontrolle über mich haben, nachdem Kane bewusstlos war und ich immer noch hier war.

Ihre Lippen verzogen sich zu einem kühlen Lächeln. „Den Engel. Ich habe zwölf lange Jahre darauf gewartet, aus meinem Gefängnis zu entkommen. Genial, wirklich, was diese Hexen getan haben, um meinen Geist in einem Objekt zu fangen. Sie haben jedoch vergessen, dass ein Engel mich befreien kann." Meri sah Kane an. „Und sie hatte eine Verbindung zu einem Traumwandler. So ein niedriger Engel, doch zusammen mit deinem Lover hat es ausgereicht, um meine Kraft neu zu entfachen."

„Du!" Ich zeigte empört auf sie. Es war Meri gewesen, die Lailah benutzt hatte, um in seine Träume einzudringen und in seinem Büro sexuelle Handlungen an ihm vorzunehmen. „Wenn du ihn in irgendeiner Weise verletzt, werde ich dich zur Verantwortung ziehen."

Ihr schrilles, kaltes Lachen kratzte auf meiner Haut. „Das habe ich schon, weiße Hexe. Sein Schmerz gibt mir fast so viel Kraft wie der Engel besitzt. Ich freue mich auf unseren Kampf. Stell dir vor, was ich tun kann, wenn ich dich erst einmal unter Kontrolle habe."

Ich trat einen Schritt zurück und versuchte, Distanz zwischen uns zu bringen. Wenn ich nur einen Weg finden könnte, aus diesem Traumzustand herauszukommen.

Meri richtete ihren Blick auf Lailahs liegende Gestalt. „Ich war einmal genau wie sie. So schwach und begierig, Gottes Werk zu tun." Sie schüttelte den Kopf und konzentrierte sich auf Kane. „Dann habe ich mich verliebt." Ihre Wut war so stark, dass ich sicher war, dass ich umgeworfen worden wäre, wenn ich in solider Form gewesen wäre.

Ein fauliger Gestank hing an ihr, etwas, das Tod und Verwesung sehr nahekam. „Weißt du, was passiert, wenn Engel sich verlieben?"

Ich schüttelte den Kopf und versuchte, nicht vor Angst zurückzuweichen.

„Sie sind für immer an ihren Partner gebunden, selbst wenn sie fallen." Sie nickte mit dem Kopf in Lailahs Richtung. „Sie hat ein solches Schicksal nicht erlitten." Ihr Gesichtsausdruck wurde weicher. Sie sah fast mütterlich aus, auf eine beunruhigende, verdrehte, Kreatur-der-Nacht-Art. „Jetzt kann sie ihr Leben in der Hölle in Frieden leben."

Ich schauderte. In der Hölle? Hatte Lailah nicht gesagt, sie seien im Fegefeuer? Ich bewegte mich auf Kane zu, und ein wildes Bedürfnis, ihn zu beschützen, durchströmte meine Adern. „Wenn du einen Gefährten hast, was willst du dann von meinem?"

„Von ihm?" Sie sah ihn angewidert an. „Nichts außer seinem Schmerz. Es speist meine Macht. Ich muss meinen feigen Gefährten jagen, der mich hier mit nur ein paar nutzlosen Hexen hat verrotten lassen." Sie winkte ab und ein mystisches Fenster öffnete sich. Zwei Frauen lagen in einem steinernen Raum reglos auf dem Rücken. Ich erkannte sie dank der Puppen. Priscilla und Felicia.

„Was hast du mit deinen Schwestern gemacht?" Abscheu durchzuckte mich.

Wut schlug auf mich ein. „Dieser verdammte Zirkel hat ihre Seelen von ihrem Geist getrennt. Jetzt sind sie Gefangene in der Zeit. Und vollkommen nutzlos. Es ist schwer, eine Seele zu verderben, die nicht da ist." Sie machte eine abrupte Geste, als wollte sie ihr Bild wegwischen, und die Szene änderte sich und enthüllte eine Frau, die in einem Raum mit Erdboden kniete. Ihr ausgezehrter Körper schien unsicher zu schwanken, als sie einen Haufen toter Blätter hackte. Meri schnippte mit den Fingern und der Kopf der Frau zuckte hoch.

Ich starrte in jadegrüne Augen. Es konnte nicht sein. Es konnte einfach nicht. Doch dann leuchtete ihr Gesicht auf. Mein Herz schmerzte vor verzweifelter Sehnsucht, zu ihr zu rennen und sie in meine Arme zu ziehen. Mich an sie zu schmiegen und das süße Glyzinienparfum zu riechen, das sie immer getragen hatte. Um sie irgendwie festzuhalten und nach Hause zu ziehen. Doch all das konnte ich in meiner nutzlosen, geisterhaften Form nicht tun.

„Nein!" Meine Mutter stand auf und trat dem Dämon gegenüber, doch ihr zerbrechlicher Körper hielt sie kaum aufrecht, während sie vor Wut zitterte. „Du wirst meine Tochter nicht nehmen. Sie wird niemals deiner seelenfressenden schwarzen Magie erliegen. Sie ist eine weiße Hexe. Gut. Rein. Du kannst sie nicht haben."

„Nun, Hope", lobte Meri. „Wenn du endlich nachgeben und die schwarzen Zauber wie ein gehorsamer Sklave wirken würdest, müsste ich dich nicht so auslaugen."

Meine Mutter ignorierte den Dämon und drehte sich zu mir um, doch bevor sie etwas sagen konnte, wedelte Meri erneut mit der Hand, und das Fenster verschwand. „Es ist eine Schande, dass sie so widerwillig ist. Sie wird es früh genug so sehen wie ich. Vor allem, wenn ich dich zu meiner Sammlung hinzufüge."

„Sie war die ganze Zeit hier?" Entsetzen packte mich. „In der Hölle?"

„Du musst viel lernen. Keine Sorge, du wirst es schnell begreifen. Das ist das Fegefeuer." Sie zeigte auf den Raum, in dem wir standen. „Hope hat die letzten zwölf Jahre hier verbracht, in der Zeit eingefroren. Doch ich habe sie gerettet, kurz nachdem der Engel mich befreit hatte. Jetzt ist sie in der Hölle. Es ist nur eine Frage der Zeit, bis die schwarze Magie sie korrumpiert."

Angst packte mein Herz. Wenn sie der schwarzen Magie verfiel, würde ihre Seele verloren gehen. „Mach das Fenster auf", verlangte ich.

Meri nahm sich Zeit und musterte mich, bevor sie antwortete. „Ergib dich mir freiwillig, und ich bringe dich zu ihr."

Ich funkelte sie an. „Was willst du wirklich?"

„Ist das nicht offensichtlich? Rache." Ihre Stimme wurde tiefer, und ihre Augen wurden zu schwarzen Untertassen. „Ich habe mit meinem Gefährten Engelsarbeit gemacht und bin schließlich in der Hölle gelandet. Ich habe mich wochenlang gemartert und darauf gewartet, dass er zurückkommt und mich holt." Ein Hauch von Traurigkeit wehte durch ihre kalte Fassade und wurde dann schnell zu einem Gefühl des Verrats. „Doch das hat er nie getan. Du hast ja keine Ahnung, wie schwer es für einen mächtigen Engel ist, dem Ruf der schwarzen Magie zu widerstehen. Sie hätte mich sofort befreit, doch uns wird so viel darüber erzählt. Dass sie unsere Seelen auffrisst. Dass wir dann nie wieder dieselben sind. Dass wir für Gott verloren sind."

„Was ist passiert?", flüsterte ich.

„Er. Ist. Nie. Gekommen. Und ich bin gefallen. Bin ein Dämon geworden." Ihre Augen nahmen wieder ihre normale Größe an, und sie erzählte in einem Plauderton weiter. „Danach war es nicht mehr so schlimm. Ich habe aufgehört, mich um all die wimmernden Seelen zu scheren, um die ich mich zu kümmern hatte."

„Alles lief gut", fuhr sie fort. „Ich stieg unter den Dämonen auf und gewann an Macht. Dann, *bam!* Meine Verbindung zu meinem Gefährten kehrte zurück, und ich wusste, dass er endlich kommen würde. Ich hieß seine Energie mit offenen Armen willkommen. Aber weißt du, was er dann getan hat?"

Ich schüttelte den Kopf, überwältigt vom Geständnis des Dämons.

„Er hat dem Zirkel geholfen, mich in dieser Vorhölle zu fangen. Der Bastard hat sie seine Verbindung zu mir nutzen lassen, um meinen Geist in ein schreckliches *Kunstwerk* zu verbannen. *Zwölf Jahre lang*", betonte sie. „Bis dein Engel mich gefunden hat. Du musst wissen, nur ein Engel hat genug Kraft, um einen gefangenen Dämon zu erwecken. Es war Glück. Jetzt bin ich stärker und komme mit voller Kraft zurück. Schon bald werde ich meinen Gefährten, diesen Verräter finden. Und du wirst mir helfen."

„Das kannst du vergessen, Dämon", spie Kane. Ich hatte nicht bemerkt, dass er das Bewusstsein wiedererlangt hatte. Jetzt saß er an den Kamin gelehnt. „Jade wird niemals dir gehören. Sie wird ihre Seele niemals dir oder deiner schwarzen Magie überlassen. Nicht, solange ich da bin."

Meri wirbelte in seine Richtung herum und schlug zu.

Kanes Blick heftete sich an meinen. *Geh*, formte er mit den Lippen, als sich meine Welt neigte und ins Nichts verschwand.

KAPITEL NEUNZEHN

*I*ch wachte schwer atmend und mit pochendem Herzen auf. Ich umklammerte meine Brust und kniff die Augen zusammen, als wollte ich die Folter, die Meri Kane zufügte, ausblenden.

Denk nicht darüber nach. Nicht über Kane und nicht über Mom. Zeit für einen Plan.

Es dauerte einen Moment, bis sich meine Augen an das blasse Licht des frühen Morgens gewöhnt hatten. Ich hatte erwartet, dass Pyper neben mir liegen würde, aber ich fand sie und Ian schlafend auf einem Sessel in einer Ecke des Zimmers. Ian lag mit seinen Füßen auf dem Bett ausgestreckt und Pyper hatte sich an ihn geschmiegt. Wenn ich nach meinem Traum mit Kane und Meri nicht so verzweifelt gewesen wäre, wäre ich auf Zehenspitzen aus dem Zimmer gegangen, um ihnen Privatsphäre zu geben.

Stattdessen rief ich: „Wacht auf!"

Ich war bereits im Badezimmer und zog meine Klamotten an, als ich ein Rumpeln hörte, gefolgt von Ians Stimme. „Tut mir leid."

Ich steckte meinen Kopf wieder ins Zimmer und sah, dass Ian Pyper auf die Beine half. „Was ist passiert?", fragte sie.

„In der Küche in fünf Minuten. Ich hole Bea und Gwen." Ich drehte mich um, um zu gehen.

„Sie sind in Beas Haus zurückgekehrt", sagte Ian.

„Was? Wieso?"

„Sie wollten Betten." Pyper zog an Ians Hand. „Komm, lass uns gehen."

Kurz bevor wir gingen, argumentierte ich, dass wir auf dem Weg zu Beas Haus die Porträts holen sollten, damit ich Felicia kontaktieren konnte. Meine Interaktion mit Meri erklärte nicht, wie Dan involviert war, doch ich vermutete, dass sie ihn auch verzaubert hatte. Lailah war sein Engel gewesen. Sie hatte Zugang zu ihm gehabt. Und sie hatte gesagt, jeder Dämon brauchte mehr Schergen. Oder?

Doch Pyper und Ian überstimmten mich. Sie taten nichts ohne Beas Zustimmung. Als wir Kat weckten und sie informierten, hatte sie sich natürlich auf ihre Seite geschlagen, und ich stand allein da.

Ich war überrascht, dass Gwen mit Bea nach Hause gegangen war. Sie hätte mich nach dem schrecklichen Tag, den ich gehabt hatte, nie mit der fadenscheinigen Ausrede, ein Bett zu brauchen, verlassen. Kat hätte ihr gerne ihr Gästezimmer zur Verfügung gestellt. Nach dem, was sie in ihrer Vision gesehen hatte, musste sie sich entschieden haben, Bea im Auge zu behalten.

Ein kalter Schauer lief mir über den Rücken.

Schwarze Magie. War Bea in der Lage, einem solchen Übel zu erliegen? Auf einer gewissen Ebene wusste ich, dass alle Hexen es waren, doch ich war zu der Überzeugung gekommen, dass Bea trotz ihrer gesundheitlichen Probleme in den letzten Monaten und dem Giftanschlag allmächtig war.

Ich hatte zugesehen, wie sie einen Engel seiner Macht beraubt hatte!

Als wir bei Bea ankamen, weckten wir sie und Gwen auf.

„Wacht auf, Schlafmützen!", rief Pyper aus der Küche. „Die Kinder haben ein paar Antworten."

Gwen legte ihren dünnen Arm um meine Schulter. „Hast du ihn gefunden?"

„In gewisser Weise."

Sie umarmte mich fest und flüsterte mir ins Ohr. „Ich freue mich, dich heute Morgen stark zu sehen. Du hast mir gestern Sorgen gemacht."

Ich schenkte ihr ein trauriges Lächeln. „Ich habe mich selbst erschreckt. Aber diese Hexe musste sich damit abfinden, eine Hexe zu sein. Die Leute zählen auf mich."

Sie drückte mich noch einmal fest. „Das ist mein Mädchen."

Ich neigte meinen Kopf in Beas Richtung. „Geht's ihr gut?"

„So weit ist alles okay."

Es dauerte nicht lange, sie über das Geschehene zu informieren. Als wir fertig waren, war Bea leichenblass. „Ich habe ihr das angetan", ihre Stimme war kaum hörbar. „Ich habe ihr ihre Macht genommen. Sie hatte keine Möglichkeit, dagegen anzukämpfen."

„Das hast du nicht wissen können", beruhigte Ian. „Sie hat dich vergiftet. Sie war wahrscheinlich schon kompromittiert."

„Du hast getan, was du tun musstest", sagte ich, ohne zu wissen, ob das stimmte. Was wusste ich schon über die Regeln des Zirkels? Ich hatte mich von den Hexen in Idaho abgewandt.

Bea nickte uns halbherzig zu und stand dann auf. „Ich muss dieses Porträt sehen."

„Ich habe euch ja gesagt –"

Pypers Blick unterbrach mich, und ich schluckte den Rest des Satzes herunter.

Bea ging voraus „Lasst uns gehen."

~

VOR DEM *GRIND* HIELT PYPER AN. Ich zuckte zusammen, als ich mich daran erinnerte, dass ich an diesem Morgen hätte arbeiten sollen. „Hast du jemanden gefunden, der mich vertritt?"

„Holly. Mach dir keine Sorgen. Sie kümmert sich um alles", sagte Pyper.

„Das ist gut", sagte ich erleichtert. Holly studierte und arbeitete nebenbei im Café. Sie konnte das zusätzliche Geld gebrauchen.

Pyper drehte sich zum Rücksitz um und gab Ian die Schlüssel. Sie sah ihn mit einem sinnlichen Schmollmund an. „Würde es dir etwas ausmachen, für mich zu parken? Ich habe Bea gesagt, sie kann auf meinem Parkplatz hinten parken. Du willst doch nicht, dass wir alle klatschnass werden, oder?" Auf dem Weg von Bea hatten sich die Schleusen des Himmels zu einem stetigen Regenguss geöffnet.

Ian zögerte nicht einmal. „Geht klar."

Er wartete, bis wir unter dem Vordach des *Wicked* Zuflucht gesucht hatten, bevor er schnell auf den Fahrersitz kletterte und davonfuhr. Ich bemerkte, dass der frische Regen den Geruch von faulen Orangen, der normalerweise nach einer großen Straßenparty auf der Bourbon Street blieb, bereits weggespült hatte.

Pyper zog ihre Schlüssel heraus und machte sich an die zahlreichen Schlösser an der Eingangstür des Clubs.

„Warum gehen wir da rein?" Sehnsüchtig starrte ich in Richtung *Grind* und wünschte mir sehnlichst einen heißen Chai Latte.

„Kane hat sie im Lager eingesperrt, schon vergessen?" Sie verschwand in den Club. Ich wollte ihr gerade folgen, als eine Hand an meinem Arm mich zurückspringen ließ. Die Tür krachte mit einem Knall ins Schloss. Ich schlug mit meinem anderen Arm zu, traf aber nur Luft, als mein Angreifer sich duckte.

„Whoa!", rief Holly und hob abwehrend die Hände. „Tut mir leid. Ich wollte dich nicht erschrecken."

„Himmel. Warum erschreckst du mich so?"

„Das wollte ich nicht. Ich habe dich gerufen, aber du hast mich wohl über den Regen und den Lärm hinweg nicht gehört." Sie starrte eine Gruppe kichernder Mittzwanziger an, die ins Café stolperten. Sie waren offensichtlich nach einer Partynacht auf der Bourbon Street noch nicht in ihre Hotels zurückgekehrt.

Ich warf ihr einen mitfühlenden Blick zu und hoffte, dass keiner von ihnen sich im Café übergeben musste. Das geschah mindestens einmal im Monat. „Tut mir leid, dass ich heute Morgen nicht kommen konnte", platzte ich heraus. „Ich würde helfen, aber wir haben eine Art Notfall. Wenn es nicht wichtig ist, muss ich wirklich da rein."

„Ich weiß, tut mir leid, aber da ist jemand, der auf dich gewartet hat. Er hat wie ein Verrückter über deine Freundin Lailah gezetert. Außerdem besteht er darauf, dass er Informationen über Kane für dich hat." Sie deutete über ihre Schulter. „Er ist da drin."

Jemand bewegte sich und trat aus dem Weg, und mein ganzer Körper verspannte sich bei Dans Anblick.

Holly bemerkte es offensichtlich. „Oder soll ich die Polizei rufen?"

Ich schüttelte schnell den Kopf, als ich ihre Fingerspitzen über dem Display ihres Handys schweben sah. „Ich kenne ihn. Wie lange ist er schon da?"

„Seit ich aufgeschlossen habe." Sie berührte meinen Arm. „Bist du sicher, dass es dir gut geht?"

„Ja", sagte ich. „Schon gut. Du solltest wieder reingehen."

Sie warf mir einen letzten fragenden Blick zu, bevor sie ins *Grind* zurückkehrte.

Kurz darauf tauchte Dan auf dem Gehsteig auf. Die Übelkeit, die ich immer in seiner Gegenwart verspürte, war stark, obwohl ich mir nicht sicher war, ob es eine normale körperliche Reaktion war oder an der Angst lag, die sein Anblick verursachte.

Vorsichtig schob er sich durch eine Gruppe von Mädchen, die zusammen unter dem Vordach standen, um trocken zu bleiben. Seine Bewegungen waren steif und unnatürlich. Oh Gott. Er wurde immer noch von einer Hexe kontrolliert … oder einem Dämon.

Ich ging rückwärts zum Eingang des *Wicked* und packte den Türknauf. Verriegelt. Verdammt! Wo war Pyper? Hatte sie nicht bemerkt, dass ich nicht mit ihr reingekommen war?

Dan blieb gut anderthalb Meter von mir entfernt stehen. Ich hätte erleichtert aufgeatmet, wenn ich nicht geglaubt hätte, dass ich dann das bisschen Essen ausspucken müsste, das in meinem Magen rebellierte. „Was weißt du über Kane?", fragte ich knapp.

Er schloss für einen Moment die Augen. Als er sie wieder öffnete, veranlasste mich seine intensive Konzentration, einen Schritt zurückzuweichen. Leider stand ich schon gegen die Tür gedrückt. Dans Stimme passte zu seinem unnatürlich ruckartigen Gang. „Er ist verloren. Sie hat ihn in die Anderswelt mitgenommen. Du kannst ihn nicht zurückbekommen."

Ich kniff die Augen zusammen, während ich seinem Blick standhielt. „Warte nur ab."

„Sie ist zu mächtig. Rette dich selbst." Er blinzelte schnell.

Dann veränderte sich seine Haltung, als sich die Muskeln entspannten, bevor sie sich plötzlich wieder anspannten. Er sah sich um, als wollte er sich orientieren. Sein Blick fiel wieder auf mich, und sein Gesicht hellte sich auf. Als er sprach, war seine Stimme angespannt, aber vertraut. „Jade, bitte. Ich bitte dich, misch dich da nicht ein. Du kannst ihm nicht helfen. Keiner von uns kann das."

Er schien so normal zu sein, dass ich seinen Arm berühren wollte, meine Hand jedoch in letzter Sekunde zurückzog. Stattdessen sagte ich: „Was ist los? Was ist mit dir passiert?"

„Ich …" Sein Körper wurde wieder steif. „Keine Zeit. Es ist eine Falle. Bleib weg. Rette dich selbst." Ein Zittern lief über seinen ganzen Körper. „Geh!", schrie er.

In diesem Moment wurde die Tür aufgestoßen und warf mich in einen überfluteten Teil der Straße. Ich fiel hart auf die Knie und schürfte mir die Hände am Asphalt auf. Ich rappelte mich auf, ignorierte den Schmerz, der durch meine Handflächen schoss, und hinkte zurück.

Dan kam auf mich zu. Sein Gesicht verzog sich, Hass strömte aus seinen verengten Pupillen. „Du gehörst mir", krächzte seine Stimme, die doch so fremd war.

„Als ob!" Pyper schwang einen schwarzen Baseballschläger. Sie traf seine Schulter und warf ihn mitten auf die Straße. Sie griff nach mir und zog mich in den Club. Von der Tür aus sah ich einen weißen SUV, der auf seinen bewusstlosen Körper zuraste.

„Halt!", schrie ich, aber das unheilvolle Zuschlagen der Tür nahm mir jede Hoffnung, dass mein Schrei gehört werden würde.

Das Quietschen der Reifen, gefolgt von dem lauten Knirschen von Metall, ließ mich wieder nach der Tür greifen.

Pyper sprang vor mich und versperrte mir den Weg. „Bleib hier. Ich schicke Ian, um nachzusehen."

„Was soll ich nachsehen?" Ian tauchte mit Kat an seiner Seite aus dem hinteren Teil des Clubs auf.

„Wir haben draußen einen Unfall gehört. Kannst du bitte nachsehen, ob es allen gut geht?"

Ian ging schneller. „Natürlich."

„Ich helfe ihm", sagte Kat.

Ich ergriff ihre Hand. „Es ist Dan."

Ihr Atem stockte, und plötzlich rannte sie.

„Seid vorsichtig. Er hat dagegen angekämpft, aber er steht immer noch unter einem Zauber", rief ich ihr nach.

„Scheiße", sagte Ian leise und rannte hinaus.

Ich starrte Pyper an, die vor der Tür Wache stand, setzte mich auf den nächsten Stuhl und inspizierte meine brennenden Hände. Die Schürfwunden mussten gereinigt werden. Ich bewegte mich hinter die Bar, um sie unter den Wasserhahn zu halten. „Wenn er von diesem Auto angefahren worden ist, hätte er nie genug Kraft gehabt, um mich zu verletzen", sagte ich, ohne sie anzusehen.

„*Wenn* er angefahren wurde. Was, wenn nicht?"

Ich wirbelte herum. „Dann haben wir gerade meine beste Freundin und den Mann, in den du verliebt bist, nach draußen geschickt, um mit einem besessenen Verrückten zu kämpfen."

„Ich bin nicht ..." Sie starrte mich mit offenem Mund an. Sie schien es zu bemerken und presste die Lippen aufeinander. „Ich bin nicht in Ian verliebt."

„Was auch immer du sagst." Ich drehte mich um und holte den Erste-Hilfe-Kasten unter der Theke hervor.

„Wie kommst du darauf?"

Ich warf ihr einen *Du-machst-wohl-Witze*-Blick zu. „Empath hier, schon vergessen? Jedes Mal, wenn du ihn auch nur ansiehst, strahlt es von dir aus."

„Aber ..." Sie sank in einen der blauen Samtsessel neben der Bühne.

Als meine Hände ausreichend versorgt waren, widmete ich ihr meine volle Aufmerksamkeit. Ihr Gesicht war weiß geworden, und der Sessel, auf dem sie saß, wackelte bei jedem nervösen Fußtritt.

„Oh", keuchte ich. „Du wusstest es nicht."

Sie schüttelte den Kopf und fragte mit leiser Stimme: „Empfindet er dasselbe?"

Ah, Scheiße. Es war eine Sache, ihr zu sagen, was ich von ihr empfing. Es war etwas ganz anderes, über Ians Gefühle zu sprechen. Sie würde warten müssen, bis er bereit war, ihr zu sagen, dass er sich in sie verliebt hatte. „Es tut mir leid –"

Ihr hoffnungsvolles Gesicht zerbröckelte.

„Nein, nein. Ich wollte sagen, dass es mir leidtut, aber ich denke nicht, dass wir darüber reden sollten."

„Du hast es angesprochen", schoss sie zurück.

Ich setzte mich neben sie. „Ich weiß, und ich hätte nichts sagen sollen. Ich habe überreagiert, als du nur versucht hast, mich zu beschützen." Behutsam ergriff ich ihre Hand. „Es ist Ians Sache, dir zu sagen, wie er sich fühlt. Es ist nicht richtig, dass ich dir sage, was ich gar nicht wissen sollte."

Sie senkte den Kopf. „Du hast Recht. Tut mir leid, dass ich gefragt habe. Ich würde dich töten, wenn du ihm sagen würdest, was du über mich weißt."

„Da bin ich mir sicher." Lächelnd drückte ich ihre Hand und schnitt eine Grimasse, als Schmerz durch meine Handfläche schoss. „Ich kann dir sagen, er mag dich sehr. Und so viel ist auch für den außenstehenden Beobachter offensichtlich. Also stress dich nicht. Ich bin sicher, sobald diese Krise überwunden ist und wir Kane" – meine Kehle schnürte sich zu, als ich seinen Namen aussprach – „werdet ihr Zeit haben, es herauszufinden."

„Ja. Jetzt ist nicht die Zeit dazu." Sie saß da, die Knie zusammen, die Füße auseinander, die Ellbogen auf die

Oberschenkel gestützt. Sie erinnerte mich an eine nachdenkliche Fünfjährige. Es kostete mich all meine Willenskraft, sie nicht in eine tröstende Umarmung zu ziehen. Plötzlich sprang sie von ihrem Stuhl auf. „Komm."

„Wohin?" Ich folgte ihr.

„Deiner besten Freundin und dem Mann, den ich liebe, zu helfen. Guter Gott. Das habe ich noch nie laut ausgesprochen." Sie zog die schwere Tür noch einmal auf und sah mich an. „Aber es hört sich schön an."

Ich lächelte, spürte jedoch ein Ziehen in meinem Herzen, wenn Kat es herausfand.

Im Dauerregen hatte sich draußen eine kleine Menschenmenge gebildet. Ich reckte meinen Hals und erhaschte kaum einen Blick auf rotes, lockiges Haar. „Kat!", rief ich.

„Hier drüben, Jade. Beeil dich."

Ich stolperte an den Schaulustigen vorbei und fand Kat, die Dans schlaffe Hand umklammert hielt, an seiner Seite. Um seinen linken Arm und seine Schulter war ein blutgetränktes weißes Handtuch gewickelt. Ein anderes lag gefaltet über seiner Brust, gehalten von Kats Hand.

„Oh nein." Meine Hand schoss an meine Kehle, und ich wich ein paar Meter zurück.

„Wo gehst du hin?", rief Kat und starrte mich mit tränennassen roten Augen an. „Der Krankenwagen braucht zu lange. Er braucht einen Energietransfer, wenn er es überleben soll."

Ich erstarrte, Regentropfen liefen mir über das Gesicht. „Du willst, dass ich Energie auf Dan übertrage?"

„Ja." Frustration strömte in gewaltigen Wellen von ihr aus. „Verdammt, Jade. Er wird sterben. Sieh ihn dir an."

Und das tat ich und sah alles, was mir auf den ersten Blick entgangen war. Ein Bein lag in groteskem Winkel verdreht da.

Blut sammelte sich um seinen schlaffen, blassen Körper. Kats Hand auf seiner Brust hob sich kaum, als er extrem flach einatmete. Der weiße SUV war nirgendwo zu sehen.

Ihre totale und völlige Panik hüllte mich ein, und mir wurde übel. Schlimmeres würde passieren, wenn ich in Dans Energie eindrang. „Ich weiß nicht –"

„Ist. Mir. Egal." Ihre Stimme wurde hart und kalt. „Welchen Teil von ‚er wird sterben' verstehst du nicht? Nutz meine Energie oder was auch immer du mit Ian und Bea gemacht hast. Aber steh nicht da und lass unseren Freund sterben."

Ich hatte sagen wollen, ich weiß nicht, ob ich es kann, aber es war einfach keine Option, es nicht zu versuchen. Dan hatte uns beide gerettet, und wir standen in seiner Schuld. Ganz zu schweigen davon, dass er kurz, bevor er angefahren worden war, versucht hatte, mich zu warnen, vielleicht sogar noch einmal zu retten, obwohl er unter dem Einfluss schwarzer Magie stand.

„Du hast Recht." Ich ergriff ihre Hand und ließ mich von ihrer sauberen Energie durchfluten. Wir hatten das schon früher getan, doch da war ich es gewesen, die ihre Hilfe gebraucht hatte. Ich sammelte so viel von ihrer Energie ein, wie ich halten konnte. Ihr Griff in meinem wurde schwächer, und ich warf ihr einen besorgten Blick zu.

Sie winkte ab, eindeutig gestresst, dass ich mich auf sie und nicht auf ihn konzentrierte.

Mein Körper pulsierte bei der Übertragung. Wenn es jemand anderes als Dan gewesen wäre, wäre ich mir sicher, dass ich demjenigen ohne Probleme ihre kraftvolle Essenz hätte übertragen können. Leider hatte ich eine Art emotionale Energieallergie entwickelt, wenn es um ihn ging. Sobald ich ihn berührte, versengte Hitze meine Handfläche. Der Schmerz und der Instinkt, zurückzuweichen, bedrohten meine Konzentration.

Nein. Ich würde das Richtige tun.

Kats unerschütterliche Energie sprudelte hoch. Ich suchte nach meinem magischen Funken, der tief in meinem Inneren vergraben war. Er erwachte zum Leben, als hätte er auf meinen Ruf gewartet. Mein Körper prickelte, und all meine Schmerzen verschwanden. An diese Art von Macht könnte ich mich glatt gewöhnen.

Ich schloss meine Augen und stellte mir vor, wie Kats Energie in ihn floss. Sie bewegte sich aus meinem Innersten meinen Arm hinunter und prickelte über meine Haut. Sie bewegte sich schnell und baute auf dem Weg Momentum auf.

Ich neigte verwundert meinen Kopf zur Seite, genoss den Rausch, sonnte mich sogar darin, während ich die Energie in Dan lenkte. Die Welle traf meine Fingerspitzen, doch anstatt in ihn einzudringen, floss sie in den Äther.

Ich strengte mich noch mehr an und benutzte jedes Quäntchen Kraft, das ich hatte, um die von Magie durchdrungene Energie in ihn zu schicken. Trotzdem schien die Magie von ihm abzuprallen. Die Energie jedoch nicht. Bald kehrte Farbe in Dans schlaffes Gesicht zurück, und sein schwacher Puls schlug stärker unter meinen Fingern.

Seine Augen öffneten sich. Kats Hand wurde schlaff in meiner. Ich sah sie in genau dem Moment an, als sie die Augen verdrehte. Sie fiel, und ihre nasse Regenjacke streifte mich.

Ich ließ Dan los und packte sie an den Schultern. „Kat? Bist du okay? Bleib bei mir."

Ein leises Stöhnen entkam ihren Lippen. „Jade? Wo sind wir?"

„Auf der Straße. Dan helfen."

„Dan? Was ist mit ihm passiert?"

„Er hatte einen Unfall. Erinnerst du dich nicht?"

„Nein. Ist er ok?" Ihr Kopf sackte nach vorn, und sie sank zurück in meine Arme.

„Scheiße", fluchte ich.

„Du bist zu weit gegangen", sagte Bea hinter mir. „Zu viel von der eigenen Essenz zu übertragen ist eine Sache, aber sie von anderen zu stehlen ist gefährlich und rücksichtslos."

Ihr herablassender Ton machte mich wütend. „Stehlen? Ich habe nichts gestohlen. Sie hat mich gebeten, ihm ihre Energie zu schicken. Nein, sie hat es verlangt. Ja, ich bin zu weit gegangen, aber das war ein Unfall."

Ian trat neben Bea. „Das wissen wir, Jade. Wir haben alles gehört." Er ging in die Hocke und hob Kat sanft aus meinen Armen. „Ich bringe sie in deine Wohnung." Er folgte Pyper in den Hof und zur Seitentür des Gebäudes.

„Entschuldigen Sie, Miss. Wir kümmern uns jetzt um ihn." Ein stämmiger, schwarzhaariger Sanitäter ging neben Dan in die Hocke und machte sich daran, seine Vitalfunktionen zu überprüfen.

Dan sah mich an. Sein Blick bohrte sich in meine Augen, voll von etwas, das ich nicht deuten konnte. Erleichterung? Nein. Es war Staunen. Ich blickte zurück und konnte mir nicht vorstellen, wie eine Nahtoderfahrung sein musste. Zweifellos war er einfach nur froh, am Leben zu sein.

Ein weiterer Sanitäter kam und stieß mich aus dem Weg. Ich stand auf extrem wackeligen Beinen. Meine Knie taten nicht mehr weh, aber ich hatte kaum noch genug Kraft, mich auf den Beinen zu halten.

Bea schlang ihren Arm um meine Taille. „Du lernst nie."

„Was denn jetzt schon wieder?" Ihr Vorwurf ärgerte mich noch immer. Hätte ich nicht ihre Unterstützung gebraucht, um wieder ins Haus zu kommen, wo es warm und trocken war, wäre ich davongestapft. Stattdessen stützte ich mich auf sie, während wir in den Hof gingen.

„Du hast Kat ausgelaugt, und als du deine Magie nicht

kontrollieren konntest, hast du ihm nicht nur Kats Energie geschickt, sondern auch deine."

„Nein, ich …" Die körperliche Erschöpfung. Die Irritation. Die Tatsache, dass ich Dan ohne Magie vom Rand des Todes geholt hatte. Ich rieb mir die Stirn und unterdrückte einen frustrierten Schrei. „Ich dachte, ich hätte es verstanden. Ich habe keine Probleme, auf meine Magie zuzugreifen. Tatsächlich sprüht sie immer noch in mir. Warum zum Teufel kann ich sie nicht kontrollieren?"

Bei meinem Ausbruch wurde mir schwindelig. Ich blieb stehen und lehnte mich an die Backsteinmauer neben dem Eingang.

Sie zog die Augenbrauen hoch wie ein Lehrer, wenn er etwas zu sagen hat. „Du hast nicht damit gerechnet, mit schwarzer Magie konkurrieren zu müssen."

Adrenalin schoss durch meine Glieder. Ich richtete mich auf und sah mich um.

„Nicht hier." Sie kicherte. „In Dan. Er steht immer noch unter einem schwarzen Zauber."

Wut stieg in mir auf. „Aber du sagst immer wieder, ich sei eine weiße Hexe. Was ist so toll daran, wenn ich nicht einmal die Auswirkungen eines schwarzen Zaubers ausgleichen kann?"

Sie presste die Lippen aufeinander und öffnete mir die Tür. „Denk einen Moment darüber nach, während wir nach oben gehen."

Ich warf einen Blick auf die schmale Treppe und wünschte mir verzweifelt, Ian würde sich materialisieren und mich hinauftragen. Kane würde das lieben.

Kane.

Wir mussten einen Weg finden, ihn, Lailah und meine Mutter irgendwie zurückzubringen. Entschlossen setzte ich einen Fuß vor den anderen und stieg langsam eine Stufe nach der anderen hinauf. Als ich den ersten Absatz erreichte, blieb ich stehen und rang nach Luft, bis ich wieder sprechen konnte. „Kann jede Hexe schwarze Magie benutzen?"

„Nein." Sie musterte mich vorsichtig.

„Dazu muss sie mächtig sein, oder?"

„Ja."

„Und die Mächtigen wenden sich der schwarzen Magie zu, weil …?"

Über Beas Kopf ging das Licht an. „Jetzt stellst du die richtigen Fragen."

Ein paar Momente verstrichen, ohne, dass sie etwas sagte. „Aber du wirst sie nicht beantworten?"

„Ich kann nicht. Das kann dir nur die betroffene Hexe sagen."

Ich konnte mir keinen schlechteren Zeitpunkt für ein Frage-und-Antwort-Spiel vorstellen. Ich drehte mich um und arbeitete mich eine weitere Treppe hinauf, dann die letzte. Als wir meine Tür erreichten, zitterte ich. Bevor ich in meine Wohnung ging, drehte ich mich zu ihr um und zwang heraus: „Hexen benutzen nur schwarze Magie, wenn sie denken, dass sie mehr Macht brauchen."

„Das gilt für einige Hexen."

„Und die anderen?"

„Sie sind einfach böse."

„Aber Tatsache bleibt, schwarze Magie ist mächtiger als weiße Magie, oder?"

„Das kann sie sein."

„Bea!"

Sie sah mich ernst an. „Ja. Schwarze Magie ist sehr mächtig. Viele Hexen wenden sich ihr zu, wenn sie alle anderen Möglichkeiten ausgeschöpft haben. Es ist falsch, und sie erholen sich so gut wie nie davon. Wenn sie sie einmal angezapft haben, können sie nicht anders. Sie verlieren sich."

Trotz ihres ernsten Tons war alles, woran ich denken konnte, Darth Vader, und ich fragte mich, ob irgendeine arme schwarze Hexe die Inspiration für seinen Charakter gewesen war.

Wenn du einmal dunkle Schokolade gekostet hast, willst du nie wieder andere.

„Jade, hörst du zu?"

„Ja." Ich nickte und biss mir auf die Lippe, um nicht zu kichern.

„Der Dämon, der Dan kontrolliert, ist extrem mächtig. Ich bezweifle ernsthaft, dass du sie mit deiner weißen Magie besiegen kannst."

„Was schlägst du vor? Dass ich mich an den dunklen Künsten versuche?"

Sie wich zurück, als hätte ich sie geschlagen. „Göttin, nein. Ich meinte nur, dass du Hilfe brauchst."

„Und wo würden wir die finden?"

Die Tür öffnete sich gerade als Bea sagte: „Im Zirkel."

Ich antwortete nicht, doch nur, weil meine Wohnung voller Leute war. Menschen, die ich nicht kannte, die alle leichte und luftige Energie besaßen, genau wie ich. Hexenenergie.

KAPITEL ZWANZIG

*D*uke sprang hechelnd auf mich zu. Wenn er noch gelebt hätte, hätte er mit seinen Pfoten einen kleinen Stepptanz auf dem Parkettboden aufgeführt. Stattdessen tanzte er lautlos um mich herum, während ich mich umsah.

In meiner winzigen Einzimmerwohnung waren mindestens acht Hexen und, wenn ich mich nicht täuschte, zwei weitere auf dem Balkon. Durch die offenen Fenster konnte ich Gelächter hören.

„Jade, da bist du ja." Kats Stimme übertönte das Geplapper. „Komm her."

Ich warf Bea einen Blick zu. Dann manövrierte ich mich durch die Frauen, die nur Mitglieder ihres Zirkels sein konnten. Duke folgte mir und schnupperte beim Gehen an meinen schwarzen Turnschuhen. Ich richtete meinen Blick auf ihn und formte lautlos mit den Lippen: *Aus. Lass das.*

Kat packte meinen Arm, als ich mich neben sie auf die Bettkante setzte. „Ist er ok? Hat es funktioniert?"

„Ja. Ich denke, es wird ihm gut gehen, zumindest körperlich."

„Aber er lebt." Mit einem erleichterten Seufzer sank sie wieder auf mein Kissen. Eine Sekunde später lächelte sie. „Ich wusste, dass du es schaffen würdest."

„Was ist mit dir passiert?" Vor zehn Minuten war sie so ausgelaugt gewesen, dass ich befürchtete, sie würde Wochen brauchen, um sich zu erholen. Ich hatte mir einmal genau das angetan, was ich ihr angetan hatte, und ich hatte schrecklich gelitten. Doch vielleicht hatte ich nicht so viel Schaden angerichtet, wie ich befürchtet hatte.

Kat wandte den Blick ab. Ihr Blick fiel auf einen großen blonden männlichen Hexenmeister am Fenster. Er bewegte sich in ihre Richtung und schenkte ihr ein sanftes Lächeln.

„Immer noch alles gut?", fragte er.

Sie nickte. „Lucien, das ist meine Freundin Jade. Jade, Lucien."

Ich warf ihm einen skeptischen Blick zu und wedelte mit der Hand in Kats Richtung. „Du bist dafür verantwortlich?"

„Jade", schalt Kat leise.

Er lachte. „Wenn du die Wiederherstellung ihrer Energie meinst, dann ja, ich bin in erster Linie dafür verantwortlich. Natürlich mit Hilfe des Zirkels."

„Niemand hat dich um Hilfe gebeten."

Er zuckte mit den Schultern. „Deine Freundin schien nichts dagegen zu haben."

„Jade", sagte Kat wieder. „Stopp."

„Sie ist sich der Gefahren, die mit deiner Art von Magie verbunden sind, nicht bewusst. Halte dich fern von ihr. Wir brauchen deine Hilfe nicht."

„Himmel!" Kat sprang vom Bett auf. „Lucien, es tut mir so leid. Jade hatte ein paar wirklich schlimme Tage. Hör nicht auf sie. Danke für alles." Sie drehte sich zu mir um und zerrte mich praktisch aus meiner Haustür. Duke knurrte und begann unaufhörlich zu bellen.

Guter Hund. Sag ihr, wer hier der Boss ist. Schade, dass sie ihn nicht hören konnte. Ich war die einzige mit diesem schönen Privileg.

Dukes lautstarker Protest wurde unterbrochen, als sie die Tür vor seiner Nase zuschlug. Als wir im Flur waren, zischte Kat. „Was zur Hölle tust du?"

„Auf dich aufpassen."

„Indem du den Typen beleidigst, der die Energie wiederhergestellt hat, die du verbraucht hast?"

Wut brannte durch meine Brust, aber ich rang sie nieder und sagte mit leiser Stimme: „Das habe ich nicht mit Absicht getan, das weißt du."

Die Anspannung verschwand aus ihrem Gesicht und wurde von Müdigkeit ersetzt. „Natürlich weiß ich das. Warum bist du so wütend auf ihn? Er hat nur dasselbe für mich getan, was du für Dan getan hast."

Ich lehnte mich an die Wand und rutschte daran herunter, bis ich saß. „Es ist nicht die Magie. Es ist, mit einem Zirkel zu arbeiten und jemandem, den du nicht kennst, die Kontrolle über dich zu erlauben. Es macht mir Angst, Kat. Dan ist besessen. Kane ist weg. Lailah ist … Nun, ich weiß nicht, was mit ihr passiert."

„Und Zirkelmagie ist, wie du deine Mutter verloren hast."

„Ja. Was wird als Nächstes passieren?"

Sie setzte sich neben mich. „Ich weiß nicht. Aber du musst lernen, Menschen zu vertrauen. Du kannst nicht alles selbst machen."

„Es gibt Leute, denen ich vertraue. Dich, Kane, Pyper, Ian und Gwen. Doch ein Zirkel, dem ich noch nie begegnet bin? Nein, das kann ich nicht riskieren."

„Du wirst es müssen", sagte Bea von meiner Tür aus mit

verschränkten Armen. „Wenn du die schwarze Magie allein bekämpfst, verlierst du. Weißt du, was ein Zirkel tut?"

„Natürlich weiß ich das", sagte ich beleidigt. „Er bietet dem Anführer ein Kollektiv von Macht, auf das er zurückgreifen kann."

„Inwiefern unterscheidet sich das von dem, was du getan hast, als du Ians Energie benutzt hast, um mir zu helfen, oder Kats, um Dan zu helfen?"

„Weil ich euch vertraue." Verdammt, haben sie nicht zugehört?

„Du vertraust mir?", fragte Bea und neigte den Kopf.

Ich zögerte.

„Dachte ich mir. Darum kommen wir mit deinem Unterricht nie weiter, und du scheinst nur in Extremsituationen zu zaubern. Finde dich damit ab, Jade. Kane wartet." Sie verschwand wieder in meiner Wohnung.

Ich stand auf. „Lass uns gehen."

„Was?" Kat sah mich verwirrt an. „Aber du hast eine Wohnung voller Hexen, die darauf warten, dir zu helfen. Und das ist Hilfe, die du dringend brauchst."

„Sie warten darauf, Bea zu helfen. Sie ist ihre Anführerin. Ich muss Pyper finden. Hast du eine Ahnung, wohin sie gegangen ist?"

Sie seufzte. „Sie ist mit Ian im Club."

„Danke." Ich stand oben an der Treppe und drehte mich um. „Kommst du?"

Kat warf einen Blick auf meine Tür, dann schien sie sich zu entscheiden. „Ja."

~

DIE HINTERTÜR zum Club war wie immer verschlossen. Als unser Klopfen unbeantwortet blieb, fischte ich meinen Schlüsselbund aus meiner Tasche und lächelte Kat an.

„Du hast einen Schlüssel?", fragte sie.

„Pyper hat ihn mir gegeben, als ich vor einiger Zeit hier ausgeholfen habe. Ich habe vergessen, ihn zurückzugeben."

Im *Wicked* herrschte immer gedämpftes Licht, kaum genug, um zu sehen, wohin man ging, doch heute waren alle Lichter aus, sodass es stockdunkel war. Das war merkwürdig. Die Flurbeleuchtung war immer an. „Was hast du gesagt, was sie hier unten machen?", fragte ich Kat.

„Habe ich nicht gesagt. Sie sollten aufbauen."

Ich schaltete das Licht ein und starrte sie an. „Was aufbauen?"

Sie hob abwehrend die Hände. „Hey, sieh mich nicht so an. Ich weiß nicht. Ich war das benommene Mädchen, das eine Energieinfusion von einem heißen Zauberer oder einer männlichen Hexe oder wie auch immer man sie nennt bekommen hat."

Meine Lippen zuckten. „Hexenmeister. Zauberer sind ... ach, egal. Das ist eine Lektion für einen anderen Tag."

„Dann eben Hexenmeister. Der Punkt ist, ich weiß nicht, was sie vorhaben."

„Okay. Verstanden. Finden wir es heraus."

Wir hatten uns ungefähr einen halben Meter bewegt, als wir aus dem Büro lautes Krachen hörten, gefolgt von einem gedämpften Stöhnen. Mein Puls verselbstständigte sich, und eine Sekunde später stürmte ich durch die Bürotür, nur um abrupt stehenzubleiben. „Oh. Tut mir leid."

Ich ruderte zurück, stolperte jedoch über Kat, die hinter mir erstarrt war. Ich drehte mich um und versuchte, sie aus dem Raum zu lotsen, doch ihre Augen weiteten sich, als sie Ian anstarrte, der unter Pyper lag. Ihr Rock war um ihre Taille hochgeschoben und Ians Hände waren unter ihrem Top.

„Scheiße," kicherte Pyper. „Erwischt."

Das Elend, das von Kat ausging, lähmte fast meine Fähigkeit, etwas zu sagen oder zu tun. Ganz zu schweigen davon, dass ich immer noch schwach war von der Episode mit Dan. Ich zwang die Worte heraus und gab ihr einen sanften Schubs. „Kat. Beweg dich."

Schließlich stolperte sie rückwärts zurück in den Club.

„Wir kommen gleich nach!", rief Pyper.

„Nimm deine …" Die Tränen in Kats Augen ließen mich innehalten. „Ähm, ich meine, okay."

Ich zog sie zur Bar und setzte sie auf einen Hocker. „Setz dich."

Sie tat, was ich sagte, starrte aber in Richtung Büro.

Mist. Dafür hatten wir keine Zeit. Ich schaltete eines der Barlichter an und nahm mir eine Flasche Wasser. „Trink."

„Wusstest du es?", fragte sie.

„Ob ich was wusste?"

„Jade." Da war er wieder. Ihr sachlicher Blick.

Ich setzte mich auf den Hocker neben ihr. „Ja, aber es ist nicht an mir, mich einzumischen." Ich wollte ihr sagen, dass Ian sie auch mochte, aber ich vermutete nur als Freunde. Doch im Moment wäre es nur grausam gewesen, das zu erwähnen.

„Du bist meine Freundin. Du hättest mich warnen können." Das Gefühl, verraten worden zu sein, ging von ihr aus.

„Kat. Du *bist* meine Freundin. Meine *beste* Freundin", fügte ich zur Betonung hinzu. „Aber Ian ist auch mein Freund, und es wäre ihm gegenüber nicht fair gewesen, herauszuposaunen, was ich aufgrund meiner Gabe vielleicht weiß oder nicht. Du hast gesagt, er hat dich zu einem Date eingeladen, aber – und das ist reine Spekulation meinerseits – ich denke, es ist möglich, dass er dachte, es wären nur zwei

Freunde, die sich auf ein Bier treffen. Davon abgesehen bin ich mir ziemlich sicher, dass Pyper ihn ein paar Tage nachdem er dich in den Jazzclub eingeladen hat, um ein Date gebeten hat. Niemand hier versucht, dich zu verletzen. Das musst du glauben."

Ihr Blick wanderte vom Büro zu mir. Sie brauchte einen Moment, um sich zu sammeln, und als sie sprach, war ihre Stimme kühl und kontrolliert. „Ich glaube dir. Vergiss es. Du musst dir um Kane Sorgen machen, und ich um Dan."

„Um Dan sorgen wir uns beide", korrigierte ich sie.

„Ja. Okay."

Pyper kam aus dem Büro, wieder angezogen, wenn auch ein wenig zerknittert. Ian folgte ihr langsamer, und als er näher kam, wurde die Röte auf seinen Wangen dunkler.

„Was ist dir so peinlich? Ich war diejenige, die in meiner Unterwäsche erwischt worden ist", sagte Pyper.

„Das ist nichts Neues", sagte Kat leise.

Ich stieß ihr mit dem Ellbogen in die Rippen, schockiert, dass Kat so etwas sagen würde. Sie hatte nie ein Problem daraus gemacht, dass Pyper Stripperin gewesen war.

Pyper warf Kat einen Blick zu, und obwohl ich sicher war, dass sie sie gehört hatte, ignorierte Pyper es. „Tut mir leid, Jade. Wir haben auf dich und Bea gewartet und … du verstehst sicher."

Ich entschied mich, die ganze Situation zu ignorieren. „Die Porträts sind da?"

„Ja. Wir haben sie getrennt, und Ian überwacht jedes einzeln mit seiner Ausrüstung. Er sagte, manchmal hilft Dunkelheit, deshalb haben wir das Licht ausgeschaltet." Pyper warf Kat einen Blick zu und runzelte die Stirn.

Ich folgte ihrem Blick und sah, dass Kat wie gebannt in die Dunkelheit starrte.

„Kat?", fragte ich.

Sie antwortete nicht, sondern stand nur auf und ging in die Richtung, in die sie starrte.

„Wo gehst du hin?"

„Sie ruft mich." Kats Stimme nahm einen sanften, verträumten Ton an.

Ich sprang von meinem Hocker und packte ihren Arm, als ich sie einholte. „Wer?"

„Sie." Sie deutete auf eine dunkle Ecke des Clubs.

War es ein anderer Geist? Was zum Teufel hatten sich Pyper und Ian dabei gedacht, die Bilder im Club aufzubauen? Hier hatte es früher schon gespukt.

„Es ist Meri. Sie will mich." Kat riss ihren Arm aus meinem Griff und rannte los.

„Scheiße", sagte Pyper. Wir starrten sie eine Sekunde lang mit großen Augen an und rannten dann hinter ihr her.

Kat hatte ihre Hände ausgestreckt und griff nach dem Rahmen, als ich sie umriss. „Nein!", schrie ich.

Wir stürzten zu Boden und stießen dabei ein paar Stühle um.

„Uff." Die Luft rauschte aus meiner Lunge. Ich blickte in das schockierte Gesicht von Pyper auf. Ihr Blick flimmerte an mir vorbei.

„Kat?" Ich drehte mich um und versuchte, mich in eine sitzende Position zu bringen. Ein paar Meter entfernt fand ich sie bereits auf den Beinen, und sie bewegte sich wieder auf das Porträt zu. „Halt sie auf!"

Ian stellte sich vor sie. „Hey, Kat. Was ist los?" Er versuchte es in einem Konversationston, doch es kam eilig und gestresst heraus.

Kats Kiefer verkrampfte sich. „Aus dem Weg, Ian."

Er täuschte einen verletzten Gesichtsausdruck vor. „Aber Kat, wir zeichnen paranormale Aktivitäten auf. Du willst doch sicher nichts tun, um die Ergebnisse zu beeinträchtigen, oder?"

Sie neigte den Kopf. „Hätte ich dich nicht gerade mit einer meiner Freundinnen auf dem Boden herumrollen gesehen, hätte dieser Schuljungen-Charme vielleicht bei mir gewirkt. Im Moment fühle ich mich jedoch nicht besonders freundschaftlich, also geh mir aus dem Weg."

Meine Gedanken wirbelten durch das, was ich gerade aus ihrem Mund gehört hatte. In einer normalen Gemütsverfassung hätte Kat so etwas nie gesagt, egal wie sehr es wehtat, Ian mit einer anderen Frau zu sehen.

Als Ian sich nicht rührte, stieß Kat ihn mit beiden Händen aus dem Weg. Ich stürzte hinter ihr her, doch im nächsten Moment packte sie das Porträt und fing an zu schreien.

„Heilige Scheiße." Pyper duckte sich und hielt sich die Ohren zu, um den durchdringenden Lärm auszublenden.

Doch es war nicht der Lärm, der mir Angst machte. Kats frisch wiederhergestellte Energie wurde zu einem hellen Leuchtfeuer und begann ebenso schnell zu verblassen. Ihre einzigartige Signatur dehnte und verdrehte sich, bis sie begann, sich in etwas Unbekanntes und Dunkles zu verwandeln.

Schwarze Magie.

„Ian! Hol Bea und die anderen Hexen. Schnell!" Ich hatte keine Zeit, hinterherzublicken, um zu sehen, ob er meinen Befehl befolgte. Alles, was ich tun konnte, war, mein letztes bisschen Kraft in meine Freundin zu schicken, bevor ein Dämon ihre Seele stahl.

KAPITEL EINUNDZWANZIG

*A*brupt ließ Kat los und hörte auf zu schreien. Anstatt sich entsetzt zurückzuziehen, wie ich es von ihr erwartet hatte, starrte sie wie gebannt auf Meri.

War ihre Seele verloren? War ich zu spät gekommen? *Lieber Gott, bitte, bitte lass mich sie nicht auch verlieren.* Vorsichtig untersuchte ich ihre Essenz. Sie schien von einer Art Schild geschützt zu sein, doch als ich sie berührte, kroch dunkle, bösartige Magie über meine Finger.

Meri war zu ihr durchgekommen.

Meine Liebe zu Kat schwoll in meiner Brust an. Ich griff danach und begann, die verdorbene Energie des Dämons zurückzudrängen.

Als nichts geschah, betrachtete ich Kat. Ihr katatonischer Gesichtsausdruck jagte mir einen Schauer durchs Herz. Wenn ich mir einen Weg durch die Schwärze hätte erzwingen können, hätte ich ihr geholfen. Konzentriert griff ich nach meinem magischen Funken. Doch egal wie sehr ich es versuchte, er kam nicht. Ich war leer. Gefroren. Gefangen in einer magischen Leere.

„Verdammt, Meri, was willst du von Kat? Sie hat keine Magie."

Das Porträt hing stumm an der Wand und verhöhnte mich mit seiner Gegenwart.

Wenn ich es berührte, würde sie kommunizieren? Besser auf den Zirkel warten. Meine Energie war bereits ausgelaugt, und ich konnte meine Magie nicht finden. Ich schloss meine Augen und betete, dass ich nicht die falsche Entscheidung traf.

Ich spürte den Zirkel, bevor ich sie sah. Ihre kollektive Kraft erfüllte mich und entfachte meinen Funken wieder. Die vereinte Stärke der Gruppe war stärker als der gefangene Dämon. All die Eiseskälte verschwand und mein Herz schwoll mit warmer, sauberer weißer Magie an. Ich hätte mich in der Reinheit gesonnt, wenn ich die Chance dazu gehabt hätte. Warum sollte jemand die Dunkelheit dem Rausch von etwas so Reinem vorziehen?

Ich stand aufrecht, streckte die Arme aus und gab alle meine Vorbehalte gegenüber dem Zirkel auf. Die Gruppe trennte sich, und Bea stellte sich neben mich, ein zufriedenes Lächeln wärmte ihr Gesicht.

Plötzlich schien sich ein hasserfüllter Rachedurst auf mich zu richten. Nicht auf meine Kraftquelle, sondern meine Essenz. All meine Freude verschwand, und Dunkelheit erfüllte meine Seele. Mein magischer Funke schien tatsächlich zu wachsen und sich von dem Bösen in mir zu ernähren.

„Argh!", keuchte ich und versuchte verzweifelt, mich auf mein mentales Glassilo zu konzentrieren. Die Wände tauchten auf, verschwanden aber schon wieder, bevor ich mir vorstellen konnte, dass ich darin geschützt war.

Ich hatte keine Kontrolle über irgendetwas. Der schwarze Dämon spielte Tauziehen mit der reinen Magie des Zirkels, und ich schwebte in der Mitte.

In meinem Schwebezustand flehte ich Bea im Stillen an, die

Kontrolle über alles zu übernehmen, was geschah. Doch zu meinem Entsetzen schien etwas zu zerbrechen, und all diese reine, liebliche weiße Magie floss aus dem Zirkel, durch mich hindurch und zu Meri. Es war nicht meine, es war die kollektive Macht des Zirkels, und ich war nur der Kanal.

„Halt!", schrie ich. „Bea, hör auf! Sie wird nur noch mächtiger!"

Bei meinen Worten wurde Meris Halt etwas schwächer, bis Bea dem Zirkel befahl, ihre Kraft weiter zu speisen. War sie verrückt?

„Bitte!", rief ich.

Bea schien ihre Bemühungen zu verstärken, Meri entgegenzuwirken, doch es machte keinen Unterschied. Je mehr Macht mir der Zirkel einflößte, desto mehr nahm sie. „Wenn wir jetzt loslassen, nimmt sie dich."

Ich begriff, was sie gesagt hatte, und in meinem Herzen brach etwas los. Ich wäre an die dunkle Seite verloren. „Wenn du es nicht tust" – ich rang nach Luft – „wird sie uns alle mitnehmen."

Ich begegnete Beas Blick und wusste, dass meine Worte wahr klangen. *Tut mir leid*, formte sie lautlos mit den Lippen, und einen Moment später verschwand die Macht des Zirkels. Mein Blick wanderte zu Kat. Ich versuchte, mit einem Blick alles zu vermitteln, was sie mir bedeutet hatte, als das Böse aufblühte und zu kranken, perversen Ranken wurde, die über meine Glieder glitten.

Bea begann in einer Sprache zu singen, die ich für Latein hielt. Der Zirkel schloss sich ihr an, und ihre Stimmen erfüllten den Club.

Die Ranken hielten mit ihrem Angriff inne, als wären sie abgelenkt worden. Langsam begannen sie, sich widerstrebend zurückzuziehen, ein Strang nach dem anderen. Schon bald tauchte mein vertrauter Funke auf, rein wie zuvor. Meine

Instinkte übernahmen die Kontrolle, ließen meine Magie explodieren und vertrieben das Böse aus meinem Wesen. Es platzte in einer großen schwarzen Wolke aus meiner Mitte.

Meine Knie gaben nach. Erleichterung durchflutete mich. Die schwarze Wolke schwebte über mir und pulsierte von dem lateinischen Gesang. Silberne Fäden der Zirkelmagie schlangen sich um sie und hielten sie fest. Der Gesang nahm an Tempo zu. Es dauerte einen Moment, bis mir klar wurde, dass sie Meris Macht banden. Doch an was?

Dann verstummte der Gesang. Stille breitete sich aus, als wir alle wie gebannt auf den Ball des Bösen starrten, der vor mir schwebte.

Dann rissen die Silberfäden, und der Ball schoss direkt auf Bea zu. Ich machte mich auf ein magisches Duell gefasst, doch sie zuckte nicht einmal zusammen. Die Masse traf sie mit solcher Wucht, dass sie sie nach hinten schleuderte. Sie wäre zu Boden gestürzt, wenn Lucien sie nicht aufgefangen hätte.

„Bea!" Irgendwie machte ich mich in meinem angeschlagenen und geschwächten Zustand auf den Weg zu ihr. Die leichte, reine Energie, die ich von ihr erwartet hatte, war verschwunden. Sie gärte vor Fäulnis. Ich zuckte zusammen, hielt mich aber an ihrer Seite. „Warum hast du das getan?"

Sie hob ihre Hand, als wollte sie meine Wange berühren, hielt aber kurz davor inne. „Für dich. Du bist die Zukunft, Jade. Finde Kane und Lailah. Ich bin mir sicher, dass sie bei allem hier ein Opfer ist." Sie hielt inne und schloss die Augen. Sie blinzelte schnell, und als sie mir wieder in die Augen sah, starrte ich in tiefschwarze Tümpel.

„Oh nein. Bea", flüsterte ich. „Wir holen dich zurück. Ich verspreche es dir."

Sie schüttelte traurig den Kopf. „Es ist zu spät. Die –" Sie schluckte. „Es ist schon da. Der Zirkel gehört jetzt dir." Sie hielt inne und fixierte mich mit ihren leeren, schwarzen Augen. „Lass sie nicht im Stich. Sie brauchen dich." Sie holte zittrig Luft. „Lucien, tu es. Jetzt."

„Du hast sie gehört", sagte er.

Mein Körper begann zu zittern, als mir die schrecklichen Konsequenzen dessen, was sie gesagt hatte, bewusst wurden. Die Dunkelheit hatte sie erfasst. Und sie hatte mich gerettet. Zum wiederholten Mal. Mein Atem kam in kurzen, schockierten Stößen, als die Mitglieder einen Kreis um uns schlossen. Sie fingen an, einen weiteren Gesang zu flüstern. Nein, keinen Gesang, kein Lied. In perfekter Harmonie erhob sich das Schlaflied, und die Silberfäden erschienen wieder. Sie wickelten sich sanft um Bea, ihren Geist und ihre Seele.

Sie hatte Lucien befohlen, sie zu binden. Nicht nur ihre Macht, sondern alles, was ihr Leben gab. Im Wesentlichen wurde sie eingeschläfert. Nur, dass sie nicht tot war. Sie würde zwischen Leben und Tod schweben, genau wie Dornröschen.

Eine Träne rollte über meine Wange. Mit einem so mächtigen Zauber würde es viel mehr als einen Kuss von einem Prinzen brauchen, um sie zu retten. Angst brannte durch meinen Körper. Wie könnten wir Bea, Kane oder Lailah retten, ohne jemanden zu verlieren? Es schien unmöglich. Die Dunkelheit war zu stark.

Lucien unterbrach den Gesang. Er lenkte meine Aufmerksamkeit auf sich und flüsterte: „Wir brauchen dich, um den Zauber zu besiegeln."

„Mich?", flüsterte ich zurück.

Er nickte und fixierte mich mit einem dieser entschlossenen Blicke, die jeder von ihnen so gut zu beherrschen schien. „Du bist jetzt unsere Anführerin."

Beas Worte fielen mir wieder ein. *Der Zirkel gehört jetzt dir. Scheiße!*

„Jade!" Luciens harsche Aufforderung schreckte mich zurück in die Gegenwart.

„Okay." Ich hatte wirklich keine Wahl. Wenn wir Bea nicht banden, hätten wir es mit zwei bösen Wesen zu tun.

Lucien schloss sich dem Gesang des Zirkels noch einmal an. Ich konzentrierte mich auf seine Stimme und ließ den Zauber, den sie gewoben hatten, in all die Lücken sinken, die der Angriff hinterlassen hatte. Es pulsierte in einem Geben und Nehmen, bis ich sicher war, dass alle magischen Elemente der Bindung vorhanden waren.

Ich hatte den Zauber kaum mit meiner Magie berührt, als er sich von mir löste, um Bea peitschte und sich zusammenzog. Sofort wurde Beas Körper schlaff. Lucien legte sie sanft auf den Boden und schob seine Jacke unter ihren Kopf.

Ich trat zurück, als sich der Zirkel um sie schloss. Als Gruppe neigten sie die Köpfe in Respekt und Trauer.

Gänsehaut lief mir über die Arme und über den Rücken. Was hatte Bea getan? Sie hatte ihr Leben für mich gegeben. Aber warum? Ich war eine so schlechte Schülerin. Ich hatte nicht einmal einen Bruchteil von dem gelernt, was ich wissen musste, um den Zirkel zu führen. Doch ich hatte keine Wahl. Sie hatte mir den Job gegeben. Wenn dir eine Anführerin ihre Macht weitergibt, kannst du einfach nicht „Danke, aber nein danke" sagen. Die Macht gehört dir, bis du sie jemand anderem gibst.

Ich konnte auf keinen Fall verraten, was sie für mich getan hatte, indem ich aufgab. Ich verdankte ihr mein Leben. Wenn sie wollte, dass ich sie führte, würde ich führen. Außerdem hatte sie bereits deutlich gemacht, dass keiner von ihnen mächtig genug für den Job war.

Nur, dass das vielleicht nicht stimmte. Ich konzentrierte mich auf Lucien. Seine Macht war sehr stark gewesen, als ich mich auf ihn konzentriert hatte. Ich nahm jedoch an, dass die gemeinsame Arbeit mit dem Zirkel seine Fähigkeiten vielleicht gestärkt haben könnte.

Sie wollte, dass du den Job bekommst.

Richtig. Mit diesem Gedanken schob ich alle Zweifel beiseite. Wir mussten unsere Lieben retten.

Ich ging zu Kat. „Geht's dir gut?" Es war eine dumme Frage. Offensichtlich ging es ihr nicht gut. Ihre Angst um Bea, vermischt mit meiner eigenen, trieb mir fast wieder Tränen in die Augen. Ich blinzelte sie zurück.

Kat schüttelte stumm den Kopf, und ihre Lippen zitterten.

Ich legte meine Arme um sie. „Alles wird gut. Das verspreche ich dir. Ich werde das reparieren."

„Wirst du?", fragte Ian hinter mir. „Du willst meine Tante reparieren? Wie genau willst du das tun? Einfach in dich hineingreifen und es erzwingen?" Seine Stimme war mit jedem Wort lauter geworden, und als er fertig war, schrie er mich an.

Ich blieb ruhig und versprach mit fester, sicherer Stimme etwas, das ich nicht versprechen konnte. „Wenn das hier vorbei ist, werden Kane, Lailah und Bea wieder bei uns sein. Gesund und rein."

Ian hielt meinem Blick stand, seine Augen voller Skepsis. Doch unter seinem wütenden Äußeren kämpften Angst und Schmerz darum, seine kühle Fassade zu durchbrechen.

Pyper trat neben mich, voller Entschlossenheit. „Natürlich. Und wir sind hier, um alles zu tun, was du von uns brauchst. Nicht wahr, Ian?"

Stille.

„Ich bin dabei", sagte Kat und trat auf meine andere Seite. „Aber nur, wenn Dan auch eingeschlossen ist."

„Natürlich", sagte ich ohne zu zögern.

„Ian?", fragte Pyper. „Es ist nicht Jades Schuld, dass das alles passiert ist."

Er schloss die Augen und sagte sanfter. „Ich weiß das." Als er mich wieder ansah, warf er mir einen müden Blick zu. „Ich werde helfen, wo ich kann. Ich will nur nicht, dass sonst noch jemand verletzt wird."

„Jemand wird sicher verletzt", warf Lucien ein. „Das passiert immer, wenn man gegen schwarze Magie kämpft." Er studierte mich interessiert. „Glaubst du wirklich, du kannst das? Bea zurückbringen?"

„Jade kann alles tun, was sie sich in den Kopf setzt", sagte Pyper.

Ihr Vertrauen gab mir Kraft. „Mit Hilfe des Zirkels? Ja, ich denke, wir können das."

„Dann nimmst du den Job an?" Lucien warf einen Blick auf seine Gruppe, die immer noch um Bea stand.

„Stand das jemals zur Debatte?"

„Du beliebst zu scherzen, oder? Nach dem Wutanfall, den du vorhin hattest, als ich nur eine einfache Energieübertragung gemacht habe? Ich dachte, Bea übertreibt, als sie gesagt hat, du wärst Anti-Zirkel. Ich hätte wissen müssen, dass sie die Wahrheit gesagt hat."

„Sie hat das gesagt? Anti-Zirkel?" Die Bemerkung irritierte mich. Es sollte nicht so sein, weil es hundertprozentig wahr war.

„Sie hatte Recht."

Ich nickte und bemerkte, dass mich die Aussage an sich nicht irritierte. Es störte mich, dass sie mit jemandem gesprochen hatte, den ich nicht einmal kannte. „Warum habt ihr beide überhaupt über mich gesprochen?"

Er warf mir einen erschrockenen Blick zu. „Ich bin ... oder war ... ihre rechte Hand. Weißt du, derjenige, der das Sagen hat, wenn ihr etwas passiert."

Konnte dieser Tag noch schlimmer werden? Ich hatte ihn beleidigt, seine Anführerin magisch gefesselt und seinen Job gestohlen. „Verdammt, Lucien. Es tut mir leid. Ich hatte keine Ahnung. Sonst hätte ich den Job nie angenommen."

„Was? Nein, ich will ihn nicht. Außerdem bist du viel besser geeignet."

„Wie kommst du darauf?"

„Deine Macht zum Beispiel. Die Menge an Magie, mit der du Bea gebunden hast, ist unglaublich. Es hätte viel länger dauern sollen, als du gebraucht hast."

„Ich habe die Macht des Zirkels genutzt. Jeder von euch hätte es tun können."

„Nein, Jade. Hätten wir nicht. Ich hätte es mit großer Mühe vielleicht hinbekommen. Aber dieser Lichtfunke, den du hast? Das ist selten. Sehr selten. Du bist mächtiger als Bea. Ich bin sicher, deshalb hat sie sich geopfert und dir die Verantwortung übertragen. Bea ist eine extrem kluge Frau. Sie würde uns nicht mit irgendjemandem in einer solchen Situation zurücklassen."

War er verrückt? Ich war auf keinen Fall stärker als Bea. Selbst falls dem so wäre, ich hatte keine Ausbildung. Warum sollte jemand eine unwissende Hexe zur Anführerin eines Zirkels machen wollen? Trotzdem hatte Bea es getan. Die Position fiel immer an diejenige mit den stärksten Kräften. „Wenn meine Macht so groß ist, wie du sagst, dann hat sie vielleicht meinen Platz eingenommen, weil sie sich nicht sicher war, ob sie mich binden kann."

Lucien zuckte die Achseln. „Vielleicht. Das ist durchaus möglich. Doch Bea ist nie vor einem Kampf davongelaufen. Die Frage ist, würdest du das tun?"

„Nicht, wenn ihre Freunde involviert sind", sagte Pyper. „Sie würde tun, was Bea getan hat, und noch mehr, wenn es bedeutete, auch nur einen von uns zu retten. Und jetzt hör auf, sie zu verhören, und erzähl mir, was passiert ist. Warum war Kat von diesem … Ding besessen?" Sie wedelte mit der Hand zu dem jetzt verdeckten Porträt von Meri. „Ich hatte gedacht, dass nur magische Wesen unter ihren Einfluss geraten können. Ich zum Beispiel besitze keine Magie oder besondere Fähigkeiten, und mir ist nichts passiert, als ich das Ding hier reingebracht habe. Doch Kat schien davon angezogen. Wieso?"

„Ich glaube, ich habe die Antwort", sagte Ian und hielt eines seiner Geisterjagdgeräte hoch.

Ich beugte mich vor und widmete ihm meine volle Aufmerksamkeit. Ich hatte seine Ausrüstung vergessen.

„Der EMF-Detektor zeigte Spitzen, als Kat und Jade gesprochen haben. Doch nicht, wenn entweder Pyper oder ich etwas gesagt haben." Ian setzte sich und blätterte einen Ordner durch. Er hielt eine farbcodierte Grafik hoch. „Wenn ich Zeit hätte, die Messwerte zu formulieren, würde es sehr ähnlich aussehen."

Pyper verdrehte die Augen. „Das sagt uns nichts. Kannst du es in Worte fassen?"

„Oh, richtig. Tut mir leid. Das ist die Grafik, als ich Lailah getestet habe. Siehst du all die Spikes hier?" Er zeigte auf eine rote Wellenlinie. „Jeder Gipfel war, wenn Lailah etwas gesagt hat. Die blaue flache Linie ist, wenn Pyper gesprochen hat. Die Messwerte, die ich gerade bekommen habe, würden sehr ähnlich aussehen, Du musst nur Lailah durch Kat ersetzen."

„Wie kann das sein? Ich besitze keine Magie", sagte Kat vom Stuhl neben mir aus. „Überhaupt keine."

„Aber ich hatte dir gerade etwas von meiner eingeflößt", sagte Lucien. „Kurz bevor du hier runtergekommen bist."

Ich musste mich sehr beherrschen, um nichts zu sagen. Deshalb bin ich vorhin so wütend geworden. Magie hat immer Konsequenzen.

„Heilige Scheiße. Das ist verrückt." Pyper stemmte die Hände in die Hüften. „Und jetzt?"

Ich stand auf. „Zeit für einen Plan."

Wir brachten Bea in meine Wohnung und legten sie auf mein Bett. Gwen, die während des gesamten Kampfes geschwiegen hatte, bestand darauf, dass sie an ihrer Seite bleiben musste.

„Irgendetwas sagt mir, dass ich hier sein muss", erklärte sie.

„Aber sie ist gebunden, mit Leib und Seele. Nichts kann sie in diesem Zustand berühren, nicht einmal der Tod", argumentierte Lucien.

„Das haben Sie schon gesagt. Aber wie ich Ihnen bereits sagte, ich habe intuitive Fähigkeiten, und die sagen mir gerade, dass ich hierbleiben soll."

„Man legt sich nicht mit Gwen an, wenn ihre Sinne ihr sagen, dass sie etwas tun soll. Sie lässt sich nicht umstimmen." Ich gab ihr einen Kuss auf die Wange. „Ruf mich an, wenn sich irgendetwas ändert."

Sie ergriff meine Hand. „Sei äußerst vorsichtig. Deine Mutter ..."

Der vertraute Schmerz berührte mich kurz, doch ich verschloss mich. Dafür hatte ich jetzt keine Zeit. Ich lehnte mich zurück und flüsterte: „Mit etwas Glück finden wir sie auch."

Gwen blickte zu mir auf und sah aus, als ob sie mich schelten wollte, doch sie sagte nur: „Handle auf keinen Fall vorschnell."

„Ich werde mein Bestes tun."

„Das ist nicht, was ich sagte."

„Ich weiß." Ich gestikulierte zu Lucien. „Wir sind bis auf Weiteres bei Pyper."

Er stand auf und bot seine Hand an. „Es war mir eine Freude, Sie kennenzulernen, Ms. Calhoun."

Gwen nahm seine Hand in ihre. „Ebenso, Mr. Boulard."

„Pass auf sie auf."

„Und du auch", sagte Gwen und deutete auf mich.

„Deal."

Als wir in den Flur traten, drehte sich Lucien zu mir um. „Wie mächtig oder intuitiv ist sie?"

„Äußerst."

„Müssen wir uns Sorgen machen?"

Ich hielt inne. „Vielleicht. Aber wir können nichts dagegen tun. Gwen hat ihre eigenen Regeln, nach denen sie lebt, wenn es um ihre Visionen geht. Sie hatte eine über Bea und schwarze Magie, doch sie hat sich geweigert, mich etwas sagen zu lassen. Wenn man sich einmischt, können die Folgen oft noch schwerwiegender sein." Ich runzelte die Stirn. „Ich weiß nicht, was hätte schlimmer sein können, als Bea zu verlieren."

„Ihr Tod."

Ich wurde blass. Er hatte Recht. Doch Bea war sicher gewesen, dass sie nicht zurückkommen würde. Oder? Ich schüttelte den Kopf. „Ja, das wäre schlimmer. Wie auch immer, wenn sie sagt, dass sie da sein muss, dann hat sie einen guten Grund. Und bevor du fragst, nein, ich weiß nicht, was es ist."

„Wie sie will."

Den Rest des Weges zu Pypers Wohnung gingen wir schweigend. Was gab es noch zu sagen?

Pypers Tür schwang gerade auf, als ich anklopfen wollte. „Da seid ihr ja", sagte Kat. „Ich war auf dem Weg, euch zu holen."

„Du hättest anrufen können", sagte ich und kramte in meiner Tasche nach meinem Handy.

„Du hast es verloren, erinnerst du dich?"

Richtig. Ich rieb mir die Stirn. „Erinnere mich daran nachzusehen, ob meine Versicherung das deckt, wenn das alles hier vorbei ist."

„Das wird das Erste sein, was ich tue", sagte Kat mit einer ordentlichen Dosis Sarkasmus.

Gut. Das bedeutete, dass sie sich besser fühlte.

Wir gesellten uns zu Ian und Pyper an den Tisch. Jemand hatte ein paar Pizzen bestellt und Wasserflaschen mitgebracht. „Wo kommen die her?", fragte ich.

„Eines der Mädchen aus dem Zirkel meinte, wir brauchen Kraft", sagte Ian.

„Sie hat Recht." Wann hatte ich das letzte Mal gegessen? Ich konnte mich nicht einmal daran erinnern. „Erst essen, dann planen. He, wo sind sie – die Mitglieder des Zirkels?", fragte ich, als mir dämmerte, dass ich sie nicht mehr gesehen hatte, seit wir alle zusammen im Club gewesen waren.

„Sie sind ins Café gegangen. Sie stehen auf Abruf bereit, wenn du sie brauchst."

Wie seltsam war das? Ich hatte einen Zirkel auf Abruf. Mein Appetit verflog, und ich ließ das Stück Pizza fallen, das ich in der Hand gehalten hatte. So viel zum Thema Essen.

Zwanzig Minuten später saß Ian mit gesenktem Kopf über einem seiner Notizbücher und notierte die ersten Zeilen *des Plans*.

KAPITEL ZWEIUNDZWANZIG

„*D*as Erste, was wir tun müssen, ist, einen Weg zu finden, Lailah zu befreien. Ohne sie haben wir keine Hoffnung, den Dämon zu bekämpfen", sagte Lucien mit ernster Stimme.

Ich lehnte mich mit vor der Brust verschränkten Armen zurück. „Mit ihr hat so ziemlich alles angefangen. Was lässt dich glauben, dass sie gegen Meri kämpfen kann, besonders nachdem der Dämon sie kontrolliert?"

„Weil sie ein Engel ist und das ist, was Engel tun. Sie bekämpfen Dämonen und beschützen diejenigen, die für sie anfällig sind." Lucien stand auf und ging zu den langen Fenstern hinter dem Tisch. Er lehnte sich an den Rahmen und blickte auf die Straße. „Ich denke, wenn Lailah gewusst hätte, dass sie benutzt wird, hätte sie um Hilfe gebeten, um dagegen anzukämpfen. Doch alles, was ich gehört habe, lässt mich glauben, dass der Dämon einen Weg gefunden hat, sie ohne ihr Wissen in Besitz zu nehmen."

Das würde die Vergiftung erklären und vielleicht auch die

Tatsache, dass sie meinen Freund bestiegen hat. „Kennst du noch andere Engel?"

Lucien richtete seine tiefblauen Augen in meine Richtung. „Andere Engel? In New-Orleans? Meinst du das ernst?"

„Äh, ja." Ich warf Ian einen Blick zu.

Er hörte auf, mit der Spitze seines Kugelschreibers auf seinen Oberschenkel zu klopfen. „Engel sind im Vergleich zu Hexen extrem selten. Vermutlich gibt es im ganzen Staat keinen anderen. Und wir müssen sie heute Nacht retten. Wenn wir den Vollmond verschwenden, dauert es dreißig Tage und dann ist es wahrscheinlich zu spät, um einen von ihnen zu retten." Lucien verließ das Fenster und ging ins Wohnzimmer.

Heute Nacht war okay für mich. Wo Lailah war, war auch Kane. „Okay, aber wie kommen wir zu ihr?"

„Die Voodoo-Puppen", sagte Pyper. „Hat Felicia nicht gesagt, dass sie dir helfen würde, deine Mutter zu finden, wenn du sie befreist?"

„Ja. Du schlägst vor, dass wir mit dem Ritual fortfahren, die Seelen und Geister mit den Hexen zu verbinden, die in den Porträts stecken … und dem Dämon?"

„Genau das sollten wir tun." Lucien kam an den Tisch zurück. „Meri ist schon gefallen, also ist sie für immer verloren. Doch wenn wir ihr ihre Seele zurückgeben, wird sie vorübergehend geschwächt. Ihre Seele wird wiederhergestellt, wodurch sie für kurze Zeit ganz wird, bevor die Dunkelheit sie endgültig auffrisst. Es ist unsere beste Chance."

„Was ist, wenn Felicia uns nicht helfen will oder kann?" Ich schob die Pizza weg. Ich war zu nervös, um zu essen.

„Wenn wir den Dämon wirklich schwächen können, sollte Lailah in der Lage sein, allein zurückzukommen, hoffentlich mit Kane im Schlepptau."

Ich stand auf. „Wie viel Zeit haben wir?"

Lucien sah auf seine Uhr. „Ungefähr acht Stunden."

„Gut." Ich wandte mich Pyper zu. „Ich werde dein Gästezimmer benutzen, um ein Nickerchen zu machen –"

Lucien unterbrach mich. „Ein Nickerchen? Aber wir müssen den Bindungszauber finden, an dem Bea gearbeitet hat, und ihn mit dem Zirkel durchgehen. Außerdem gibt es Reinigungsrituale. Du hast keine Zeit zu verlieren."

„Wir müssen uns Zeit nehmen. Lailah und Kane müssen gewarnt werden, und das kann ich nur während eines Nickerchens tun." Ich heftete meinen Blick auf Pyper. „Wirst du mich bewachen?"

„Geht klar." Sie schob ihren Stuhl zurück.

„Ich hole Beas Tagebuch und ihr Notizbuch", sagte Ian zu Lucien. „Du kannst mit dem Zirkel alles durchgehen, und wenn Jade aufwacht, kannst du sie auf den neusten Stand bringen."

„Aber …"

Niemand beachtete Luciens Protest. Pyper und ich waren gerade ins Gästezimmer geschlurft, als ich Kat sprechen hörte. „Mach dir keine Sorgen. Das meiste ist für sie neu, aber sie wird dich nicht enttäuschen."

Pyper und ich lächelten uns an.

Einen Moment später steckte Kat den Kopf ins Zimmer. „Ich gehe ins Krankenhaus, um nach Dan zu sehen. Ich rufe Pyper an, wenn es etwas zu berichten gibt."

„Okay." Hoffentlich war Dan bewusstlos von den Schmerzmitteln. Das Letzte, was ich jetzt brauchen konnte, war, dass er sie als Geisel nahm. „Sei vorsichtig."

„Du auch." Mit einem leisen Klicken schloss sie die Tür.

„Macht es dir etwas aus, wenn ich dusche, bevor ich die Wache übernehme?", fragte Pyper. „Ich habe heute Morgen nicht geduscht, und nach allem, was passiert ist … naja, brauche ich eine."

„Kein Problem. Ich werde hier sein und versuchen, mich zu

entspannen." Ich ließ mich auf das Bett fallen, das Kane früher nach langen Nächten im Club immer benutzt hatte. Ich nahm immer noch eine schwache Spur seines frischen Regengeruchs wahr. Ich atmete tief ein und hatte fast das Gefühl, als wäre er direkt neben mir. „Bald", flüsterte ich.

Als Pyper wieder aus der Dusche kam und auf ihrem frisch bandagierten Bein humpelte, waren meine Augenlider schwer. Ich gähnte. „Wenn du etwas Lebensbedrohliches bemerkst, weck mich auf, okay?"

„Wenn es lebensbedrohlich ist, werde ich dich aus dem Zimmer schleifen." Sie stützte sich auf der anderen Seite des Bettes ab.

„Was auch immer funktioniert." Ich schloss meine Augen und fand mich innerhalb von Minuten in einem leeren Traumzustand schwebend.

Kane?, rief ich in meinen Gedanken.

„Ich bin hier." Seine Stimme hallte.

Ich drehte mich um und sah ihn auf einer schmiedeeisernen Bank sitzen. Sonst war da nichts anderes, nur die Bank und Kane, der so gut aussah wie immer. Ich warf einen Blick auf seine nackten Handgelenke und dann auf seinen Oberschenkel. Er schien so gut wie neu zu sein. Ich zog fragend eine Augenbraue hoch.

Er verzog das Gesicht. „Es ist eine Illusion, die ich für diesen Traum heraufbeschworen habe. Die Fesseln und der Pflock sind immer noch da, ich wollte nur nicht, dass du dich darauf konzentrierst."

Ihm zuliebe fragte ich nicht weiter nach. Ich konnte sowieso nichts tun. „Wo sind wir?"

„Ein neutraler Ort, an dem Lailah uns nicht stören kann."

Ich setzte mich neben ihn auf die Bank und sehnte mich danach, seine Hand zu ergreifen. Ihn zu sehen und nicht in der

Lage zu sein, ihn unter meinen Fingern zu spüren, war eine Qual. „Wir brauchen ihre Hilfe."

Er runzelte die Stirn, passend zu seiner Verwirrung, die meine Psyche streifte. „Was kann sie tun?"

„Ein Dämon hat sie kontrolliert und ernährt sich von deinem Schmerz." Ich warf einen Blick auf seinen Oberschenkel, der jetzt in sauberen, unzerrissenen Jeans steckte. „Wie geht es deinem Bein? Ich weiß, dass du mir nicht zeigst, was du wirklich anhast."

Er zuckte mit den Schultern. „Nicht so toll, aber ich hoffe, wenn du mich nach Hause bringst, wird es nur eine schlechte Erinnerung sein."

Ich schenkte ihm ein schwaches Lächeln. „Bist du so zuversichtlich, dass ich das schaffen kann?"

„Kein Zweifel." Er beugte sich vor und imitierte einen Kuss auf meinen Lippen.

„Wir bringen dich heute Abend nach Hause. Sag Lailah, sie soll sich bereithalten. Wir werden den Dämon schwächen, und wenn wir das tun, wird das ihr Stichwort sein, euch beide zurückzubringen."

Kane sah nicht überzeugt aus. „Sie ist ein Nervenbündel und redet immer wieder davon, dass sie versagt hat. Ich weiß nicht, ob sie das kann."

Ich stand auf. „Sie muss. Mach ihr das klar. Nichts davon war ihre Schuld." Als ich die Worte sagte, wurde mir klar, dass ich die Wahrheit sprach. Bea hatte mir erzählt, dass Lailah ein Opfer war. Sie hatte Recht. „Der Dämon ist durch das Porträt zu ihr gekommen. Sie hat es nie kommen sehen. Aber jetzt ist ihre Chance. Sag ihr, sie soll weiter versuchen, zum Zirkelkreis zurückzukehren. Lucien sagt, dass sie dazu in der Lage sein sollte, sobald wir unseren Zauber wirken."

Er starrte von der Bank aus zu mir auf, und Sorge und Angst um mich schwirrten um ihn herum.

„Wir machen das, Kane. Heute Abend. Ich werde dich nicht verlieren. Nicht jetzt. Niemals."

„Nein. Wirst du nicht." Er stand auf und starrte mir in die Augen. „Wir werden bereit sein."

Wenn ich ihn jemals umarmen musste, dann war das der richtige Zeitpunkt. Stattdessen hob ich meine Hand und hielt sie vor mir hoch. Er spiegelte meine Bewegung, und wir standen da, durchscheinende Handfläche an durchscheinender Handfläche. „Bis heute Nacht", sagte ich.

„Heute Nacht", flüsterte er.

ALS ICH AUFWACHTE, waren Lucien und Ian zu Pyper zurückgekehrt, und jemand hatte die Voodoo-Puppen auf dem Sofa aufgereiht.

„Sind da drin wirklich Seelen gefangen? Wie ist das passiert?" Lucien sah uns skeptisch an.

Ich zuckte die Achseln, ein wenig beleidigt, dass er annehmen konnte, dass wir in so eine schreckliche Sache verwickelt sein könnten. „Wir haben keine Ahnung. Sie sind einfach eines Tages aufgetaucht, und ich habe die Reinheit ihrer Seelen gespürt."

„Sie sind nicht einfach aufgetaucht", warf Pyper von der Tür ihrer Küche aus ein.

„Das stimmt. Dan hat sie hierher gebracht, um sie sicher aufzubewahren. Er hat die Porträts genommen und die hier dagelassen. Ich glaube, er hat versucht zu helfen", sagte ich.

„Wie kannst du dir sicher sein?" Ian gesellte sich zu Pyper und nahm die Dose Cola, die sie ihm anbot. „Es könnte eine Falle sein oder ... ich weiß es nicht. Er ist von schwarzer Magie besessen."

„Er hat dagegen angekämpft", sagte ich und erinnerte mich

an die schreckliche emotionale Rückblende, die ich an dem Tag erlebt hatte, als wir die Puppen gefunden hatten. Ich hatte die Angst und den Schmerz mit dem verwechselt, was ich vor Jahren in Idaho von ihm empfunden hatte. Das war es jedoch nicht gewesen. Er hatte gegen denjenigen gekämpft, der ihn kontrollierte.

Lucien eroberte sich einen Platz am Esstisch zurück. „Ist er magisch?"

„Wer? Dan?"

Er nickte.

„Nein. Gar nicht." Ich verschwand in der Küche, um mir eine Flasche Wasser zu holen, und als ich zurückkam, starrten mich alle an. „Was?"

„Wie willst du das machen?", fragte Lucien.

„Ich dachte, du würdest es uns sagen."

„Du bist die Anführerin des Zirkels."

Richtig. „Alles klar. Ich nehme an, du hast Beas Bindungszauber gefunden."

Er nickte.

„Gut. Da ich nicht ausgebildet bin, zähle ich darauf, dass du die Show leitest. Kannst du das?"

Lucien rieb sich den stoppeligen Kiefer. „Das wird viel Kraft kosten. Der gesamte Zirkel muss da sein, und du musst den Funken liefern. Wir sprechen von Ritualen, Segnungen und speziellen Kräutern."

„Wann könnt ihr alle bereit sein?"

„Für so etwas dauert die Vorbereitung idealerweise ein paar Tage. Der Zirkel braucht Zeit zum Üben. Ganz zu schweigen davon, dass jemand die Kräuter und Kerzen besorgen muss. Und dann gibt es noch die Segnungen zur Vorbereitung. Mit dieser Art von Macht spielt man nicht herum, ohne vorbereitet zu sein."

Pyper schnaubte. „Jade tut es. Hör zu, Mr. Second-in-

Command, ich weiß deinen Wunsch zu schätzen, gründlich zu sein. Doch mein bester Freund, der für mich so viel ist wie ein Bruder, ist irgendwo gefangen, und Lailah denkt, es ist das Fegefeuer. Ich werde nicht zulassen, dass du ihn länger als nötig dort lässt. Wenn es deine Schwester wäre, was würdest du tun?"

„Ich habe keine Schwester."

„Leg dich nicht mit mir an."

Ihre Antwort brachte ihn zum Lächeln. „Niemals. Außerdem habe ich nicht gesagt, dass ich es nicht kann. Ich wollte nur, dass jeder weiß, dass es riskant ist."

„Ich verstehe", sagte ich. „Aber wir können auch keinen weiteren Monat auf den nächsten Vollmond warten."

Luciens Gesicht wurde ernst. „Nein, das ist keine Option."

Die Angst, die seiner streng kontrollierten Energie entwich, ließ meine Hände zittern. Ich ballte sie zu Fäusten. Scheitern war keine Option.

∼

LUCIEN HATTE uns eine Liste mit Zutaten gegeben, die wir brauchen würden. Da keiner von uns Erfahrung mit dem Handwerk hatte, nahm Ian Beas Ladenschlüssel aus ihrer Handtasche und ging, um alles zu besorgen.

Ich fragte mich, ob Bea ihren Laden derzeit von jemand anderem betreuen ließ, oder ob er gerade geschlossen war. Ich schüttelte mich innerlich. Warum war es wichtig? Wenn wir sie und Lailah nicht zurückbringen konnten, war der Laden sowieso nutzlos.

Während Ian weg war, ging ich zu meiner Wohnung, um mich bei Gwen zu melden.

Ich konnte das Bellen vom Treppenabsatz im zweiten Stock hören. Mist. Nicht schon wieder. Ich schleppte meine Füße die letzte Treppe hinauf und wünschte mir verzweifelt ein Paar Ohrstöpsel.

„Duke!", rief ich, als ich die Tür öffnete. „Ruhe!"

Der Golden Retriever setzte sein Knurren vom Sofa aus fort und balancierte mit seinen Vorderpfoten auf den Rückenkissen.

Ich blieb vor ihm stehen und versperrte ihm die Sicht auf Beas Körper. „Runter."

Der Hund sprang sofort vom Sofa und folgte mir, als ich ihn ins Bad führte. „Da rein!" Ich zeigte auf die offene Tür.

Fragend neigte er den Kopf. Ich sagte ihm sonst immer, dass er aus dem Bad verschwinden soll. Armer Geisterhund.

„Zeit für ein Bad", sagte ich.

Das funktionierte. Fröhlich trottete er hinein.

Ich schlug die Tür zu und befahl ihm zu bleiben. Ich ließ ein wenig von meinem magischen Funken in die Worte fließen und hoffte, dass ich ihn nicht für immer im Bad eingesperrt hatte. Ich wandte mich Gwen zu. „Du hast keine Ahnung, wie viel Glück du hast, dass du ihn nicht hören kannst."

„Wo zur Hölle bist du gewesen?", fragte Gwen, als mein Blick endlich auf ihr landete. Ich hatte ihren wütenden Gesichtsausdruck nicht mehr gesehen, seit ich siebzehn war und sie mich dabei erwischt hatte, als ich nach einer langen Nacht mit Kat ins Haus geschlichen bin. „Ich rufe dich seit Stunden an."

Ich verzog das Gesicht. „Tut mir leid. Ich habe mein Handy verloren." Ich eilte an Beas Seite. „Geht's ihr gut? Irgendeine Veränderung?"

Gwen ließ sich Zeit und setzte sich wieder auf ihren Platz am Ende des Sofas. „Ihr geht's gut. Oder zumindest unverändert. Aber was ist mit dir? Vor einiger Zeit ist deine Energie verschwunden. Ich konnte dich nicht spüren. Ich hatte keine Ahnung, was los war. Hast du gar nicht an deine alte

Tante gedacht?" Gwen war gut darin, Schuldgefühle zu wecken, wenn sie wollte.

„Mist. Tut mir leid. Ich bin nirgendwo hingegangen. Alles, was ich getan habe, war, bei Pyper ein Nickerchen zu machen und Kane im Traum zu besuchen. Vielleicht hast du mich deshalb nicht gefunden. Wie auch immer, du hättest sie anrufen können."

„Ich habe ihre Telefonnummer nicht" , antwortete sie knapp und wandte mir den Rücken zu.

Ich schluckte ein Stöhnen herunter, nahm ihr Handy vom Tisch und machte mich daran, Pypers, Kats, Ians und Kanes (weil wir ihn zurückbringen würden) Nummern in ihr Handy zu speichern. „Bitte. Jetzt solltest du mich finden können, egal was passiert."

Sie warf kaum einen Blick auf das Handy, als ich es auf den Tisch legte.

„Komm schon, Gwen. Willst du nicht wissen, was passiert ist, und in unseren neuesten Plan eingeweiht werden?"

Das erregte ihre Aufmerksamkeit. Sie hörte aufmerksam zu, als ich es ihr erklärte, und sagte kein Wort, bis ich fertig war.

„Denkst du, indem du ihnen ihre Seelen zurückgibst, werden Lailah und Kane freigelassen?", fragte sie.

„Das hoffe ich. Lucien sagt, dass es Meri schwächen wird."

Gwen sah nicht überzeugt aus, stimmte aber zu, dass es der beste Plan war. Der einzige Plan.

„Willst du mitkommen?"

Sie sah Bea an. „Irgendetwas sagt mir, dass ich hier bei ihr sein muss."

„Irgendeine Ahnung warum?"

Sie presste die Lippen aufeinander und schüttelte den Kopf. „Nein. Nur so eine Intuition."

Seher ignorieren ihre Intuition nicht. Ich küsste sie auf die Wange und versprach, sie anzurufen, sobald wir fertig waren.

„Ich werde dich rausbringen." Sie stand auf, doch nach zwei Schritten blieb sie stehen. Ihre Augen wurden glasig.

Ich erstarrte, ohne zu merken, dass ich aufgehört hatte zu atmen, bis meine Lungen zu brennen begannen. Ich schnappte nach Luft und trat an Gwens Seite.

Einen Moment später bohrte sich ihr Blick in meinen. Ihre Stimme war leise und rau. „Sie wird sterben."

„Gwen! Wer?"

Sie sah sich desorientiert um und setzte sich dann. „Was ist passiert?"

„Du bist in Trance gefallen." Ich ließ mich auf das Sofa sinken und ergriff ihre Hand. „Du hast gesagt ‚Sie wird sterben.'"

Ihre Augen weiteten sich, und ihr Schock traf mich. „Wer?"

Ich schüttelte langsam den Kopf. „Das hast du nicht gesagt."

KAPITEL DREIUNDZWANZIG

*E*s gab eine schreckliche Wahrheit über Gwens Trancen; was auch immer sie sagte, während sie in einer war, wurde wahr. An meinem achtzehnten Geburtstag hatte sie vorhergesagt, dass ich mit Walnüssen und Schokolade überzogen sein würde. Zu dieser Zeit hatte ich eine schöne Fantasie mit einem Bett und meinem Freund.

Drei Stunden später explodierte an einem Lieferwagen voller Fudge ein Reifen und streifte mich auf der Autobahn. Mein Auto drehte sich und rutschte dem Lieferwagen in die Rückseite. Der Aufprall riss die Türen auf, und fünfzig Pfund Fudge purzelten aus zerschmetterten Kartons auf meinen armen Toyota. Ich war glimpflich davongekommen, doch der Toyota hatte nicht so viel Glück gehabt.

Im Laufe der Jahre hatte es eine Reihe anderer Vorhersagen gegeben, die immer eingetroffen waren, doch nie etwas so Schlimmes wie ein Tod.

Sie wird sterben.

Bea? Lailah? Ich? Jemand aus dem Zirkel? Eines wusste ich

ganz sicher. Wenn wir nichts tun würden, würden wir mehr als einen verlieren.

Trotz der Schuldgefühle in meinem Herzen beschloss ich, Gwens Warnung für mich zu behalten. Wenn Gwen mir etwas über ihre Gabe beigebracht hatte, dann, dass ihre Visionen immer wahr wurden, egal was ich dagegen unternahm. Sie hatte eine Theorie: wenn man sich zu sehr mit dem Universum anlegte, revanchierte es sich siebenmal schlimmer. Ich brauchte nicht siebenmal mehr Ärger. Er stand mir sowieso schon bis zum Hals.

Zu meiner großen Erleichterung hatte Kat sich nicht gewehrt, als ich sie angerufen und gebeten hatte, zu Hause zu bleiben. Sie hatte sogar erleichtert geklungen. Doch Pyper war eine ganz andere Sache gewesen. Als ich in ihre Wohnung gegangen war, um sie zu bitten, hatte sie mir ziemlich genau gesagt, was ich mit meiner Bitte tun könnte, und es hatte sich nicht angenehm angehört. Am Ende hatte ich aufgegeben und geschlagen die Hände erhoben.

„Okay, fein. Wenn ich an deiner Stelle wäre, würde ich wahrscheinlich auch darauf bestehen. Aber versprich mir, dass du weit weg vom Zirkelkreis bleibst. Zaubersprüche können schiefgehen, und wenn dir etwas zustößt …" Ich konnte die Gedanken, die mir durch den Kopf gingen, nicht in Worte fassen.

„Natürlich", beruhigte Pyper mich schnell. „Ich kann aber einfach nicht hier bleiben und warten."

Ich nickte und folgte ihr zu ihrem Auto.

Die Wegbeschreibung führte uns in die Innenstadt auf der Saint Charles Avenue. „Die Kultstätte des Zirkels ist hier drüben bei der Universität?", fragte Pyper.

„Ich nehme es an."

Wir bogen nach links ab und fanden uns in kürzester Zeit

in einem Park zwischen dem Fluss und dem Audubon Zoo wieder.

„Großartig." Pyper runzelte die Stirn, hob ihr gesundes Bein und beugte ihren Fuß. „So viel zu meinem coolen neuen Fund."

Ich warf einen Blick auf ihre schwarz-weißen Vintage-Sattelschuhe. „Oh, mach dir nicht ins Hemd. Die sind waschbar."

Sie murmelte etwas vor sich hin und folgte mir durch das nasse Gras zu einem Kreis von Eichen. Der Mond schien blassgelb, als der abgestandene, modrige Schlammgeruch des Mississippi herüberwehte. Ein unheimliches Gefühl überkam mich. Ich ging langsamer und versuchte, das Gefühl abzuschütteln.

Pyper und ich traten zwischen den Bäumen hervor und fanden den Zirkel in einem großen Kreis kniend vor. Vor jedem stand eine Keramikschale mit getrockneten Kräutern auf dem Boden. Ich hielt inne und streckte meine Hand aus, um Pyper aufzuhalten. Den Erdsegen, in dem Lucien sie führte, kannte ich gut. Es war der Lieblingssegen meiner Mutter.

Jade, hatte sie immer gesagt. *Halte jetzt meine Hand. Deine Liebe ist die geheime Zutat.*

Das hatte sie bei jedem Segen gesagt, den sie je durchgeführt hatte, wenn ich in ihrer Nähe war. Die Erinnerung füllte mein Herz mit Hoffnung. Mit etwas Glück würden wir sie auch befreien.

Als Lucien aufhörte zu sprechen, streckten alle ihre Arme aus und reichten einander die Hände. Die Kräuter loderten in zwölf einzelnen Flammen auf und verloschen genauso schnell. Auf ein unausgesprochenes Stichwort hin hoben alle ihre Schüsseln und verstreuten die Asche im Kreis.

„Wow", flüsterte Pyper, als ein Pentagramm auf dem Boden aufleuchtete. „Das ist cool."

Lucien sah auf und begegnete meinem Blick. Anspannung hatte sich über seine Gesichtszüge gelegt, und ich fragte mich, wie lange sie alle schon hier waren. Er stand auf, und alle blickten in unsere Richtung.

„Komm", sagte ich zu Pyper. „Wir haben einen Zirkel zu begrüßen."

Lucien kam uns auf halbem Weg entgegen und hielt eine schwarze Samtrobe in der Hand. „Das ist deine."

Pyper zog eine Augenbraue hoch.

„Sie ist jetzt die Anführerin des Zirkels. Sie muss sich der Rolle entsprechend kleiden."

Widerstrebend nahm ich die Robe und hielt sie hoch. Sie passte mit dem goldenen Besatz und dem gestickten Pentagramm zu denen, die die anderen Mitglieder trugen. Nur, dass bei dieser weitere komplizierte Symbole auf die Arme gestickt waren. Ich strich über eines, und meine Fingerspitzen leuchteten mit einer warmen Magie auf. Ich riss meine Hand zurück. „Wessen Zauberarbeit ist das?"

Überraschung ging von ihm aus. „Die des Zirkels."

Natürlich. Es war mir einfach so vertraut vorgekommen, durchdrungen von einer Spur dessen, was ich immer mit meiner Mutter identifiziert hatte. Es war seltsam, dass ich es vorher nicht bemerkt hatte, doch Schutzzauber wie der in die Robe eingewebte waren subtil. Alles andere, was ich je von einem Zirkel gespürt hatte, war Rücken-zur-Wand-rette-deinen-Arsch-Magie.

Ich holte tief Luft und versuchte, das plötzliche Loch in meinem Herzen zu füllen. Heute Nacht würde ich Kane zurückbekommen und auf die eine oder andere Weise eine Antwort zu meiner Mutter bekommen. Wenn nicht, hatte ich die Absicht, beim Versuch zu sterben. *Sie wird sterben*, hallte es in meinem Kopf wider. Nun, wenn es das war, was nötig war.

„Lasst uns dieses Picknick beginnen." Ich zog mir die schwere Robe über den Kopf und schritt dorthin, wo die anderen Mitglieder warteten. „Ich weiß, dass Lucien euch die Details darüber gegeben hat, was wir heute Abend hier tun, doch ich möchte sicherstellen, dass alle sich darüber im Klaren sind. Wir werden die verlorenen Seelen zweier Hexen und eines Dämons zusammenführen. Irgendwie sind ihre Geister in Porträts gefangen und ihre Seelen in Voodoo-Puppen. Sobald wir die beiden zusammenführen, wird der Dämon schwächer. Das ist die beste Chance für Lailah und Kane, sich zu befreien und zu uns zurückzukehren." Ich hielt inne und nahm mit jedem einzelnen Blickkontakt auf. „Ich glaube, dass das sehr gefährlich werden könnte. Wenn also jemand nicht ganz dabei ist, sagt uns das bitte jetzt. Wir können es uns nicht leisten, den Kreis zu brechen, wenn wir erst einmal angefangen haben."

Ein langer Moment der Stille erfüllte die Luft. Schließlich meldete sich eine dünne Stimme zu Wort. „Wird das helfen, Bea zu retten?"

Die Gruppe teilte sich, und eine zierliche, dunkelhaarige Schönheit mit großen, runden Augen trat vor. Sie hatte einen wildentschlossenen Blick. Ich mochte sie auf Anhieb.

„Dieser spezielle Zauber wird Bea nicht helfen. Dafür zählen wir auf Lailah. Dass sie ein Engel ist und so weiter."

Ein Schimmer des Verstehens huschte über ihr Gesicht. Sie nickte. „Ich bin dabei."

Der Rest des Zirkels murmelte seine Zustimmung und stellte sich wieder im Kreis auf. Pyper zog sich in den Schutz der alten Eichen zurück. Ich folgte Lucien und wandte mich dann ihm zu, um auf seine Anweisungen zu warten.

Er deutete an, dass ich den freien Platz einnehmen sollte,

der der dunkelhaarigen Schönheit am nächsten war. Er stellte sich mir direkt gegenüber auf. Alle streckten die Arme aus und ergriffen die Hände der anderen, um den Kreis zu schließen. Ein leuchtendes Pentagramm materialisierte sich vor uns auf dem Boden.

Die vereinte reine, saubere Kraft des Zirkels strömte von jedem von ihnen direkt in mich. Ich ließ meine Hände fallen. Das Pentagramm verblasste, als ich mich auf Lucien konzentrierte. „Warum speisen mich alle mit Energie? Ich dachte, du führst den Zauber."

„In gewisser Weise. Ich werde die Beschwörung rezitieren, aber du bist diejenige, die sie beschwören muss."

Die anderen Mitglieder bewegten sich unruhig. Ihr Mangel an Vertrauen prickelte auf meiner Haut. Scheiße. Ich musste mich zusammenreißen, sonst würde das nie funktionieren. „Okay. Aber wir müssen die Porträts und die Voodoo-Puppen aus Pypers Auto holen."

„Sie sind hier." Pyper kam mit einer Kiste unter den Bäumen hervor. Ian folgte ihr mit einer zweiten.

„Verdammt, Pyper, ich habe dir doch gesagt, dass du sie nicht anfassen sollst." Das Risiko war viel zu groß. Ich rannte hinüber und versuchte, ihr die Kiste abzunehmen, doch sie zog sie aus meiner Reichweite.

„Wer soll es sonst tun? Ihr anderen seid zu anfällig. Außerdem war Ian bei mir."

Ich hielt mich davon ab, zu schnauben. Weil Ian sie retten könnte, wenn ihr etwas passierte, indem er sein magisches Talent nutzte. Oh halt, er hatte ja keins.

„Ihr könnt sie in die Mitte des Kreises stellen", wies Lucien an. Als sie fertig waren, sagte er: „Danke. Das hat uns einen verdammt starken Schutzzauber erspart, nur um sie aus dem Auto zu holen."

„Klar, kein Problem", sagte Ian in seinem lockeren Tonfall.

Ich starrte Pyper an. „Du bleibst bei den Bäumen, klar? Und kein Herbeieilen, um zu helfen?"

Sie zuckte mit den Schultern und hielt ihre Krücke hoch. „Ich kann nirgendwo hineilen."

Wenig überzeugt wandte ich mich an Ian. „Kannst du dafür sorgen, dass sie da drüben bleibt?"

„Ich werde mein Bestes tun", sagte er ernst, doch als ich mich umdrehte, erhaschte ich einen flüchtigen Blick auf ein amüsiertes Lächeln.

In der Sicherheit des Kreises warfen Lucien und ich die Puppen und Porträts auf den Boden.

„Sollen wir sie sortieren?" Ich war davon ausgegangen, dass wir jede Puppe dem entsprechenden Porträt zuordnen würden.

„Nein. Die Seele will mit ihrem Geist verbunden sein. Sie werden keine Probleme haben, den richtigen Geist zu finden." Seine Sicherheit und der sachliche Ton ließen mich mich fragen, woher er das wusste. Seelenverschmelzung war nicht gerade etwas, das man jeden Tag tat. Oder doch? Ich musterte die Gruppe, plötzlich misstrauisch.

Doch ich hatte keine Zeit, meine Entscheidungen zu hinterfragen, weil sich sofort alle wieder die Hände reichten. Meine wurden wieder von dem winzigen, dunkelhaarigen Mädchen zu meiner Linken und einer Frau, die dünner und größer, aber ungefähr im gleichen Alter wie Bea war, zur Rechten genommen.

Diese rohe Kraft erfüllte mich wieder. Alles daran schien richtig zu sein. Es spielte keine Rolle, dass ich außer Luciens niemandes Namen kannte, oder dass ich die letzten zwölf Jahre damit verbracht hatte, Zirkelmagie zu meiden. Dies war mein Platz. Ich gehörte als ihre Anführerin dorthin.

Lucien begann mit der Beschwörung. Kraft schien in einem

stetigen Strom von ihm zu fließen, kreiste durch jedes der Mitglieder und drang von beiden Seiten in mich ein.

Zum ersten Mal ließ ich mich den Kraftfluss erleben. Mein Blut pulsierte damit.

Das Gefühl hatte etwas unheimlich Vertrautes. Es dauerte einen Moment, bis mir klar wurde, dass es mich an Kane und das letzte Mal erinnerte, als wir uns geliebt hatten. Mein Herz und meine Glieder sehnten sich danach, in seiner Nähe zu sein. Irgendwo in meinem Kopf registrierte ich, dass ich in dieser Nacht high von Magie gewesen war. Kein Wunder, dass der Sex so außergewöhnlich gewesen war.

Luciens Stimme erhob sich, und die Macht packte mich fester. Meine Augen hefteten sich an seine und all meine Aufmerksamkeit richtete sich auf seine Beschwörung. „Körper zu Körper, Geist zu Geist, Seele zu Seele. Göttin des Lebens, höre unseren Ruf. Wir bitten dich, diese Wesen wiederherzustellen, sie aus einer großen Ungerechtigkeit zu retten und sie wieder ganz zu machen. Körper zu Körper, Geist zu Geist, Seele zu Seele."

Die Magie schoss in die Mitte meines Herzens, und mit einem ermutigenden Nicken von Lucien schob ich sie in die Mitte des Pentagramms. Sie floss nahtlos und schien von den dort liegenden Gegenständen aufgesogen zu werden.

Nichts geschah.

Dreißig Sekunden. Eine Minute. Zwei.

Es pulsierte immer noch ein magischer Faden aus dem Zirkel, doch der Großteil davon war in den Zauber eingespeist worden. Ich hatte die Hoffnung fast aufgegeben, dass etwas passieren würde, als sich ein weißes Leuchten um die Voodoo-Puppen bildete, dann stieg aus jeder eine leuchtende Kugel auf und schoss dann zu den Porträts.

Bei Kontakt verschwand das Pentagramm, zusammen mit dem kleinen bisschen Magie, das immer noch durch den Kreis strömte. Aus jedem der Porträts stieg silberner Nebel auf. Er verdrehte und formte sich und wurde mit jeder Bewegung dichter.

Mein Herz pochte, als ich beobachtete, wie sich drei solide menschliche Gestalten bildeten. Ihre Verunstaltungen waren verschwunden, ersetzt durch neu geformte, makellose Gesichter. Die drei Frauen, vermutlich Anfang dreißig, standen sich schockiert und erstaunt gegenüber.

Nun, zwei von ihnen standen Schock und Staunen ins Gesicht geschrieben.

Der dritten, Meri, liefen Tränen über das Gesicht. „Fe? Priss?" Die Stimme des Dämons zitterte. „Ich …" Sie presste ihre Hände zitternd an ihre Wangen.

Priscilla und Felicia tauschten fragende Blicke aus.

„Meri?" Felicia näherte sich ihr. „Bist du das? Ich meine, wirklich du?"

Meri schniefte und nickte. „Ich habe in der Hölle festgesessen. Ich weiß nicht, was passiert ist. Ich habe darauf gewartet, dass Philip mich findet, und dann war es nur noch dunkel. Ist er hier?"

„Nein, Meri. Ist er nicht." Felicia nahm die Hand des Dämons. „Erinnerst du dich an nichts sonst?"

„Felicia!" Priscilla riss die Hand ihrer Schwester von Meri weg. „Es könnte eine Falle sein."

Als Meri die beiden ansah, strömte Verwirrung von ihr aus. Sie sah sich im Kreis um. „Haben sie uns zurückgebracht?"

„Ja, Mer. Sie haben uns unsere Seelen zurückgegeben. Wir sind frei." Felicia schüttelte Priscillas Griff ab. „Halt. Kannst du nicht sehen, dass sie da drin ist? Sie hat ihre Seele zurück."

„Aber wie lange?", fragte Priscilla und milderte dann ihre Stimme. „Sie ist ein Dämon, Fe. Er könnte jeden Moment wieder hervorkommen."

Tränen füllten Felicias große blaue Augen. Sie drehte sich zu mir um. „Kannst du ihr nicht helfen?"

Schock ließ mich schweigen. Ich hatte keine Ahnung. Es schien, dass die Wiedervereinigung von Meris Seele sie wieder zu der Person gemacht hatte, die sie gewesen war, bevor sie zum Dämon wurde. Ich suchte in Luciens Gesicht nach einer Antwort.

Er schüttelte traurig den Kopf.

Mein Magen verkrampfte sich. „Es tut mir leid."

Eine Träne lief über Felicias perfektes Gesicht.

„Wo ist Philipp?", fragte Meri noch einmal.

„Er kommt nicht", sagte Priscilla leise. „Meri, du bist ein Dämon. Philipp ist ein Engel. Er kann dir jetzt nicht helfen. Du bist an die andere Seite verloren."

„Dämon?" Meri richtete sich auf. In ihrem verwirrten Kopf schien etwas zu klicken. „Oh nein. Was habe ich getan?" Eine Wolke der Angst stieg wie Rauch auf und verzehrte sie. „Ich wusste nicht, was ich tat", sagte sie ihren Schwestern. „Ich konnte es nicht kontrollieren. Und Philip … er ist nie gekommen, um mich zu holen." Ihre gesamte Haltung veränderte sich. Es war, als würde man einer vollständigen Verwandlung beiwohnen. Wut schob all ihre Reue beiseite, und ihr Zorn hämmerte in meinen Schädel und hätte mich fast umgeworfen.

Zum Glück hielten die beiden Hexen zu meinen Seiten meine Hände fest in einem Todesgriff, und ich schaffte es, stehenzubleiben. Das Wichtigste war, den Kreis nicht zu durchbrechen. Denn im nächsten Moment später wandten sich Felicia und Priscilla gegen Meri.

Sie begannen mit dem Gesang, den ich als den bindenden Zauberspruch erkannte, den Lucien bei Bea angewendet hatte.

Schwarze Magie flutete aus Meri und wickelte sich um die beiden, die nun bemerkenswert aussahen, als könnten sie

Zwillinge sein, nur dass eine blond und die andere brünett war. Natürlich hatte die Benutzerin der schwarzen Magie schwarze Haare.

Felicia und Priscilla bauten sich vor Meri auf. Beide hoben ihre Hände und riefen nach Macht. Sie sprang ihnen in die Finger. Reflexartig drückte ich meine eigene Kraft in die Mitglieder des Zirkels und hielt uns alle fest. „Nicht loslassen!", schrie ich.

Diese Hexen befanden sich in einem magischen Kampf. Wir mussten sie im Kreis halten.

Bitte, Gott, lass Lailah und Kane nicht mitten in diesem Kampf auftauchen.

Der Kreis hielt und behielt alle drei und ihre Magie im Inneren. Die Wellen ihrer Macht schlugen gegen mich und den Kreis, doch sie gelangten nicht nach draußen. Der Schutz, den Bea auf den Kreis gelegt hatte, war zu stark. Ich hatte immer gewusst, dass sie mächtig war, doch ich hatte bis zu diesem Moment keine Ahnung gehabt, wie mächtig. Und sie hatte mir den Zirkel gegeben und behauptet, ich sei stärker.

Das war unmöglich.

Die beiden weißen Hexen schlugen mit ihrer Magie zu und wickelten sie um Meri. Bald wurden die schwarzen Ranken ihres Zaubers schwächer und verblassten zu einem Flüstern.

Wir alle sahen ehrfürchtig zu, wie Priscilla Meri umkreiste und ihr dunkles Haar in einem Wind wehte, den keiner von uns spüren konnte. Felicia trat zurück und kontrollierte den Faden der Macht, der sich eng um den Dämon wickelte.

Priscilla blieb stehen und neigte den Kopf in Felicias Richtung. „Was sollen wir mit ihr tun?"

„Wir müssen sie zurück in die Hölle schicken." Die Trauer in Felicias Stimme weckte mein Mitgefühl mit ihr. „Wir haben keine andere Wahl."

„Du solltest kein Mitleid mit ihr haben, Fe." Priscilla kam

bis auf einen Zentimeter an Meris Gesicht heran. „Sie hat unser Leben für die Macht gestohlen. Wenn wir sie gehen ließen, würde sie nur alle hier verfolgen – eine Seele nach der anderen."

Meri kniff ihre großen, schwarzen Augen zusammen. „Dumme Hexe. Was glaubst du, wird dieser weiße Zirkel mit dir machen, wenn sie herausfinden, was du getan hast?"

Priscilla trat zurück. Eine seltsame Sonde stieß auf unsere Verteidigungsbarriere. Sie lachte. „Was ich getan habe? Du bist verrückt."

„Nicht, Priss. Sie versucht nur, dich zu ködern." Felicia hielt die magischen Fesseln fest, sprach aber mit sanfter Stimme weiter. „Meri, ich habe gehört, dass du zwei Seelen in deiner Gewalt hast, die dieser Zirkel zurückhaben will. Wenn du sie freigibst, können wir sicher eine Lösung finden."

„Du willst, dass ich meinen Engel aufgebe? Niemals!", keifte Meri und rief dann eine Beschwörung, die ich nicht kannte.

Der Wind drehte. Plötzlich kam eine warme Brise auf, bis sie einem Windkanal innerhalb des Kreises glich. Alles wurde grau, und als sich der Nebel verzog, lag eine andere Gestalt im Kreis zu Meris Füßen.

Jemand, den ich kannte. Den linken Unterschenkel in einem Gipsverband, rappelte er sich schwerfällig in eine stehende Position auf und wich dann in meine Richtung zurück.

„Sie kann dich nicht retten", zischte Meri.

„Das habe ich auch nicht erwartet. Aber du musst an mir vorbei, um zu ihr zu gelangen." - drehte sich um. Seine traurigen Augen bohrten sich in meine. „Ich wollte nie, dass so etwas passiert."

KAPITEL VIERUNDZWANZIG

*D*an?", fragte ich.

„ Doch er hatte sich bereits Meri zugewandt. „Unser Deal war ungültig. Lass mich gehen."

Deal? Dan hatte einen Deal mit einem Dämon gemacht? Die Angst bildete einen bleiernen Ball in meinem Magen. Was hatte er getan? Und warum?

Meris wahnsinniges Lachen stach in meinen Ohren. „Du hast keine Ahnung, wovon du redest, Sterblicher. Du bist mir etwas schuldig, und ich bin hier, um zu kassieren."

„Nein!", rief Felicia. „Ich werde nicht zulassen, dass du noch mehr Leben ruinierst."

Die Schwestern breiteten die Arme weit aus. Wie aus einem Mund sprachen sie: „Banne diese Frau. Verbanne ihre Kräfte. Löse ihren Halt an denen, die sie fesselt. Bring sie dorthin, wo die Zeit stehen geblieben ist."

Weiße Lichtblitze brachen in einer Explosion von Energie aus ihnen hervor.

Die Magie, die aus dem Zirkel zu mir strömte, schwankte. Die Macht, die im Kreis freigesetzt wurde, war zu viel für sie.

Ich lenkte meine Magie zurück in den Kreis und rief: „Lasst nicht los! Wenn der Kreis bricht, ist der Dämon frei."

Das Pentagramm am Boden leuchtete heller, verschmolzen mit der erneuerten Energie.

Meris Körper flimmerte wie auf einer schlechten Filmrolle. Ihre dicke schwarze Magie geriet außer Kontrolle und schien in der Nacht zu verblassen, bis sie vollständig verschwand.

Priscilla und Felicia traten zurück.

Meri funkelte ihre Schwestern an, Wut ging von ihr aus, zusammen mit einer silbrigen Substanz, die verdächtig wie dieselbe Substanz aussah, die ihre Seele wiederhergestellt hatte. Sie schwebte vor ihr und schoss dann auf Dan zu.

Er stöhnte, sank auf die Knie und umklammerte seinen Bauch. Die silbrige Substanz hüllte ihn ein. „Das war nicht der Deal", spie er aus.

„Du hast deine Seele für meine Hilfe verkauft", zischte Meri. „Jetzt zahlst du."

„Du kannst meine Seele nicht haben", rief Dan. „Der Deal war verwirkt."

„Du hättest besser aufpassen sollen." Sie schritt um seinen Körper herum. „Du wolltest die Mutter der weißen Hexe finden. Ich habe zugestimmt, dir zu helfen, im Austausch für die Zerstörung dieser Voodoo-Puppen."

Bei der Erwähnung meiner Mutter blieb mein Herz stehen. Nach allem, was wir durchgemacht hatten, hatte sich Dan einem Dämon geopfert, um mir zu helfen. All die schrecklichen Dinge, die wir uns gesagt und angetan hatten, lösten sich in Wohlgefallen auf. Tief im Inneren war Dan immer noch derselbe Mann, in den ich mich als Teenager verliebt hatte.

„Aber ich habe es nicht getan. Ich konnte nicht. Es war falsch." Dans Blick begegnete meinem. „Ich wusste nicht, dass

Seelen in ihnen gefangen waren. Als ich es herausfand, habe ich sie zu dir gebracht, damit du sie sicher aufbewahrst."

„Ich wusste es!", rief Priscilla.

Meri schrie, als ihre Schwestern ihre Magie anriefen und noch einmal versuchten, sie zu fesseln. Sie fiel auf die Knie, ihr Atem kam in kurzen Stößen. Als sie aufblickte, lachte sie. „Ist das alles, was ihr habt?" Der Dämon erhob sich und konzentrierte sich auf Dan. „Das macht keinen Unterschied, Sterblicher. Du hast sie gefunden." Sie wedelte mit der Hand und zeigte eine Vision meiner Mutter, die zusammengerollt auf dem Boden eines feuchtkalten steinernen Kerkers lag. Die Szene schwebte in der Mitte des Kreises. „Sie ist in der Hölle, wo sie hingehört, weil sie versucht hat, einen Dämon zu beschwören."

„Mom!" Ich versuchte, mich loszureißen, auf die Vision zuzulaufen, doch die anderen hielten mich im Kreis fest.

„Das habe ich nicht gemeint", sagte Dan durch die Zähne.

Meri lachte. „Du hast versagt, und jetzt gehörst du mir." Die silberne Substanz des Dämons begann, mit Dan zu verschmelzen, und plötzlich wurde mir klar, dass sie ihre Seele mit seiner verschmolz. Egal wie dieser Kampf endete, wenn Dan nicht starb, wäre sie an ihn und die Erde gebunden. Und Dans Seele wäre unwiderruflich geschädigt.

„Nein!", schrie ich und lenkte meine Magie und die des Zirkels auf Dan. Mein einziger Gedanke war, ihre Seele aus seinem Wesen zu drängen. Sie würde ihn nicht bekommen. Er hatte ein so schreckliches Schicksal nicht verdient.

Gleichzeitig intensivierten die Schwestern ihren Angriff auf Meri. Die kombinierte Magie kollidierte, schickte ein Leuchtfeuer in den Himmel und nahm all die Kraft mit, die wir damit aufgebaut hatten. Die beiden Hexen, die nicht mit dem Zirkel verbunden waren, sanken zu Boden, erschöpft und nutzlos.

Als der beeindruckende Lichtstrahl nachließ, stand Meri mitten im Chaos. Vorfreude huschte über ihr Gesicht. Sie drehte sich zu mir um. „Beschwöre meinen Gefährten, und ich verschone ihn."

Felicia hob den Kopf. „Du willst Philip herbeirufen? Er will nichts mit dir zu tun haben. Wenn er es wollte, hätte er dich schon vor langer Zeit gefunden."

Die Wahrheit ihrer Worte klang in meinen Ohren, gerade als ein seelenerschütternder Schmerz durch Meri strömte. Der Schlag in meinen Bauch war stark genug, um meine Knie zu schwächen. War die beschädigte Seele, die wir ihr zurückgegeben hatten, tatsächlich zerbrochen? Irgendwie glaubte ich, dass es sein konnte.

Meri warf einen schwarzen Blitz auf Felicia und schlug sie bewusstlos. Priscilla stieß einen Schrei aus und kroch zu ihrer am Boden liegenden Schwester.

Der Schmerz des Dämons wurde zu einem intensiven Bedürfnis nach Rache. „Du kannst es. Du hast genug Macht. Bring meinen Gefährten zu mir, und ich lasse ihn gehen." Sie gestikulierte ungeduldig in Dans Richtung.

„Nein!" Dan stand auf. „Sie lügt."

Ich wusste nicht, woher er das wusste, doch er hatte Recht. Ich spürte es in ihrer Energie. Sie hatte nicht die Absicht, jemanden zurückzulassen, von dem sie Energie abziehen konnte.

Ich warf ihr einen Blick zu. „Ich weiß nicht wie, und selbst wenn, würde ich es nicht tun. Nicht für einen Dämon, der die Seele eines Mannes korrumpieren will, den sie zu lieben behauptet."

„Liebe?" Meri schnaubte. „Liebe hat damit nichts zu tun."

„Es hat alles damit zu tun. Was glaubst du, woher die Bindung kommt?"

Meine Worte berührten einen Nerv. Meris Gesicht

verzerrte sich zu einer wütenden Grimasse. „Du bist also nicht bereit zu helfen? Wie wäre es mit einer Reise in die Hölle? Erst deine Mutter und jetzt du. Was für ein schöner Abschluss dieser tragischen Seifenoper. Ein Ex, der entschlossen ist, dich zu retten, und meine Gutmensch-Schwestern wieder eingesperrt." Schwarze Seile schossen aus ihren Fingerspitzen und schlangen sich um Felicias und Priscillas Handgelenke.

Ich hörte nur: *Erst deine Mutter und jetzt du.*

Eine Wut, von der ich nicht gewusst hatte, dass sie existierte, brach mit diesem magischen Funken aus, den zu finden Bea mir so sehr geholfen hatte. Nun, hier war er in seiner ganzen Pracht.

Ich löste meine Hände von den beiden Frauen an meinen Seiten und machte einen Schritt auf Meri zu. „Lass meine Mutter gehen", sagte ich mit einer gefährlichen Schärfe in meinem Ton.

Dans Augen weiteten sich vor Schock, als er sich bemühte, auf die Beine zu kommen. „Nein, Jade!"

„Aus dem Weg, Dan. Ich will dich nicht zwingen müssen, doch ich werde es tun."

„Das bist nicht du. Tu das nicht!"

„Ich habe keine Wahl."

Vage hörte ich, wie Lucien den Zirkel aufforderte, den Kreis zu schließen. Das Pentagramm war verschwunden, und als sich der magische Kreis um uns herum wieder aufgebaut hatte, leuchtete es viel schwächer als zuvor wieder auf. Ich hatte meine Zweifel, dass der Zirkel uns im Kreis halten konnte.

Als Dan sich weigerte, zwang ich ihn nur mit meinem Verstand zur Seite. Es war leichter, als jemandes emotionale Energie zu lesen. Doch auch die kam stark durch. Dan war entsetzt und hatte mehr als nur ein bisschen Angst. Um mich. Der Zirkel hatte eine kollektive Angst, gemischt mit einer traurigen Resignation. Sie waren überzeugt, dass sie auch mich verlieren würden. Die Botschaft kam laut und deutlich an. Doch ich wusste, dass es ihre höchste Priorität war, Meri in Schach zu halten.

Ich wandte meine Aufmerksamkeit dem Dämon zu. Sie strahlte Selbstgefälligkeit aus, tief und zufrieden.

„Zeig mir, was du hast, Hexe. Ich wollte sehen, wie du gegen einen Dämon abschneidest."

„Einen Engel zu fangen war dir nicht genug", sagte ich.

„Oh nein. Aber stell dir meine Freude vor, als ich sie in meine Sammlung aufnehmen konnte. Und jetzt eine weiße Hexe. Korrektur, schwarze Hexe."

„Was?" Ich sah mich um und fragte mich, von wem sie sprach. Da bemerkte ich die schwarze Färbung an meinen Fingerspitzen. Ich hätte vor Angst zurückschrecken sollen. Stattdessen straffte ich meine Schultern und sah sie an.

Sie lachte nur und schlitzte mir mit einer Handbewegung eine brennende Wunde auf die Brust.

Tief aus meinem Inneren sprudelte etwas hervor, mächtiger als alles, was ich zuvor erlebt hatte. Ich wusste, wenn ich es wollte, würde ich sie zerstören. Sie würde von der Erde, meinem Leben und dem aller, die mir wichtig waren, getilgt werden.

Und warum sollte ich es nicht tun? Sie hatte mir meine Mutter, meine Liebe und meine Mentorin genommen. Und jetzt hatte sie ihre Klauen in Dan geschlagen. Einen Mann, den ich früher geliebt hatte. Sie hatte alles verdient, was sie bekam.

Etwas drückte auf meine Psyche. Etwas Vertrautes und doch Irritierendes. Ich wischte es mit nur einem Gedanken beiseite und trat zwei Schritte auf sie zu. Ihre Schwestern waren hilflos, und Meri und ich starrten uns in die Augen.

„Tu es!", forderte sie mich auf.

„Du machst mir keine Angst."

Ihre Lippen zuckten. „Das sehe ich."

„Lass meine Mutter frei", sagte ich noch einmal.

Ihre schwarzen Augen funkelten. „Ich denke nicht." Sie richtete ihren Blick auf Dan und wandte ihre Hände in seine Richtung.

Magie wollte aus meiner Brust explodieren. Nicht Dan. Sie durfte ihn nicht haben. Ich kannte keinen Zauberspruch, doch ich kannte meine Absichten. Ich hob meine Arme, sprach ein kleines Gebet zur Göttin der Seelen und richtete dann meinen lodernden Blick auf den Dämon vor mir. „Die Hölle ist zu gut für dich." Eine einfache Beschwörung entfleuchte meinen Lippen. Ich war Augenblicke davon entfernt, das Schlimmste zu entfesseln, als der Zirkel anfing zu singen.

Nebel zog wieder auf, nur dieses Mal hatte er eine violette Färbung. Ich blinzelte, und plötzlich standen Lailah und Kane vor mir.

Ich blinzelte wieder, sicher, dass ich es mir einbildete.

„Jade?", sagte Kane und sah verwirrt aus. „Was – "

„Aus dem Weg!", rief ich, als Meris Wut von allen Seiten auf mich eindrang. Die dunkle Macht, die ich entfesseln wollte, verflüchtigte sich, als meine Liebe zu Kane die Oberhand gewann. Ich zog ihn hinter mich und schaffte es, ihn aus dem Kreis zu stoßen, gerade als Meris schwarze Magie mich traf. Feuer explodierte durch meine Glieder.

„Dumme Hexe." Meri lachte. „Du hast den Kreis wieder durchbrochen. Niemand ist jetzt sicher."

Ich warf erschrockene Blicke auf die erschöpften Mitglieder des Zirkels. Einige von ihnen waren auf die Knie gefallen. Andere standen vornübergebeugt und versuchten, wieder zu Kräften zu kommen. Guter Gott. Was hatte ich getan, als ich Kane direkt durch ihren Schutzzauber gestoßen hatte?

Meris schwarze Machtfäden schlangen sich um Kane. „Er

gehört jetzt mir."

„Nicht, wenn ich etwas dagegen tun kann." Lailahs Stimme durchbrach den Schmerz, der meinen Verstand umwölkte. „Überlass es einem Dämon, schmutzig zu kämpfen", knurrte sie.

Meris Augen verengten sich vor Hass. „Du wirst schon bald so sein wie ich."

„Denk noch einmal nach, Dämon. Ich habe deinen Bann gebrochen." Die beiden umkreisten einander und bereiteten sich auf ein Duell vor.

„Jade", zischte jemand. Ich blickte auf und sah, dass Lucien mir schwach bedeutete, meinen Platz im Kreis einzunehmen.

Scheiße! Was tat ich nur? Ich rappelte mich auf die Füße und kehrte auf meinen Platz zurück. Ich packte die Hände der beiden Hexen, die mir am nächsten waren, und unterdrückte einen Schrei, als mich ihre Verzweiflung von beiden Seiten traf.

Scham stieg in meiner Brust auf. Ich wäre fast auf die dunkle Seite gezogen worden. Der einzige Grund, warum es nicht passiert war, war, dass Lailah es geschafft hatte, Kane zu mir zurückzubringen. Selbst durch die Magie des Zirkels hatte ich ihn gespürt und die Bindung, die in den letzten Tagen gefehlt hatte.

Seine Liebe hatte mich gerettet.

Ich nutzte jedes bisschen Kraft, die mir Kanes Rückkehr gegeben hatte, und leitete sie durch meinen magischen Funken in den Zirkel. Innerhalb weniger Augenblicke standen alle aufrecht. Luciens Stimme erhob sich über das Gemurmel des Zirkels und führte uns erneut in einen Schutzgesang.

Und jetzt war ich an der Reihe, Lailah zu helfen. Sie und Meri lieferten sich einen erbitterten Kampf. Ich betete, dass ich den Fehler nicht wiederholen würde, den ich vorhin gemacht hatte, als ich die Macht der Schwestern neutralisiert hatte, und schickte die Magie des Zirkels zu Lailah, anstatt Meri anzugreifen. Mit etwas Glück könnte sie sie zu ihrem Vorteil nutzen.

Die Wirkung setzte sofort ein. Meris schwarze Magie war so gut wie verschwunden. Bei jedem Zauberspruch, den sie zu werfen versuchte, sprühten Funken, die ins Nichts sprühten. „Nein!" Sie richtete ihre Aufmerksamkeit auf das Bild meiner Mutter, die immer noch in dem steinernen Kerker gefangen war. „Lass mich gehen, oder ich zerstöre ihre Seele. Sie wird für immer verloren sein."

„Du hast nicht die Macht dazu", schnaubte Lailah.

„Warte nur ab!" Die Szene wurde kleiner und verblasste, bis nur noch die reale menschliche Gestalt meiner im Gras liegenden Mutter übrig war.

Mein Herz pochte.

Ihr Blick begegnete meinem, und ein kleines, trauriges Lächeln umspielte ihre Lippen. Trotz der Verzweiflung und Hoffnungslosigkeit, die sie durchströmte, blühte Erleichterung in meiner Brust auf. Die Emotionen trugen ihre deutliche Signatur. Etwas, das meines Wissens nicht dupliziert werden konnte. Sie war hier. Endlich.

Ich brauchte meine ganze Zurückhaltung, um den Kreis aufrecht zu halten und nicht zu ihr zu rennen. Ich würde nichts mehr riskieren. Nicht noch einmal.

„Ich habe sie hierher gebracht. Du weißt, was das bedeutet?" Meris Stimme klang hochmütig. „Sie ist an mich gebunden."

Lailahs magischer Griff um Meri lockerte sich. Ihre Augen wanderten zu mir. „Ist das deine Mutter?"

Ich nickte, und Angst verknotete mein Innerstes.

„Was auch immer ich dem Dämon jetzt antun mag, deine Mutter wird das gleiche Schicksal erleiden."

„Was? Nein. Wir müssen die Verbindung unterbrechen."

Meine Worte kamen in schriller Panik heraus. „Wir müssen etwas tun. Irgendwas."

Lailah schüttelte den Kopf und wich zurück. „Ich kann sie nur zurück in die Hölle schicken. Alles andere wird sie töten."

Mom stand auf und kam zu mir. „Jade, du musst mich gehen lassen." Die tiefe Traurigkeit in ihren Augen ließ mein Herz brechen. „Ich kann nicht all diese Menschen riskieren." Sie hob ihre Hand zu meinem Gesicht und streichelte meine Wange. „Du wirst einen Weg finden, mich zurückzubringen, Shortcake. Ich weiß, dass du es kannst." Mit Tränen in den Augen stolperte sie zurück und nickte Lailah zu. „Tu es. Jetzt."

„Mom, nein!"

Meri streckte die Hand nach ihr aus.

Bevor sich jemand anderes bewegen konnte, gelang es Dan, sich vor Meri zu manövrieren. „Zeit für den Deal, Dämon."

In meinem Magen bildete sich ein Knoten. Warum hatte er den Kreis nicht verlassen, als er die Gelegenheit dazu hatte? Was hatte er vor?

Meri wollte sich an ihm vorbei drängen, doch er schloss seine Hand um ihren Arm.

„Wir haben einen Deal gemacht, und ich bin bereit zu zahlen."

Das erregte ihre Aufmerksamkeit gerade lange genug.

„Durch den von dir gutgeheißenen Deal, Dämon Meri, übergebe ich dir hiermit meine Seele für Hope Calhoun. Gemäß dem mit Blut besiegelten Deal verlange ich, dass du mich an ihrer Stelle nimmst."

Meris Gesicht verzerrte sich vor Wut, als schwarzer Nebel um sie herum aufwirbelte. Beide verschwanden in der Wolke.

Meine Knie gaben nach, doch bevor ich fallen konnte, fing mich jemand auf. Kane. Seine starken, vertrauten Arme zogen mich an seine Brust.

Plötzlich plapperten alle durcheinander. Ich konnte mich

nur in Kanes Armen umdrehen und mich an ihm festhalten. Einen Moment später hob er den Kopf und küsste mich zärtlich. „Da wartet jemand darauf, dich zu sehen."

Das einzige, was mich wieder in den Augenblick zurückgebracht hatte, war der Klang der Stimme meiner Mutter. „Jade?"

Ich tauschte Kanes Umarmung gegen ihre. Sie hatte sich aus ihrer abgemagerten Hülle wieder in die Frau verwandelt, die ich vor zwölf Jahren das letzte Mal gesehen hatte. Es war, als wäre kein Tag vergangen. Sie hatte zwölf Jahre an dem Ort verbracht, an dem die Zeit stillstand.

Mein Körper zitterte, als sie mich hielt. Ihre Arme fühlten sich genauso an wie damals, als ich fünfzehn Jahre alt gewesen war.

„Alles ist gut", sagte sie in beruhigendem Ton und strich mein Haar zurück. „Schh, jetzt ist alles gut."

Ich schüttelte den Kopf, hatte aber nicht die Energie, aufzuzählen, was so schrecklich falsch war. Bea, Dan, und dass ich mich fast der schwarzen Magie zugewandt hätte. „Was ist passiert?", presste ich schließlich heraus.

„Dein Freund hat sich für mich geopfert."

Diesen Teil hatte ich selbst schon verstanden. „Ich weiß. Aber wohin sind sie verschwunden? In die Hölle?"

Die Traurigkeit in ihren Augen beantwortete meine Frage. „Können wir ihm helfen?"

Niemand sagte etwas.

Ich wandte mich Lailah zu. „Wir können ihm helfen, oder?"

Ihre Miene wurde mitfühlend. „Tut mir leid, Jade. Er hat sich mit Absicht an sie gebunden. Ich habe noch nie einen Zauber gesehen, der stark genug war, um diese Bindung zu lösen."

„Oh Gott", flüsterte ich. Was hatte er getan? Wie sollte ich das Kat beibringen? Wenn ein Herz entzweibrechen konnte, war das genau das, was in diesem Moment mit meinem geschah. Ich presste meine Hände auf meine Brust und konzentrierte mich darauf zu atmen. Kane legte einen starken Arm um meine Schultern. Ich lehnte mich an ihn und kämpfte gegen die Tränen an.

„Hey, wo sind die anderen beiden Hexen?" Pypers Stimme kam mitten aus der Menge. „Felicia und Priscilla?"

„Sie sind verschwunden, nachdem Jade das erste Mal den Kreis durchbrochen hat", sagte Lucien. „Rosalee hat gesehen, wie sie weggelaufen sind." Er nickte der dunkelhaarigen Schönheit zu, neben der ich im Kreis gestanden hatte. „Niemand sonst hat es bemerkt, denn das war … na ja, als Jade angefangen hat, auf die dunkle Seite zu wechseln."

„Was?" Lailah wirbelte herum, und Magie pulsierte aus ihrem Kern.

Ich trat einen Schritt zurück und hob meine Hände. „Wow. Ich habe es nicht mit Absicht getan. Ich habe nicht einmal bemerkt, dass es passiert ist, bis du und" – ich warf dem Mann neben mir einen Blick zu und begegnete dunklen Schokoladenaugen – „Kane aufgetaucht seid."

Er ergriff meine Hand.

„Warum habt ihr so lange gebraucht?", fragte ich und bemerkte, dass seine Handgelenke nicht mehr gefesselt waren und sein Bein unversehrt schien.

„Der Kreis war zu stark. Wir waren ausgesperrt. Erst als er brach, konnten wir kommen."

„Ich hätte uns schon irgendwann hierher bringen können", sagte Lailah defensiv.

„Sieht so aus, als hätten wir es gerade noch rechtzeitig geschafft." Kane starrte mich an, und seine Augen spiegelten all die Liebe wider, die aus mir heraus platzte.

Pyper kam herüber und zerrte an unseren Armen. „Wir müssen gehen."

„Wohin?" Ich sah mich um und suchte nach meiner Mutter.

„Gwen hat angerufen. Bea ist ins Krankenhaus gebracht worden."

Angst kroch mir den Rücken hinauf. *Sie wird sterben.* Ich begann zu laufen und sprintete auf die Hexen des Zirkels zu, die beieinander standen. Ich fand meine Mutter in der Nähe von Lucien und erklärte schnell die Situation.

„Du gehst schon zu ihr. Ich werde den Zirkel in einem heilenden Gebet leiten", sagte sie, als wäre heute ein ganz normaler Tag und nicht das erste Mal seit zwölf Jahren, dass ich sie sah.

„Du musst mitkommen. Gwen ist da."

„Ich werde hier nützlicher sein."

„Aber –"

„Du bist die Anführerin dieses Zirkels. Wenn du nicht hier sein kannst, um das Heilungsgebet für deine Freundin zu leiten, wer dann?"

„Lucien kann das", blaffte ich. „Mom, du musst mit mir kommen."

Ihre Augen wurden finster, als sie ihr Gesicht zu diesem Mutter-weiß-es-besser-Ausdruck verzog, nach dem ich mich in den letzten Jahren so oft gesehnt hatte. Jetzt, wo ich ihn sah, fragte ich mich, was ich daran vermisst hatte. „Ich bleibe. Geh!"

Ich hatte keine Zeit, mit ihr zu streiten, also sagte ich ihr, sie solle bei Lucien bleiben und anrufen, sobald wir Bescheid hätten.

Lailah holte mich in der Nähe der riesigen Eichen ein. „Was ist mit Bea passiert?"

Ich schüttelte den Kopf, zu aufgeregt, um etwas zu sagen, und bedeutete ihr, mir zu folgen. Ich wusste nicht, was Bea ins Krankenhaus gebracht hatte, doch angenommen, sie trug immer noch schwarze Magie in sich, war Lailah unsere beste Hoffnung.

KAPITEL FÜNFUNDZWANZIG

*P*yper bog mit quietschenden Reifen um eine Ecke, trat auf die Bremse und kam schlitternd an einer roten Ampel zum Stehen. „Was zum Teufel ist da eben passiert?", fragte sie.

Ich warf Kane vom Rücksitz aus einen verzweifelten Blick zu.

„Welcher Teil?", fragte er.

„Der Teil, als Jade eine unheimliche böse Hexe wurde und dabei war, auf die dunkle Seite zu wechseln."

„Ich habe keine schwarze Magie benutzt!"

„Nein, aber du warst kurz davor."

Kane drehte sich auf dem Vordersitz um und sah mich besorgt an. „Warst du?"

Spannung baute sich in der Nähe meiner Schläfen auf. „Ich wusste nicht, dass es passiert. Ich war so darauf konzentriert, diesen Dämon zu besiegen, dass er aus dem Nichts kam. Ich meine, es ist nicht so, als hätte ich es geplant." Ich atmete aus und dämpfte meine Stimme, während ich Kane dankbar anblickte. „Doch dann bist du aufgetaucht, und all die schreckliche Dunkelheit ist verschwunden. Du hast mich gerettet."

Sein Gesicht wurde weich. „Alles, was ich getan habe, war, zu dir zurückzukommen."

„Das habe ich gebraucht."

Wir starrten uns an, bis Pyper sich räusperte. „Und wie genau hat Lailah ihre Macht zurückbekommen? Hat Bea sie ihr nicht genommen?"

Daran hatte ich nicht gedacht. „Ich weiß nicht. Vielleicht hat es den Bann gebrochen, als wir Bea gebunden haben."

Pyper fuhr in eine Lücke auf dem Krankenhausparkplatz. „Es gibt nur einen Weg, es herauszufinden." Sie schlug ihre Tür zu und ging in die Notaufnahme.

„Kane", sagte ich mit leiser Stimme.

Er drehte sich zu mir um und ergriff meine Hand. „Ja?"

„Verlass mich nie wieder so."

Er zog mich zu sich und beugte sich vor. Seine Lippen berührten meine kaum. „Wenn du mir etwas versprichst."

„Alles."

„Ich werde mein Bestes tun, um an deiner Seite zu bleiben, aber du musst versprechen, niemals deine Seele zu gefährden, um meine zu retten."

Ich lehnte mich zurück. „Das kann ich nicht. Ich würde alles für dich geben."

„Ich würde dasselbe tun. Aber schwarze Magie? Das ist schlimmer als –" Er schauderte. „Ich würde lieber sterben, als dich an eine so schreckliche Existenz zu verlieren."

Stille breitete sich im Auto aus.

„Versprich es mir", sagte er noch einmal.

„Versprochen." Ich schenkte ihm ein trauriges Lächeln und öffnete meine Tür. „Wir müssen nach Bea sehen."

~

GWEN STIESS einen kleinen Schrei aus, als ich sie im Wartezimmer fand. „Jade!" Sie sprang auf und schloss mich fest in ihre Arme. Dann zog sie sich zurück und schüttelte mich sanft. „Ich dachte, ich hätte dich verloren."

Ich ignorierte das. „Mom ist zurück. Wir haben sie gefunden."

„Was?" Sie ließ die Arme sinken und trat einen Schritt zurück.

„Sie ist hier."

Gwen sah sich um.

„Ich meine, hier in New Orleans. Sie wollte nicht mit uns kommen." Ich schüttelte den Kopf. „Sie war entschlossen, meinen Platz im Zirkel einzunehmen, um ein heilendes Gebet für Bea zu leiten."

„Was hat sie sich dabei gedacht? Um Himmels w–"

„Sie ist okay, soweit ich das beurteilen kann. Ich werde dir alles berichten, aber zuerst, was ist mit Bea?"

Gwens Gesicht wurde weiß. „Ich hatte die Vision, dass sie Schwierigkeiten beim Atmen haben würde. Deshalb bin ich bei ihr geblieben, nur für den Fall. Doch was wirklich passiert ist, ist, dass sie ganz aufgehört hat zu atmen. Gerade noch lag sie da, und im nächsten Moment wusste ich einfach, dass etwas Unheilvolles im Raum war. Doch in dem Moment, in dem ich Bea berührt habe, war es verschwunden. Ich habe den Notruf angerufen und HLW gemacht. Sie atmet jetzt, doch die Leute hier glauben, dass sie einen Herzinfarkt hatte."

„HLW? Ihr Herz hat aufgehört zu schlagen?" Ich sank auf einen kalten Plastikstuhl.

Gwen nickte. „Aber nur für eine Minute."

„Sie ist gestorben", flüsterte ich.

„Oh nein, Honey. Sie lebt." Gwen gestikulierte in Richtung der piepsenden Maschinen. „Schau, das Krankenhaus bestätigt es."

Ein sardonisches Lachen entfleuchte meiner Kehle. „Das sehe ich. Deine Vorhersage lautete: *Sie wird sterben.* Es war Bea." Ich stand auf, umarmte meine Tante noch einmal und flüsterte ihr ins Ohr: „Du hast sie gerettet."

Gwen sah mich an. „Jeder andere hätte dasselbe getan."

„Natürlich", sagte ich und ließ es dabei bewenden. Gwen mochte es nicht, wenn jemand eine große Sache aus ihrer Gabe machte. Das Letzte, was sie wollte, war, dass Leute wegen der Dinge, die sie sah, zu ihr kamen. „Glaubst du, es war ein Herzinfarkt?"

„Nein. Ich glaube, etwas Böses ist gekommen, um sie zu holen, doch ich habe es verscheucht."

„Wann ist das passiert?"

„Vor nicht allzu langer Zeit. Der Krankenwagen war unterwegs, als ich Ian angerufen habe. Wir waren Minuten vor euch hier."

Etwas Böses. Zweifellos war Meri wegen Beas Magie und Seele gekommen. Dämon am Arsch. Diese Schlampe war ein Seelendieb. Wenn wir Bea nicht bald zurückbringen würden, war sie verloren, und Meri würde sie beanspruchen. Ich war mir dessen sicher.

Ich bat Pyper um ihr Handy und rief Lucien an.

EINE HALBE STUNDE später kam Lucien mit meiner Mutter an. Gwen stand langsam auf und warf sich dann in Moms Richtung. Die Schwestern umarmten einander und hielten sich so lange fest, dass ich sie schließlich sanft auseinanderziehen musste. Beide waren tränenüberströmt. Der Anblick reichte, um auch mir wieder die Tränen in die Augen zu treiben. Ich gab Gwen eine Zwanzig-Dollar-Note und die Schlüssel zu Kanes Haus.

„Ein Taxi ist auf dem Weg. Bitte bring Mom zu Kanes Haus und wartet dort auf uns."

Gwen protestierte, doch Mom unterbrach sie. „Es ist okay, Gwennie. Jade hat zu tun und sich um uns Sorgen zu machen ist das Letzte, was sie jetzt braucht."

Ich umarmte und küsste beide zum Abschied, doch ein kleines Stück meines Herzens ging mit ihnen.

„Sie sind kampflos gegangen?", fragte Pyper.

„So ziemlich."

„Ich wusste nicht, dass der Calhoun-Clan so vernünftig sein kann."

Ich sah meine Freundin an und lachte. „Ich auch nicht. Komm. Wir müssen eine Hexe retten."

Man könnte meinen, es sollte schwierig sein, eine komatöse Frau aus einem Krankenhaus zu schmuggeln. Nicht jedoch, wenn die Schmuggler ein Haufen Hexen waren. Lucien und Rosalee sprachen einen Erinnerungszauber und flüsterten dem Personal ein, dass es Bea gut ging. Danach trug Ian sie vor allen Augen hinaus. Niemand sagte ein Wort.

Trotz der Bitten des Zirkels, sie in den Kreis zu bringen, hatte Lailah darauf bestanden, dass wir Bea in ihr Haus brachten. „Sie hat Schutzzauber gewirkt, die sie dort beschützen. Besser als der Kreis. Ihr müsst mir vertrauen."

Es war seltsam zu sehen, dass der Zirkel tat, was Lailah verlangte. Ich hatte sie nie als Anführerin gesehen. Nur als Rivalin und Versagerin. Trotzdem hatte sie viel mehr Wissen als ich, und ich hatte keine andere Wahl, als mitzuspielen.

Lucien und Ian legten Bea auf eine Decke in ihrem Garten, während Lailah mich beiseite nahm. „Du musst mir meine magischen Kräfte zurückgeben."

„Warte, was? Aber ich dachte, du hättest sie schon zurück. Du hast dich mit dem Dämon duelliert."

„Das konnte ich nur, weil ich mit dem Zirkel verbunden war. Es ist dir nicht aufgefallen?"

„Ähm ... nein." Es waren so viele Leute da, was machte da ein Engel mehr oder weniger?

„Bea hat meine Magie genommen. Nicht meine Fähigkeit, Magie zu benutzen. Um ihr zu helfen, brauche sie jedoch zurück."

„Warum ich? Ich weiß nicht, wie das geht."

Ungeduld huschte über ihr Gesicht. „Du bist die Anführerin des Zirkels. Du bist die Einzige, die das kann." Lailahs Gefühle waren mir immer noch verborgen, doch die Abscheu in ihrer Stimme war mehr als genug, um mir zu zeigen, was sie von mir und meinem neuen Titel hielt. „Bea muss wirklich verzweifelt gewesen sein, dir den Zirkel zu übergeben."

Am liebsten hätte ich ihr ziemlich deutlich gesagt, was ich von ihrer Bemerkung hielt, als sich mein Herz verhärtete. Ein starker fremder Strom floss durch meine Glieder, und das Bild, den Engel zu schlagen, erfüllte mein Gehirn.

Whoa. Wo war das hergekommen? Ich trat einen Schritt zurück und konzentrierte mich auf etwas Positives. Wie Kane, der neben mir stand. In Fleisch und Blut. Real. Solide.

Seine Hand berührte meinen Rücken und meine Nerven beruhigten sich. „Bist du okay?", flüsterte er.

„Ja." Wie war er nach all dem, was er durchgemacht hatte, so stark und standhaft? Ich stemmte eine Hand in meine Hüfte und fragte beide genau das. „Wie kommt es, dass ihr beide nach all dem, was ihr durchgemacht habt, weder Ruhe noch Essen oder einen Psychiater braucht?"

„Es gibt Dinge, die zuerst erledigt werden müssen", sagte Lailah.

Kane legte seine Hand an meinen Rücken. „Ich werde mich ausruhen, wenn du es tust."

Da bemerkte ich die dunklen Ringe unter Lailahs Augen und die Anspannung in Kanes müden Schultern. Okay, sie hatten also vielleicht doch nicht so viel Kraft, wie ich gedacht hatte. Zeit, die Show zu starten. „Also gut. Lailah, sag mir, was ich tun muss."

Sie führte mich ins Haus. „Es ist besser, die Magie dort wiederherzustellen, wo sie mir genommen wurde. Alles, was du tun musst, ist, das Verbot für aufgehoben zu erklären. Leg Absicht hinter deine Worte, und es sollte funktionieren."

Ich nickte und streckte ihr meine Hände entgegen.

Sie starrte sie an und hob skeptisch eine Augenbraue. „Du willst Händchen halten?"

Ich unterdrückte eine bissige Erwiderung und erinnerte mich daran, dass wir sie brauchten, um Bea zu helfen. „Ja. Es ist für mich leichter zu kontrollieren, wohin meine Magie geht, wenn ich Körperkontakt habe."

Sie war nicht schnell genug, ihren Ärger zu verbergen, streckte aber widerstrebend die Hände aus.

Ich verdrehte meine Augen und ergriff sie.

Nichts ging von ihr aus. Ich fragte mich, ob ich in der Lage war, ihre Wände zu durchdringen. Es war mir im Grunde egal, was sie empfand. Ich konnte es sehen. Sie mochte mich nicht, und um ehrlich zu sein, mochte ich sie auch nicht. Doch wir waren im selben Team. „Es wäre wahrscheinlich leichter, wenn du deine mentale Barriere lassen würdest."

„Wie bitte?"

„Du schirmst deine Gefühle immer vor mir ab. Ich denke, es würde glatter laufen, wenn du dich öffnen würdest."

Ihre Fingernägel gruben sich in meine Handflächen. „Wenn ich wollte, dass du weißt, wie ich mich fühle, würde ich es dir sagen."

Ich schnaubte. „Dein Verhalten und deine Körpersprache sagen mir alles, was ich wissen muss. Tu, was du willst, verbarrikadiere dich hinter deinen Wänden, aber ich kann nicht garantieren, dass das funktioniert. Ich bin ein Anfänger in dem Job, schon vergessen?"

Sie schnaubte. „Also gut."

Ihr Ärger war so stark, dass meine Haut juckte. Seine überwältigende Natur brachte mich fast dazu, ihre Hände loszulassen. Doch dann kamen die Schuldgefühle und das Leid herein, und ich empfand Mitleid mit ihr und bedauerte, dass ich ihr vorgeschlagen hatte, mich hereinzulassen. Ich wollte nicht wissen, wie sehr sie litt. Es war leichter, ihr die Schuld zu geben.

In diesem Moment ließ ich meinen Groll gegen sie fallen. War ich nicht diejenige gewesen, die immer vor den Gefahren der Magie gewarnt hatte? Das Gift und ihr Tête-à-Tête mit Kane waren beides das Werk von Meri gewesen. Mein Verstand wusste das bereits, doch es war an der Zeit, die Wahrheit in meinem Herzen anzunehmen. Wenn ich in den letzten Monaten etwas gelernt hatte, dann, dass ich mich auf andere verlassen musste. Trotz allem, was ich über sie erfahren hatte, strömte Güte durch Lailah, und sie liebte Bea wirklich. Und das war genug.

„Durch die Macht, die mir von Beatrice Kelton, der ehemaligen Meisterin des Zirkels von New Orleans, verliehen wurde, hebe ich hiermit das Zauberverbot auf, das über Lailah Faust, den Engel Gottes, verhängt wurde."

Ein warmer Kraftfunke sprang aus meiner Mitte, und unsere Hände glühten für einen Moment.

Lailah ließ zuerst los, wich einen Schritt zurück und starrte mich staunend an. „Was war das?"

„Was meinst du? Ich habe dir deine Macht zurückgegeben."

„Ja, aber du hast mir auch etwas von deiner gegeben."

„Was?" Nein. Ich hatte nur ein bisschen Kraft geschickt, um ihre zu wecken. Oder?

„Gott im Himmel. Du *bist* mächtig. Der Funke war nicht nötig. Meine Kraft kam in dem Moment zurück, in dem du die Worte ausgesprochen hast." Sie runzelte die Stirn, als sie mein Gesicht studierte. „Großartig. Ganz toll, Calhoun. Jetzt sind wir magisch verbunden."

„Wie …?"

„Ich werde immer wissen, was du vorhast, und du wirst immer wissen, was ich vorhabe. Perfekt. Genau das, was ich brauche." Sie drehte sich um und ging kopfschüttelnd nach draußen.

Ich wollte gar nicht wissen, was das bedeutete.

Draußen war der Zirkel angekommen und stellte sich bereits im Kreis um Bea auf. Ich blieb mit Kane zurück und ließ Lailah führen. Das war schließlich ihr Ding. Als sie fertig war, rief sie mich zu sich. Ich gab Kane schnell einen Kuss.

„Sei vorsichtig", flüsterte er mir ins Ohr.

„Ich werde mein Bestes tun."

Um Beas Körper war ein Pentagramm gezeichnet. Lailah ließ mich an der nördlichsten Spitze stehen. Sie nahm den Platz neben mir ein, wo im Park Rosalee gestanden hatte. Die schwarzhaarige Schönheit stellte sich neben Lucien auf, der mit gesenktem Kopf dastand. Die Gruppe war viel düsterer als zuvor. Zweifelten sie an Lailahs Fähigkeiten?

„Nein", sagte Lailah. „Sie wissen, dass wir Bea wahrscheinlich verlieren werden, wenn das fehlschlägt."

„Was? Wie – "

„Es ist der Kreis. Ich kann bestimmte Dinge spüren. Aber dank deinem Geschenk vor ein paar Minuten kommen deine Gedanken sehr laut und deutlich an."

Mist.

Sie biss die Zähne zusammen. „Was du nicht sagst."

„Gut. Genug davon. Mach weiter."

„Mit Vergnügen." Sie hob die Hände hoch über ihren Kopf.

„Göttin des Bösen, höre mich, die Tochter deines Vaters. Diese Frau vor dir ist zu einem Gefäß der Hölle geworden. Nimm ihre Dunkelheit als Geschenk. Wir bitten dich nur, sie unversehrt zu uns zurückkehren zu lassen."

Die Mitglieder des Zirkels wiederholten ihre Worte, doch ich war zu verblüfft, um etwas anderes zu tun, als sie nur anzustarren. Sie rief eine Göttin des Bösen an. War sie verrückt?

Was glaubst du, wer schwarze Magie nimmt, Jade? Lailahs Stimme klang klar in meinem Kopf.

Oh mein Gott, sie war ein voller Telepath.

Wiederhole, was ich gesagt habe, oder es hat keine Bedeutung.

Ich schluckte und wiederholte die Worte. Ohne Aufforderung schloss sich der Zirkel sofort an. Als wir verstummten, nahm der Wind zu, aber nur innerhalb des Kreises.

Lailah rief über die heulende Macht hinweg: „Komm und nimm die schwarze Magie. Befreie ihre Seele von den Fesseln, die sie verderben."

Zu meinem Erstaunen wuchsen schwarze Kraftranken aus Beas Brust. Sie wurden vom Wind in die Höhe gezogen und verschwanden fast im selben Moment, in dem sie auftauchten. Wir sahen zu und warteten, während wir weiter sangen: „Komm und nimm die schwarze Magie. Befreie ihre Seele von den Fesseln, die sie verderben."

Schließlich erhob sich Bea aus ihrer liegenden Position. Sie sah sich um, und ihr Blick fiel auf mich. Anerkennung ging von ihr aus, und ich lächelte. Ohne nachzudenken machte ich einen Schritt vorwärts.

„Nein, Jade!" rief Lailah.

Aber es war zu spät. Ich war bereits im Kreis.

Meri auch.

KAPITEL SECHSUNDZWANZIG

„Wo ist Dan?", fragte ich.

Meris Miene verfinsterte sich geschockt, dann lachte sie. „Das fragst du? Nicht deine Mentorin, die auf dem Boden liegt und für immer meiner Gnade ausgeliefert sein wird?"

Meine Aufmerksamkeit richtete sich auf Bea. Sie war zu Boden gesunken und ihre Arme waren in seltsamen Winkeln verdreht, als wäre sie ohnmächtig geworden. Ich trat auf sie zu. „Du kannst sie nicht haben."

„Sie gehört schon mir."

„Nein!" Mein Funke flammte auf. Heiße und kalte Stacheln schossen an die Oberfläche meiner Gliedmaßen. Ich vibrierte vor Energie.

„Das ist es", sagte sie. „Zeig uns deine Macht. Mach weiter. Tu es."

Ihr Hohn machte mich nur noch entschlossener. Meine Muskeln spannten sich an, als ich mich auf den Dämon konzentrierte, bereit, ihre Existenz zu beenden. Ich konnte es tun. Meine Macht strotzte vor Versprechen.

Jade!, warnte Lailah in meinem Kopf. *Nicht!*

Ich schüttelte heftig den Kopf, als würde das ihre Stimme verdrängen. „Jemand muss sie aufhalten."

„Ja", zischte Meri.

„Nicht so." Ich hörte Kanes starke, klare Stimme direkt hinter mir. „Du hast versprochen, deine Seele nicht zu opfern. Erinnerst du dich?"

Ich drehte meinen Kopf in seine Richtung. Seine Augen bohrten sich in meine. „Das ist schwarze Magie in dir. Wende sie an ihr an und du wirst deine Seele verlieren."

„Woher weißt du das?"

„Wir sind verbunden." Er streckte die Hand aus und schloss seine große Hand um meine. Auf meiner anderen Seite glitt eine viel kleinere, glattere Hand in meine andere.

„Pyper?"

„Wir machen das zusammen. Was auch immer mit dir passiert, passiert mit uns", sagte sie.

Liebe, klar und rein, umhüllt mich. Wärme breitete sich in meinem Herzen aus und ein Prickeln von etwas, das ich nur ein paarmal gespürt hatte, blühte in mir auf. Aus meinem Innersten wuchs eine starke, schützende Magie. Sie verdrängte all den Hass und die Wut, die sich in mir aufgebaut hatten, und ich wusste, dass meine Seele in Sicherheit war.

Ich schloss meine Hände fester um die meiner Freunde und schob die liebevolle Magie in Beas Richtung. Diesmal umkreiste sie eine goldene Wolke, legte sich um ihren Körper, bis sie mit ihr verschmolz.

Meri schrie. „Halt! Sie gehört mir."

„Nicht mehr", sagte ich, und als Bea sich wieder aufsetzte und verwirrt, aber stark aussah, nahm ich all diese liebevolle Magie und warf sie auf Meri.

Ich hatte nicht gewusst, was es bewirken würde, doch als

sie sie traf, schienen Flecken ihrer Haut zu verbrennen, während sie sich vor Schmerzen krümmte.

Entsetzt trat ich zurück.

Ihre Fassade junger Schönheit schmolz dahin, bis sie nur noch die hagere Hexe war, die sie auf dem Pappmaché-Porträt gewesen war. Sie sank zu Boden, und ihre Energie schwand.

Ich ging auf sie zu und brachte Kane und Pyper mit. „Ein letztes Mal, wo ist Dan?"

Ihr leerer, lebloser Ausdruck wurde hasserfüllt. „Er ist ein Dämonensklave", würgte sie hervor. Im nächsten Augenblick waren alle Spuren von Leben verschwunden. Ihre Gestalt verblasste ins Nichts und hinterließ nur die Überreste ihrer verkohlten Haut.

Was hatte ich getan? Zitternd stand ich da und fragte mich, ob ich den einzigen Menschen getötet hatte, das uns zu Dan führen konnte.

„Kein Mensch, ein Dämon", sagte Lailah, als sie neben mich trat. „Und ich bezweifle, dass du sie getötet hast. Dämonen sind fast unmöglich zu töten. Ich vermute, du hast ihr die Macht genommen, obwohl ich noch nie von einer Hexe gehört habe, die dazu in der Lage ist. Hm. Man lernt jeden Tag etwas Neues."

„Du kannst jetzt aufhören, meine Gedanken zu lesen", sagte ich.

„Es wird in ein paar Tagen abklingen. Und was Dan angeht, jetzt, da Meri machtlos ist, gibt es immer noch Hoffnung für ihn. Es gibt andere Wege in die Hölle."

Ich fröstelte in der kühlen Brise. Ich wollte definitiv nicht in die Hölle.

„Wer will das schon?", fragte sie und reagierte wieder auf meine Gedanken. Sie neigte den Kopf und musterte mich. „Du hast uns dort Sorgen gemacht, *Herrin*. Wer hätte gedacht, dass man so leicht von Schwarz zu Weiß wechseln kann?"

Ich starrte sie mit offenem Mund an. „Du meinst, ich habe Meri mit weißer Magie besiegt?"

„Natürlich. Sie wird von Liebe angetrieben. Wusstest du das nicht?"

Mit einem traurigen Kopfschütteln sagte ich: „Nein. Ich muss noch viel lernen."

„Endlich." Bea stand ein paar Meter entfernt und hielt sich an Ians Arm fest. „Jetzt können wir mit deiner Ausbildung anfangen."

„Oh, Bea." Ich eilte an ihre Seite. „Es tut mir so leid. Ich habe es vermasselt. Ich wusste nicht, dass der Zauber nicht vollständig war und dass Meri hier auftauchen würde."

„Schon gut, Liebes. Du hast es geschafft, obwohl ich zugeben muss, dass es ein bisschen chaotisch war. Aber du wirst lernen."

Ich nickte und schwor mir, genau das zu tun. Ich würde mich nicht wieder unvorbereitet erwischen lassen. „Lass uns dich reinbringen." Ich griff nach ihrem anderen Arm, doch sie schlug mich weg.

„Ian macht das schon. Geh nach Hause. Sieh deine Mutter und deine Tante. Du rufst mich morgen an und wir machen einen Plan."

„Weißt du von meiner Mutter?"

„Natürlich. Gwen hat mir alles über sie erzählt, als ich im Krankenhaus war." Als sie den Schock in meinem Gesicht bemerkte, fügte sie hinzu: „Ich war gebunden, nicht tot – abgesehen von diesem unglücklichen Vorfall in deiner Wohnung."

Gott, das muss schrecklich gewesen sein. Zu wissen, was um sie herum geschah und nichts tun zu können. Ich schauderte.

Sie streichelte meinen Arm und scheuchte mich dann mit einer Geste weg.

Ich machte zwei Schritte und blieb stehen. „Warte. Kann ich jetzt, wo du wieder hier bist, die Zirkelführung wieder auf dich übertragen?"

„Oh nein", sagte sie. „Was glaubst du, warum ich so viel Druck gemacht habe, dich dazu zu bringen, zu üben? Ich habe einen Ersatz gebraucht, wenn ich in den Ruhestand gehen wollte. Und wer ist besser dafür geeignet als eine weiße Hexe?"

„In den Ruhestand gehen?"

„Mach dir keine Sorgen. Ich werde weiterhin deine Mentorin sein." Sie tätschelte Ians Arm und sie gingen auf das Haus zu.

Pyper gab Kane ihre Schlüssel. „Nimm mein Auto. Ich fahre später mit Ian mit."

Ich lächelte. „Viel Spaß."

Sie grinste. „Ich werde es versuchen."

„Worum ging es da gerade?", fragte Kane, als wir zu Pypers Auto kamen.

„Was, Bea? Sie will, dass ich die Anführerin des Zirkels bleibe."

„Den Teil habe ich verstanden. Ich meine, was war mit Pyper los?"

Ich rutschte auf den Beifahrersitz und seufzte erleichtert. Kane folgte seinem Beispiel und stieg auf der Fahrerseite ein. Er drehte den Schlüssel in der Zündung um und wartete auf meine Antwort.

„Sie sind jetzt zusammen."

„Und Kat?"

„Sie ist nicht glücklich, aber sie wird es überstehen. Wir werden ihr helfen."

Er streckte die Hand aus und strich mir das Haar aus dem Gesicht. Loyalität und der Wunsch, uns zu beschützen, strahlten von ihm aus. „Natürlich werden wir."

Die vertraute Verbindung, die wir immer geteilt hatten,

war wieder da. Mein Herz platzte vor all der Liebe, die ich in mir zurückgehalten hatte. Und da fiel es mir auf. Das schimmernde goldene Leuchten der Aura eines Menschen, der verliebt ist. Nur war es diesmal nicht Kanes. Es war meine.

Lächelnd beugte ich mich vor und küsste ihn.

Als wir uns voneinander lösten, waren wir beide außer Atem. Er wollte mich wieder an sich ziehen, doch ich schlug ihn weg, wie Bea es gerade mit mir getan hatte. „Nach Hause. Essen. Schlafen. Dann können wir…"

„Was?" Seine Augen funkelten und spiegelten sein Verlangen wider, meine Haut zu streicheln.

„Ich bin sicher, dass du darauf kommen wirst."

Sein großspuriges Grinsen brachte mich zum Lachen, und als mich diesmal an sich zog, kam ich ihm begeistert entgegen.

KANE UND ICH FANDEN GWEN, die auf meine schlafende Mutter aufpasste.

„Sie ist ungefähr zehn Minuten nach unserer Ankunft eingeschlafen", sagte Gwen.

„Hast du sie dazu gebracht, etwas zu essen?" Ich setzte mich neben meine Tante und ergriff ihre Hand.

„Nein. Sie hat nur Wasser getrunken und wollte sich hinlegen."

„Okay, ich mache eine Suppe." Ich stand auf und ging zur Tür.

„Jade?"

„Ja."

„Erwarte nicht zu viel von ihr. Zwölf Jahre sind eine lange Zeit." Gwens Traurigkeit mischte sich mit meiner Hoffnung und verdunkelte sie gerade genug, um tiefes Unbehagen in mir zu wecken.

„Du denkst, sie ist verändert?"

„Wie kann sie nicht anders sein?"

Ich nickte, als mir bewusst wurde, dass Gwen Recht hatte. Doch im Moment war alles, was mich interessierte, sie wiederzuhaben. „Ich bin in der Küche, falls mich jemand braucht."

Nach einer halben Stunde Gemüseschnippeln für die Hühnersuppe fühlte ich mich fast wieder normal. Kane kam aus seinem Zimmer, frisch geduscht und in Jeans und einem marineblauen T-Shirt. Er sah aus, als wäre nie etwas passiert. Er war fast achtundvierzig Stunden weg gewesen, doch wenn man ihn sich ansah, könnte man meinen, er hätte einen kurzen Wochenendausflug gemacht.

„Wie machst du das?", fragte ich.

„Was?" Er schmiegte sich von hinten an mich und küsste meinen Nacken.

„So normal zu wirken nach allem, was passiert ist."

Er trat zurück. „Für mich war es nicht so schlimm, dort zu sein, wo ich war, abgesehen von den Schmerzen. Ich meine, da ist uns nichts passiert. Ich glaube, wir waren in einer Art Vorhölle. Das einzig Schlimme, was passiert ist, war, dass ich dir nicht helfen konnte. Das und die Sorgen, die ich mir um dich gemacht habe."

„Also habe ich mich fast umgebracht, um dich aus dem Club Med Underground zu befreien?"

Er lachte. „So würde ich es jetzt auch wieder nicht nennen. Ich meinte nur, was du durchgemacht hast, war viel schlimmer als das, womit ich mich auseinandersetzen musste."

„Was ist mit deinem Bein? Sind die Schmerzen weg?" Ich betrachtete seine Haltung und bemerkte, dass das meiste Gewicht auf seinem linken Bein ruhte.

Er zuckte mit den Schultern. „Eine Art Phantomschmerz. Ich bin sicher, er wird bald genug nachlassen."

„Ich werde Bea danach fragen."

„Okay." Er kam wieder näher und legte seine Arme von hinten um mich. „Was ist mit dir? Wie geht's dir?"

„Überraschenderweise gut. Aber ich muss zu Kat." Ich legte den Deckel auf den Suppentopf und drehte die Temperatur niedriger.

„Ich bringe dich hin", murmelte Kane in mein Haar.

Ich wand mich aus seinen Armen. „Sie wohnt nur zwei Blocks entfernt. Ich denke, das kann ich schaffen."

Frustration breitete sich in ihm aus, doch er versuchte, sie zu bändigen. „Erlaube mir, dich zu begleiten. Nach den letzten Tagen, will ich dich nicht mehr aus den Augen lassen."

Als ich meinen Mund öffnete, um zu protestieren, hob er seine Hand.

„Ich halte mich im Hintergrund. Ich würde mich einfach besser fühlen, wenn ich ein Auge auf dich habe."

Er hatte Recht. Wenn er jetzt gehen würde, um jemanden zu besuchen, würde ich auch mitkommen wollen. Ich hob meine Hand und streichelte seine Wange. „Gib mir nur eine Minute, und wir können gehen."

In Kanes Zimmer zog ich mich um. Er hatte mir vor Wochen die halbe Kommode freigeräumt. Dann machte ich vor dem Gästezimmer Halt, um Gwen zu sagen, wo wir hingehen wollten. „Ich weiß nicht, wann wir wiederkommen, doch auf dem Herd steht Suppe. Kannst du sie für mich im Auge behalten?"

„Natürlich. Bitte umarme Kat für mich."

„Das werde ich." Ich beugte mich herunter, um Gwen zu umarmen und drückte scheinbar fest genug, um sie zum Husten zu bringen. „Tut mir leid."

Sie lächelte. „Muss es nicht. Ich liebe dich auch."

In Kats Wohnung waren alle Lichter aus, doch als wir auf die Veranda traten, wusste ich, dass sie da war. Ihre Sorge und Traurigkeit erreichten mich durch die Tür. Ich hatte angerufen, um ihr die Neuigkeiten mitzuteilen, aber als ich ihr von Dan erzählen wollte, sagte sie, sie hätte es bereits gehört, unterdrückte ein Schluchzen und sagte mir, sie würde mich später anrufen. Ich wusste nicht, wer es ihr erzählt hatte. Es hätte jeder sein können. Doch meine Vermutung war Lailah. Da sie Dan zugeteilt worden war, war es nicht unvernünftig zu glauben, dass sie viel mehr über unsere Geschichte wusste, als mir lieb war.

Ich zögerte, bevor ich anklopfte. Was sollte ich sagen? Ich hatte es geschafft, alle außer Dan zu retten, den Mann, den ich die letzten zwei Jahre gehasst hatte. Ich verdankte ihm mein Leben. Und jetzt auch das Leben meiner Mutter.

Bevor ich den Mut aufbringen konnte zu klopfen, öffnete sich die Tür. Kat stand in der Tür, die Augen gerötet und ihr Gesicht fleckig. „Was machst du hier draußen?"

Als Antwort machte ich einen Schritt auf sie zu und schloss sie in meine Arme. Sie umarmte mich und mit einem Schluchzen begann ihr Körper zu zittern. Tränen rollten über meine Wangen und liefen unkontrolliert, als ich mit ihr weinte.

Hinter mir hörte ich die Tür leise ins Schloss fallen. Ich drehte mich um und sah, dass die Tür geschlossen war. Kanes Energie sagte mir, dass er draußen wartete. Ich dankte ihm im Stillen und führte Kat zu ihrem Sofa, wo ich ihre Tränen mit einem Taschentuch abtupfte.

Sie schniefte und hielt mir einen Umschlag entgegen. „Ich habe was für dich."

Ich nahm ihn ohne ein Wort.

„Er ist von Dan. Er erklärt alles, was vor seinem Umzug

hierher bis heute passiert ist. Oder zumindest das, woran er sich erinnern kann."

Ich starrte ihn an. „Wann hat er dir den gegeben?"

„Als ich ihn im Krankenhaus besucht habe." Ihre Tränen begannen wieder zu fließen.

„Tee?", fragte ich. Als sie nickte, ließ ich sie auf dem Sofa zurück und ging in die Küche. Nachdem ich den Wasserkocher gefüllt hatte, lehnte ich mich an die Theke und ließ den Umschlag durch meine Finger gleiten. In diesem Moment war ich mir überhaupt nicht sicher, ob ich ihn öffnen wollte. Als der Tee fertig war, brachte ich Kane eine Tasse, dankte ihm und kehrte zu Kat auf das Sofa zurück.

„Danke", sagte sie.

„Natürlich." Ich trank einen Schluck Chai und beugte mich vor. „Er ist ein Held, weißt du?"

Sie nickte. „Einer mit Mängeln."

„Wer ist das nicht?"

Ein kleines Lächeln umspielte ihre Lippen, bevor es verschwand. Sie warf einen Blick auf den Umschlag. „Wirst du ihn öffnen?"

Ich zuckte mit den Schultern. „Weißt du, was drin steht?"

„Nein. Er hat ihn mir gegeben, bevor sie ihn zum Röntgen weggefahren haben." Ihre Stimme stockte. „Es war das letzte Mal, dass ich ihn gesehen habe."

Es war mehr als alles andere ihr Leiden, das mich dazu brachte, den Brief zu öffnen. Ich las ihn laut vor.

Jade,

Lass mich damit anfangen zu sagen, dass es mir leidtut. Und ich meine alles. Die Art und Weise, wie ich mit der Situation umgegangen bin, als du mir von deiner Gabe erzählt hast, der Trennung und allem, was danach passiert ist. Ich war verletzt und bin sehr schlecht damit umgegangen. Ich hoffe, du kannst mir verzeihen.

Ich schreibe das auf, weil jedes Mal, wenn ich versuche, dich vor dem, was passiert ist, zu warnen, der Dämon übernimmt. Ich habe dagegen gekämpft, aber sie gewinnt.

Ungefähr einen Monat nach unserer Trennung hatte ich mich endlich beruhigt und bin neugierig auf deine Fähigkeiten geworden. Ich ging zu einer Freundin der Familie, die behauptet, eine Art Hellseherin zu sein. Bis dahin hatte ich sie immer für eine Spinnerin gehalten. Doch als ich ankam und nach dir und deiner Gabe gefragt habe, fing sie an, über deine Mutter zu reden, und wie sie verschwunden war. Damit fing die Reise meiner Suche nach ihr an.

Ich weiß nicht. Ich glaube, ich dachte, wenn ich dir helfen könnte, sie zu finden, würdest du mir eines Tages verzeihen, dass ich mit dieser anderen Frau nach Hause gegangen bin. Ich mache dir keine Vorwürfe, wenn du es nicht kannst. Ich bezweifle, dass ich mir jemals verzeihen werde.

Ich sah zu Kat auf. „Wusstest du, dass er das empfunden hat?"

Sie zuckte mit den Schultern. „Ich wusste, dass es ihm leidgetan hat, wie er mit der Situation umgegangen ist, auch wenn er sich in deiner Nähe nicht so verhalten hat."

Als ich nach New Orleans gezogen war, hatte ich nicht gewusst, dass ich auf Dan treffen würde. Ich war davon ausgegangen, dass er noch in Idaho lebte. Es war ein Schock gewesen zu erfahren, dass er nicht nur umgezogen, sondern auch mit Kat zusammen war. Es hatte für eine volatile Situation gesorgt; Dan und ich hatten nie Frieden geschlossen.

Und nachdem Dan versucht hatte, mich anzugreifen, hatte Kat schließlich mit ihm Schluss gemacht. Jetzt musste ich mich fragen, ob der Dämon die ganze Zeit der Grund für sein Verhalten gewesen war.

Ich wandte meine Aufmerksamkeit wieder dem Brief zu.

Die Freundin meiner Familie hat mir geholfen, den alten Zirkel deiner Mutter zu finden. Ich bin zu Izzy Frankel gegangen, die meiner Meinung nach die Anführerin des Zirkels war, als deine Mutter verschwunden ist. Sie war sehr kompetent und hat die Porträts und die Voodoo-Puppen meiner Obhut übergeben. Sie sagte mir, sie seien der Schlüssel, um deine Mutter zu finden.

Ich hatte die Absicht, sie dir zu geben. Das war sogar der Grund, warum ich Kat immer wieder ermutigt habe, dich hierher zu holen. Doch dann ist etwas Seltsames passiert. Mit jedem Tag, an dem ich die Porträts hatte, habe ich mich immer weniger wie ich selbst gefühlt. Ich war entweder wütend oder deprimiert. Ich habe Leute angegriffen – nicht nur dich, sondern auch Leute bei der Arbeit, auf dem Markt, auf der Straße. So ziemlich überall, wo ich hingekommen bin, bin ich in verbale Auseinandersetzungen verwickelt worden.

Oft bin ich nach Hause gekommen und habe die Porträts angestarrt. Sie schienen mich anzuziehen. Besonders Meri. Dann kam sie eines Nachts im Traum zu mir und schlug mir einen Deal vor. Ich sollte die Voodoo-Puppen zerstören und sie würde mir sagen, wo ich deine Mutter finde. Ich dachte mir, sobald ich weiß, wo deine Mutter ist, könnte ich die Porträts endgültig loswerden. Damals schien es eine gute Idee zu sein, doch ich konnte es nicht. Ich versuchte es, doch jedes Mal, wenn ich etwas mit den Puppen tun wollte, brachte mich irgendetwas in mir dazu, aufhören. Jetzt weiß ich, dass es ihre Unschuld war.

Ich dachte, es würde besser werden, wenn ich bei Kat einziehe. Ich habe sogar ein Lager gemietet und die Puppen und die Porträts dort untergestellt. Doch nach dieser Nacht im Club mit dir und Kat konnte ich nicht wegbleiben. Ich ging immer wieder zurück zu ihnen. Offensichtlich wusste ich zu diesem Zeitpunkt, dass etwas mit ihnen nicht stimmte, doch ich wusste nicht, was es war. Schließlich warf ich die Porträts weg und betete, dass mein Leben wieder normal werden würde.

Ehrlich, Jade. Ich habe keine Ahnung, wie sie in Kanes Club gelandet sind. Ich wusste nur, dass ich außer Kontrolle war und/oder von irgendetwas kontrolliert wurde. Aus Angst, ich könnte den Puppen etwas antun, habe ich sie zu dir gebracht.

Ich bin nicht gut mit alldem umgegangen, doch ich hoffe, jetzt, da du diese Informationen hast, findest du deine Mutter. Du hast es verdient. Sei bitte vorsichtig.

Alles Gute,

Dan

PS: Bitte gib den beiliegenden Zettel an Kat weiter.

Ich sah im Umschlag nach und fand ein zusammengefaltetes blaues Blatt Papier mit ihrem Namen darauf. „Hier, das ist für dich."

Sie nahm es und starrte eine Weile auf den Zettel. Sie blickte nicht auf, als sie sprach. „Er hat versucht, dir zu helfen. Wie immer."

Ich atmete aus und lehnte mich zurück. „Scheint so."

„Und jetzt ist er weg." Ihre Stimme war so leise und kindlich, dass mir das Herz schmerzte.

„Nein. Nicht weg. Nur vermisst", sagte ich entschlossen. „Ich werde ihn nicht im Fegefeuer oder in der Hölle oder wo auch immer er ist leiden lassen. So oder so werden wir ihn finden und zurückbringen. Das bin ich ihm schuldig."

„Wie willst du das tun?"

„Ich weiß nicht." Ich streckte meine Hand nach ihrer aus. „Weißt du, ich denke, ich habe gespürt, dass etwas nicht gestimmt hat, doch ich war zu verletzt, um zu versuchen, zu helfen. Ich habe ihn einmal aufgegeben, doch ich werde es nicht wieder tun."

Tränen schimmerten in ihren Augen, doch diesmal wischte sie sie weg. „Was auch immer ich tun kann, um zu helfen, du weißt, dass ich hier bin."

„Ich weiß."

Sie stand auf. „Steh auf. Kane wartet auf dich."

„Ich kann dich nicht alleine hier lassen."

„Doch, du kannst." Sie zerrte mich praktisch zur Tür. „Es ist spät. Ich bin erschöpft. Du bist erschöpft. Deine Mutter braucht dich. Geh. Tu, was du tun musst. Werde stark und wenn du bereit bist, finden wir Dan."

Kat hatte ihr Feuer wieder, und obwohl ich wusste, dass sie die Tapfere weitgehend nur spielte, hatte sich etwas in ihrer Energie verändert. Die hilflose Verzweiflung war verschwunden, ersetzt durch eine winzige Blüte von Stärke.

Ich umarmte sie ein letztes Mal und nahm ihr das Versprechen ab, sie anzurufen, wenn sie etwas brauchte.

Sie hielt den blauen Brief in ihren Händen. „Ich habe hier alles, was ich brauche." Sie öffnete die Tür. „Jetzt geh nach Hause."

Kane stand auf und umarmte Kat. Sie errötete, als er ihr einen Kuss auf die Wange gab und winkte zum Abschied. „Gute Nacht, ihr zwei." Sie schloss leise die Tür und wir gingen zurück zu Kanes Haus.

Als wir an seiner Haustür ankamen, drehte er sich zu mir um. „Ist sie okay?"

„Sie kommt schon wieder in Ordnung."

„Und du? Kommst du wieder in Ordnung?"

Ich schlang meine Arme um ihn. „Sobald du mich in dein Bett bringst."

Das langsame, sexy Lächeln, das mir so ans Herz gewachsen war, breitete sich auf seinem gemeißelten Gesicht aus. „Das, meine Liebe, lässt sich leicht arrangieren." Mit einer schnellen Bewegung hob er mich hoch und trat durch die Tür. Er blieb nicht stehen, bis er mich auf seinem Bett abgelegt hatte. „Ist es erst zwei Tage her?", fragte er.

„Fühlt sich eher an wie zwei Wochen." Ich strich mit einem Finger über seinen stoppeligen Kiefer.

„Sieht so aus, als hätten wir Nachholbedarf." Sein Mund bedeckte meinen, und als seine Hände die Rundungen meines Körpers fanden, war nichts anderes mehr wichtig.

Kane war zu Hause, und er gehörte ganz mir.

ÜBER DIE AUTORIN

Die New York Times und USA Today Bestsellerautorin Deanna Chase ist gebürtige Kalifornierin, die in den langsameren Lebensstil des südöstlichen Louisiana gezogen ist. Wenn sie nicht gerade schreibt, hat sie mit ihrem Mann in New Orleans Spaß oder spielt mit ihren zwei Shih-Tzus. Weitere Informationen und Updates zu Neuerscheinungen finden Sie auf ihrer Website unter deannachase.com.

www.ingramcontent.com/pod-product-compliance
Lightning Source LLC
Chambersburg PA
CBHW020354260626
47156CB00007B/2101